Sigg Battenberger

Freud & Leid

AF284539

Die Handlung: Franz Xaver Hofmann, Psychoanalytiker in Frankfurt, wird Mitte August 2020 in seiner Praxis überfallen und schwer verletzt. Die Vermieterin des Hauses wird dabei getötet. Die Untersuchung des Gewaltverbrechens übernimmt Kommissar Georg Bauer. Zufälligerweise war er fünf Jahre vorher selbst in Psychotherapie bei Dr. Hofmann wegen eines sogenannten Burnouts. Jetzt findet er seinen ehemaligen Therapeuten als angeschlagenen Patienten vor und erfährt nach einem zähen Ringen um die ärztliche Schweigepflicht, dass eine Patientin, die als Escort-Dame im Dienste der kalabrischen Mafia arbeitet, der Anlass für das Gewaltverbrechen sein könnte. Nicht nur die Ndrangheta, sondern auch osteuropäische Verbrechersyndikate kämpfen um Informationen, Einflussnahme und besonders um Geld.

Dr. Hofmann möchte seine Patientin, die ihm mehr bedeutet, als ihm professionell lieb ist, schützen und verleugnet dabei, dass er selbst in Lebensgefahr schwebt. Der Kommissar dagegen möchte, dass seine Rolle als ehemaliger Patient bei der Untersuchung nicht bekannt wird.

Seelisches Leid wie Depression, Angst, Aggression, Destruktion, aber auch das Libidinöse wie Lust, Erotik, Humor gesellen sich zu den realen Konflikten der Protagonisten, die sie zum Teil so nicht hätten, wenn sie sich nicht begegnet wären.

Der Kriminalroman „Freud & Leid" rückt die Biographien und die Lebensgeschichten der Hauptpersonen in den Vordergrund; er legt weniger Wert auf die Schilderung blutiger Gewalt. Vielmehr berührt er beiläufig und humorvoll aktuelle gesellschaftliche Fragen des Gesundheitswesens und der Medizin (Schweigepflicht, elektronische Patientenakte, Corona-Pandemie) sowie der Psychoanalyse, Ethik, Etymologie, Mythologie und Philosophie.

Der Autor arbeitete als Psychoanalytiker in eigener Praxis.
Sigg Battenberger ist ein Pseudonym.

Sigg Battenberger

Freud & Leid

**Ein Psychokrimi
über Menschen und ihre Abgründe**

Bibliographische Information der Deutschen Bibliothek:
Die Deutsche Nationalbibliothek verzeichnet diese Publikation in der
Deutschen Nationalbibliografie;
detaillierte bibliographische Daten sind im Internet über
http://dnb.dnb.de abrufbar.

2023
Dritte, korrigierte und ergänzte Auflage
© Sigg Battenberger
Herstellung und Verlag: BoD – Books on Demand, Norderstedt
Umschlag: Foto SigBat 2020

ISBN 9783754338025

Die Hauptpersonen

Hofmann, Franz Xaver, Dr. med.: 59 Jahre, Psychoanalytiker, Psychosomatiker und Psychiater in Frankfurt wurde in seiner Praxis überfallen und lebensgefährlich verletzt.

Bauer, Hans-Georg: 50 Jahre, Kriminalhauptkommissar, Leiter des Kommissariat 11 der Kriminalinspektion für Kapitaldelikte des Polizeipräsidiums Frankfurt wurde mit der Untersuchung des Gewaltverbrechens beauftragt. Bauer war vor fünf Jahren Patient bei Dr. Hofmann.

Ruschke, Anna Amalia: 30 Jahre, Escort-Girl, ist seit wenigen Monaten Analysepatientin bei Dr. Hofmann, weil sie aus der kriminellen Szene aussteigen wollte. Sie ist seit dem Überfall auf Hofmann verschwunden.

Homburger, Alfons, Dr. phil.: 56 Jahre, auch Anatol genannt, Psychologe und Psychoanalytiker, Kollege und Freund von Franz X. Hofmann

von Ysenberg, Carola: 47 Jahre, Caro oder Carol, ist Patientin von Dr. Hofmann und Headhunterin.

Die Nebenrollen
in alphabetischer Reihenfolge:

Bauer, Annette: 50 Jahre, Sozialarbeiterin, Bauers Ehefrau
Bauer, Bettina: 20 Jahre, Freiwilliges soziales Jahr, Bauers Tochter
Cha, Hung: 29 Jahre, Kriminaloberkommissar (KOK), Informatiker im Kommissariat 11, Backoffice
Demir, Cem: 29 Jahre, Polizeimeister (PM)
Henninger, Thea: 30 Jahre, Kriminaloberkommissarin (KOK), Kollegin von KHK Bauer
Kovac, Mira: 22 Jahre, Jurastudentin, Praktikantin in K 11

Sandberg, Dorothea: 82 Jahre, Vermieterin der Praxis in der Gruberstraße 17. Sie wird bei dem Überfall auf Dr. Hofmann getötet.

da Silva Santos, Maria: 70 Jahre, Putzfrau von Dr. Hofmann

Helmolt: 48 Jahre, Landwirt, Bauers Schwager

Hofmann, Constanze, Dr. rer. nat.: 58 Jahre, Meeresbiologin am Alfred-Wegener-Institut, Kiel, Ehefrau von Dr. Hofmann

Hofmann, Justus: 23 Jahre, Student, Sohn von Hofmann

Hofmann, Marie: 25 Jahre, Studentin, Tochter von Hofmann

Hoffmann, Silke: 24 Jahre, Krankenschwester

Malzahn, Jutta: 62 Jahre, Sekretariat des Kommissariats 11

Maren: 27 Jahre, Ambulanzschwester

Maria: 46 Jahre, Schafzüchterin, Bauers Schwester

Max, Michael, Dr. med.: 33 Jahre, Chirurg

McKenny: 39 Jahre, Nachbarin von Dr. Hofmann

Patzke, Julia, Dr. med.: 65 Jahre, Gerichtsmedizinerin

Przybylski, Marek: 31 Jahre, Polizeiobermeister (POM) im Kommissariat 11, Backoffice

Riehl, Frank: 50 Jahre Rechtsanwalt in Frankenberg, Freund und Studienkollege von Hans-Georg Bauer

Schmitt, Johannes, PD Dr. med.: 60 Jahre, Chef der Traumatologie

Siefert, Diana: 32 Jahre, Kriminaloberkommissarin (KOK)

Stölling, Ina, Dipl. Psych.: 50 Jahre, Verhaltenstherapeutin in Berlin, Tochter von Frau Sandberg

Werner, Aaron: 43 Jahre, Kriminaloberkommissar (KOK)

Wondracek, Wolf: 51 Jahre, Polizeiobermeister (POM)

Unbekannter Mann: 36 Jahre aus Osteuropa, Täter, von der Mafiakonkurrenz in Frankfurt ermordet

Unbekannter Mann:28 Jahre aus Osteuropa, Mittäter, in U-Haft, schweigt wie ein Grab

***

1.
Carol

Sie parkte ihr Auto schräg gegenüber der Einfahrt, um eine gute Sicht auf das Gartentor zu haben. In der Allee war es ziemlich schattig, dennoch behielt sie ihre Sonnenbrille auf, durch die Reflexionen der Frontscheibe wäre sie ohnedies von außen schlecht zu erkennen. Die ruhige Straße mit ihren beidseitigen Platanen erinnerte sie immer wieder an die Straßen in der französischen Konzession von Shanghai mit den alten Villen und chinesischen Häuschen, wo sie vier Jahre lang gelebt hatte; nur fehlten hier im Dornbuschviertel die kleinen Geschäfte und Restaurants. Die Gruberstraße mit dem holprigem Basaltpflaster vermittelte die gediegene Atmosphäre Frankfurter Bürger, als wäre die Zeit etwas stehen geblieben, irgendwie old-fashioned. Bei old-fashoned musste sie an den Cocktail denken, den sie früher aus altem Whiskey, Angostura bitter, Wasser, Orange und etwas Zucker gemixt hatte. Bei diesen Temperaturen würde aber ein Gin mit Tonicwater und Limette besser schmecken. Hundert Meter weiter durchschnitt die hässliche und laute Eschersheimer Landstraße mit ihrer oberirdischen U-Bahn den Stadtteil.

Es war kurz vor 17 Uhr. Langsam müsste die Person doch durch das Gartentor kommen, für die Carol auf der Lauer lag. Sie wollte nur sehen, wie die neue Patientin aussah, die freitags vor ihr auf der Couch lag. Sie muss deutlich jünger sein, dem intensiven Parfüm nach zu schließen; der frische Duft gefiel Carol zwar, die Dosis war aber übertrieben, dadurch stellte sie sich ihre Couchschwester als kleines nuttiges Luder vor, das sich mit ihrem Parfüm aufdringlich zudieselte, um irgendetwas zu überdecken. Carol hatte auch den Eindruck, dass ihr Clooney, wie sie Dr. Hofmann gerne nannte, nach jeder Stunde mit dieser

Neuen irgendwie aufgekratzt wirkte. Sie wolle ihm das demnächst einmal um die Ohren hauen. Frei assoziieren sollte sie ja, und sie konnte seine Antwort jetzt schon antizipieren, dass sie offenbar immer noch mit ihrer jüngeren Schwester um die Aufmerksamkeit ihres Vaters rivalisiere. „Ja, Scheiße! Und wenn?" sagte sie laut und schlug auf das Lenkrad. Auch wenn das stimmte, kann sie die Neue einfach nicht riechen und spähte wieder zum Gartentor.

Die Klimaanlage schnurrte. Es klopfte an der Fahrerscheibe. Carol fuhr sie halb runter. Eine mittelalterliche Frau sagte freundlich, aber streng: „Sie können hier nicht parken, das ist eine Einfahrt. Und würden Sie bitte den Motor ausschalten?" Carol scannte sie aus ihrem Mini Cooper langsam von unten nach oben ab. „Aber selbstverständlich", sagte sie scheißfreundlich, fuhr das Fenster wieder hoch und schaute auf die andere Straßenseite. Hoffentlich hatte sie jetzt nicht verpasst, was da aus der Praxis kam. Carol wartete noch einen Moment, fuhr dann weiter vorne eine kleine Parklücke an und gab damit die Einfahrt frei. Die Nachbarin verfolgt sie mit ihren Blicken, während sie weiter verwelkte Rosen aus dem Busch schnitt. Als Carol zum Gartentor der Praxis betont elegant schritt, sagte die Nachbarin zu ihr über die Straße: „Danke, geht doch." Carol reagierte nicht.

Sie ging durch den Vorgarten und klingelte an der Sprechanlage; es war ihre Zeit. Sie hörte keinen Türsummer, klingelte noch einmal und wartete – vergeblich. Klingelte ein drittes Mal. Plötzlich schoss ihr der Gedanke in den Kopf, dass die Therapiestunde heute abgesagt worden sei und sie das vergessen haben könnte. Sowas traute sie sich zu. Sie hatte schon öfters eine Stunde „verpeilt", wie ihre Tochter sagen würde. Sie kramte hastig in der großen Handtasche nach ihrem Handy, rief den Kalender auf, fand aber keinen Eintrag. Dann beschloss sie, Dr. Hofmann anzurufen. Es meldete sich der Anrufbeantworter mit seinem üblichen Text; nach dem Piepton sagte sie: „Hier ist

Ysenberg. Ich stehe jetzt vor Ihrer Praxistür. (Pause) Wir haben doch heute um 17 Uhr Therapiestunde. Oder habe ich mich geirrt?" Es passierte nichts. Carol rief ein weiteres Mal an und ergänzte, sie bitte um einen Rückruf. Sie ging daraufhin zwar etwas gesäuert zum Auto zurück, hatte aber ein ungutes Gefühl, weil ihr Dr. Clooney extrem zuverlässig war; er war zwar für ihren Geschmack etwas bieder und von vorgestern, fast wie ein Finanzbeamter, aber sehr verbindlich. Das alles passte nicht zu ihm.

Vielleicht liege er ja tot in seinem Sessel oder hat einen Herzinfarkt, dachte sie. Sollte sie einen Krankenwagen rufen? Na gut, den könnte er auch selbst rufen, wenn er Herzbeschwerden habe, außerdem sei er Arzt. Dann hatte sie die Fantasie, er treibe es auf der Couch mit der neuen Duftwolke und ließe sie draußen stehen. Beide Möglichkeiten gefielen ihr überhaupt nicht, die letzte schon gar nicht.

Spontan beschloss sie, bei der alten Dame im Parterre der Praxis zu klingeln, der sie schon öfters im Vorgarten und Treppenhaus begegnet war; sie kannten sich aus einer höflichen Distanz.

Der Summer schnarrte und Frau Sandberg schaute durch den Spalt ihrer Wohnungstür. Carol behielt die Haustür in der Hand und fragte, ob Dr. Hofmann in der Praxis sei, sie habe einen Termin, er öffne aber die Tür nicht. Frau Sandberg hielt eine Hand hinter ihr Ohr, sie habe nicht richtig verstanden. Carol trat näher an sie heran, wiederholte ihre Frage deutlich lauter. Ja, sie habe den Doktor heute gesehen, er habe auch Patienten, soweit sie das mitbekommen habe, bestätigte die alte Dame. Wegen der Corona-Infektionen meide sie, aus dem Haus zu gehen. Sie könne ihr leider nicht weiterhelfen und: „Ich glaube nicht, dass die Sprechanlage defekt ist, aber klingeln Sie doch oben an der Praxistür noch einmal." Carol bedankte sich und ging in den ersten Stock, klingelte, klopfte gegen die Glastür, lauschte mit einem Ohr an der Tür, dabei stützte sie sich mit der rechten Hand ab. Es war nichts zu hören. Schließlich trat sie wie ein trotziges Kind gegen die Praxistür und verstauchte sich dabei den rechten Fuß. Heute trug sie zierliche Riemchensandalen und ein luftiges Sommerkleid, es waren immerhin 30° C. Der Fuß tat so weh, dass sie sich auf die Treppe setzen und die Zehen massieren musste. „Verdammt nochmal", sagte sie, als sie bemerkte, dass auch der Nagel eingerissen und der rote Nagellack an der Großzehe abgesplittert waren. Hoffentlich wird der Nagel nicht blau, dachte sie. Nach einer Minute ging sie fluchend die Treppe hinunter.

Frau Sandberg stand noch hinter der etwas geöffneten Tür. „Und? Antwortet er?"

„Nein, ich habe nichts gehört, er hat nicht reagiert."

„Muss ich mir jetzt Sorgen machen?" fragte sie Carol, die wiederum ihre Schultern zuckte und sagte: „Ich weiß auch nicht. Ich gebe Ihnen mal meine Telefonnummer, falls Sie etwas herausfinden oder meine Hilfe brauchen." Sie schrieb die Nummer auf einen Kassenbon, den sie in der Tasche fand - eine Visitenkarte wollte sie ihr nicht geben - und verabschiedete sich mit einem Gefühl von Irritation und Ärger.

Carol ging etwas unrund in die Eschersheimer Landstraße, um in der Bäckerei Brot zu kaufen; mit einem Mundschutz musste sie in der Schlange anstehen. Obwohl es heiß war, kaufte sie sich einen Kaffee. Sie saß in ihrem Mini und biss gefrustet eine Ecke aus dem frischen Brotlaib, der wunderbar roch, und trank in kleinen Schlückchen den heißen Kaffee.

Im Rückspiegel sah sie einen Mann aus dem Tor der Nr. 17 kommen, dunkel gekleidet, Sonnenbrille, Mundschutz, Schirmkappe, unter dem Arm trug er eine rote Plastiktüte. Zog er sich gerade Handschuhe aus? Warum Handschuhe? Im Hochsommer? Warum Mundschutz? Mundschutz war doch nur in Geschäften wegen der Corona-Infektion Pflicht. Er ging mit schnellen Schritten nach links in die entgegengesetzte Richtung von

Carol. „Da stinkt doch was zum Himmel!" zischte sie und startete den Motor, stellte den Becher in die Halterung der Mittelkonsole, um den dunklen Typen abzupassen. Sie fuhr flott um das Karree, was wegen zweier Ampeln Zeit kostete, Sie konnte den Kerl aber nicht entdecken, er war einfach verschwunden. Sie überlegte, noch einmal bei Frau Sandberg zu klingeln, um nachzusehen. Sie entschied sich dann aber dagegen. Es war inzwischen halb Sechs.

Auf der Heimfahrt in Richtung Osthafen dachte sie daran, ihre Beobachtungen der Polizei mitzuteilen. Sie hatte ein äußerst ungutes Gefühl bei der ganzen Sache, aber sie wollte sich auch nicht lächerlich machen. Dabei hatte sie sich doch für ihren Dr. Clooney so hübsch gemacht, sie wollte ihm zeigen und klar machen, dass die neue Schnepfe sich nicht so viel einzubilden brauche. Jetzt kehrte sie unverrichteter Dinge und mit leichten Blessuren nach Hause zurück und beschloss, auf dem Balkon das Wochenende mit einem eisgekühlten Prosecco einzuläuten; das Wetter war wunderbar, der Blick nach Süden über den Main war wie Urlaub. Wegen der Corona-Pandemie machte es auch keinen rechten Spaß und war nicht so einfach, sich mit Freunden in einer Kneipe zu treffen. Ihr Mann hätte dafür sowieso keine Lust gehabt, er gehörte zu den Risikopatienten.

2.
Angst und Panik

Hofmann kam langsam zu sich. Er bekam schlecht Luft; über seinem Mund spannte sich ein Klebeband. Das rechte Nasenloch war verstopft. Panik stieg in ihm hoch. ‚Langsam durch die Nase atmen!' sagte er sich. Er realisierte, dass er auf dem Boden direkt vor seinem Bücherregal lag. Sein Kopf dröhnte, das Gesicht und der Brustkorb schmerzten. Im Mund schmeckte er Blut, die Lippen waren angeschwollen und durch das Klebeband verschlossen. Das Atmen fiel ihm schwer. Seine Hände waren auf dem Rücken gefesselt; seine Beine konnte er nicht ausstrecken, weil sie auch nach hinten angewinkelt zusammengebunden und offenbar mit den Fesseln der Hände verknotet waren. Und er hatte einen Strick um den Hals, der ihn würgte, sobald er die Beine strecken wollte. Er lag auf der Seite und musste husten, der Geschmack seines Blutes war ekelhaft, zum Kotzen; er bekam Angst zu ersticken. Wie ein Stück Vieh verschnürt, geknebelt bereit zum Abtransport – so fühlte er sich. Sich wehren und dagegen ankämpfen, verschlimmerte seine Situation. Da musste jemand etwas vom Foltern verstehen und es darauf angelegt haben, dass Hofmann sich selbst erdrosselt. Er beschloss, möglichst entspannt auf der Seite zu liegen und langsam durch die geschwollene Nase zu atmen. Nur keinen Panikanfall bekommen und nicht an den Fesseln zerren!

Was war passiert? Jemand hatte ihn überfallen; er konnte sich aber an nichts erinnern. Plötzlich kam ihm der Gedanke, dass der Gewalttäter - eine Frau war es bestimmt nicht - noch in der Praxis sein könnte. Hofmann blieb ganz still und lauschte in die Stille hinein. Er hörte nichts außer sein Atmen und das Pochen im Kopf. Es fiel ihm schwer, zu erkennen, was um ihn herum los war; seine Brille hatte er nicht auf und das rechte Auge war zugeschwollen. Dennoch sah er im Zwielicht die Verwüstung seines Praxisraums, Bücher, Ordner, Papiere lagen verstreut herum. Die Gardinen waren zugezogen und ließen aber einen breiten Streifen Licht auf den weichen, roten Perserteppich durch. Ihm war warm, dennoch begann er zu zittern.

Das deutsche Wort Angst kommt nicht umsonst vom Lateinischen angustus, das „eng" bedeutet. Was Hofmann spürte, war mehr als Angst, es waren Wellen von Panik. Bei Panikattacken möchte man weglaufen oder kämpfen; beides konnte er aber nicht. Er stöhnte, versuchte zu rufen, brachte nur dumpfe Laute heraus, die außerhalb seiner Praxis bestimmt niemand hören konnte. Die Tür zum Behandlungszimmer war besonders schallisoliert. Wieder versuchte er, sich aufzubäumen mit dem Effekt, dass sein Körper mit Schmerzen antwortete. Er stieß sich vom Bücherregal vorsichtig ab, um in dem dunklen Raum mehr erkennen zu können, aber auf dem Teppich war es mühsam, sich zu drehen. Der Impuls, sich aufbäumen und zu wehren, wechselte in ein Gefühl von Angst und Resignation.

Erschöpft kreisten erneut die Gedanken, das Unfassbare zu fassen zu bekommen und irgendwie zu verstehen: ‚Ich liege zusammengeschlagen und gefesselt in meiner Praxis. Das ist kein böser Traum, sondern brutale Realität? Wer hat mich zusammengeschlagen und gefesselt? Und warum überhaupt? Wie viel Uhr ist es eigentlich? Wie lange war ich bewusstlos?'

Hofmann versuchte seine Erinnerungen vor dem Blackout lebendig werden zu lassen, also zu assoziieren, das, was seine Patienten und er tagtäglich machten. Er erinnerte schemenhaft ein Bild, dass er die Tür zu seiner Praxis öffnete und statt seiner Patientin Frau R. ein Mann vor ihm stand, den er nicht erwartet hatte. Der Unbekannte schubste ihn grob zurück in den Flur und dann in das offene Behandlungszimmer. Er war von großer kompakter Statur, dunkel gekleidet und trug einen schwarzen Strumpf mit zwei Löchern für die Augen über dem Kopf. In diesem Moment war wohl alles klar. Der Eindringling forderte von ihm etwas, bevor bei ihm die Lichter ausgingen. Was danach genau geschah, konnte Hofmann nicht erinnern. Er musste eine heftige Gehirnerschütterung gehabt haben. So etwas dauerte normalerweise nur wenige Minuten, dann kommt das Bewusstsein mit einer Erinnerungslücke wieder. Sein Filmriss musste aber deutlich länger als bei einer Gehirnerschütterung gewesen sein. Vielleicht habe er sogar eine Contusio cerebri, bei der das Gehirn durch äußere Gewalt und den Aufprall auf einer Seite gequetscht und auf der andern gedehnt wurde, dachte Hofmann. Blutungen könnten die Folge sein. Ihm wurde richtig übel bei diesen Gedanken. Wie lange war er überhaupt bewusstlos?

So verharrte er und versuchte seine Gedanken zu sortieren und seine Emotion zu kontrollieren. Bei ihm gab es nichts zu holen. Kein Geld, keine Wertgegenstände, keine Medikamente wie Opioide. Hofmann hatte eine Praxis für Psychiatrie, Psychotherapie und Psychoanalyse. Da gibt's nur Phantasien, Träume, Alpträume, o.k., viel Leid, aber auch Freude, zumindest aber viel Freud. Hofmann verfluchte seine Situation. Er war absolut hilflos und konnte nicht um Hilfe rufen, seine Nachbarin und Vermieterin im Parterre war eine charmante alte Dame, die aus Eitelkeit kein Hörgerät trug. Die Mieterin im Dachgeschoß war in Urlaub oder auf Dienstreise. Niemand würde ihn hören, niemand ihn heute vermissen und nachsehen. Seine Frau war beruflich im Ausland, die erwachsenen Kinder ebenso. Verabredungen hatte er keine – wegen der Scheiß-Pandemie. Oszillierend zwischen aufbäumender Dramatik, Wut und tiefer Resignation gab er sich der Situation hin, etwas anderes blieb ihm auch nicht übrig. Hofmann spürte die Wärme des Fußbodens, sein Zittern und seine Anspannung ließen nach; er schlief vor Erschöpfung ein.

3.
Befreiung

„Herr Doktor! Machen Sie die Augen auf!" Hofmann schaute in das verschwommene Gesicht einer Frau, die ihn laut ansprach und schüttelte. Er stöhnte vor Schmerzen. Dann riss sie ihm das Klebeband, das fast zirkulär um den ganzen Kopf reichte, ab. Das tat ihm zwar sehr weh, aber endlich bekam er durch den Mund Luft. Hofmann versuchte zu sprechen, brachte nur einen Hustenanfall zustande, auch konnte er jetzt besser hören. Es war wie eine Wiedergeburt und Befreiung!

Eine tiefe Dankbarkeit erfüllte ihn, als Maria da Silva Santos, wenn auch hektisch und schrill klagend ihm die Fesseln mit einer Schere durchzuschneiden versuchte. Es musste nach 19 Uhr sein; Frau Santos putzte freitagsabends oder samstags die Praxis.

Sie überschüttete ihn mit Fragen. Er murmelte immer wieder: „Vielen Dank! Vielen Dank ... Sie sind ein Engel!" Seine Stimme klang rau und kehlig. Mühsam und benommen setzte er sich auf und lehnte sich an das Bücherregal. Als nächstes versuchte er, seine abgestorbenen Hände und Beine wieder zu bewegen. Seine Handgelenke wiesen tiefe Einschnitte durch die Kabelbinder, die neben ihm lagen, auf; seine Hände waren blau-rot verfärbt und geschwollen, seine rechte Hand schmerzte bei der kleinsten Bewegung. Vor ihm lagen noch zwei schwarze Stromkabel.

Frau Santos reichte ihm ein Glas Wasser, eine Wohltat, auch wenn das Trinken mühsam und schmerzhaft war. Sie schaute ihn beim Trinken ruhig an und schlug dann ihre Hände vor ihrem Gesicht zusammen: „Ihre Patienten sind gefährlich!" Sie schaute sich in der Praxis um. „Das ist wie eine Bombenexplosion!" Überall lagen Papiere, Ordner und Gegenstände herum.

Hofmann fragte sich, wo seine Brille sei. Er bemühte sich aufzustehen und murmelte, er müsse die Polizei rufen, doch dazu kam es nicht, er kollabierte und verlor wieder das Bewusstsein.

Als er zu sich kam, fand er sich auf dem Rücken mit hochgelegten Beinen wieder. „Schocklage. Bei Führerschein gelernt", sagte Frau Santos. „Die Polizei ist schon da." Eine junge Frau, die sich als Kriminalkommissarin Henninger von der Kripo Frankfurt vorstellte, fragte, ob er Dr. Hofmann sei, ob er wisse, wo er sei und was passiert sei. Hofmann fühlte sich wie überfahren: So viele Fragen auf einmal zu stellen, war nicht professionell; meist würde nur die letzte Frage beantwortet und die war für ihn die schwierigste, dachte er. „Mein Name ist Hofmann, ja" versuchte er klar zu artikulieren. „Sie können keine näheren Angaben machen?" Eine blöde Suggestivfrage dachte Hofmann, schüttelte den Kopf und wollte sich gerade aufzusetzen.

Ein Mann in roter Jacke sprach ihn sehr bestimmend an, er solle besser liegen bleiben und leuchtete ihm mit einer Taschenlampe mehrfach in beide Augen, packte dann einen Arm und legte ihm eine Blutdruckmanschette an; ein zweiter Rettungsassistent machte sich am anderen Arm zu schaffen und stach ihm in den Handrücken. „Ihr Blutdruck ist im Keller. Wir werden Ihnen eine Infusion mit einem Schmerzmittel anhängen." Nach wenigen Minuten fiel er in eine wohlige Müdigkeit, einen Dämmerzustand, aus dem er nur durch eine grobe Ansprache erweckbar war.

Inzwischen war das Team der Spurensicherung eingetroffen und schwärmte in weißen Ganzkörperanzügen durch die Praxisräume – ein surreales Szenario, das Hofmann schemenhaft mitbekam. Er fragte sich beim Anblick der Szene, warum die Einen wie in einem Ganzkörperpräservativ steckten und die Anderen nicht? Zum Beispiel die Kommissarin, die zu den

Rettungsassistenten, die im Gegensatz zu ihr einen Mundschutz und Handschuhe trugen, sagte, dass sie Hofmann in eine Klinik bringen sollten, weil er im Moment keine verwertbaren Aussagen machen könne. Sie schlug zudem vor, einen Notarzt zur Begleitung hinzuziehen. Die Rettungsleute verneinten, das bekämen sie schon alleine hin und würden umgehend das Nordwest-Krankenhaus anfahren; das Markuskrankenhaus und das Bürgerhospital seien heute Abend gesperrt; Atmung und Kreislauf seien stabil, Wirbelsäule schien unverletzt zu sein, innere Verletzungen oder eine Hirnblutung müssten dort ausgeschlossen werden, rapportierte der Rettungsassistent.

Zwei weitere Polizisten durchsuchten die Praxis und stellten fest, dass es keinen Computer, aber lose Anschlusskabel gab. Die Spurensicherung machte Fotos, nahm Fingerabdrücke, suchte nach Textilfasern und Haaren an der Stelle, an der Hofmann gefesselt wurde. Sie stellte die Kabelbinder und Elektrokabel, die als Fesseln benutzt wurden, sicher. Die Praxis müsse anschließend versiegelt werden. Von Frau Santos ließ sich die Kommissarin die Schlüssel und ihre Telefonnummer aushändigen und fragte nach Familienangehörigen von Dr. Hofmann. Sie bestätigte, dass sie schon viele, viele Jahre für Dr. Hofmann arbeite, kenne auch seine Privatadresse, wisse nur, dass er verheiratet sei und zurzeit alleine lebe. Er habe sie neulich gebeten, einige Lebensmittel für ihn einzukaufen.
Die Kommissarin fragte nach dem Handy des Opfers. Frau Santos sollte es anrufen, vielleicht befindet es sich hier in der Praxis. „Er stellt es in der Therapie immer aus, ruft aber zurück." Es war kein Klingel- oder Summton zu hören.

4.
In der Notaufnahme

Während der Fahrt im Rettungswagen wachte Hofmann auf, er hatte eine Sauerstoff-Nasenbrille auf. Der Sanitäter nahm sie einige Male ab, um seine Nasenlöcher abzusaugen, das rechte Nasenloch war blutverkrustet. Hofmann fühlte einen Verband auf dem rechten Auge. Auch der Sanitäter wollte wissen, was passiert sei. Hofmann verstand die Frage wegen des Krachs durch das Martinshorn nicht, da brauchte er auch nicht zu antworten. Vor jeder Kreuzung schaltete das moderate Martinshorn auf Pressluft um. Das Schaukeln und Rumpeln im Rettungswagen war sehr schmerzhaft. Sie sagten ihm, dass sie das Nord-West-Krankenhaus anfahren würden.

Die Aufnahmeprozedur in der Ambulanz des Krankenhauses kam ihm mechanisch, aber vertraut vor. Hell erleuchtete Räume, gekachelte Wände, mehrere Gesichter beugten sich wechselweise über ihn, stellten Fragen, andere antworteten. Das Licht, die Gerüche, die Menschen in hellblauer OP-Kleidung, die die Ruhe weghatten, das Klappern von Instrumenten und das Geräusch, wenn Verpackungen aufgerissen wurden. Alle trugen hellblaue OP-Masken, was die Augen sehr betonte. Hofmann lag inzwischen auf einem Untersuchungstisch unter einer OP-Lampe. Das Umlagern hatten die Rettungsassistenten sehr schonend gemacht. Er fror und versuchte sich im Raum umzusehen. Er erinnerte sich an seine eigenen Erfahrungen als Student und Assistenzarzt in der chirurgischen Ambulanz. Er fragte sich, ob er selbst als Student in diesem Krankenhaus gearbeitet hatte, aber alles sah anders aus.

Eine Schwester fasste ihn fest am Unterarm. „Ihr Name ist Hoffmann?" Mit einem f, sagte Hofmann mit kratziger Stimme:

„Franz Xaver Hofmann" und stammelte weitere Daten zu seiner Person. Ob er sich ausweisen könne, fragte sie weiter. Nein, er wisse nicht, wo seine Brieftasche sei. Die OP-Lampe, die ihn blendete, wurde jetzt weggeschoben und ein neues Gesicht tauchte auf.

„Sie sind ein ärztlicher Kollege, wie mir die Polizei sagte? Mein Name ist Max, Dr. Max. Ich bin hier der Ambulanzarzt." Dr. Max schaute seinem Patienten lange ins Gesicht, dann glitt sein Blick auf Hofmanns Körper entlang nach unten und wieder nach oben. Die Schwester begann, seine Schuhe und Hose auszuziehen, sein Hemd wurde kurzerhand aufgeschnitten, die Knöpfe dauerten wohl zu lang. Nackt, nur mit der Unterhose bekleidet, lag Hofmann auf dem Tisch und zitterte. Sie deckte ihn mit einem blauen Leinentuch zu.

Ein älterer Arzt kam vorbei und fragt Dr. Max: „Was haben wir da?" und schaute Hofmann ins Gesicht. Max rapportierte: „Ein ärztlicher Kollege, 59 Jahre, sei heute überfallen und geknebelt worden; vermutlich Frakturen, sichtlich im Gesichtsschädel; innere Verletzungen müssen ausgeschlossen werden. Er ist bei vollem Bewusstsein, sein Kreislauf ist stabil."

Im Weggehen sagt der ältere Arzt: „Lassen Sie auch einen Mediziner draufschauen, Sono wegen der Milz, EKG und so weiter. Neurologen sowieso. Die Röntgenbilder will ich sehen."

Hofmann erinnerte sich aus seiner Ambulanzzeit, dass die Chirurgen mit Medizinern die Internisten meinten. Dr. Max frage Hofmann, ob er wisse, wo er sei. „Ja, in einem Krankenhaus, im Nord-West-Krankenhaus?" Ob er das Datum nennen könne. Hofmann überlegte und Max sagt: „Na. Ungefähr." Hofmann: „Ja, Freitag, der 14. August 2020, gegen Abend."

„Sehr gut", sagte Max gedehnt übertrieben wie bei einem Hund, der das Stöckchen apportiert hat. „Dann müssen Sie mir erzählen, was passiert ist."

Hofmann konnte diese Frage nicht mehr hören; sagte nach einer kurzen Denkpause: „Wenn ich das wüsste, ich muss wohl überfallen worden sein."

„Wo?" fragte Max.

Hofmann sprach von dem Überfall, an den er keine Erinnerung habe, heute am späten Nachmittag und, dass er als Psychoanalytiker alleine in seiner Praxis arbeite, während Max seinen Körper systematisch abtastete und hier und da Schmerzreaktionen auslöste: „Ein Psycho-Doc also? ... Analytiker mit Couch und so? ... Wie beim alten Freud?" Hofmann hatte große Mühe, im Liegen zu sprechen, und sagte mit Mühe: „Ja, so ungefähr."

Max fragte, ob er Schmerzen habe. „Nur wenn Sie darauf herumdrücken oder ich lache", meinte Hofmann etwas gequält, aber bei nüchterner Betrachtung stimmte das. Während Max ihn weiter körperlich untersuchte, den Bauch abtastete und abhörte, merkte er an: „Gut. Die Milz hat's offenbar nicht erwischt. Das wird das Sono zeigen." Ihn aufsetzen lassen, um die Wirbelsäule abzuklopfen und die Lunge abzuhören, wollte er den anderen Medizinern und Neurologen überlassen.

Er fragte Hofmann etwas spitz: „War das ein Patient, der mit Ihrer Therapie nicht ganz einverstanden war?" Eine Antwort wollte Dr. Max nicht hören, sie war wohl eher rhetorisch gemeint, weil er sich der Schwester zuwandte. Scheint wohl ein Witzbold zu sein, dieser Nichtmediziner, dachte Hofmann.

„O.k. Schwester Maren, ich brauch' ein Set für die Wundversorgung." Und zu Hofmann gewandt: „Wir nähen jetzt die Platzwunde am Kopf, untersuchen das Auge und machen dann ein paar Röntgenaufnahmen. Danach sehen wir uns wieder. Ok.? Danach lassen wir den Neurologen und den Internisten draufschauen. Einen Psychiater brauchen Sie ja nicht, oder." Dabei grinste er hinter seiner Maske und gab ihm einen Klaps auf den Oberarm. Der Kollege scheint wirklich ein von Empathie befreiter Spaßvogel zu sein, dachte sich Hofmann.

Die Kopfplatzwunde war vom Blut völlig verkrustet, die Haare wurden großzügig mit einem schabenden Geräusch rasiert, lokale Betäubung, Wundreinigung und die Naht wurde schnell gesetzt. Die Reinigung des rechten Auges, das völlig zugeschwollen war, gelang nur zum Teil. Es wurde mit einer Kompresse abgedeckt, Dr. Max traute sich da wohl nicht heran.

„Haben Sie einen Tetanusschutz?" fragte die Schwester. Hofmann sagte: „Ja", wusste es aber nicht wirklich.

Später wurde er umgelagert und von einem Mann auf einer Trage durch lange Gänge gefahren. „Ich bring Sie zum Röntgen." Angenehm fand Hofmann, dass ihm die Menschen, die an ihm herumhantierten, sagten, was sie gerade machten oder vorhatten. Der Transporter musste mit der Trage zickzack durch den Flur manövrieren, weil alles voll stand, und rumste mehrfach an, was weh tat. „Sie haben einen rustikalen Fahrstil", sagte Hofmann nuschelnd. Der Transporter grinste und sagte stolz, er sei in Kairo Taxifahrer gewesen. Na prima, dachte sich Hofmann. Vor einer Glastür mit Aufschrift Radiologie angekommen, musste er alleine warten und wäre am liebsten geflüchtet, wenn er gekonnt hätte; die Patientenrolle war für ihn so demütigend.

Das Röntgen war eine längere Prozedur, Hofmann hatte den Eindruck, sein ganzes Skelett außer den Beinen wurde geröntgt und zwar jeweils in zwei Ebenen. Spätestens danach musste er zeugungsunfähig sein, so viele Röntgenstrahlen hatte er abbekommen. Seine Familienphase war aber ohnedies abgeschlossen. Die Röntgenassistentin wurde plötzlich sehr hektisch und veranlasste den schnellen Rücktransport.

Schwester Maren war zur Stelle. Hofmann nahm sie jetzt erst etwas genauer wahr; eine stämmige junge Frau mit allerlei Tätowierungen, ein Drache schaut aus ihrem Kragen heraus, die Haare waren asymmetrisch geschnitten und unterschiedlich gefärbt, am Ohr sah er eine Batterie von kleinen Ringen. Sie fragte ihn auf der Rückfahrt, die gefühlvoll und unfallfrei ablief, warum er sie „mit nur einem Auge so schräg" angeschaut habe. Hofmann fühlte sich ertappt. Ihr selbst gefalle ihr Äußeres, außerhalb der Klinik sei sie noch krasser unterwegs, sie sei eben ein Punk. „Sie sind ein richtiges Kunstwerk", sagte Hofmann und nach einer Pause: "Ich dachte aber, Punk ist out." Maren reagierte gespielt beleidigt. Dann wollte sie wissen, ob er von einem Patienten so zugerichtet worden sei. „Nein, das war kein Patient. Aber es muss etwas mit einem Patienten zu tun haben." Maren meinte, dass Ärzte und Pflege- und Rettungspersonal öfters mal von Patienten attackiert würden, besonders von Besoffenen und Psychopathen. „Der Dr. Max hat neulich von einem Patienten eins voll auf die Acht bekommen, hatte ein ziemlich dickes blaues Auge. Der weiß, wie das ist." Ach so, dachte sich Hofmann, daher Max' witzig gemeinte Frage nach einem unzufriedenen Patienten.

Von Dr. Max wurde ihm eröffnet, dass er eine Serienfraktur der Rippen links habe, die etwas disloziert seien und ggf. die Lunge verletzen könnten; ferner hatte er einen Bruch des Jochbeins rechts. Sorgen machte eine Frakturline im Orbitaboden rechts mit einem Hämatom in der Augenhöhle. Ob er auf dem Auge sehen könne? Nein, ganz schlecht. Er bekam das geschwollene Lid gar nicht auf.
Nach dem neurologischen Konsil, das sehr gründlich und anstrengend war, kam eine junge Internistin, die ein EKG ableitete, behutsam den Bauch und die Lunge abhörte und einen Ultraschall des Bauches durchführte. Sie fragt, ob er Husten, Fieber, Halsweh, Grippesymptome, Störung des Geruchs- und Geschmackssinns oder gar Kontakt zu einem an Covid-19 Erkrankten gehabt habe. Dann nahm sie einen Nasen-Rachenabstrich wegen Corona ab und sagte lächelnd: „Wenn der Patient dem Arzt den PCR-Abstrich übelnimmt, dann hat er den richtig durchgeführt." Sie zwinkert ihm zu, wünscht gute Besserung und verschwand. Sie erinnerte Hofmann an seine Tochter

Marie, die zurzeit in Montreal am McGill-Hospital das Praktische Jahr absolvierte; sie war am Ende ihres Medizinstudiums.

Dr. Max kam nach den Konsiluntersuchungen vorbei und sagte Hofmann, dass er stationär aufgenommen werde müsse; ob er damit einverstanden sei. Hatte er eine Wahl? Wenig später kam Schwester Maren mit einem Stapel Unterlagen, klemmte sie unter die Auflage, befestigte ein Armband an seinem Handgelenk mit den Worten: „All inclusive", was Hofmann nicht verstand. Sie verabschiedete sich und wünschte gute Besserung. Später las er auf dem Bändchen seinen Namen und seine „Fallnummer" mit einem Barecode versehen. Er fühlte sich auch wie ein Fall, erst zu Fall gebracht, dann zum Fall gemacht.

Hofmann musste auf den gut gelaunten ägyptischen Taxifahrer warten, der ihn auf die Station bringen sollte. Er fragte sich, ob das die ganze Anamneseerhebung gewesen sei. Wollten die Kollegen nichts wissen über Vorerkrankungen, welche Medikamente er nehme, ob er Allergien habe oder die Adressen und Telefonnummern von Angehörigen etc. Niemand fragte genau, wie er versichert sei. Sehr atypisch. Auch gut! Über die Notfallversorgung konnte er sich fachlich jedenfalls nicht beklagen.
Alle um ihn herum trugen hellblaue OP-Masken. Im Alltag waren im August Mund-Nase-Masken nur in den Geschäften verpflichtend zu tragen, auf der Straße im öffentlichen Leben nicht. In seiner Praxis trugen weder er noch seine Patienten eine Maske; es wurde ein Abstand von ca. zwei Metern eingehalten, sich die Hände geben war den Hygieneregeln geopfert worden. Die Hände und Kontaktflächen wurden häufig desinfiziert.

5.
Auf Station

Hofmann wurde von einer jungen Schwester in Empfang genommen, die sich mit Silke Hoffmann vorstellte. Der Transfer
von der Trage ins Bett gelang nur mit Schmerzen im Brustbe-
reich. Nach einem Blick auf die Unterlagen ergänzte die
Schwester: „Ich bin Hoffmann mit zwei f, Sie mit einem." Sie
sei seine zuständige Schwester auf der Station für Traumatologie. Wegen der unterschiedlichen f musste Hofmann an Heinz
Rühmann als Pfeiffer in der Feuerzangenbowle mit 3 f denken,
eines vor und zwei nach dem ei. Auch dachte er, dass sich die
Zeiten wohl geändert haben, als Schwestern und Pfleger nur
mit dem Vornamen angesprochen wurden. Er sah auf ihrem
Namensschild: „Silke Hoffmann, B.Sc. Pflege". „Sie haben
Pflege studiert?" Ja, sagte sie stolz und maß die Temperatur,
den Blutdruck, Puls und Sauerstoffsättigung, „alles bestens",
sie fragte nach Schmerzen und kündigt eine Injektion Clexane
in die Bauchdecke zur Thromboseprophylaxe an. Es war inzwischen 22 Uhr. Die Braunüle, die der Rettungsassistent am linken Unterarm gelegt hatte, funktionierte noch, hier wurde eine
Infusion mit einem Opioid gegen die Schmerzen und ein Antibiotikum angehängt. Hinzu kam eine ältere Schwester, die sich
als Nachtschwester Cynthia vorstellte. Die beiden machten eine
kurze Übergabe. Ob er Hunger habe? Nein, nur Durst, sagte er.
Cynthia brachte ihm einen Tee und Mineralwasser, weil sein
Mund sehr trocken war und er schlecht sprechen konnte.

Hofmann wachte aus einem Alptraum auf, in dem er den gewaltsamen Überfall wohl zu verarbeiten suchte. Er sah schemenhaft im Halbdunkel andere Menschen im Zimmer. Ein weiterer Patient wurde in das Zimmer gefahren, mit Infusionen,

Perfusor und einem Monitor, ständig kamen und gingen Pflege-kräfte, es ging zu wie in einem Taubenschlag.

Es war ungefähr drei Uhr; die Nacht war gelaufen. Hofmann machte sich viele Gedanken, wer sich um seine verwüstete Pra-xis kümmern und die Patienten informieren könnte. Dass die Praxis für einige Zeit geschlossen werden müsse, war ihm mehr als klar. Seine Frau war in der Antarktis unterwegs, seine beiden erwachsenen Kinder nicht in Frankfurt. Wo war sein Mobiltele-fon abgeblieben, wo sein Portemonnaie mit der Kredit- und EC-Karte. Müsste er die Karten sperren lassen? Das TAN-Verfahren lief über das Handy. Er hatte weder ein Telefon, noch eine In-ternetverbindung und schon gar nicht seine wichtigen Telefon-nummern und eMail-Adressen. Er wusste nicht, was die Kripo gefunden hatte. Er würde morgen versuchen, Frau Santos zu erreichen; sie hatte ja auch einen Schlüssel für seine Wohnung in Ginnheim. Ohne sein Mobiltelefon fühlte er sich wie ampu-tiert. Das war wie ein Schlag ins Kontor, „eine einzige Scheiße", sagte er laut. Nichts ging mehr! Er musste sich damit abfinden, dass er jetzt und in nächster Zeit völlig abhängig von anderen und ohnmächtig war.

Er beschloss, seinen Freund und Kollegen Anatol zu kontaktie-ren, der eigentlich Alfons heißt. Alfons wurde vor Jahren von Hofmanns kleinem Sohn Anatol genannt, weil er ihm ein Kin-derbuch geschenkt hatte, in dem die Maus Anatol die Käsefabrik eines Herrn Dupré – oder so ähnlich - vor dem Ruin rettete, da sie alle Käsesorten probierte und auf kleinen Zetteln Verbesse-rungsvorschläge hinterließ. Seitdem hieß Alfons eben Anatol. Anatol bedeutet Sonnenaufgang, weil die alten Griechen die Sonne im heutigen Anatolien aufgehen sahen.

Am besten wäre es, wenn Anatol seine Patienten telefonisch oder per eMail informieren könnte, doch dazu bräuchte Hof-mann seinen Computer und weitere Unterlagen. Ohne sein Handy fühlte er sich aufgeschmissen. Darum würde er sich morgen früh gleich kümmern. Ihm fiel dabei ein, dass in der gesamten Klinik wegen der Corona-Pandemie Besuchsverbot herrschte. Auch das noch! Hofmann kann nicht raus, Freunde und Angehörige können nicht rein.

Mit Frau Sandberg wollte er sich in Verbindung setzen und sie bitten, an der Haustür provisorisch einen Zettel aufzuhängen, dass die Praxis bis auf Weiteres geschlossen sei.

Durch das Fenster sah Hofmann den Morgen rötlich über dem Osten Frankfurts dämmern. Fechenheim und Offenbach waren ja auch in anatolischer Hand.

6.
Der Tag danach

„Guten Morgen, Dr. Hofmann!" Schwester Hoffmann mit 2 f, lächelte ihn an. „Haben Sie gut geschlafen?" Hofmann knurrte nur und blinzelte mit dem einen Auge, das andere war weiter zugeklebt. „Danke, es ging. Den Umständen entsprechend. Die Nacht war kurz." „Meine auch", sagte sie. Hofmann maß Temperatur, die Sauerstoffsättigung am Finger, den Blutdruck sowie den Puls, leerte die Urinflasche und stöpselte die Infusion ab. Sie bot an, ihm bei der Morgentoilette zu helfen, weil er etwas wackelig auf den Beinen sein dürfte. Dabei schaute sie ihn freundlich an, berührte ihn am Oberarm. Hofmann spürte ein warmes Gefühl von Dankbarkeit und Zuneigung, so als strahle die junge Schwester etwas Mütterliches aus. Hofmann wusste, dass er als verletzter Patient psychisch regrediert und körperlich abhängig war z.B. bei einfachen Verrichtungen; hoffentlich würde er sich noch selbst den Hintern abwischen können, dachte er. Diese Hilfe anzunehmen, fiel ihm schwer. Das Wort Patient kommt vom Lateinischen patior, was ich erdulde, ich leide bedeutet; Geduld mit sich selbst war nicht immer seine Sache, bei seinen Patienten aber schon. Ärzte waren schlechte Patienten.

Sie hängte die Infusion ab und begleitete ihn ins Bad, sagt „Nasszelle" dazu. Während Hofmann pinkelte und eine Katzenwäsche versuchte, machte Hoffmann das Bett frisch und brachte ein überschaubares Frühstück; der Kaffeeduft verscheuchte die Gerüche nach Krankenhaus. Zwei Kolleginnen von Silke versorgten den neuen Mitpatienten, dem es offenbar nicht gut ging; er war nicht bei Bewusstsein. Die Atmosphäre im Zimmer war gedämpft.

Nach dem Frühstück kam Silke Hoffmann mit einem Anamnesebogen, sie möchte ein Pflegeassessment für den Pflegebedarf durchführen, sagte sie. Kaum hatte sie begonnen, kam eine Frau im weißen Kittel und Mundschutz herein, sie sei vom Aufnahmebüro und verdrängte Hoffmann von Hofmann. Sie erhob allerlei Sozialdaten und ließ ihn als Privatpatienten etliche Formulare unterschreiben. Einen Personalausweis hatte er nicht. Mitten in diese Aufnahmeformalitäten platzte dann noch eine Visite, der ältere Arzt von gestern begleitet von Silke Hoffmann und einer weiteren Schwester. Die Dame vom Aufnahmebüro sagte, sie käme später wieder vorbei. Die Visite schaute zuerst den Neuzugang von heute Nacht an, sie sprachen gedämpft und wirkten besorgt.

Dann zu Hofmann: „Ich bin hier der Oberarzt, Schmitt ist mein Name. Sie sind Kollege, Dr. Hofmann? Gut, dann kann ich mich kurzfassen." Auf dem Namensschild stand PD. Dr. med. J. Schmitt, Leitender Arzt Traumatologie. Hofmann habe neben den vielen Prellungen und der Platzwunde am Kopf drei Probleme: 1. Eine Rippenserienfraktur links, wobei die 10. und 11. Rippe etwas disloziert seien und unter Belastung das Rippenfell perforieren könnten. „Pneumothorax, Sie verstehen. Wenn Sie Luftnot bekommen, bitte sofort melden!" Die Therapie sei konservativ: Starke Analgetika, die bekomme er ja schon, ferner Atemtherapie, damit er keine Pneumonie entwickele. Sauerstoff brauche er keinen, sondern gute Atemexkursionen, auch wenn's weh täte, nicht flach atmen. „2. Eine Jochbeinfraktur rechts, 3. eine Orbitabodenfraktur rechts mit Hämatom. Ihr Visus dürfte nicht stimmen." Er riss den Augenverband ab, spreizt die geschwollenen Lider auseinander, verdeckte das linke gesunde Auge und fragte: „Sehen Sie mich?" Dann ohne Abdeckung links: „Sehen Sie mich doppelt?" Hofmann war über seine Doppelbilder erschrocken.

Dr. Schmitt: „Gut, wir machen am Montag ein CT, da dürfte das Hämatom kleiner sein und stellen Sie in der Kopfklinik vor. Der Orbitaboden muss korrigiert werden. Wahrscheinlich ist er auch in die rechte Nasennebenhöhle eingebrochen. Noch Fragen? Ich komme morgen Vormittag wieder vorbei."

Der Oberarzt nickte, drehte sich um und war weg. Hofmann blieb etwas sprachlos zurück, er hatte das Gefühl, von einem LKW gestreift worden zu sein. Wenn Schmitt salutiert hätte, müsste Hofmann die Hacken zusammenschlagen, obwohl er nicht beim Militär war, er hatte Zivildienst in der Krankenpflege absolviert. Die Augen von Silke Hoffmann rollten über ihre Maske, sie lächelte ihm konspirativ zu und verschwand mit der Visite.

Das alles musste Hofmann erst einmal auf sich wirken lassen. Ein Chirurg ist kein Psychotherapeut und wie er gestern wieder gehört hatte, versteht er sich noch nicht einmal als Mediziner, sondern offenbar als ein chirurgischer Handwerker, aber hoffentlich ein guter.

Im Laufe des Morgens brachte ihm ein Krankenpfleger eine Karte, um das Telefon am Patientenbett zu aktivieren. Die Karte sei mit 20 € geladen und aus der Stationskasse vorgelegt, er möchte bei Gelegenheit die 20 € begleichen. Hofman bedankte sich für diesen unbürokratischen Service und fragte sich, wo sein Portemonnaie abgeblieben sei.

Zunächst rief er sein privates Mobiltelefon an, das er zuletzt in der Praxis hatte. Vielleicht klingelte es irgendwo; eine unsinnige Aktion, denn wie könnte jemand das Gespräch annehmen ohne Fingerprint. Egal, jetzt konnte er Anatol erreichen, aber er hatte seine lange Handynummer nicht im Kopf. Er verfluchte seine Abhängigkeit von den digitalen Medien. Er erinnerte sich an die private Festnetznummer einer Kollegin, um Anatols Nummer in Erfahrung zu bringen. Samstagsmorgens sind die meisten Leute einkaufen. Er versuchte es bei seiner Kollegin Hanna aus der

Intervisionsgruppe, deren Privatnummer hatte er im Kopf, warum auch immer. Es gelang ihm, die etwas verschlafene und ungehalten wirkende Tochter dazu zu bewegen, ihrer Mutter auszurichten, dass sie ihn unter dieser Nummer, die er ihr diktierte, zurückrufen möge; es sei sehr, sehr wichtig.

Es war alles nervig und kompliziert! Hofmann fluchte über die Situation und über sich selbst. Als nächstes rief er Frau Sandberg an, ihre Nummer hatte er im Kopf gespeichert: er wollte sie bitten, Anatol einen Schlüssel der Praxis auszuhändigen; sie ging aber nicht ans Telefon. Dann sprach er mit Frau Santos und erfuhr, dass sie ihren Schlüssel der Kommissarin überlassen hatte; die Praxis sei versiegelt worden. Hofmanns Schlüssel und Handy seien nicht gefunden, vom Portemonnaie sei nicht gesprochen worden. Das Portemonnaie! Hofmann musste unbedingt die Kredit- und EC-Karte sperren lassen. Aber wie konnte er das vom Krankenbett aus veranlassen? Er verfluchte den Schlüsselsalat und seine Hilflosigkeit und seine Abhängigkeit. Die Quittung kam postwendend: ein schmerzhafter Hustenanfall.

Nach über einer Stunde rief seine Kollegin Hanna zurück. Hofmann schilderte kurz seine missliche Lage und ließ sich Alfons Mobiltelefonnummer geben. Hanna bat ihn, sich unbedingt bei ihr zu melden, wenn sie etwas für ihn tun könne.

7.
Anatol

Als Hofmann seinen Kollegen Alfons, alias Anatol erreichte, war er sehr erleichtert. Er berichtete, was ihm widerfahren war, und äußerte seine Bitten. Wegen der Corona-Umstände könnte Anatol ihn nicht im Krankenhaus besuchen.

Am Samstagnachmittag stand Anatol vor der Haustür in der Gruberstraße. Frau Sandberg reagierte nicht auf sein Klingeln. Er schlich ums Haus, um vielleicht über ein Fenster in die Wohnung von Frau Sandberg sehen zu können. Hofmann hatte ihm seine Sorge mitgeteilt, dass ihr, die über 80 war, etwas passiert sein könnte, da sie nicht ans Telefon ginge. Anatol kletterte auf einen Sims an der Fassade und rief durch das gekippte Fenster nach ihr. Dann versuchte er das Fenster zu öffnen, was aber unmöglich war. Während er sich abmühte, wurde er am Bein festgehalten.

„Was machen Sie da? Hier ist die Polizei. Runter! Aber langsam." Anatol sprang vom Sims und wurde von zwei Polizisten in Uniform festgehalten, er musste sich mit erhobenen Händen mit dem Gesicht an die Hausmauer stellen und wurde abgetastet. Zweimal trat der Polizist gegen seine Innenknöchel, weil er offenbar seine Beine nicht breit genug machte. „Hey, was soll das", beschwerte sich Anatol.

„Dann mach` halt die Beine auseinander", konterte der ältere Polizist und legte ihm Handschellen an.

„Das kann ich Ihnen alles erklären", sagte Anatol möglichst gelassen.

„Ja, das sagen alle Einbrecher. Papiere?" fragte der ältere Beamte.

Der junge Polizist ging mit Anatols Ausweis zum Streifenwagen zur Personenabfrage, was etwas dauerte. Anatol fragte den

Polizisten, der ihn in Schach hielt, ob er den Kollegen anrufen dürfe, der hier seine Praxis habe und für den er diese sportliche Einlage an den Tag gelegt hätte; normalerweise nutze er schon die Türen.

Anatol reichte sein Handy dem Polizisten und Hofmann schilderte ihm den Überfall von gestern und, dass sein Kollege Homburger die Vermieterin sprechen und um einen Schlüssel zur Praxis bitten sollte. Seine Sorge sei, dass der alten Frau etwas zugestoßen sei, weil sie telefonisch nicht erreichbar sei. Nebenbei erwähnte er, dass eine Kommissarin Henniger den Schlüssel zur Haustür und Praxis mitgenommen habe.

Eine Rücksprache des Beamten im Präsidium ergab, dass die Praxis nach dem Überfall am Freitagnachmittag versiegelt wurde und niemand sie betreten dürfe. Am Montag gäbe es einen Lokaltermin. Da sei nichts zu machen. Der versuchte Einbruch in eine fremde Wohnung sei trotzdem eine Straftat, fügte der Streifenpolizist an. Anatol wurde zunehmend sauer und schaute auf das Namensschild.

„Und was ist mit der alten Dame, Frau Sandberg, Herr Wondracek?"

„Polizeiobermeister Wondracek."

„Einverstanden, Herr Dreisternegeneral, dann dürfen Sie mich auch Dr. Homburger nennen." Anatol war noch mehr angesäuert; statt sich um das Schicksal der Vermieterin zu kümmern, ließ der Polizist seinen bescheidenen Dienstgrad raushängen.

„Gut, Herr Homburger, dann verlassen Sie sofort das Grundstück; Sie werden noch von uns hören."

Homburger zu Wondracek: „Schauen Sie bitte nach der Frau Sandberg, ihr ist bestimmt etwas zugestoßen. Andersfalls werden Sie ebenfalls von mir hören", und verließ verärgert das Grundstück.

Im Auto berichtete Anatol seinem Freund von seiner herben Begegnung mit der Polizei. Hofmann musste lachen: „Ein

Psychoanalytiker wird von der Polizei beim Einbruch in die Praxis eines Kollegen erwischt!" Dieses Lachen musste er büßen. Er meinte, dass die Nachbarschaft sehr aufmerksam und neugierig sei, besonders welche Leute in seiner Praxis ein- und ausgingen. Dass Frau Sandberg nicht anzutreffen war, beunruhigte ihn sehr. Er werde es den ganzen Samstag weiterhin versuchen, sie telefonisch zu erreichen. Anatol möge bitte einen Aushang an der Haustür anbringen, dass die Praxis vorrübergehend geschlossen sei. Mehr sei jetzt nicht zu machen.

8.
Der Arzt als Patient

Nach dem turbulenten Tagesbeginn wurde es im Zimmer etwas ruhiger, eine Physiotherapeutin kam vorbei, die mit ihm Atemübungen durchführte; sie bat ihn, mit einem Atemtrainer, einem Gerät, in dem drei blaue Kugel hoch zu pusten waren, zu üben. Sie fragte ihn nicht, wie es zu den Verletzungen gekommen sei. Hofmann hatte auch keine Lust, anderen Menschen zu erzählen, was ihm passiert war, er konnte es selbst noch nicht richtig fassen.

Er hörte mehrere Sendungen über das Klinikradio, das Mittagessen schmeckte sogar. Hofmann spürte unerträgliche Langeweile, ab und zu pustete er in den Atemvolumentrainer. Eine Schwester der Mittagsschicht kam vorbei. Hofmann meinte, dass es dem Mitpatienten wohl nicht gut gehe und er eigentlich auf dieser Station nicht richtig sei. „Ja, das ist wohl so. Aber die Intensiv- und Überwachungsstation sind belegt oder werden freigehalten für Covid-Patienten", sagte die Krankenschwester.

Am Nachmittag kehrte auf Station eine wohltuende Ruhe ein, im Zimmer war es grenzwertig warm. Sein Nachbarpatient war nicht bei Bewusstsein, einige Monitore fiepten gelegentlich, das rhythmische Gebläse der Antidecubitus-Matratze wirkte hypnotisierend.

Hofmann hatte Gelegenheit, die für ihn unfassbaren Ereignisse von gestern auf sich wirken zu lassen. Fakt war, dass er am Freitag um 16 Uhr Frau R. erwartet hatte, die seit drei Monaten bei ihm in analytischer Psychotherapie war. Auf das Klingeln hin öffnete er gewohnheitsmäßig die Haustür, ohne über die Sprechanlage nachzufragen, und dann die Praxistür im ersten Stock. Doch statt Frau R. kam ein vermummter Mann herein und drängte ihn ins offene Behandlungszimmer; was genau ablief, konnte er nicht erinnern. Frau R. hatte die Stunde nicht abgesagt; manchmal erschien sie nicht zur Sitzung und erklärte später ihr Fernbleiben. Es könnte also sein, dass der Überfall in irgendeiner Weise mit Frau R. zu tun hatte.

Er versuchte, sich in Erinnerung zu rufen, wie das Erstgespräch mit Frau R. damals ablief: Sie meldete sich per Telefon im Februar 2020 und bat um ein Gespräch. Sie kam zwanzig Minuten zu spät, habe im Stau gestanden. Frau R. trug eine Lammfelljacke, Jeans, Stiefel mit Fellkragen, das halbe Gesicht war durch einen großen breiten Schal verhüllt, über dem braune Augen hervorschauten. Nachdem sie abgelegt hatte, ging sie selbstbewusst mit wippendem Pferdeschwanz zu einem der beiden Sessel. Ihr enger roter Rollkragenpulli betonte ihre Oberweite. Sie war nicht geschminkt, ihr ausdrucksvolles Gesicht zeigte um die Augen herum eine Traurigkeit; ‚Facies depressiva‘, dachte Hofmann. Sie strahlte etwas Bedürftiges und Verführerisches aus.

„Wir haben jetzt nur noch dreißig Minuten Zeit. Was führt Sie zu mir?" Mit einer warmen, aber belegten Stimme berichtete sie: „Ich habe Angstzustände. Die sind wie Anflüge aus heiterem Himmel." Pause. „Und ich fühle mich schlecht, lustlos und ohne Elan." Hofmann schwieg und hörte weiter zu. Diese Beschwerden kannte sie seit Sommer letzten Jahres; weil sie immer stärker wurden, hätte ihr Hausarzt vor Weihnachten das Antidepressivum Sertralin verordnet, das die Stimmung etwas besserte; dummerweise nahm sie aber an Gewicht zu und musste sich beim Essen sehr zurücknehmen, auch hätte sich dadurch ihre Haut verändert. Auf Hofmanns Nachfragen gab sie an, in ihrem Leben zweimal eine depressive Phase gehabt zu haben, aber so schlimm wie jetzt, sei sie noch nie gewesen. Die erste Episode hatte sie mit siebzehn Jahren, jetzt sei sie bald 31.

Hofmann paraphrasierte, die Angst käme aus heiterem Himmel zusätzlich zu ihrer depressiven Stimmung; ob sie eine Idee habe, warum diese Beschwerden im Sommer 2019 aufgetreten seien. Frau R. dachte eine Weile nach, wandte den Blick ab und schaute zum Fenster hinaus. Nein, sie habe „eigentlich keine richtige Idee dazu".

Hofmann: „Und uneigentlich? Ich nehme auch falsche Ideen dazu entgegen."

Die Patientin lächelte etwas gequält. Es sei ein diffuses Unbehagen, es gebe eine tiefe Unzufriedenheit in ihrem Leben, sie wolle etwas verändern, wisse nicht was und wie. Hofmann fragte, ob denn 2019 etwas Gravierendes oder Überwältigendes in ihrem Leben passiert sei. Er vermutete einen schweren Verlust oder eine traumatische Erfahrung. Sie dachte nach und verneinte: „Da war nichts anders als die Jahre davor. Ich selbst habe bei mir diese Veränderung nicht registriert, andere haben mich gefragt, was denn mit mir los sei. Das ging schleichend ohne erkennbaren Anlass voran. Später wurde mir klar, ich muss und will einiges verändern."

Hofmann wollte mehr über ihre Wünsche nach Veränderung erfahren.

Sie sagte, diese seien schwer fassbar, sie wolle da jetzt nicht ins Detail gehen, schwieg und schaute dabei Hofmann freundlich ins Gesicht. Ihr charmantes Lächeln konnte ihre Traurigkeit um ihre müden Augen aber nicht überspielen. Beide schwiegen eine Weile. Sie wandte den Blick ab, ihr liefen langsam Tränen über die Wangen. In dieses Schweigen hinein begann Frau R. leise zu weinen, nahm sich ein Taschentuch, das auf dem Tisch in ihrer Nähe lag und verbarg ihr Gesicht dahinter. Ihr leises Weinen wurde zu einem sich steigernden Schluchzen wie das eines kleinen Kindes, das die Patientin mit einem trompetenartigen Naseputzen abrupt beendete und vor sich hin fluchte: „Jetzt fange ich auch noch an, vor Ihnen zu flennen!"

„Ihre Tränen gehören wohl dazu."

„Vielleicht, ja wahrscheinlich! Aber ich will das nicht." Schweigen. „Ich merke, dass ich meine Selbstsicherheit verliere; sie ist für mich wie ein Schutzpanzer, dass mich nichts wirklich innerlich treffen kann."

„Sie fühlen sich verletzbar und haben nicht alles unter Kontrolle?"

Frau R. etwas unwirsch: „Ja, so ungefähr."

„Sie erwähnten Wünsche nach Veränderungen in Ihrem Leben." Sie nickt. „Über diese wollen Sie mit mir ungern sprechen?"

Frau R. reagierte nicht. „Ich vermute, dass Ihre Wünsche ihr bisheriges Lebenskonzept in Frage stellen könnten."

Sie begann wieder zu weinen und tupfte sich vorsichtig das Gesicht ab, als könnte ein Make-up, das sie nicht aufgetragen hatte, darunter leiden.

Nach einem kurzen Schweigen: „Wenn ich Ihnen helfen soll, kommen Sie aber nicht dran vorbei, mit mir über Ihre Wünsche nach Veränderung und mögliche Konflikte zu sprechen."

Sie legte wieder gequält ein künstliches Lächeln auf, das Hofmann als ein „Vielleicht" verstand.

Dann sagte sie nach einer Weile: „Ja, vielleicht mache ich das irgendwann einmal. Heute kann ich jedenfalls dieses Fass nicht aufmachen."

Sie fragte ihn, ob sie weiter ein Medikament nehmen solle, das Sertralin habe sie abgesetzt.

„Sie möchten lieber etwas einnehmen, ohne sich mit Ihren heftigen Gefühlen auseinandersetzen zu müssen. Das Fass ist aber bereits am Überlaufen."

Sie schwieg und wirkte wie erstarrt.

Hofmann: „Mit Blick auf die Uhr: Wir haben heute nicht mehr genug Zeit darüber zu sprechen; zum Beispiel, wie Sie aufgewachsen sind. Ihre Beschwerden hängen vermutlich mit Erfahrungen zusammen, die weit zurückreichen." Frau R. reagierte nicht.

Hofmann nach einer Pause: „Haben Sie denn in Ihrem Leben schreckliche Dinge erfahren?"

Nach einem längeren Schweigen. „Das ist eine Frage der Definition." Sie stand unerwartet abrupt auf und zog aus ihrer engen Jeanstasche zusammengerollte 50-Euro-Scheine heraus und fragte: „Was macht das?"

Hofmann war überrascht. Er sagte zu ihr: „Ich glaube, Sie fühlen sich von mir zu sehr bedrängt." Frau R. schwieg.

„Sie wollen früher gehen, nachdem Sie später gekommen sind? Wir haben aber noch fünf Minuten."

Frau R. setzte sich wieder hin. „Ich will da nicht tiefer einzusteigen. OK? Ich kann nicht." Das sagte sie in einem scharfen Ton im Sinne: Komm mir nicht zu nahe!

„Das mag heute so sein. Natürlich können Sie früher gehen." Er schwieg eine Weile. „Ich habe den Eindruck, dass Sie die Spielregeln hier bei mir bestimmen wollen. Aber ich bin hier der Chef" und lächelte sie an. „Und Sie wollen mich gleich bar bezahlen?" Sie nickte. Dieses Gespräch übernehme ihre Krankenkasse, dazu müsse er aber ihre Versichertenkarte einlesen. Frau R. sagte, sie wolle ihre Kasse lieber heraushalten. Hofmann fragte sie nach dem Grund, bekam aber keine Antwort. Die Kommunikation erstarb.

Nach einer Weile versuchte Hofmann, den Dialog wieder in Gang zu bringen, ob sie das Gespräch fortsetzen möchte. Sie sei unsicher, wolle sich telefonisch melden und legte die zusammengerollten Geldscheine auf den kleinen Tisch neben die Taschentücher. Er könne ihr so schnell keine Quittung ausstellen; sie überhörte den Satz, ging zum Garderobenständer und zog Jacke und Schal an. Sie hielt inne und schaute ihn kurz an, als wolle sie noch etwas sagen; es kam aber nichts. Er begleitete sie zur Praxistür, sie ging ohne Händedruck, erwiderte sein „Auf Wiedersehen" nicht.

Hofmann erinnerte sich, dass er ziemlich irritiert zurückblieb, er musste damals die Begegnung mit dieser depressiven, geheimnisvollen und attraktiven jungen Frau noch nachwirken lassen, bevor er sich Notizen über das Gespräch machen konnte. Sie verstand es, einerseits ihre Not anzureißen, kontrollierte aber die therapeutische Situation; sie brachte Hofmann durch ihre Passivität dazu, mit Fragen weiter in sie einzudringen, was sie abwehrte oder mit Schweigen ins Leere laufen ließ. Und: Sie hatte ihm 150 Euro hingelegt, die nach Parfüm rochen. ‚Pecunia non olet' traf hier nicht zu, es kann sogar gut riechen, dachte er. Das Honorar für ein Erstgespräch bei der gesetzlichen Krankenkasse betrug etwas über 100 Euro. Hofmann kam sich vor wie in einem Bordell, allerdings mit vertauschen Rollen; er hatte sein Bestes gegeben, die Begegnung lief aber höchst unbefriedigend ab. Soweit er wusste, wurde im Puff aber zu Beginn der körpernahen Dienstleistung bezahlt. Er selbst hatte keine Erfahrungen in diesem Milieu. Er fühlte sich nach diesem verkürzten Erstinterview sehr unzufrieden.

Zwei Tage später meldete sich Frau R. und sie vereinbarten ein zweites Gespräch nächste Woche.

Ein Pfleger holte Hofmann aus seinen Gedanken und stellte ihm ein Abendessen bestehend aus Brot, Wurst, Käse und Tee auf den Nachttisch. Es war noch nicht einmal siebzehn Uhr.

9.
Kriminalhauptkommissar Bauer

Nachdem Hofmann seine Vermieterin mehrfach nicht erreichen konnte, rief er kurzerhand den Polizeinotruf 110 und bat, mit dem Polizeipräsidium verbunden zu werden. Dort fragte er nach Frau Kommissarin Henniger. Der diensthabende Kommissar verwies auf den Montag, hörte sich dennoch die Sorgen um Frau Sandberg geduldig an und las parallel im Computer das kurze Einsatzprotokoll von Polizeimeister Wondracek und von Henninger über die Ereignisse in der Gruberstraße 17.

Der diensthabende Kommissar teilte Hofmann mit, er werde sicherheitshalber jemanden hinschicken, weil ihm die Sache auch nicht ganz geheuer sei. Hofmann bedankte sich, die Last der Ungewissheit konnte er so ein Stück abgeben.

Wondracek wurde vom Kriminaldauerdienst beauftragt, nochmals in die Gruberstraße 17 am Dornbusch zu fahren und nachzuschauen. Er solle zum Präsidium kommen und Schlüssel abholen.

Er und sein Kollege Demir klingelten also erneut an Frau Sandbergs Tür. Nichts regte sich. Sie schlossen die Haustür auf, auch auf Klingeln an der geschlossenen Wohnungstür regte sich nichts. Das Siegel an der Praxis im ersten Stock war noch unverletzt. Sie gingen ins Dachgeschoss und klingelten auch dort - vergeblich. Jetzt wären nur noch der Keller und die Garage übrig, meinte Demir. Sie öffneten die alte Kellertür und sahen unten vor einer Brandschutztür eine alte Frau in einer Blutlache liegen, vermutlich Frau Sandberg. Wondracek pfiff leise durch die Zähne, stieg in den Keller hinunter und musste feststellen, dass die Frau kalt und tot war. Demir rief den Kommissar vom Dauerdienst an, der wiederum den Bereitschaftsdienst der

Mordkommission und ein Team der Spurensicherung mobilisierte.

Kriminalhauptkommissar Georg Bauer, Leiter des Kommissariats K 11 für Kapitaldelikte des Polizeipräsidiums Frankfurt setzte sich von Bad Vilbel aus nach Frankfurt-Dornbusch in Bewegung. Er hatte Rufbereitschaft. Er war erschrocken, als er die Adresse hörte, sie war ihm wohlbekannt. Er bat, auch die Gerichtsmedizin in die Gruberstraße zu schicken. Die Beamten des 12. Reviers sollten den Tatort absichern und auf ihn warten.
Wondracek fluchte, weil er schon wieder nicht pünktlich Feierabend machen konnte; er war bei Nachbarn zum Grillen eingeladen und hatte richtig Hunger und besonders Durst. Demir foppte seinen älteren Kollegen: „Dann machst Du heute Diät, Baba." Wondracek zurück: „Naja, Du trinkst weder Alkohol, noch isst Du ein Schweinekotelett, Ogul." „Wenn Du wüsstest, Baba", lächelte Demir zurück.

Der Straßenabschnitt vor der Gruberstraße 17 war bereits mit Flatterband abgesperrt. Zwei Streifenwagen und ein weißer Kombi sowie ein ziviler PKW blockierten die Einbahnstraße, als Bauer eintraf. Die Nachbarschaft war neugierig aufgemischt, hinter Gardinen und Zäunen standen Menschen; auffällig viele Hunde wurden jetzt Gassi geführt. Wondracek und Demir hatten die Aufgabe, die Absperrungen zu sichern und Gaffer fernzuhalten; andererseits sollten sie schon einmal sachdienliche Hinweise sammeln und notieren.
Hauptkommissar Bauer hatte etwas Mühe, mit seinem großen Audi einen Parkplatz zu finden, der alte Alfa der Gerichtmedizinerin war auch schon da. Ein Polizeibeamter kontrollierte das Tor und die Einfahrt zur Nr. 17. Eine Polizistin informierte Bauer telegrammartig über die Lage; beide standen im Hausflur und schauten die Kellertreppe hinunter, wo unten die Gerichtsmedizinerin die Tote untersuchte, die vor einer Brandschutztür lag.

Alle trugen gemäß der neuen Dienstanweisung Mund-Nase-Masken, was die Szene noch unheimlicher machte. Man sah von oben eine lange Blutspur an der Tür; wahrscheinlich war sie mit dem Kopf gegen die Schutztür geprallt. Es wurden Fotoaufnahmen gemacht, die Spurensicherung wuselte im Flur und an der Wohnungstür von Frau Sandberg herum. Demir öffnete die Tür kurzerhand mit einer Plastikkarte. Erst später wurde in der Rocktasche der Toten der Wohnungsschlüssel gefunden.

Der koordinierende Kommissar von Dauerdienst berichtete Bauer am Telefon von dem Überfall auf die Praxis Dr. Hofmann am Vortag und dem Bericht der Kollegin Henninger. Bauer war erschrocken über diese Gewalttaten an diesem vertrauten Ort und den ihm vertrauten Menschen. Er hatte das Gefühl, die Kollegen haben da wohl einiges übersehen.

Die Gerichtsmedizinerin Dr. Patzke kam die Kellertreppe hoch, begrüßte Bauer und gab ihren ersten Eindruck wieder, dass die alte Dame seit ca. 24 Stunden tot sein müsse. Sie habe äußerlich Verletzungen am Schädel, eine links-frontal oben über der Hutkrempe und mehrere darunter. Das bedeute, dass sie einen Schlag von vorne oben auf den Kopf vermutlich durch einen Rechtshänder erhalten habe und dann die steile Kellertreppe heruntergestürzt sein könnte. Das sei aber nur ihre Vermutung. Was zum Tod geführt habe, könnte sie erst am Montagabend oder Dienstagvormittag schriftlich mitteilen.

Julia Patzke war kurz vor ihrem Ruhestand und kannte Bauer seit Jahrzehnten; sie mochten sich, wenngleich es immer wieder Frotzeleien, aber auch ernste Kontroversen gab. Sie schob ihre Maske unter ihr Kinn, bot Bauer eine Zigarette an und gab ihm und sich Feuer. Sie war fast so groß wie Bauer, aber schlanker als er. Bauer hatte ein kleines Bäuchlein, einen dunklen Dreitagebart und einen angegrauten Haarkranz um seine Glatze.

„Ich dachte, Du rauchst nicht mehr." „Das dachte ich von Dir auch", sagte sie. Beide gingen rauchend in den Garten und schwiegen ein paar Züge lang. Bauer erkundigte sich, wie es Patzkes Ehemann ging, der an einer Leukämie mit schlechter Prognose erkrankt war. Sie sagte, er sei sehr tapfer; die Stammzellentherapie schlage nicht gut an. Zuhause sehe es aus wie in einem sterilen Labor, keine Teppiche oder Pflanzen mehr. „Eigentlich wollten wir bald in Rente gehen und gemeinsam nach dem Mord und Totschlag noch was Schönes von der Welt sehen – nach der Pandemie natürlich", sie blies eine Rauchwolke in den Himmel. Dann traten beide ihre Zigaretten auf dem Gartenweg aus und steckten die Stummel ein. Bauer drückte Patzke beim Abschied kurz an sich, streichelte ihren Rücken und sagte tröstend: „Mal abwarten. Vieles wird nicht so heiß gegessen …" Patzke: „Ich meld' mich bei Dir, wenn es nicht stimmt."

Sie verließ mit ihrem Koffer die Nr. 17 und suchte ihren alten roten Alfa Romeo Giulia in der Gruberstraße. Die Frau Doktor wurde im Präsidium respektvoll „die rote Julia" genannt wegen ihres Autos und ihrer rotgefärbten Haare, wo inzwischen das Grau langsam nachwuchs und sie dadurch nicht sehr gepflegt aussah; der Alfa hatte auch ein paar Beulen und Kratzer; darauf angesprochen pflegte sie stereotyp zu sagen: „Vom Leben gezeichnet – wie wir alle; aber die Giulia ist noch nicht tot."

Ein grauer Lieferwagen drängte sich durch die Absperrungen; es waren die „Gnadenlosen" der Gerichtsmedizin, wie sie früher genannt wurden. Heute waren sie zu zweit und luden einen Zinksarg aus, in dem sie später die Tote in die Gerichtsmedizin bringen würden. Anhand des Bildes auf der Krankenkassenkarte, die auf der Kommode im Flur lag, konnte Frau Sandberg vorläufig identifiziert werden.

Plötzlich standen zwei Leute mit Kameras vor der Haustür und forderten eine Stellungnahme des leitenden Kommissars; sie waren von der Boulevardpresse und trugen keine Mund-Nasen-masken. Bauer verbot ihnen, Aufnahmen zu machen und verwies sie energisch des Grundstücks. Er war stinksauer wegen der dreisten Presseleute. „Die sind ja überall wie die Schmeißfliegen! Woher wussten die so schnell von dem Verbrechen?" fragte er den Polizeibeamten vor der Tür, der nur mit den Schultern zuckte.

Er war auch verstimmt wegen seiner Kollegen. Der gewaltsame Tod von Frau Sandberg stand wohl in Zusammenhang mit dem Überfall auf Dr. Hofmann. Er rief die Kollegin Henninger auf ihrem privaten Mobiltelefon an, obwohl sie keinen Dienst hatte: Er wollte wissen, ob ihr Team am Freitag den Keller in der Nr. 17 untersucht habe. Frau Henninger war über den Fund der toten Vermieterin erschrocken, ob betroffen oder aus schlechtem Gewissen, wurde Bauer nicht klar. In den Keller wurde nicht geschaut. Am Montag wollte sie die Nachbarschaft befragen. Bauer wiederholte knurrig: „Am Montag" und beendete das Gespräch. Es war nicht nur ein Einbruchs- und Gewaltdelikt, sondern ein Mord, zumindest Totschlag, was in sein Ressort fiel. Er war wegen der Schlamperei ziemlich angefressen.

Dann dacht er an Dr. Hofmann, den er gut kannte; nun ja, eigentlich war es umgekehrt: Dr. Hofmann kannte ihn ganz gut.

10.
Frau von Ysenberg

Es lag nahe, dass der Überfall und der Mord oder der Totschlag von ein und derselben Person begangen wurden, das Motiv aber war unklar. Bauer saß in seinem Büro im Präsidium und vervollständigte sich das Bild der Ereignisse vom Freitag.

Auf dem Telefontischlein von Frau Sandberg lag ein Zettel mit einer Handynummer. Bauer rief dort an, obwohl es bereits fast 22:00 h war. Eine Männerstimme meldete sich sehr bestimmt ohne Namen; Bauer erklärte entschuldigend, warum er zu so später Stunde am Samstagabend anrufen müsse. Der Mann rief nach einer Carol, die sich mit einer warmen, aber verwaschenen Stimme mit „ja, Ysenberg" meldete. Bauer teilte ihr mit, wie er über Frau Sandberg an ihre Nummer kam. Carol fragte etwas schrill: „Ist der alten Frau Sandberg etwas passiert? Ich habe sie noch am Freitag gesprochen und ihr meine Telefonnummer gegeben. Ich bin Patientin bei Dr. Hofmann, der hatte aber zur vereinbarten Therapiestunde nicht reagiert. Ich dachte mir gleich, da stimmt etwas nicht." Sie bereute in diesem Moment, dass sie ihrem unguten Gefühl nicht gefolgt war, sich an die Polizei zu wenden; sie schämte sich wegen ihrer Gedanken über die parfümierte Couchschwester.

Ja, bestätigte Bauer, da sei etwas passiert, erwähnte den Tod der alten Dame aber nicht und fragte, ob er sie auf dem Präsidium oder bei ihr zuhause sprechen könne. Carol meinte, das sei ja alles wahnsinnig aufregend, aber sie sei nicht mehr ganz nüchtern. „Wissen Sie, wo Dr. Hofmann steckt?" Bauer ignorierte die Frage und vereinbarte einen Besuch bei ihr am Sonntag um ca. 11:30 h. Danach fragte er sich, ob er die Stimme dieser Frau von irgendwo her kenne.

Bauer ging in der Gruberstraße ein und aus, als er vor einigen Jahren selbst Patient bei Dr. Hofmann war; seit gut fünf Jahren hatte er keinen Kontakt mehr zu ihm. Der Vermieterin, Frau Sandberg, war er im Treppenhaus oder Vorgarten begegnet. Sie verwickelte Bauer, der ihr sehr vertrauenswürdig vorkam, in ein Gespräch und offenbarte ihm, dass sie sich Patienten, die einen Psychiater regelmäßig aufsuchten, früher ganz anders vorgestellt habe; die meisten schienen ihr völlig unauffällig, seien ihr freundlich und sympathisch begegnet, einige auch weniger freundlich, mit Sorgen beladen oder einfach nicht gut erzogen.

Nun war diese freundliche Dame tot, wahrscheinlich ermordet worden. Er musste die Wahrheit an Licht bringen.

11.
Der Kommissar als Patient

Kommissar Bauer fuhr vom Präsidium nach Hause, die Luft war warm, im HR1 lief die Quizsendung „Das rätselhafte Samstagsding" mit guter Musik. Das Rätsel war immer noch nicht gelöst, am Mikro war seine Lieblingsmoderatorin mit der warmen und tiefen Stimme.

Er musste an seine eigene Therapie denken, die eineinhalb Jahr dauerte. An Dr. Hofmann hatte er überwiegend gute Erinnerungen; Gefühle von Dankbarkeit verbanden ihn noch heute mit seinem Therapeuten, auch wenn er sich mit ihm am Ende zunehmend angelegt hatte. Hofmann nannte das „eine gesunde Trennungsaggressivität", was Bauer zunächst nicht verstanden hatte. Die Therapie fand mit zwei, dann später mit einer Sitzung pro Woche statt, einige Termine fielen arbeits- und notfallbedingt aus.

Bauer hatte mit keinem anderen Menschen solche persönlichen, verrückten und peinlichen Themen besprochen wie mit Dr. Hofmann. Den konnte offenbar nichts erschüttern; er fragte ihn einmal, wie er all die Probleme, das Leid und den „Mist" seiner Patienten ertragen könne. Hofmann sagte nur: „Mit Mist kann man düngen." Außerdem habe Bauer offenbar den schwierigeren Beruf; sonst wäre er ja nicht zu ihm gekommen.

2014 war Bauer körperlich und psychisch fertig; das ging schleichend; er konnte nichts dagegen machen. Sein Hausarzt nannte es Depressionen und empfahl einen Psychiater. Bauer suchte sich Dr. Hofmann aus, weil er seine Praxis in der Nähe des Präsidiums hatte und nicht nur Psychiater, sondern auch Psychotherapeut war; von Psychoanalyse hatte er nur diffuse Vorstellungen. Seine Arbeit sollte nicht weiter leiden; sein

Hausarzt hatte ihn „aus dem Verkehr gezogen" - wie er es nannte - und krankgeschrieben. Es ging einfach nichts mehr, aber das Rumhängen zuhause machte ihn noch mürber. Er hatte keine Lebensfreude mehr, alles fiel schwer, er dachte auch an Selbstmord, eine Pistole hatte er sowieso. Sein Körper tat an allen möglichen Stellen weh, hartnäckige Schlafstörungen machten ihn fertig. Die Arbeit, die Verbrecher, die Kollegen und besonders die Vorgesetzten kotzten ihn nur noch an. Alles nervte ihn. Er machte fachliche Fehler und bekam zunehmend Ärger. Er trank verstärkt Alkohol zum Abschalten. Seine Frau machte er hilflos, die Familie und das Zuhause waren keine Erholung mehr, kein Ort zum Auftanken.

Zu allem Überfluss machten beide Kinder seit einiger Zeit Probleme: Wenig Bock auf Schule, viel Rumhängen am PC, Chillen, Kiffen und Alkohol. Die 14-jährige Tochter musste er in einer Ambulanz eines Krankenhauses abholen, nachdem sie auf einer Party sternhagelvoll kollabiert war; das blieb aber das einzige Mal – glaubte er zumindest. Der 18-jährige Sohn wurde mit zu viel Cannabis erwischt - wie doof war das denn? Den neuen Führerschein musste er wieder abgeben, Idiotentest, Geldstrafe und Sozialstunden. Das war die richtige Therapie für ihn, dachte Bauer.

Er selbst kam sich wie in einem Hamsterrad vor, das in zwei Käfigen oder Irrenhäusern stand: Im Präsidium und zuhause.

Dr. Hofmann ging mit Bauers Beschwerdeschilderung gelassen um. Nach zwei diagnostischen Gesprächen, war Bauer recht aufgewühlt, da er ahnte, wie seine depressive Episode mit seiner Lebensgeschichte und seiner Persönlichkeitsstruktur zusammenhängen könnte. Hofmann informierte ihn, welche therapeutischen Möglichkeiten es gebe: Stationär, ambulant, psychoanalytische Therapien oder Verhaltenstherapie und erläuterte die Unterschiede. Es sei auch die Einnahme von Psychopharmaka für eine gewisse Zeit indiziert; Hofmann nannte sie

Krücken. Er verordnete daher Bauer ein Benzodiazepin zur Nacht für sieben Tage, damit er wieder einmal gut schlafen könne. Bauers Hausarzt sollte ihn weiter krankschreiben, damit auf dem gelben Schein nicht die Fachrichtung „Psychiatrie" draufstand. Hofmann empfahl Bauer eine „Kur" in einer psychosomatischen Klinik, er müsste eigentlich einige Wochen auf „den Zauberberg, runter von der beruflichen und privaten Galeere". Es könne sein, dass die Therapie mit einer Sitzung in der Woche zu niedrig dosiert wäre.

Bauer lehnte entschieden ab: „Vielleicht auch noch einen Kurschatten?" Ein Kollege von ihm hatte sich in solch einer Reha-Maßnahme einen Kurschatten zugelegt und dadurch sein Leben völlig aufgewirbelt; sein Glück war nur kurz; jetzt lebte er mit zwei Frauen im Krieg, seine Kinder fanden „den Alten nur noch peinlich".

Bauer wurde vier Wochen dienstunfähig geschrieben und hatte in dieser Zeit pro Woche zwei Sitzungen bei Dr. Hofmann. Parallel erhielt er für zwölf Wochen ein SSRI-Antidepressivum, den Benzo (die „Leck-mich-am-Arsch-Tablette") brauchte er nicht mehr; er schlief deutlich besser und erholsam. Hofmann nannte Bauers Erkrankung „Erschöpfungsdepression". Für den Sprachgebrauch und die Kollegen im Präsidium hieß das „Burnout-Syndrom". Das klingt wie eine Auszeichnung, wie ein Orden für einen Helden, der sich kaputt geschafft hat. Denn nur wer brannte, kann auch ausbrennen. Die Diagnose Depression klingt dagegen wie ein persönlicher Makel.

In den Sitzungen seiner analytischen Therapie verstand Bauer, dass sein Selbstwertgefühl durch ein hohes Ich-Ideal aufgepumpt war, und er immer noch der Anerkennung seiner Eltern hinterherlief, insbesondere seines Vaters, der ein klassischer Schulmeister aus der Rhön war. Letztlich war sein Vater mit seinem eigenen Leben unzufrieden und setzte alle Hoffnungen in seine Kinder; Delegation eigener unerfüllter Ideale auf die Kinder – so der Fachausdruck.

Befreiend war für Bauer die Entscheidung, das Jurastudium in Marburg kurz vor dem ersten Staatsexamen an den Nagel zu hängen. Das Examen war für ihn ein zu hohes Hindernis, er hatte massive Prüfungsängste vor einigen autoritären und aufgeblasenen Professoren und Schiss im wahrsten Sinne des Wortes. Zirka die Hälfte der Kandidaten flog durch das erste Staatsexamen; das war nicht außergewöhnlich. Bauer fand es absurd, dass die Jurastudenten zu einem Repetitor gehen mussten, einer Art Bimskurs oder Nachhilfestunden, um sie für die universitäre Prüfung fit zu machen. Warum kann das die Universität selbst nicht leisten? Vielmehr widerte ihn die Atmosphäre am Fachbereich Jura an, die vielen Kommilitonen mit ihren Samsonite-Aktenköfferchen, der blutleere Paragraphendschungel und das Juristendeutsch generell. Auch konnte er sich eine Zukunft als Winkeladvokaten überhaupt nicht vorstellen; sein Lebensziel war nicht, viel Geld als Anwalt zu machen, da hätte er auch gleich BWL studieren können. Er konnte sich nicht vorstellen, einen Gangster bei Gericht rauszuhauen; er wollte ihn lieber hinter Gitter bringen. Recht und Gerechtigkeit sowie demokratische Prinzipien der Gewaltenteilung beeindruckten ihn. Eine Erfüllung im Richteramt konnte er sich durchaus vorstellen, der Weg dahin schien ihm aber zu weit. Rechtsprechen im Namen des Volkes war verlockend, aber Aktenstudium, Rum- und Vorsitzen schreckten ihn sehr ab. Bauer sah sich nicht an einem Schreibtisch verenden, er musste unterwegs sein, auch gerne mit Blaulicht und Martinhorn, mit Menschen reden, die Wahrheit herausfinden, verstehen, warum Menschen Straftaten begehen, aus Gier stehlen, im Affekt morden oder nur dreist lügen.

Bevor Bauer das Studium hingeworfen hatte, kam er in eine schwere Krise; er litt unter einer entzündlichen Darmerkrankung mit Durchfall und Koliken, es stand die Diagnose Colitis ulcerosa im Raum. Sein Vater ließ ihn seine Enttäuschung spüren; in Bauers Fantasie wurde er von seinem Vater schon immer wegen seiner vermeintlichen Schwäche, zum Beispiel Zivildienst statt Bundeswehr abgelehnt. Seine Mutter hielt zu ihm und unterstützte ihn psychisch und materiell. Dummerweise warf parallel zu seinem Studienabbruch seine jüngere Schwester ihre dröge Verwaltungslehre in Fulda hin, wurde schwanger und begann mit ihrem Partner einen Hof zu bewirtschaften und Rhönschafe zu züchten. Sie hatte es bis heute nicht bereut.

Bauer wollte viel lieber Psychologie oder sogar Forensik studieren, um besser zu verstehen, wie die Menschen ticken, besonders die Kriminellen. Durch den Vater eines Kommilitonen erfuhr er von der Ausbildung bei der Polizei; die körperliche Herausforderung reizte ihn sehr und er wurde nach einem Assessment und Test zur Ausbildung als Kriminalkommissar zugelassen. Dass er auf dem richtigen Weg war, zeigte sich dadurch, dass seine Darmbeschwerden nach der Exmatrikulation an der Uni verschwanden. Es folgte eine gradlinige berufliche und private Karriere, seine Freundin wurde schwanger, also Heirat, Bausparvertrag, Hausbau, zweites Kind – das volle Programm. Mittlere und dann höhere Laufbahn bei der Kriminalpolizei; sein fast abgeschlossenes Jurastudium war ein wichtiger Grundstein für den höheren Dienst und nicht umsonst gewesen. Die wechselnden Dienststellen waren hart, als junger Familienvater genoss er eine gewisse Schonung. Es ging also immer weiter bis ihm irgendwer mit 45 Jahren den Saft abgedreht hatte. Zusammen mit Dr. Hofmann konnte er seinen Lebenssaft wieder fließen lassen, er musste aber einige innere Hindernisse beiseite räumen.

12.
Besuch bei seinem kranken Arzt

Am Sonntagvormittag fuhr Bauer ins Nord-West-Krankenhaus. Er betrat mit Mund-Nase-Schutzmaske die Eingangshalle und fragte nach dem Weg zur Traumatologie. Der Mann im Glaskasten verwies auf das große Schild, dass im gesamten Klinikum wegen der Pandemie ein Besuchsverbot bestehe. Bauer zeigte seinen Dienstausweis und sagte, er wolle niemanden besuchen, sondern verhören.

Silke Hoffmann brachte Bauer in Hofmann's Zimmer. „Besuch von der Kripo", sagte sie lächelnd und verschwand wieder. Dr. Hofmann staunte nicht schlecht, als sein ehemaliger Patient vor ihm stand, während er ramponiert und mit einem zugeklebten Auge vor ihm im Bett lag. Er erkannte ihn trotz Mund-Nase-Maske. Das war ein durchaus anderes Setting!
Bauer fragte, wie es ihm gehe. Hofmann stellte sein neues Spielzeug, den Atemtrainer, beiseite und sagte etwas mühsam, „beschissen," und dass er erstaunt und erfreut zugleich sei, Herrn Bauer wiederzusehen. Er musste husten und hielt sich dabei mit der rechten Hand den linken Brustkorb. Sein Arzt wirkte im Bett nicht so souverän und stark wie damals, dachte Bauer; er hatte geradezu liebevolle Gefühlsanflüge für ihn. Diese Situation barg eine gewisse Komik und er vergaß fast, in welcher Funktion er hier war: Kommissar der Mordkommission.
„Ich hätte nicht gedacht, meinen Analytiker einmal im Flügelhemdchen zu sehen", flachste Bauer.
„Nun ja, Therapeuten sind schließlich auch nur Menschen – und manchmal auch Patienten", sagte Hofmann. „Sind Sie mit der Untersuchung des Überfalls befasst?"
„Ja, ich bin dafür zuständig. Wäre das für Sie ein Problem?"

„Nein, ganz und gar nicht. Das Ende Ihrer Therapie ist ja schon einige Jahre vorbei. Wäre es umgekehrt ein Problem für Sie?"

„Nein, ich glaube nicht." Nach einer Pause: „Oft muss ich an die Therapie und an Sie denken; manchmal fragte ich mich auch, was würde der Dr. Hofmann jetzt dazu sagen?" Kurzes Schweigen: „Also gut: Was sagen Sie jetzt zu dieser Sache?"

„Das ist eine einzige unfassbare Scheiße", sagte Hofmann nach einer kurzen Pause.

Bauer schmunzelte: „Mit Scheiße kann man düngen."

Hofmann musste lachen, das habe er schon einmal gehört, und bekam einen schmerzhaften Hustenanfall.

„Bitte keine Witze mehr! Gibt es neue Erkenntnisse zu dem Überfall?"

„Leider nein. Und leider wurde Ihre Vermieterin, die alte Frau Sandberg tot aufgefunden."

Hofmann war sprachlos. „Frau Sandberg tot?", fragte er mit lauter Stimme. Es entstand eine längere Pause. „Ich kenne sie seit über 20 Jahren. Kenne auch ihre halbe Lebensgeschichte." Und nach einer Pause: „Wie ist sie gestorben? Hat der Einbrecher sie umgebracht?"

„Ja, die Umstände sprechen dafür; wahrscheinlich hat der Täter sie ge- oder erschlagen und die Kellertreppe hinuntergestoßen, weil sie ihn vermutlich beim Verlassen des Hauses gesehen hatte. Wir müssen den Bericht der Gerichtsmedizin abwarten." Und weiter: „Der Täter hätte beinahe auch Sie umgebracht. Die Art, wie er Sie gefesselt hat, spricht für einen Profi. Sie hätten sich in einem Panikanfall selbst erdrosseln können. Eine perfide Foltermethode."

Hofmann schaute Bauer erstaunt an, so hatte er das noch gar nicht gesehen; seine Todesgefahr vom Freitag hatte er wohl verdrängt. Frau Santos hatte ihn gerettet; wie wäre das Ganze gelaufen, wenn sie an diesem Abend nicht zum Putzen gekommen wäre? Niemand hätte ihn an diesem Wochenende vermisst. Seine Frau schon, sie wollte ihn per Telefon vom anderen Ende der Welt anrufen.

Nach einer Schweigepause, in der sich Bauer einen Stuhl beizog, sagte er: „Herr Doktor, Sie hatten Glück im Unglück. Frau Sandberg hatte leider das Pech, am falschen Ort zur falschen Zeit zu sein. Mit Ihrer Hilfe müssen wir den Tathergang und das Erscheinungsbild des Täters rekonstruieren. Haben Sie spontan irgendwelche Einfälle zum Tathergang?" Da waren wieder die umgekehrten Rollen. Hofmann schloss das eine Auge, um sich besser konzentrieren zu können.

„Da war ein Mann, groß, kräftig zwischen 1,80 und 1,90, schwarz angezogen, mit einer Mütze über das Gesicht, eine Sturmmaske - wie einer vom SEK. Die Augen erinnere ich wässrig hellblau, ja genau, hellblau; dieses Bild kommt mir eben erst. Die Schädelform unter der Mütze war so, als habe er eine Glatze, keine Frisur mit viel Haaren auf dem Kopf. Und er roch stark nach Nikotin, nach einem filterlosen Kraut, wie soll ich sagen? Wie nach Gitanes oder diesen kleinen italienischen Rachenputzern von früher. Nazionali, ja genau so. Dann hatte der Kerl schwarze Lederhandschuhe an." Pause. „Er überrumpelte mich in einem aggressiven Ton und verlangte etwas von mir. Was es war, daran kann ich mich aber nicht erinnern. Er wollte etwas Konkretes von mir. Vermutlich ist das durch die nachfolgende Gehirnerschütterung gelöscht worden."

Hofmann dachte nach, Bauer hörte seinem Schweigen zu.

„Noch etwas: Er hatte einen Akzent; da war ein R, ein Zungen-R, wie man es bei Menschen aus Bosnien oder jedenfalls aus dieser Ecke des Balkans oder auch aus Osteuropa hören kann."

Bauer machte sich Notizen.

„Danach ist mein Film gerissen. Vielleicht fällt mir später noch etwas ein."

Bauer sagte, dass das eine ganze Menge sei und bedankte sich. Dann fragte er, ob Hofmann diesen Mann vorher schon einmal gesehen habe. Hofmann schaute nach oben in die Ecke und dachte nach.

„Nein, sicher nicht." Nach einer Weile: „Aber … ?"

Bauer fragte: „Aber was?" und wartete.

„Mir scheint, als hätte ich diese Stimme schon einmal gehört. Ich glaube am Telefon vor einigen Wochen."

Hofmann schwieg mit geschlossenen Augen, eines war ohnedies zugeklebt. Bauer: „Das ist ja interessant. Erzählen Sie einfach weiter."

„Ja, genau. Also, ein Mann mit solch einem Akzent wollte einen Termin für einen Freund, der Angstzustände hätte, bei mir haben. Ich habe den Mann dann eine Woche später - es war Ende Juli - in der Sprechstunde gesehen. Der hatte auch dieses R auf der Zunge. Aber er hatte eine ganz andere Statur als der, der mich überfallen hat. Das Gespräch war sehr merkwürdig, das hatte ich mir sogar hinterher notiert, weil er seine Beschwerden wie auswendig gelernt aufsagte. Ich spürte keinen Leidensdruck. Er sprach allerdings auch schlecht Deutsch. Über seine Ängste konnte er nichts Näheres sagen. Er wollte nur ein Medikament, mehr nicht, am besten von mir ausgehändigt. Ich habe aber keine Medikamente in meiner Praxis, ich müsste sie ihm verschreiben. Sogenannte Ärztemuster von Pharmavertretern habe ich nicht, weil ich keine Vertreter empfange. Ich fragte ihn also nach seiner Versichertenkarte; er sagte, er sei illegal hier. Er wollte mir 10 Euro geben, die ich ablehnte; ich beendete das merkwürdige Gespräch mit den Worten, dass ich für ihn nichts weiter tun könne." Hofmann dachte weiter nach. „In Erinnerung habe ich noch, dass er sich geradezu verstohlen in meiner Praxis umsah. Ich hatte kurz den Eindruck, ob er vielleicht etwas psychotisch sei und Verfolgungsängste habe, über die er nicht reden könne. Vielleicht fühlte er sich in meiner Praxis beobachtet und abgehört, daher die scheuen Blicke. Aber aus heutiger Perspektive betrachtet, hat er wohl einfach nur meine Praxis ausspioniert. Hoffentlich bin ich jetzt nicht allzu paranoid."

„Sie haben keinen Namen, Telefonnummer oder sonst etwas von oder über diese beiden Männer?" fragte Bauer.

„Nein, nichts. Im Nachhinein habe ich mich über diesen unsinnigen Termin ziemlich geärgert", sagte Hofmann.

„Ja, das sind schon wichtige Angaben. Der Überfall wurde wohl vorbereitet. Wir wissen nicht, was alles gestohlen wurde. Die Kollegin Henninger fand keinen Computer, kein Handy, kein Portemonnaie in der Praxis vor", sagte Bauer.

„Das Handy habe ich heute anzurufen versucht", sagt Hofmann, „es sprang gleich die Mailbox an. Wer sollte schon drangehen? Es ist mein Privathandy; das Praxistelefon mit Anrufbeantworter ist ein Festnetz-Mobilteil. Alle diese Geräte waren in meinem Praxisbüro. Ich muss so schnell wie möglich dort nachsehen, was alles verschwunden ist. Ich weiß auch nicht, wo mein Schlüsselbund abgeblieben ist, die Schlüssel zur Praxis und zu meiner Privatwohnung."

Bauer ahnte, dass der Einbruch weitere Folgen haben könnte und schlug vor, sowohl in der Praxis als auch in seiner Privatwohnung die Schlosszylinder rasch auszutauschen, um die gestohlenen Schlüssel unbrauchbar zu machen. Hofmann fragte, wie er das vom Krankenbett bewerkstelligen solle. Seine Reinigungsfrau, Frau Santos, hatte zudem einen Schlüssel für sein Haus in Ginnheim, in dem außer ihm zurzeit niemand wohnte. Er gab Bauer die Telefonnummer von Frau Santos; die Kripo hatte sie zu den Unterlagen genommen, da sie eine wichtige Zeugin war. Bauer wollte die Kollegen vom Einbruchdezernat beauftragen, umgehend die Türzylinder austauschen zu lassen. Hofmann fiel ein, dass im Portemonnaie neben Bargeld noch sein Personalausweis, Führerschein, Arztausweis, eine EC-Postbank- und eine Kreditkarte waren. Er könne sie vom Krankenbett aus nicht sperren lassen.

Bauer sagte: „Vielleicht führen uns das Handy und die Kreditkarten zu den Verbrechern." Er nannte Hofmann die zentrale

Telefonnummer 116 116, um Bank- und Kreditkarten sperren zu lassen. Hofmann sollte das umgehend veranlassen.

„Vielen Dank, Herr Kommissar. Ich wusste gar nicht, dass es eine zentrale Sperrnummer überhaupt gibt. Ich war noch nie in solch einer Verlegenheit."

„Dafür wissen Sie Vieles, was Normalsterbliche nicht wissen", sagte Bauer lächelnd und dachte sich, diese Analytiker leben schon ein bisschen in einer anderen Welt. Er hatte in seiner Therapiezeit oft den Eindruck, dass sein Doktor keine Ahnung von neuen Medien wie facebook oder instagram hatte. Inzwischen ist ihm diese Ignoranz gegenüber den „sozialen" Medien sehr sympathisch; sie wären zwar hilfreich, aber auch die reine Pest.

„Jetzt muss ich mich verabschieden, ich habe einen Termin bei einer Ihrer Patientinnen, die Frau Sandberg wohl noch lebendig gesehen hatte." Hofmann zeigte ein erstauntes, fragendes Gesicht, das könne nur Frau VYS sein, dachte er. Er führte in seinem Buchkalender die Patiententermine mit Namenskürzeln.

„Ich komme morgen wieder vorbei. Wir müssen Ihre Patienten durchgehen, ob es irgendwelche Verbindungen zum Täter oder irgendwelche Auffälligkeiten geben könnte. Der Täter wollte etwas Bestimmtes von Ihnen. Es war bestimmt kein Überfall, um Sie nur zu beklauen im Sinne der Beschaffungskriminalität oder so etwas. Das sieht nach einem Auftragseinbruch aus."

Dr. Hofmann nahm gefühlsmäßig eine professionelle innere Haltung an und sagte in gewählten Worten, dass er mit anderen Menschen oder Institutionen, so auch mit der Polizei, nicht einfach über seine Patienten sprechen könnte; er dürfe noch nicht einmal jemandem sagen, ob diese Person überhaupt bei ihm Patient wäre. Das unterliege der ärztlichen Schweigepflicht.

Wie ertappt sagte Bauer: „Ja, natürlich ist das eine besondere rechtliche Situation." Und nach einer Pause: „Ich hätte auch nicht gewollt, dass Sie damals irgendwem etwas von mir mitgeteilt hätten oder dass ich regelmäßig zu meinem Psychodoc gehe." Beinahe hätte er „Psychoklempner" gesagt.

„Wenn ich aber einen konkreten Verdacht und einen richterlichen Beschluss hätte, müssten Sie Informationen aber schon herausrücken; nicht wahr?"

„Da bin ich mir nicht so sicher. Natürlich bin ich der Erste, der ein starkes Interesse hat, dass dieser Überfall und Mord aufgeklärt werden. Ich möchte an der Aufdeckung gerne aktiv mitarbeiten. Aber mir sind auch rechtlich die Hände gebunden. Das ist ein echtes Dilemma."

Der Besuch endete in einer leichten Dissonanz, wenngleich Jeder den Anderen verstehen konnte. Bauer bat Hofmann, ihm mitzuteilen, wenn er verlegt oder entlassen würde. Er könne ihn ja mobil nicht erreichen. Hofmann versprach, in engem Kontakt zu bleiben.

„Wir müssen uns bald in Ihrer Praxis zusammensetzen."

„Sie meinen: Am Tatort."

„Ja, genau, dann versuchen wir eine Rekonstruktion des Überfalls. Das Motiv der Tat ist noch völlig im Dunkeln."

Bauer reichte ihm seine Visitenkarte und hätte ihm beinahe – wie früher - die Hand zum Abschied gegeben. Das war aber wegen der Corona-Hygieneregeln seit einigen Monaten zu unterlassen. Noch im Patientenzimmer pumpte er Desinfektionsmittel aus dem Wandspender, rieb seine Hände ein und sagte: „Hiermit wasche ich meine Hände in Unschuld" und winkte an der Tür Hofmann kurz zu.

Hofmann brauchte einen Moment, den Besuch seines ehemaligen Patienten am Krankenbett zu verarbeiten; er musst lächeln über das andere Setting: Er war hier angeschlagen im Nachthemd, ein Auge zugepflastert, eine Infusion im Arm; sein Patient stehend am Bett umgeben von der Aura einer staatlichen Autorität.

Der Tod von Frau Sandberg stimmte ihn traurig. Die Gedanken an Frau R., die nicht zu ihrer Therapiestunde am Freitag erschien, traten dadurch in den Hintergrund.

Es bildete sich bei ihm die Fantasie aus, dass es irgendwie möglich sein müsste, die Wahrheitssuche in der Analyse eines Menschen mit der Wahrheitssuche eines realen Verbrechens zu verbinden, ohne dass beide Systeme ihre immanenten ethischen und juristischen Regeln verletzten. Wahrscheinlich war dieser Anspruch schwer zu realisieren.

Ihm fiel der oft zitierter Satz vom alten Freud ein, der sinngemäß lautete, dass man den Feind nicht in Abwesenheit erschlagen könne. Wörtlich schrieb er „ ... *denn schließlich kann niemand in absentia oder in effigie erschlagen werden.*" Dieser Satz hat interessanterweise einen Bezug zur Rechtsprechung: Im Mittelalter wurde manchmal anstelle des Verbrechers, der durch Flucht abwesend war, eine ihm ähnliche Puppe aufgehängt oder verbrannt. Bezogen auf die psychoanalytische Therapie bedeutete das, dass es dem Patienten wenig nützt, wenn er seinen seelischen Konflikt oder seine traumatischen Erfahrungen draußen im Alltag erfährt und in der Therapiestunde nur darüber berichtet. Vielmehr muss dieser Konflikt, also der Feind, in der therapeutischen Beziehung reinszeniert und in der Übertragung zum Analytiker wieder lebendig werden. Die Emotionen sind dann spürbar und befördern die Bearbeitung. Diese Essentials der psychoanalytischen Therapie und Technik hatte Hofmann in vielen Semestern den Ausbildungskandidaten zu vermitteln versucht. Mit dem Kommissar Bauer müsste es also zwangsläufig Konflikte in der Zusammenarbeit geben.

Ernüchternd realisierte er, dass er in keinem Seminar saß, sondern hier in einem Krankenhausbett lag und unbedingt die 116 116 anrufen musste, um weiteren Schaden abzuwenden. Er fragte sich, wie und wo er einen Missbrauch seines Handys unterbinden und die SIM-Karte sperren lassen konnte. Oder sollte das Handy dazu dienen, den Täter ausfindig zu machen?

13.
Bei Carol zuhause

Der Kommissar hatte Probleme, einen Parkplatz zu finden. Zwischen den modernen Wohnblocks an der Europäischen Zentralbank am Osthafen waren alle Parkplätze belegt. Glücklicherweise fuhr gerade ein großer BMW weg. Was er zutiefst hasste, war die Suche nach Schildern und Hausnummern, die offenbar extra versteckt angebracht wurden. Das könnte den Bewohnern schwer auf die Füße fallen, wenn sie schnell einen Krankenwagen, Notarzt oder eine Polizeistreife brauchen sollten.

Bauer fand den Eingang; fast alle Klingelschilder waren vornehm gehalten. Er klingelte bei Dr.V.B. und C.v.Y. im obersten, vierten Stock und nahm trotz Aufzug das Treppenhaus, weil er sich mehr bewegen wollte. Etwas kurzatmig kam er oben an, vor dem Treppenabsatz friemelte er seinen Mundschutz hinter die Ohren. Eine große, schlanke und sommerlich gekleidete Frau mit einer rotblonden Löwenmähne erwartete ihn lächelnd und lässig in den Türrahmen gelehnt. „Oh, das ist aber sportlich, Herr Kommissar" und bat ihn herein. „Oder mögen Sie vielleicht keine Aufzüge."
Bauer entgegnete spontan: „Doch durchaus; ich bin kein Claustrophobiker, wenn Sie das meinen. Ich will mich nur mehr bewegen." Er ärgerte sich über diese persönliche Mitteilung.
„Ein Kommissar bei mir zuhause, das ist ja aufregend", sagte Carol mit einem gesenkten und unschuldigen Blick. Bauer hatte sofort den Eindruck, die Löwin gehe ihm gleich an die Wäsche und sei schon am Sonntagvormittag auf Flirten eingestellt. Ein deutlich älterer Mann, wahrscheinlich Dr.V.B., lief im Hintergrund herum und fragte Bauer, ob er einen Kaffee oder ein Wasser anbieten könne.

„Vielen Dank, ein Wasser wäre schön", sagte er. Er wurde zu einer exklusiven weißen Ledersitzlandschaft geführt; der Blick durch die bodentiefen Fenster auf den Main und die Sachsenhäuser Seite war überwältigend. Zwei Vierer-Ruderboote zogen durch die spiegelglatte Wasserfläche und setzen kreisrunde kleine Wellen, Pappeln säumten das Ufer.

„Ein wunderbarer Ausblick", sagte Bauer, als er sich setzte.

Carol sagte: „Ja, ich bin ein richtiger Maagucker." Sie merkte, dass Bauer etwas irritiert wirkte. Er dachte bei sich, er müsse ja auch nicht alles verstehen.

„Ich bin ein Maingucker", fügte Carol wie eine Übersetzung für einen Fremden hinzu.

„Und ich bin ein Kommissar - und zwar von der Mordkommission." Aus Erfahrung kannte er die Wirkung dieses Wortes. Dabei hieß es heute nicht mehr Mordkommission, sondern Kommission für Kapitaldelikte.

Carol wusste, dass der Kommissar wegen Dr. Hofmann kam und dort am Freitag irgendetwas passiert sein musste. Sie wurde sehr blass und fragte leise und merkwürdig gedehnt:

„Ist dem Dr. Hofmann etwas passiert?" So als möchte sie die Antwort noch etwas hinauszögern.

„Ja, allerdings. Er ist überfallen worden. Er ist im Krankenhaus. Sie sind Patientin bei ihm?" Carol nickte.

„Seine Vermieterin, Frau Sandberg haben wir tot im Keller gefunden."

Carol hielt sich eine Hand vor den offenen Mund, stand auf und ginge einige Schritte am Fenster auf und ab. Das hysterische Gedöns war auf einmal weg, dachte Bauer und verfolgte Carol mit den Augen. Nach einer Minute sagte sie:

„Das tut mir aber sehr leid. So eine nette alte Dame. Wie ist denn das passiert? Irgendwie gehörte sie zur Praxis von Dr. Hofmann. Ich hatte anfangs immer die Idee, sie sei seine Mutter."

Soweit hatte Bauer als Patient früher nicht gedacht, Frau Sandberg kam ihm eher vor wie ein Concierge, die ab und zu schaute, was für ein rara avis, seltsamer Vogel, durch das Treppenhaus flog. Sie verwickelte ihn auch einmal in ein Gespräch. Nach einer Pause fügte Carol an: „Wenn Sie damit zu tun haben, dann ist sie wohl umgebracht worden." Bauer antwortete nicht darauf, sondern nahm Bezug darauf, dass Frau Sandberg Frau von Ysenbergs Handynummer offen herumliegen hatte, was wie eine Aufforderung zum Erzählen war. Carol schilderte den Ablauf ihrer verhinderten Therapiestunde am letzten Freitagnachmittag, den Kontakt mit Frau Sandberg und ihre eigenen Beobachtungen; ihre Handynummer hinterließ sie, weil sie das starke Gefühl hatte, dass da etwas Schlimmes passiert sein könnte.

„Wenn Frau Sandberg umgebracht wurde, dann war ich selbst ja auch in einer großen Gefahr! Oder?" Der Gedanke war ihr gruselig. Sie wollte wissen, was genau vorgefallen war und was ihrem Analytiker passiert sei.

Bauer sagte, er sei überfallen und verletzt worden, den Umständen entsprechend gehe es ihm gut. Mehr könne er aber dazu nicht sagen. Frau Sandberg sei im Keller tot aufgefunden worden. Carol blieb dabei sehr sachlich und beantwortete Bauers Fragen überlegt und präzise ohne einen Anflug von Theatralik. Sie erwähnte nicht, warum sie früher zu ihrer Therapiestunde gefahren war und sich in die Beobachtungsposition gebrachte hatte; das war ihr doch zu peinlich.

Dr.V.B., der wie ein seriöser Butler im Hintergrund blieb, setzte sich jetzt neben Carol und ergriff liebevoll ihre Hand. Er merkte, dass seine Frau etwas durch den Wind war. Sie vergaß dabei völlig zu erwähnen, dass sie einen dunklen Mann, der ihr verdächtig vorkam, aus der Gruberstraße 17 hatte herausgehen sehen.

Bauer bedankte sich bei ihr für die Informationen. Wegen des mutmaßlichen Täters habe er noch offene Fragen, er werde bestimmt nochmals auf sie zukommen. Er getraute sich nicht, seinem Déjà-vu nachzugehen und zu fragen, ob sie sich nicht irgendwoher kennen könnten. So eine Frage von einem der Mordkommission kommt oft nicht gut an. Es wäre ungefähr so, als würde man auf der Straße von der Kleinstadtprostituierten oder seinem Psychiater begrüßt werden. Immerhin ließ sich Bauer die genauen Personalien geben: Carola von Ysenberg, geborene Schmidt. 1970 in Kassel geboren. Sie reichte ihm ihre Visitenkarte und Bauer die seine. Bauer las: „Personalmanagement". Carol konnte offenbar seine Gedanken lesen.

„Ich habe eine Personalagentur, arbeite als Recruiter für wichtige Firmen. Als Headhunter vermittle ich zusammen mit meinem Mann auch Führungskräfte. Wenn Sie also einmal einen guten neuen Mitarbeiter suchen, lassen Sie es mich wissen." Und: „Sie sind doch auch so eine Art Headhunter, oder?" Da war sie wieder, Carol's kecke Art.

„Ja, da sind wir sozusagen Kollegen", sagte Bauer mitspielend. Carol sagte beiläufig beim Verabschieden an der Tür: „Die Jurisprudenz hatte mich früher auch sehr interessiert. Aber nach meinem ersten juristischen Examen ist es eben anders gekommen."

Bei Bauer fiel ein kleiner Groschen, zumindest hatte er einen leise klimpern gehört. Er verabschiedete sich von Carol und V.B. und nahm wieder das Treppenhaus; mit jedem Stockwerk war er sicherer, Carol schon einmal begegnet zu sein. Jura in Marburg, na klar, das war es.

14.

Pneumothorax

Nachdem Bauer am Sonntagvormittag gegangen war, telefonierte Hofmann mit Anatol. Er klagte, dass er sich ohne Unterlagen und Handy hier in der Klinik wie hirnamputiert vorkomme. Diese Ohnmacht mache ihn noch wahnsinnig. Ob Anatol ihm ein Handy oder einen Tabletcomputer besorgen könne? Das wäre am Sonntag natürlich sehr schwierig zu organisieren. Seine Praxis sei polizeilich versiegelt, da müsse er den Kommissar fragen. Seine Frau wollte ihn heute vereinbarungsgemäß auf dem Handy erreichen, wahrscheinlich ging das nur bei ihr über Satellitentelefon. Vielleicht ruft sie bei Anatol an, wenn sie ihn nicht erreichen könne. Portemonnaie, Schlüssel, Handy und Praxis-Notebook waren verschwunden. Anatol sicherte zu, ihm noch heute sein IPad zukommen zu lassen, auf Station dürfe er ja nicht. Er habe die nächsten Tage in seiner Praxis einen vollen Terminkalender; Hofmann solle ihn dennoch jederzeit anrufen, er rufe zurück.

Nachdem das Telefonat beendet war, stieß sein Zimmernachbar einen tiefen und gedehnten Schrei aus, dann begann das Bett rhythmisch zu beben. Hofmann mühte sich aus seinem Bett, fuhr mit dem Infusionsständer um den Paravant herum und sah, dass der alte Mann einen epileptischen Anfall hatte und tonisch-klonisch zuckte. Er betätigte die Klingel; etwas unternehmen konnte er nicht; bei einem Grandmal-Anfall ist es wichtig, die Atemwege des Patienten freizuhalten und nicht in den Mund zu greifen, da könnten Finger abgebissen werden. Der Anfall dauerte sehr lange; da auch nach mehreren Minuten niemand vom Pflegepersonal erschien, ging er mit seinem Infusionsständer auf den Flur und wollte nach dem Pflegepersonal rufen. Hofmann blieb aber mit dem Fuß des Infusionsständer an einem Verbandswagen hängen und stürzte zu Boden. In der linken Brust verspürte er einen heftigen Schmerz.

Ein Pfleger half ihm auf die Beine, führte ihn zu seinem Bett und wandte sich dem Mitpatienten zu, der immer noch krampfte. Ein schrecklicher Zustand. Hofmann sagte etwas luftknapp: „Ein Status epilepticus." Eine Ärztin erschien nach weiteren Minuten, spritzte mehrere Medikamente und ordnete die Verlegung des Mitpatienten an. Niemand schaute nach Hofmann. Sein Zustand verschlechterte sich, er bekam Luftnot, offenbar entwickelte er einen Pneumothorax, weil durch den Sturz vermutlich ein Knochensplitter das Rippenfell und ein Segment des linken Lungenflügels durchstochen hatte und ihn kollabieren ließ. Er klingelte. Wieder passierte lange nichts. Eine ihm unbekannte Schwester kam herein und fragte scharf, was denn jetzt los sei. Hofmann: „Ich bekomme schlecht Luft." Sie schaute ihn einen Moment etwas ungläubig an. Er schob nach: „Wahrscheinlich ein Pneu." Ein Patient, der gleich die Diagnosen mitliefert, war nicht automatisch beliebt.

Am Abend wurde bei ihm eine Drainage gelegt, um den Raum zwischen Lunge und Brustwand zu entlüften, damit sich die Lunge wieder ausdehnen konnte und, um Blut und Sekret abzuleiten. Und er bekam Sauerstoff. Im Röntgen war zu sehen, dass zwei gebrochene Rippen in das Lungengewebe eingebrochen waren. Am Montagfrüh sollen die instabilen Rippen mit einem Draht fixiert und die Drainage beibehalten werden. Das Schädel-CT war auf Dienstag und die Verlegung in die Kopfklinik auf den Mittwoch verschoben worden.

15.
Sonntags im Präsidium

Bauer fuhr am Sonntagmittag ins Präsidium und hackte im Zweifingersystem seine Protokollnotizen in den Computer. Er las die dokumentierten Berichte seiner Kollegen und Kolleginnen, die diesen Tathergang betrafen. In den Dokumentationssystemen versuchte er aktuelle Notizen vom Wochenende zu finden; auch schaute er nach einer Videoüberwachungskamera; die nächste war an der überirdischen U-Bahnhaltestelle in der Eschersheimer Landstraße. Ihm fiel mit einem Adrenalinstoß ein, dass sich bisher noch niemand um die Angehörigen von Frau Sandberg gekümmert hatte, jedenfalls fand er nichts in der Dokumentation.

Er entschloss sich, Hofmann anzurufen, der bestimmt gut über die nächsten Angehörigen von Frau Sandberg Bescheid wusste. Hofmann ging nicht ans Telefon. Nach einer halben Stunde rief Bauer auf der Station an. Die Schwester war kurz angebunden und wollte nur mitteilen, dass sie keinerlei Auskünfte erteilen könne und legte auf. Bauer war sauer. Datenschutz und Schweigepflicht behinderten permanent seine Ermittlungsarbeit.

Nachdem er sich etwas beruhigt hatte, legte er seine Füße auf den Schreibtisch, wie das bekanntermaßen die Detektive in US-Krimis zu machen pflegen; einen Hut hatte er aber nicht auf und auch keinen Revolver im Holster. Am liebsten säße er jetzt zuhause in seinem bequemen Sessel, da konnte er gut nachdenken.

Die Tastatur auf den Oberschenkeln surfte er im Internet in Einträgen anderer hessischer Polizeidirektionen und Pressemitteilungen, ob es in letzter Zeit ähnliche Überfälle auf Praxen von Ärzten und Psychotherapeuten gegeben habe. Er fand aber nichts Vergleichbares und damit Verwertbares. Auffällig für ihn war die Brutalität des Überfalls, die Knebelungstechnik und der Totschlag der alten Dame. Das roch nach einer größeren Sache und nicht nach Beschaffungskriminalität. Die wenigen Daten wiesen darauf hin, dass der Überfall systematisch vorbereitet wurde, um an Informationen zu kommen. Je länger Bauer darüber nachdachte, desto sicherer war er sich, dass es um einen Patienten von Dr. Hofmann gehen müsse, dessen Inhalte, Themen, Biographie, aktuelles Leben, gesellschaftliche Funktionen, Wissen um Geheimnisse, Kenntnis über andere Menschen und Sachverhalte, wahrscheinlich auch Sexualleben, Neigungen etc. kurz: dass es um „Material", wie die Analytiker zu sagen pflegen, gehen dürfte, die ein Dritter unbedingt haben mochte, um daraus Geld und Macht zu generieren. Sollte Hofmann Mitwisser wichtiger Informationen sein, hätte man ihn wahrscheinlich mundtot gemacht, ihn also getötet, nachdem er das Material preisgegeben hätte. Das hätte ja fast geklappt. Aber was wollte genau der Täter von Hofmann?

Es klopfte. Eine junge Kollegin eines anderen Kommissariats streckte ihren Kopf durch die Tür und sagte, dass sie auch Bereitschaftsdienst habe: Sie müsse sich mit „lauter Schrott" abgeben, Idioten, Besoffene, Schlägereien mit Körperverletzung und Diebstahl. „Du sitzt hier wenigsten wegen eines Mordfalls, habe ich gehört." Bevor Bauer irgendetwas sagen konnte, war sie wieder verschwunden und wünschte ihm ein „frohes Schaffen". Seinen Fall fand Bauer aber wirklich nicht prickelnd, sondern wegen der Vorgeschichte befremdlich und etwas verstörend.

Bauer merkte, dass durch die Begegnungen mit Dr. Hofmann und der Gruberstraße seine eigenen therapeutischen Erfahrungen wieder lebendig wurden. „Analytiker beschäftigen sich von Natur aus mit Schweinekram", hatte ihm Dr. Hofmann einmal trocken gesagt. Es gäbe nichts, was ihn erschüttern könne. Bauer selbst hatte in seiner Therapie neben sehr persönlichen und höchst unangenehmen Themen auch über berufliche Aspekte, Fragen, Probleme, Konflikte und Menschen gesprochen; dabei gab es die Abmachung, diese Personen zu anonymisieren, soweit das ging; Hofmann bat Bauer damals, die Person nur mit einem Vornamen, der nicht der reale sein müsse oder durch ein Adjektiv oder eine Metapher, zu beschreiben.

Wie sein Doktor so war natürlich auch der Kommissar an die Schweigepflicht und an Dienstgeheimnisse gebunden. Darf ein Geheimnisträger frei assoziieren, war die Frage. Die Assoziation ist die Arbeitsweise des Patienten in seiner analytischen Therapie: Er soll frei und ohne Zensur über seine Gedanken und Gefühle sprechen. Diese Grundregel der freien Assoziation hatte ihm Hofmann zu Beginn als Arbeitsweise des Patienten mitgeteilt. Am eigenen Leib konnte Bauer erfahren, wie schwer das war; er hatte vor vielen Themen ein unbehagliches Gefühl, Angst-, Scham-, Schulgefühle oder er fand sie „nur noch Banane" - also unsinnig; oder er merkte, dass er dadurch traurig, ärgerlich oder irgendwie verstimmt wurde.

Außerdem konnte Bauer sich nicht vorstellen, dass Hofmann seine Gedanken nicht doch irgendwie bewerten würde. Erst nach einigen Monaten der Therapie verspürte er eine gewisse innere Freiheit, über fast alles zu sprechen, was ihm einfiel. Er erinnerte einen eher beiläufigen Satz von Hofmann vom Anfang der Therapie, in dem er die Grundregel der freien Assoziation erklärte: „Wenn Sie an Bratkartoffeln denken, dann ist das unser Thema. Oder wenn Sie an Analverkehr denken, dann eben das. Wenn Sie das Gefühl haben, dass Sie mich nicht leiden können und mich für einen Blödmann halten, dann reden wir eben darüber."

Bauer fragte sich damals, wo er denn hier gelandet sei und fand das schon ziemlich abartig. Hofmann wirkte damals auf ihn, als sei das sein tägliches Brot. Sehr bald erkannte Bauer den Sinn und die befreiende Haltung, die darin steckte. Die äußere und innere Kommunikation in einer analytischen Therapie ist in der Tat etwas Außergewöhnliches; Bauer hatte mit keinem anderen Menschen über gewisse Themen gesprochen außer in seiner Therapie mit Hofmann. Dabei saßen sie sich gegenüber und nahmen sich auch unbewusst war, jeden Wimperschlag, das Kratzen am Bart, die Positionswechsel beim Sitzen. Wie wäre das erst, wenn der Patient auf der Couch läge, den Analytiker nicht sehen müsste und noch freier denken und fühlen könnte? In seiner Therapie schaute Bauer öfter zur analytischen Couch und zu dem Sessel hinüber; er hätte sich gerne dort hingelegt.

Aus amerikanischen Filmen oder Cartoons hatte er so ein Bild im Kopf, dass der Analytiker neben dem Patienten säße, ihn anschaute und auf seinem Schreibblock herumkritzelte. Brav assoziierend sprach Bauer diesen Einfall an. Hofmann interpretierte diesen Einfall als seinen Wunsch nach einer intensiveren Therapie mit ihm, eine psychoanalytische Therapie auf der Couch. Bauer sagte, ja, dass fände er sehr reizvoll, aber auch beängstigend. Und Bauer fragte wegen der Cartoons weiter nach; Hofmann bestätigte, dass der Analytiker hinter dem Patienten säße und ihn nicht ansähe, weil er, genauso wie der Patient, seinen eigenen Einfällen nachginge und diese in die therapeutische Kommunikation einbrächte.

So ein Setting wie in Cartoons oder Filmen sei schlichter Unsinn. In dieser Stunde sah Bauer den Fußhocker vor dem Sessel hinter der Couch und sagte: „Sie haben einen Beruf, bei dem Sie die Beine hochlegen können."

„Ja, das stimmt", bestätigte Hofmann, „so kann ich besser arbeiten."

Einige Monate später war Bauer Besitzer eines superbequemen, verstellbaren Ledersessels mit Fußhocker, in dem er zuhause gerne saß, nachdachte, las oder Musik hörte. Seine Frau nutze ihn auch gerne, wenn er nicht zuhause war.

Bauer nahm die Beine vom Schreibtisch und massierte sich die Oberschenkel und Kniee. Vor ihm lag offen sein Terminkalender. Ihm fiel ein, dass er einmal einen Blick in Hofmanns Buchkalender erhaschen konnte und unter seiner Therapiezeit das Kürzel KGB stehen sah, was ihn stutzig und neugierig machte: KGB? Er getraute sich erst in einer späteren Stunde Hofmann danach zu fragen, schließlich sollte er ja frei assoziieren. Während sie darüber sprachen, welche Motive in dieser Frage noch steckten, kaum Bauer selbst darauf: Mit Russland hatte das nichts zu tun. KGB heiße bei Hofmann schlicht: Kommissar Georg Bauer. Er „gestand" Hofmann, dass er seine Therapietermine in den ersten Wochen mit DrH in seinem Kalender, dann später mit Shr, am Ende mit Ho abkürzte. Niemand sollte erfahren, wohin er zu dieser Zeit gehe.

Hofmann konnte mit DrH und Ho schon einiges anfangen, bei Shr müsste er aber passen, obwohl er eine vage Idee dazu hatte. Bauer gestand, dass Shr „shrink" bedeutete, ein amerikanischer Spitzname für Psychiater oder Psychoanalytiker: „Hirnschrumpfer" oder „Hirnquetscher". Woody Allen nutzte ihn. Hofmann lachte. Bauer war das von ihm losgetretene Thema höchst unangenehm, total peinlich und wollte es beenden. Hofmann ließ aber nicht locker. Es entwickelte sich in die Richtung, dass Bauer seinen Vater als eine Autorität erlebt hatte, die ihn beeinflussen, manipulieren und ihm quasi das Hirn zu verdrehen suchte. Und das alles aus Fürsorge um und zum Wohle seines Sohnes. Bauer verstand, dass das die berühmte psychoanalytische Übertragung aus der Beziehung zu seinem Vater auf den Shrink Dr. Hofmann war, vor dem er eine Zeit lang Angst hatte. Hofmann war nur neun Jahre älter als Bauer, aber das Phänomen der Vater-Übertragung klappte auch so.

Er sah auf seine Schreibunterlage, ein überdimensionaler Kalender, auf den er die Buchstaben SHR fantasievoll ausgemalt hatte; das sah richtig künstlerisch aus. Zeichnen konnte er sehr gut; beliebt und gefürchtet zugleich waren seine Portraits in längeren Sitzungen, die er von einigen Anwesenden anfertigte.

Also weiter: Hofmann war somit Geheimnisträger oder verfügte über Informationen, die andere Menschen haben wollten, er war ein Mitwisser und dadurch möglicherweise in Gefahr. Und das war ihm offenbar nicht klar, d.h. nicht bewusst. Die dummen Gangster können sich nicht vorstellen, dass sie von bestimmten Berufsgruppen durch deren ethischen Kodex auch noch geschützt werden, zum Beispiel von Ärzten. So ist das eben in einem Rechtsstaat.

Er erinnerte sich, dass Hofmann Bauer zu Therapiebeginn das Antragsverfahren erläutert hatte. Die Krankenkassen, Privatversicherungen oder Beihilfestellen der Länder- und Staatsbeamten kennen nur die Diagnose. Der Antrag mit allen Details wird einem Gutachter irgendwo in Deutschland in einem separaten verschlossenen Umschlag zugeschickt, die Inhalte sind anonymisiert, die Daten des Patienten chiffriert. Bauer hatte die Befürchtung, dass sein Dienstherr irgendetwas Persönliches oder Intimes erfahren und etwas davon in der Personalakte landen könnte. Psychotherapie war wie ein Stigma, ein Makel. In diesem Zusammenhang hatte ihm Dr. Hofmann gesagt, dass laut epidemiologischen Untersuchungen in Deutschland ca. 30 Prozent der Bevölkerung an behandlungsbedürftigen seelischen Störungen erkrankt wären, also fast jeder Dritte. Bauer dachte manchmal, in seiner Dienststelle müssten es deutlich mehr sein.

Im Laufe seiner Therapie hatte Bauer mitbekommen, dass Patienten und die Inhalte einer Therapie ebenfalls chiffriert wurden. Hofmann bat bereits zu Beginn der Therapie, dass Bauer in seinen Schilderungen keine Klarnamen verwenden sollte, er wolle es so genau und real auch nicht wissen. Bauer war damals darüber irritiert. Psychotherapie schien ihm mit der polizeilichen Fahndungsarbeit sehr verwandt zu sein, aber er begriff, dass es um verschiedene Welten ging: Innere und äußere, Fantasie und Wirklichkeit. Manchmal auch um beide Welten.

Bauers Methode im Umgang mit dem Material in seiner Arbeit als Kommissar hatte sich durch seine Therapie verändert. Er hatte sich seitdem für Erkenntnisse der Neurowissenschaften interessiert und selbst erfahren, welche Rolle das Unbewusste bei ihm spielte und besonders, dass er es für seine Erkenntnisse nutzen konnte. Unbewusst nehmen wir sehr viel mehr wahr, als wir Menschen ahnen. Auch das Denken läuft auf einer unbewussten Ebene ab. Im Traum, in dem wir schlafen und nicht bei Bewusstsein sind, ereignen sich kognitive und emotionale Prozesse. Unser Gehirn arbeite immer, es schlafe nie, sagte der Hirnforscher Manfred Spitzer; so finden sich Problemlösungen, die morgens unter der Dusche oder in der Badewanne bewusstwerden. Bauer erinnerte sich an ein Interview in einer populären neurowissenschaftlichen Fachzeitschrift mit dem Hirnforscher Eric Kandel, der damals schon hochbetagt war. Kandel erhielt 2000 den Nobelpreis für Medizin für seine Erforschung des Gedächtnisses; er sagte, dass unser Unbewusstes unser Tun zu 80 bis 90 Prozent beeinflusse. Das kam Bauer ungeheuerlich viel vor. Er kannte den Satz von Sigmund Freud, dass es eine psychologische Kränkung des Menschen sei, nicht Herr im eigenen Hause zu sein. Da fielen ihm sehr viele Beispiele bei sich selbst ein.
Die biologische Kränkung nach Freud war übrigens die, dass der Mensch vom Affen abstamme und kein von einem Gott geschaffenes Wesen sei; das hatte Darwin klargestellt. In seiner alltäglichen Arbeit als Kommissar der Mordkommission könne

er diese Hypothese nur bestätigen. Affen gab es genug, besonders in Behörden.

Die dritte Kränkung der Menschheit nach Freud war die kosmologische durch Kopernikus, dass die Erde nicht der Mittelpunkt des Universums sei. Bauer fand das alles sehr überzeugend.

Seine katholische Sozialisation in der Rhön stand im Gegensatz zu solchen freien Gedanken und brachten ihn in seiner Pubertät in heftige innere und äußere Konflikte. Das christliche Credo: Wir seien wegen des Sündenfalls aus dem Paradies vertrieben worden und müssen mit der Erbsünde und Schuld leben. Da hatte Bauer mehr als Zweifel.

Ihm fiel der Witz ein: Wie wäre die Sache gelaufen, wenn Adam und Eva Chinesen gewesen wären? Die hätten statt des Apfels die Schlange gegessen.

Die menschliche Sexualität und insbesondere der weibliche Körper waren für viele Religionen offenbar etwas sehr Gefährliches; nicht umsonst werden Frauen in der Öffentlichkeit verhüllt. Und Jesus sei ohne Sexualität durch die unbefleckte Empfängnis der Jungfrau Maria entstanden.

Je mehr sich Bauer in solche Themen hineinsteigerte, desto mehr konnte er sich echauffieren. Es reichte für heute!

Bauer beschloss daher, sich die Gruberstraße noch einmal anzusehen, um quasi Witterung aufzunehmen, bevor er nachhause fuhr. Angesetzt wurde morgenfrüh eine Lagebesprechung mit den Kollegen und Kolleginnen des K 11. Die Spurensicherung und KTU dürfte bis dahin noch keine verwertbaren Befunde vorzuweisen haben. Es gab also noch viel zu tun.

16.
Schweigepflicht – ein Exkurs

Der Kommissar saß immer noch an seinem Schreibtisch und dachte darüber nach, wie er Hofmann dazu gewinnen könne herauszufinden, was der Eindringling von ihm wollte, ohne gegen die ärztliche Schweigepflicht zu verstoßen. Das Problem kannte er aus seiner eigenen Berufsrolle zu gut.

Ihm fiel eine juristische Fortbildung für Kommissare ein, in der es um die berufsspezifische Schweigepflicht ging; der Workshop wurde von einer Richterin am Landgericht durchgeführt. Der Fall: Ein Psychotherapeut erfuhr nach einigen Monaten Therapie von seinem Patienten, dass er seine jugendliche Tochter mehrfach sexuell missbraucht habe. Das Ganze kam nur über Umwege und Widerstände in der Therapie ans Licht.
Die Teilnehmer sollten dieses Problem in Kleingruppen diskutieren. Sehr schnell wurde ihnen klar, dass das Problem ein berufliches Dilemma darstellte. Ein Dilemma ist bekanntlich eine Zwickmühle, denn was derjenige auch tut, es ist falsch; entscheidet er sich für A, ist es falsch, für B, ist es auch falsch. Gibt es ein C? Oft leider nicht.
Hält der Arzt den Mund und der Patient missbraucht seine Tochter weiterhin, macht er sich als Mitwisser schuldig und strafbar, da die Tochter ihn später wegen unterlassener Hilfeleistung anklagen könnte.
Würde sich der Arzt an die Polizei wenden, um diese schwere Straftat anzuzeigen und damit weitere abzuwenden, verstößt er gegen die ärztliche Schweigepflicht; jetzt könnte sein Patient ihn deswegen verklagen. Das Vertrauensverhältnis von Patient und Arzt wäre zu tiefst beschädigt, wenn bekannt würde, dass der Arzt einen Patienten an die Polizei ausliefere. Zudem wäre

sein Ruf vermutlich beruflich extrem belastet, ja zerstört. Die Schweigepflicht ist also ein absolutes Rechtsgut.

In dieser Fortbildung gingen die Meinungen hoch her und fielen unterschiedlich aus. Eine Kollegin schlug eine anonyme Anzeige des Arztes vor, das wäre Möglichkeit C. Die Polizei müsse ihr nachgehen und dadurch könnte das weitere Verbrechen verhindert werden. Aber was würde das für den weiteren Therapieverlauf bedeuten? Manipulation und verdecktes Verhalten des Therapeuten gingen überhaupt nicht.

Die Seminarleiterin schilderte in diesem realen Fall, wie sich der Arzt verhalten hatte: Er beriet sich mit einem Kollegen und konsultierte die Justitiarin der Ärztekammer. Sie benannte das berufliche Dilemma und führte den wichtigen juristischen Begriff der Güterabwägung ein, dass zwischen zwei Rechtsgütern im Einzelfall abgewogen werden müsse. Sie riet ihm, zunächst den Grundsatz der ärztlichen Schweigepflicht höher zu werten, als den der möglichen Mitschuld. Vor allem weibliche Teilnehmer des Workshops protestierten gegen diesen juristischen Rat – „ausgerechnet von einer Frau", wie eine ausrief.

Ein Teilnehmer zog Parallelen zu dem Fernsehspiel „Terror" des Juristen und Krimiautors von Schirach, in dem abgewogen werden sollte, wie ein erklärter Angriff von Terroristen mit einem Kleinflugzeug auf ein Bürohochhaus abgewendet werden könne. Darf das Flugzeug abgeschossen werden? Wer darf den Befehl dazu erteilen? Wer trägt die Verantwortung?
Es müssten auch keine Terroristen sein. Vielleicht will sich ein Verrückter, das heißt ein schwer seelisch Kranker an seinem Arbeitgeber, der ihn rausgeschmissen hatte, rächen, quasi einen starken Abgang machen. In dem Flugzeug säßen nichtsahnend seine Familie, die er mit in den Tod reißen möchte im Sinne eines erweiterten Suizids.

Dürfen Staatsorgane töten und gegen das Grundgesetz verstoßen? Was wiegt mehr: Fünf Insassen eines Kleinflugzeugs oder eine Anzahl von Menschen in einem Bürohaus?

Die Seminarteilnehmer waren emotional sehr aufgemischt, unzufrieden und kognitiv etwas durcheinander. Das Dilemma auszuhalten war schwer. Bauer hatte noch das Wort der Seminarleiterin im Ohr: Ambiguitätstoleranz, die Schwierigkeit, unlösbare Situationen auszuhalten und sich nicht aus Emotionen zu unüberlegten Handlungen hinreißen zu lassen. Ambiguitätstoleranz sei ja ganz nett, aber bei dem Terrorbeispiel hatte man nicht viel Zeit, diese Ambiguität zu tolerieren; da musste schlicht zeitnah gehandelt werden, warf ein Teilnehmer ein.

Die Seminarleiterin gab im Fall des Arztes und seines Patienten die reale Lösung bekannt, die alle erstaunlicherweise zufriedenstellte. Doch vorher erwähnte sie noch ein Phänomen: Der Arzt hatte öfters nach den Therapiestunden mit diesem Patienten das Bedürfnis, sich die Hände zu waschen. Er sei sonst nicht so penibel oder zwanghaft. Erst als der Missbrauch nach einigen Monaten analytischer Therapie auftauchte, ergab es einen Sinn: Es war eine unbewusste Reaktion des Arztes auf seinen Patienten, genannt Gegenübertragung. Unbewusst verspürte er einen Ekel, einen Schmutz, den er symbolisch abwaschen wollte; vielleicht sogar seine Mitschuld. Diese Interpretation der unbewussten Mitschuld wurde von den meisten als interessante, aber schwer nachvollziehbare Spekulation bewertet.

Nun zur Frage, wie der Ausweg aus dem Dilemma aussah: Der Arzt wahrte die Schweigepflicht; durch die weitere therapeutische Arbeit kam es dazu, dass sich der Patient selbst angezeigt hatte und die juristische Maschinerie anlief. Sein Rechtsanwalt brachte ihn aber dazu, seine Selbstanzeige zu widerrufen. Dennoch kam es zum Prozess. Dem Patienten drohten mehrere

Jahre Gefängnis; das Landgericht, das nur aus Frauen bestand, verurteilte den Mann erstaunlicherweise nur zu einer längeren Bewährungsstrafe mit diversen Auflagen; eine war, dass der Täter seine analytische Therapie fortsetzen müsse. Über diesen Richterspruch war der ärztliche Therapeut gar nicht erfreut; jetzt hatte er diesen Mann an der Backe, er fühlte sich mit in der Verantwortung und vielleicht auch zum Scheitern verurteilt.

Im weiteren Verlauf der Therapie kam interessanterweise heraus, dass der Patient in seiner Kindheit selbst mehrfach sexuelle Übergriffe von Familienmitgliedern, die alle einer streng religiösen Gemeinde oder Sekte angehörten, erfahren hatte. Diese Mitteilung veränderte die Stimmung im Workshop. Aus dem Täter wurde ein Opfer, dadurch war seine Tat in keiner Weise entschuldigt, exkulpiert, sondern nur besser verstehbar. Der missbrauchende Vater war Opfer und Täter zugleich. Eine Teilnehmerin, die vorher gegen die Einhaltung der Schweigepflicht protestiert hatte, sprach in der Abschlussrunde davon, dass sie jetzt mit einem traurigen Gefühl über die Abgründe menschlichen Verhaltens aus dem Seminar gehe. Bauer ging es ähnlich, er ließ sich aber nichts anmerken.

Der Kommissar tauchte aus seinem tranceartigen Zustand am Schreibtisch auf. Es war inzwischen halb vier; er hatte zwei Stunden am Schreibtisch gesessen, recherchiert, Protokollnotizen angefertigt und über seine Therapie bei Dr. Hofmann und weiter Themen seinen Gedanken freien Lauf gelassen. Das war genug für heute. Er musste einmal seine steif gewordenen Beine bewegen.

17.
In der Gruberstraße

Bauer hatte die spontane Idee, in der Nähe des Tatorts Gruberstraße einen Kaffee zu trinken und ein Stück Apfelkuchen zu
essen. Seiner Frau wollte er einen Käsekuchen mitbringen, den
sie so gerne mochte. Als er in Therapie war, gönnte er sich
gelegentlich einen Besuch in dem Cafe Luise. Die gedankliche
und gefühlsmäßige Nähe zu dem Tatort ließen ihn assoziativ
eintauchen wie in eine analytische Psychotherapie. Gelegentlich
kamen bei dieser Methode außerordentlich verblüffende Ideen
und Erkenntnisse zu Tage; natürlich auch spekulativer Schrott,
wie er es bezeichnete, der sich meist als solcher auch früher
oder später zu erkennen gab.

Bauer saß also im Cafe, das nicht gut besucht war. An der
Theke standen aber viele Leute in einer Schlange an, die Kuchen für zuhause kauften; sie trugen Masken. Wegen der
Corona-Pandemie waren die kleinen Tische weiter auseinander-
gestellt und einige Tische waren im Freien unter Schirmen belegt; es war nicht mehr so heiß wie in den letzten Tagen. Am
Eingang hatte er sich die Hände desinfiziert, beim Gang zur Toi-
lette musste die Maske aufgesetzt werden. Alles war sehr komisch und irreal, aber leider notwendig, dachte er.
Ein älteres Ehepaar, zwei Tische weiter, schaute auffällig oft zu
ihm hinüber und unterhielt sich wohl über ihn. Da er schließlich
kein Fernsehstar war, musste es etwas mit den gewaltsamen
Ereignissen hier um die Ecke in der Gruberstraße zu tun haben.
Vielleicht hatte das alte Pärchen ihn gestern gesehen.
Er beschloss, noch einmal zur Nr. 17 zu gehen, und strich ums
Haus. Eine Frau öffnete im Parterre ein Fenster und fragte in
scharfem Ton, was er hier mache. Er trat näher, zeigte seinen
Dienstausweis. Die Frau, die in Bauers Alter sein musste, bat

ihn in die Wohnung und bot einen Sessel an. Sie sei die Tochter von Frau Sandberg, Ina Stölling, sie sei eben mit dem Flieger von Berlin hierhergekommen. Auf ihrem Anrufbeantworter hatte sie gestern Abend eine Nachricht vom hiesigen 12. Polizeirevier, einem Polizeimeister Demir, vorgefunden, dass Frau Sandberg tödlich verunglückt sei, wie er sich ausdrückte. Parallel meldeten sich Nachbarn und Freunde ihrer Mutter hier aus der Gruberstraße, die schilderten, dass etwas Schreckliches mit ihrer Mutter passiert sei. Jetzt sei sie hier und bitte um Aufklärung. Sie hatte ohnedies vor, das 12. Revier zu kontaktieren. Frau Stölling war sehr gefasst, aber auch ungehalten.

Bauer drückte ihr seine Anteilnahme aus, ja, Frau Sandberg, ihre Mutter, sei gestern im Keller tot aufgefunden worden. Es handele sich wohl nicht um einen Unfall, sondern um die Folgen eines Gewaltverbrechens. Dr. Hofmann sei am Freitag gegen Abend in seiner Praxis überfallen worden, der Einbrecher habe vermutlich ihrer Mutter den tödlichen Stoß zugesetzt. Sie sei ca. 24 Stunden später von der Polizei tot aufgefunden worden. Frau Stölling begann mit den Tränen zu kämpfen.

Nach einer Pause schlug Bauer vor, da auch Schlüssel der Praxis und der Haustür gestohlen wurden, zumindest das Schloss der Haustür auszutauschen und mehrere Schlüssel der Polizei zu überlassen. Die beiden Mietparteien im Hause benötigten auch welche. Frau Stölling fasste sich wieder, sie werde das umgehend über die Hausverwaltung erledigen lassen und nannte Ansprechpartner und die Telefonnummer. Bauer kündigte an, sich bei ihr zu melden, er sei ihr Hauptkontakt beim K 11 und überreichte seine Visitenkarte. Frau Stölling suchte in ihrer Handtasche umständlich ihre Karte und übergab sie ihm; Bauer las unter dem Namen: Psychologische Psychotherapeutin, Verhaltenstherapie, Achtsamkeitstraining, Hypnose, EMDR, Pestalozzistraße, Berlin-Charlottenburg. Er fragte sich im Stillen, wie Verhaltenstherapie und Hypnose zusammenpassten.

Anschließend ging er die Straße entlang und überholte das alte Paar aus dem Cafe Luise. Der Mann schien die Parkinson-Krankheit zu haben. Die alte Dame sprach Bauer von hinten an:

„Sind Sie nicht von der Polizei?" Er blieb in einer Distanz stehen und stellte sich vor. Er fragte sie, ob sie etwas von den Ereignissen am Freitag und Samstag mitbekommen hätten.

„Ja, wie fast alle hier in der Straße. Sie ist tot? Stimmt es, dass sie umgebracht wurde?", fragte die alten Dame schnell. Bauer bestätigte den Tod von Frau Sandberg, die Ursache sei aber noch offen.

„Hat das was mit den Irren von dem Doktor über ihr zu tun?" wollte sie gleich wissen. „Welche Irren?" fragte der Kommissar erstaunt zurück, zu denen er auch gehört haben musste. Keiner der Beiden antwortete auf seine Rückfrage.

„Die Polizei wird ab morgen in der Nachbarschaft unterwegs sein und nach sachdienlichen Hinweisen zum Freitag fragen. Vielleicht fällt Ihnen ja auch noch etwas dazu ein." Er übergab seine Visitenkarte und verabschiedete sich. Er sah dabei, dass sich der alte Mann mit Kaffee vollgekleckert hatte wegen eines starken Tremors in den Händen.

Bauer schlenderte durch die Straßen des Viertels mit seinen alten Villen, aber auch neuen, modernen, meist schrecklichen Wohnkästen mit repräsentativen Vorgärten, Doppelgaragen und Autos, die er sich in seinem Leben nie würde leisten können. Diese Leute konnten sich die SUVs und edlen Marken wahrscheinlich auch nur leisten, weil sie zum größten Teil von der Allgemeinheit durch Steuerabschreibung bezahlt würden. Bauer fragte sich, ob er neidisch darauf sei.

Nach dem Gang durch die kurze Gruberstraße fuhr er nach Bad Vilbel, wo er mit seiner Frau in einem Haus mit Garten an einem Hang über der Altstadt wohnte. Während der 20-minütigen Fahrt fielen ihm einige Bruchstücke aus seiner Therapie ein, sie waren nicht alle angenehm.

18.
Der Krimihasser

Auf das Abendessen mit seiner Frau freute er sich; er hatte heute wenig gefrühstückt und nur den Apfelkuchen gegessen. Es gab Flammkuchen, belegt mit Zwiebeln und Parmaschinken sowie Salat, dazu einen Bergsträßer Weißwein.

Nach dem Essen rief er seinen Freund Frank an, den er zuletzt vor einem Jahr gesprochen hatte. Der Kontakt zwischen beiden war in den letzten Jahren immer mehr ausgedünnt, aber wenn sie sich trafen oder auch nur telefonierten, war es wie gestern. Frank war Rechtsanwalt und Notar in Frankenberg und hatte „Papa's Ranch", wie er sagte, d.h. die Kanzlei übernommen. Er spielte immer noch in der Kneipenfußballmannschaft, die sich im Studium in Marburg vor über 25 Jahren gebildet hatte. Bauer kickte nicht mehr, kam aber alle Schaltjahre zum Fußballtreffen; es war wie ein Klassentreffen in der Schule. Manchmal waren Freundinnen oder Ehefrauen dabei und erlebten ihre Männer wie große Buben, die sich um einen Ball rauften oder von damals erzählten. Sonntagabends schaute Frank mit seiner Frau bestimmt Tatort oder Polizeiruf.

„Hier ist Hans-Georg Bauer. Guten Abend, Frank."
„Ach, guten Abend. Das ist ja eine Überraschung! Wie geht es Dir, Schorsch?"
„Danke gut, ich hoffe Dir auch. Ich habe eine akute Frage an Dich. Oder störe ich Dich im Moment?" Nein, er störte nicht, Frank und seine Frau schauten gerade einen Tatort, der sowieso ziemlich blöd wäre. Das dachte sich Bauer und sagte provozierend: „Wie kann man nur so etwas Hohles anschauen; ich kann mir sowas jedenfalls nicht mehr antun."
Frank: „Warum denn nicht? Ist doch spannend und lustig."

Bauer: „Lustig? Brutale Morde, meist an Frauen, Kindern, Prostituierten, Kindesmissbrauch, Rauschgift, Mafia, Terroristen, Cyberkriminelle und besonders: gestörte Kommissare mit gestörten privaten Beziehungen, gestörte Vorgesetzten, die die Arbeit behindern. Nee, danke."

Frank lachte laut: „Du bist ja noch ganz der alte Krimihasser."

„Das stimmt nicht ganz. Ich hatte vor einiger Zeit sogar einen alten Krimi in meinen Büchern gefunden und gelesen, einen Kommissar Maigret von George Simenon. Die Handlung war einfach und spannend zu lesen: Ein Postbote wurde tot mit seinem Fahrrad in einem Kanal gefunden, jemand hatte ihn mit einem Gewehr vom Kanalweg geschossen. Durch intelligente Kleinarbeit wurde der Täter gefasst. Ich konnte mir richtig vorstellen, wie Maigret in einem schwarzen Citroen Pfeife rauchend unterwegs war. Ich glaube, es gibt sogar einen Film davon mit Jean Gabin."

„Die Kommissare von heute fahren doch auch schöne alte Autos. Den Ro 80 vom Tukur würdest Du doch auch gerne haben. Stimmts?"

„Ja, warum nicht? Ein Ro 80 wäre originell, aber zu schade für den Alltag bei der Kripo."

„Ihr Armen, ihr müsst euch mit einem Opel oder VW abgeben, in Bayern fahren die wenigstens BMW."

„Also, die Opels und VWs der hessischen Polizei machen vom Image vielleicht nicht viel her, aber die inneren Werte sind entscheidend; die können sich gut mit jedem BMW messen. Wir haben auch andere Marken als zivile Einsatzfahrzeuge, sogar Mercedes, BMW und Audis. Zufrieden?"

„Das waren noch Zeiten, als die Autobahnpolizei weiße Porsche Cabrios fuhr", stichelte Frank weiter.

Bauer etwas genervter: „Pah, diese Porsche wären heute lahme Enten, die hätten heute gegen meinen Opel-Dienstwagen keine Chance." Und er schimpfte weiter: „Im Öffentlich-Rechtlichen-Fernsehen wird inzwischen jeden Abend, Montag bis Sonntag ab 20 Uhr gemordet. Du kannst dir im ZDF abends gleich zwei blutrünstige Krimis reinziehen. Nein, samstags gibt es auch noch schwachsinnige Spiele-Shows. In jeder Stadt in Deutschland und Europa wird inzwischen munter vor sich hingemordet. Die Krimis scheinen wohl von der Fremdenverkehrszentrale organisiert zu sein. Nach 90 Minuten ist dann die Welt wieder in Ordnung, damit das Volk gut schlafen kann. Albern, total albern!" Und weiter: „Die wirklich interessanten Beiträge laufen dann erst ab 23 Uhr und später, sind etwas für Schlafgestörte oder Rentner." Und noch weiter: „Da kann ich doch gleich das private Unterschichten-TV anschalten; da gibt es wenigsten richtige Explosionen, Schießereien blutiges Gemetzel und zerfetzte Menschen. In amerikanischen Krimis zerlegen die Cops bei einer Verfolgungsfahrt mindestens fünf oder sechs Streifenwagen. So ist das! Oder nicht?"

Frank nach einer Atempause: „Was regst Du Dich denn so auf? Deine Fälle dauern eben etwas länger als 90 Minuten. Und es gibt übrigens auch unblutige Krimis z.B. mit Rechtsanwälten oder Buchhändlern."

„Ja, oder mit einem Schäferhund als Kommissar. Warum nicht mit einem Affen oder Goldhamster?"

„Und was ist mit dem Tatortreiniger?"

„Hör mir bloß mit dem auf!"

„O.k., o.k. Warum schaust Du dann nicht Tierfilme an?" Frank lachte laut über seinen eigenen Witz.

„Tierfilme? Ach was! Da passiert ja auch immer dasselbe: Partnersuche, vögeln, die Brut großziehen, aufpassen, nicht gefressen zu werden – und dann wieder von vorne."

„Das ist doch wie im richtigen Leben."

Jetzt mussten sogar beide herzlich lachen. Erholungspause.

„Also gut, warum rufst Du heute wirklich an, Schorsch, Du Krimi- und Tatorthasser?" Bauer fragte Frank jetzt ernst und direkt, ob er sich an eine Carola im Jurastudium in Marburg erinnern könne.

„Wart' mal, Carola, Carola? War das eine große schlanke mit langen roten Locken?" Bauer bestätigte.

„Na klar, ich weiß, wen Du meinst. Wow! Das ist doch die scharfe Caro, wie wir sie nannten! Die hat uns alle zum Sabbern gebracht."

„Dich vielleicht, mich aber nicht."

„Naja, die konnte mit uns gleichaltrigen Buben nichts anfangen; schon gar nicht mit denen aus der Provinz wie Du einer warst."

„Danke, Du mich auch", knurrte Bauer.

„Die Caro baggerte jeden Prof an oder zumindest den, der schon etwas graue Schläfen hatte. Ich glaube, sie hat irgendwann ein Kind bekommen. Das hat sie wohl etwas geerdet", vermutet Frank.

„Ach, das habe ich gar nicht mitbekommen. Schwanger, von wem denn?" wollte Bauer wissen.

„Von so einem Assi."

„Was für ein Assi?"

„Na, einem Assistenten der juristischen Fakultät; diese Assis haben doch die unzähligen Klausuren und Hausarbeiten für die Profs korrigieren müssen. Der Massenbetrieb wäre ja sonst nicht zu stemmen. Caro wurde schwanger von einem Dr. von Schlagmichtot. Der Name fällt mir nicht ein. Drunter hat sie's eben nicht gemacht. Sie hat sich mehr dem Personal als den Paragraphen gewidmet. Ich weiß auch nicht, ob sie jemals das Studium abgeschlossen hat."

„Doch, das hat sie wohl", merkte Bauer an. Und nach einer Pause: "Ich hatte heute mit ihr zu tun."

„Ach? Als Kommissar der Mordkommission? Ist sie denn tot?"

„Ja, nein, die schöne Caro lebt noch und zwar nicht schlecht."

„Mensch, hast Du ein Glück, wenn auch etwas spät im Leben", rief Frank aus.

Bauer verzichtete auf eine Antwort, das Spielchen konnte jetzt ewig so weiter gehen, wenn beiden nicht langsam der Stoff für das über Jahre eingeübte Ritual ausging.

„War's das, weshalb Du angerufen hast?" fragte Frank.

„Ja, ich wollte mir nur klar werden, dass diese Frau unsere Caro von damals ist. Das war wie ein Déjà-vu. Sehr interessant. Ich wollte nur wissen, ob ich spinne oder nicht."

Frank schlug vor, dass Bauer mit seiner Frau wieder einmal nach Frankenberg kommen müssten, sie hätten sich lange nicht gesehen, es sei so erfrischend mit ihm, außerdem spinne er ja wirklich nicht. Baden könnten sie im Edersee zwar nicht, der sei „sowas von ausgetrocknet, das müsst ihr euch ansehen. Im Dorf Asel kannst Du über die Brücke gehen, die sonst tief im See liegt. Alles sehr eindrucksvoll."

Bauer stimmte zu: „Ja, das machen wir mal. Ich gehe gerne den Sachen auf den Grund. Mitte September?"

„Ja gut, Schorsch. Meldet euch. Es war sehr nett, von Dir zu hören. Jetzt schau ich mir den Rest des Tatorts an"

„Ja, mach` das. Viel Spaß und schöne Grüße an die Deinen. Wir freuen uns."

Bauer ärgerte sich immer über den Spitznamen Schorsch; den bekam er offenbar nicht mehr los. Seine Frau wollte wissen, wer denn die „schöne Caro" sei. „Ach, eine frühere Kommilitonin aus Marburg und Zeugin im aktuellen Fall. Sie ist auch noch bei dem gleichen Analytiker in Frankfurt, bei dem ich damals war. Du weißt schon. Die Welt ist wirklich ein Kaff!" Er nahm ein Glas Rotwein von seiner Frau entgegen, auf das er sich wirklich freute, seine Lieblingsrebe, einen Syrah.

Der Tatort war vorbei, es lief der Nachspann, Anne Will nervte wie immer. Titel-Thesen-Temperamente dauerte noch. Also schauten sie im Zweiten einen Krimi aus Schweden an. Tierfilme gab es jetzt keine. Bauer fragte seine Frau nach einer Weile, ob es in Schweden außer IKEA, Volvo, Vattenfall und brutalen Morden á la Mankell oder Sjöwall und Wahlöö, Stieg Larsson oder Olson Adler, weiß der Geier wie der hieß, noch irgendetwas anderes gäbe. Er hatte offenbar noch nicht genug herumgeätzt.

Seine Frau amüsiert: „Na klar: Pipi Langstrumpf, Kinder von Bullerbü und den Michel von Lönneberga zum Beispiel."

„Dann bin ich ja beruhigt."

Er beschloss, noch vor dem Ende des Schwedenkrimis ins Bett zu gehen, denn am nächsten Morgen sollte es in seinem realen Tatort weitergehen. Da wollte er vor der Frühbesprechung alle aktuellen Informationen gesichtet haben und einiges klären, z.B. sich diesen Kollegen Demir vom 12. Revier vornehmen.

19.
Kripoarbeit – ein weiterer Exkurs

Polizeibeamter sein bedeutet in der Regel, Arbeit und Freizeit nicht klar voneinander trennen zu können; beide fließen ineinander über. Dienstzeiten stehen auf dem Papier, Überstunden gehören dazu. Ein Kollege Bauers sagte einmal trocken: „Als Beamter bist Du immer im Dienst." Er ist dann auch mit 59 plötzlich tot umgefallen: Sekundenherztod.

Nicht von ungefähr kommt es, dass überdurchschnittlich viele Polizisten und Kripoleute keine stabilen privaten Beziehungen und Familien haben. Wie in den Krimis gibt es in der Tat diese Originale, Käuze, Einzel- und auch Grenzgänger. Nicht umsonst ist die Scheidungsquote höher als in der durchschnittlichen Bevölkerung. Das, was man unter „Burnout-Syndrom" versteht, kommt häufig vor - trotz eigener psychosozialer Dienste.

Bauer kannte das Gefühl ausgebrannt zu sein. Die berufliche Tätigkeit brachte es mit sich, dass Kollegen und Kolleginnen durch die physische und psychische Gewalt von Straftätern oder auch durch die eigene Gewaltanwendung, z.B. bei Schusswaffengebrauch, nicht selten psychisch eine Krise oder sogar eine Traumatisierung erfahren haben. Bilder von Gewalttaten und Opfern gehen lange nicht aus dem Kopf: Bilder von malträtierten Körpern, geschundenen Kindern oder Selbstmördern erhängt, erschossen, ertrunken. Es gab zwar so etwas wie Briefings oder Nachbesprechungen, aber eine Möglichkeit, die belastenden Erlebnisse in einem professionellen Rahmen zu bearbeiten, damit sie keine traumatische Wirkung entfalten können, wird zu wenige angeboten und wahrgenommen. In Kliniken gibt es regelmäßige Teamsupervisionen, aber nicht bei den Einsatzkräften der Polizei. Angeboten wurden zwar interne oder externe Beratungen, die jeder Einzelne in Anspruch nehmen kann. Aber wer macht sich alleine auf den Weg und gesteht damit ein, dass er oder sie Hilfe braucht? Wer wollte ein Weichei sein? Also wurschteln sie sich alleine weiter durch, bis sie eventuell in eine Krise geraten.

Eine dritte Quelle seelischer Störungen liegt in der Institution selbst und den reichhaltigen zwischenmenschlichen Konflikten. Schuldzuweisung von Vorgesetzten sind das Eine, falsch verstandener Korpsgeist das Andere, wenn z.B. Kollegen selbst gegen Dienstvorschriften und Gesetze verstoßen oder sich sogar kriminell verhalten. Kritik wird nicht selten als Nestbeschmutzung stigmatisiert. Es gibt immer wieder Kollegen, die sich passiv korrupt oder direkt kriminell verhalten; Drogen und Waffen haben für einige Kollegen eine große Faszination. Rassistische oder rechtsradikale Meinungen gibt es bei der Polizei wahrscheinlich wie im Durchschnitt der Bevölkerung. Disziplinarische Untersuchungen und eine Art Innenrevision sind – wie überall - unbeliebt, stoßen auf Widerstände, Mauern des Schweigens oder überzufällig häufigen Gedächtnisverlust.

Die Arbeit bei der Polizei ist familienfeindlich. Durch seine Therapie hat Bauer verstanden und für sich umgesetzt, Arbeit und Privatleben halbwegs auseinanderzuhalten und die krankmachenden Faktoren nicht zu verdrängen, sondern anzugehen. Damit machte er sich nicht immer Freunde. Früher hatte er viele Konflikte runtergeschluckt, konfliktscheu und pflegeleicht innerhalb der Institution Polizei. Durch die Therapie machte er mehr den Mund auf, sagte öfters nein, zeigte Kante. Das kam nicht immer gut an, aber ihm wurde mehr Respekt entgegengebracht. Seine Tätigkeit verlangte eine robuste psychische Struktur, Konfliktfähigkeit und kommunikative Kompetenzen sowie eine soziale Unterstützung sowohl beruflich wie privat.

An diesem Wochenende hatte Bauer Bereitschaftsdienst des Kommissariats für Gewaltverbrechen, das war völlig ok. Aber wenn er keinen Dienst hatte, war er nur für extreme Notfälle erreichbar. Als Beamter war er schließlich immer im Dienst.

Bauer mochte, bis auf Ausnahmen, keine Krimis im Fernsehen oder Kriminalromane, sich in der Freizeit mit seiner beruflichen Welt zu beschäftigen, widerte ihn an. Welcher Arzt schaute sich Krankenhaus-Soaps an? Bei Dr. House konnten sie manchmal etwas dazulernen, aber nach einigen Sendungen ging der narzisstische, opioidabhängige und am Stock humpelnde Arzt den meisten Zuschauern auf den Wecker.
Krimis strapazierten den Charakter des Kommissars oder Privatdetektiv als „big lonely man" mit einer psychischen Macke, der viel Prügel einstecken und auf gesetzliche Grenzen pfeifen konnte. Die Grenzen zwischen kriminell und nichtkriminell, zwischen gesund und krank schienen oft zu verschwimmen. Im Gegensatz dazu kam sich Bauer kreuzbieder und langweilig vor.

Aber es sollte in Krimis auch intakte private Beziehungen geben z.B. in den Krimis von Donna Leon, die in Venedig spielten. Statt eines Dienstwagens gab es ein schnittiges Schnellboot, oder den immer freundlichen Inspektor Barnaby in seiner Grafschaft voller verrückter Engländer, alter Autos und Rhododendronbüschen. Das ließ hoffen.

20.
Der Montag nach dem Verbrechen

Montagmorgen im Kommissariat 11 rief Bauer PM Demir an und fragte ihn, wie er dazu komme, die Tochter von Frau Sanders zu informieren, ohne dies in der Zentraldatei zu dokumentieren. Demir entschuldigte sich, das wollte er heute eigentlich noch nachholen, das sei am Samstag zeitlich alles knapp gewesen. Bauer schnauzte ihn an, dass man sich nicht entschuldigen, sondern nur jemanden um Entschuldig bitten könne, das sei ein Unterschied! Demir hatte bei Gesprächen mit Nachbarn den Namen der Tochter von Frau Sandberg, Stölling in Berlin, erfahren. Er versuchte, sie zu sprechen, hinterließ eine Nachricht auf der Mailbox ihrer Praxis, dass ihre Mutter tot sei. Bauer zeigte sich etwas versöhnter über Demirs Initiative; Einfühlung sehe aber anders aus. Er solle so etwas in Zukunft aber bitte auch entsprechend dokumentieren. Ob es weitere Hinweise gegeben habe? Demir verneinte; nach dem Anschiss wollte ihm wohl auch nichts mehr einfallen.

Sein Mobiltelefon brummte. Frau von Ysenberg war dran. Sie habe gestern vergessen mitzuteilen, dass sie einen verdächtigen Mann aus dem Tor der Gruberstraße Nummer 17 kommen sah. Sie beschrieb ihn sehr detailliert; das passte zu den Aussagen von Dr. Hofmann. Bauer kündigte an, sie heute noch einmal wegen einer genaueren Personenbeschreibung sprechen zu wollen. Er wollte die scharfe Caro, wie Frank sie nannte, gerne noch einmal sehen. Ob sie gegen 15 Uhr zu ihm ins Polizeipräsidium kommen könne? Er werde sie an der Pforte abholen.

Bauer hatte vor Monaten dem Kommissariat 11 eine professionelle Kaffeemaschine mit großer Kanne spendiert. Kaffee, der lange auf der Warmhalteplatte brutzelte, löste bei ihm Brechreiz aus. Vor der Besprechung wollte er die Kaffeemaschine und den Wasserkocher anwerfen. Frau Malzahn, die Abteilungssekretärin, hatte das, wie so häufig, bereits übernommen. Leider fehle Milch, Teebeutel waren vorhanden, sagte sie. Frau Malzahn war um die 60 und seit Jahrzehnten bei der Kripo; sie war eine richtige Frankfurterin, böse Zungen behaupteten, sie sei mit der Familie Hesselbach verwandt. Sie war die Dienstälteste im K 11, es ging eigentlich nichts ohne sie. In vielen Institutionen waren eben die Hausmeister und Sekretärinnen die heimlichen Chefs. „Wir haben ab heute für drei Wochen eine Praktikantin, sie war vorher beim Organisierten Verbrechen im K 63", sagte Malzahn. „Ich hoffe, das ist Ihnen recht, Chef. Ich habe das mit V3 letzte Woche ausgemacht." Natürlich war ihm das recht, er wollte sowieso nicht mit jedem Kleinkram befasst werden, er vertraute seinen Mitarbeitern. Aber er konnte auch recht kontrollierend werden, wenn etwas schief zu laufen drohte. Vor seiner Erschöpfungsdepression glaubte er, dafür sorgen zu müssen, dass das Klopapier richtig herum aufgehängt wurde.

Die Lagebesprechung war strukturiert, wenngleich sie anfangs wie eine Kaffeeplausch ablief. Die fünf Minuten warming up, meist in der Teeküche, förderten das Kommunikationsbedürfnis zum privaten oder dienstlichen Wochenende; die Eintracht spielte noch nicht, die Corona-Pandemie war natürlich das Dauerthema. All das förderte die Zusammenarbeit zwischen den Abteilungen der Kriminaldirektion. Kommunikation war fast alles. Einen Satz des Hirnforschers Gerhard Roth hatte Bauer oft im Sinn: „Missverstehen ist das Normale, verstehen die Ausnahme." Man müsse sich also immer um ein Verstehen bemühen und Missverständnisse identifizieren und ausräumen. Fehleranalyse war wichtig, das setzt aber eine Fehlerkultur voraus, die in Verwaltungen und staatlichen Institutionen sehr selten anzutreffen war. Oft sind sie starr und eingekeilt in

Verordnungen, Gesetze und individuelle Karriereinteressen. Bauer wusste, dass es in großen Krankenhäusern ein anonymes Fehlermeldesystem, „Critical Incident Reporting System" genannt, gab, um Fehler zu identifizieren, zu beseitigen und auszutauschen. So etwas bräuchte eine Behörde wie die Polizei auch.

Wenn die K 11 von KHK Bauer zum Meeting rief, kamen sie gerne, weil die Atmosphäre stimmte. Anwesend waren diesmal Bauer und Frau Siefert, eine junge Kollegin, Marek und Hung, zwei Kollegen vom Backoffice und Frau Henning. Frau Malzahn, die Sekretärin brachte eine junge Frau, die neue Praktikantin, mit. Bauer bat sie, ein paar Takte zu ihrer Person zu sagen: Mira Kovac aus Offenbach, Jurastudentin im 6. Semester in Frankfurt. Bauer hieß sie willkommen und fragte die Kollegin Siefert, ob sie Frau Kovac etwas unter ihre Fittiche nehmen könne. Der Kollege Marek vom Backoffice fragte, ob sie was mit Nico Kovac zu tun habe. Ja, er sei ein sehr entfernter Cousin. In Kroatien hießen aber viele Kovac. Hung sagte, Kovac klinge wie ein neuer Impfstoff.
Bauer hatte vor Jahren eingeführt, ein kurzes schriftliches Ergebnisprotokoll der Besprechung durch Frau Malzahn anfertigen zu lassen. In längeren Fahndungen wurde gerne auf frühere Diskussionen in den Meetings zurückgegriffen, die im Laufe des Prozesses und auch durch Personalwechsel in Vergessenheit gerieten. Die Meetings hatten manchmal den Charakter eines kreativen Workshops, zumindest eines Brain-storming, bei dem es keine falschen Beiträge gab. Bauer hatte bei einigen Kollegen das Image eines Kontroll- und Psychofreaks. Das war ihm egal, Hauptsache der Laden lief und die Ergebnisse stimmten.

In diesem Montagsmeeting wurden alle Informationen referiert und die Hauptpersonen auf einer Tafel visualisiert. Masken wurden keine getragen, die Teilnehmer saßen im Konferenzraum möglichst weit auseinander; das Fenster zum Innenhof war offen. Gesucht wurde also eine männliche Person unklaren Alters und Herkunft, die in die Praxis Dr. Hofmann eindrang, den Doktor bewusstlos schlug, in Foltermanier fesselte und etwas suchte. Er entwendete den Praxis-PC, das Handy, die Schlüssel zur Praxis und Privatwohnung, die Geldbörse und wahrscheinlich einige Unterlagen über Patienten. Vermutlich sei die Praxis vorher von einem anderen Mann ausspioniert worden. Sehr wahrscheinlich hatte der Täter Frau Sandberg im Treppenhaus angetroffen, niedergeschlagen und sie die Kellertreppe hinuntergestoßen, was ihren Tod herbeiführte. Er wollte Zeugen beseitigen. Über das Motiv bestand noch völlige Unklarheit. Frau Malzahn sagte trocken: „Wer mit Kabelbindern zum Arzt geht, hat nichts Gutes im Sinn."

Der Überfall war jedenfalls geplant durchgeführt worden, die Brutalität war ein besonderes Tatmerkmal. Die Hypothese eines Beschaffungsdelikts aus dem Drogenmilieu wurde verworfen. Es handelte sich um ein Auftragstat. Der Auftraggeber und das Motiv blieben unklar.

Bauer stellte eine Sonderkommission mit dem Arbeitstitel „Gruber 17" zusammen bestehend aus ihm als Leiter, seinen Kolleginnen Siefert und Henninger sowie Wondracek vom zuständigen Polizeirevier in Eschersheim; er wollte noch einen Kollegen vom Kommissariat 62, Organisierte Kriminalität in die SoKo einbinden. Bauer hatte ein dumpfes Gefühl, dass der Überfall einen größeren Hintergrund haben könnte. Alle Information wurden über einen gemeinsamen Verteiler der IT kommuniziert; es dürften keine weiteren Informationen z.B. an die Presse nach draußen weitergeben werden. Alles nur in Abstimmung mit Bauer als Chef.

Die Befunde der Spurensicherung, kriminaltechnischen Untersuchung und der Rechtsmedizin standen noch aus.

Als nächste Schritte wurde vorgeschlagen, die Nachbarschaft systematisch zu befragen; geachtet werden sollte auf private Videoaufzeichnungen, denn in dem Viertel seien viele Häuser und Garageneinfahrten videoüberwacht, vielleicht lief der Täter da vorbei. Ferner sollte das Handy von Hofmann geortet werden. Auch musste bei den Finanzdienstleistern nachgefragt werden, falls die Bank- und Kreditkarten irgendwo auftauchen sollten. Bauer wollte sich an der Recherche in der Nachbarschaft beteiligen zusammen mit Henninger; vorher wollten sie nochmals die Praxis Hofmann durchsehen. Marek soll den Austausch der Türzylinder in der Praxis und auch im Wohnhaus Hofmanns umgehend mit der Hausverwaltung veranlassen und die Tochter von Frau Sandberg darüber informieren. Er habe die Zeugin von Ysenberg einbestellt. Die Aufgaben waren klar verteilt, fast jeder übernahm eine und steuerte weitere Ideen bei.

Hung sollte bei den Providern eine Liste anfordern, welche Mobiltelefone in der Funkzelle, zu der die Gruberstraße 17 gehörte, eingelogt waren. „Das dürfte etwas dauern. Es dürften verdammt viele sein, auch wenn wir die Zeit eingrenzen können", sagte Hung.

Morgen um 9 Uhr nächste Besprechung, dann lägen die weiteren Befunde vor. „Wir sollten ein erstes Täterprofil erstellen. Also: Frohes Schaffen!" Hung wollte für einen gescheiten Tee sorgen. Bauer entschied, eine Kiste H-Milch beim REWE hier in der Nähe des Präsidiums zu besorgen. Kaffee, Zucker, Süßstoff gab's ausreichend.

Bauer wollte die Praktikantin Kovac noch kurz sprechen und darauf hinweisen, dass sie der Schweigepflicht unterliege, sie dürfe mit Niemandem über die Inhalte ihres Praktikums sprechen. Mit wirklich niemandem! Frau Kovac sagte, sie sei bereits vor drei Wochen darüber belehrt worden und habe eine entsprechende persönliche Erklärung unterschrieben. Die

Kolleginnen Seifert und Henning standen dabei und dachten, der Chef nehme es wieder einmal übergenau. Frau Malzahn kam hinzu und sagte, dass in Sachsenhausen ein Mann tot in einem PKW gefunden worden sei.

„Gut, ich übernehme den Fall, da kann Frau Kovac die Fallarbeit von Anfang an kennen lernen", sagte Kommissarin Seifert. Bauer musste noch loswerden, die Arbeit hier sei nicht so wie in den TV-Krimis. Malzahn relativierte: „Aber nur ein bisschen."

Auf dem Weg zum Parkplatz fragte die Praktikantin die Kommissarin, warum das K 11 „Lummerland" genannt wurde; Seifert musste heftig lachen, die Frage kam überraschend aus dem Nichts. Wo sie das herhabe? Von der K 63. Seifert fragte, ob sie Jim Knopf und Lukas, den Lokomotivführer kenne. Kovac: "Nein, wer sollten die denn sein? Müsse man die kennen?" Frau Siebert klärte sie über das phantastische Kinderbuch von Michael Ende auf, das eigentlich fast jedes Kind in Deutschland gelesen habe. Sie sagte nicht, dass sie selbst kleine Kinder habe.

„Dann habe ich da wohl eine Bildungslücke", sagte die Praktikantin.

„Die Geschichte beginnt auf einer kleinen Insel mit Namen Lummerland; da leben König Alfons, der Viertel-vor-Zwölfte, Jim Knopf und Lukas, der Lokomotivführer. Die beiden besiegten den Halbdrachen Frau Mahlzahn, der Kinder gefangen hält und quält."

„Vielleicht haben da die Corona-Leugner ihre Verschwörungstheorien her: Gefangene Kinder, denen das Blut abgezapft wird", warf Kovac ein.

„Das ist eine originelle Hypothese. Jim Knopf und Lukas verwandeln den Halbdrachen Mahlzahn in einen Drachen der Weisheit. Sowas wäre für die Corona-Spinner eine schöne, aber unerreichbare Lösung."

„Ein Halbdrache? Ach so, das ist wegen der Sekretärin?"

„Ja genau, nur mit den Unterschieden, dass Frau Malzahn sich ohne H schreibt und manchmal ein Volldrache ist. Weise ist sie sowieso. Wenn man sie auf diesen Gag anspricht, spuckt sie Feuer, da sie diese witzig gemeinte Frage schon tausend Mal gehört hat. Also aufpassen!" Siefert schloss den Passat auf.

„Ja, dann habe ich ja gleich etwas über die K 11 gelernt", sagte Kovac.

„Jedenfalls ist das also die Außenwahrnehmung unseres Kommissariats. Wir müssen!"

Seifert startete den Streifenwagen, schaltete das Blaulicht an und stürzte sich mit Martinshorn in den Berufsverkehr auf der Eschersheimer Landstraße in Richtung Süden. Wegen der Ferienzeit war der Verkehr nicht so dicht.

21.
Klinkenputzen

Bevor sich Bauer und Henninger in die Gruberstraße begaben, rief Bauer den Leiter des 12. Reviers an und bat ihn, den POM Wondracek eine Zeit lang in das Fahndungsteam aufnehmen zu dürfen. Der Kollege war damit überhaupt nicht einverstanden, er habe nicht genug Leute für den Außen- und Innendienst, es sei Urlaubszeit, einige Kollegen seien krank, zwei in Quarantäne; er wisse gar nicht, wie er den Dienstplan bedienen könne. Bauer sagte, die Fahndung beziehe sich doch auf die Jagdgründe des 12. Reviers, das schon Teil der Ermittlungsarbeit sei. Es sei Urlaubszeit, das sei für Einbruchsdelikte Hochkonjunktur; Bauer entgegnete, die allermeisten Frankfurter machten in Balkonien Urlaub wegen der Pandemie, es gäbe weniger Wohnungseinbrüche. Der Leiter blieb stur und beendete das Telefonat mit einem Sorry, das aber klang wie ein „Basta!" Bauer drückte die Auflegetaste, ihm entfuhr dabei ein „Bürokratenarsch". Wenn der Revierleiter das doch gehört haben sollte, konnte Bauer es nicht mehr zurücknehmen. Dabei hatte er sogar Verständnis für die Nöte des Kollegen, aber hier war Kooperation gefragt. Ob Demir sich beim Revierleiter ausgeheult hatte?

Henninger und Bauer fuhren in die Gruberstraße 17. Dort war bereits ein Schlüsseldienst im Einsatz, den Zylinder der Haustür auszutauschen. Gegen Quittung nahmen sie zwölf Schlüssel entgegen. Der Mann sollte dann noch in Ginnheim in der Straße Niddablick einen Haustürzylinder austauschen und ebenfalls acht Schlüssel im Polizeipräsidium abgeben. Bauer gab ihm seine Visitenkarte.

Henninger und Bauer zogen sich Latexhandschuhe an und betraten die Praxis von Dr. Hofmann. Der Praxiseingang bestand aus einer alten doppelflügeligen Tür mit Milchglasscheiben sowie bleigefassten bunten Scheiben am Rand. Ein Leichtes für Einbrecher. Im Flur sahen sie aber, dass die Scheiben von innen mit einem geschmackvollen Gitter armiert waren, was von außen nicht zu erkennen war. Die zwei Schlösser waren nach neuestem Sicherheitsstandard; nur mit sehr grober Gewalt wäre die Praxistür zu knacken gewesen.

Gegenüber im Flur stand auf einem kleinen Tisch eine Flasche mit Händedesinfektionsmittel, daneben Papierhandtücher. Der rechteckige großzügige Flur führte links zu einer kleinen Toilette, daneben ein altes Badezimmer. Rechts davon war ein geräumiges Zimmer, das Hofmann für Gruppentherapien und Seminare nutzte. Dann im Uhrzeigersinn kam das Behandlungszimmer, ein Raum mit Holztäfelung an den Wänden, Parkett, dicken Teppichen, Stuck an der Decke. Bis auf die Unordnung war die Praxis so wie damals; nicht ganz, dachte Bauer, die Couch und der Sessel mit Fußhocker standen zwei Meter auseinander – wohl wegen der Abstandsregelung.

Vor einem der beiden Fenster standen die dicken schwarzen Ledersessel für die Erstgespräche und Psychotherapie; Bauer musste schmunzeln, seine Kollegin wusste nicht warum. Im rechten Sessel hatte Bauer gesessen; der Abstand betrug sowieso zwei Meter. Der kleine Tisch mit den obligaten Taschentüchern, die Tischlampen und die Stehlampen, die immer ein warmes Licht ausstrahlten, waren die gleichen. Vor der Tür zum Balkon ragte eine große Pflanze, ein Geigenkasten-Ficus empor; auch den gab es damals schon nur kleiner. Daneben stand die Couch mit einer Art Perserteppich als Decke, dahinter mit großem Abstand der Sessel mit Fußhocker. Gegenüber der raumteilenden Pflanze bedeckte ein hohes und viele Meter breites Regal mit Büchern, Boxen, Vasen, Figuren, Zeitschriftenstapeln und Krimskrams die Wand. Das Regal strahlte eine intellektuelle

Potenz aus und musste jeden etwas einschüchtern. Die Zeit schien stehengeblieben zu sein, dachte Bauer. Henninger sagte: "Hier muss man ja sich wohlfühlen, wenn es nur aufgeräumt wäre." Zettel, Akten und Ordner lagen verstreut umher, Schreibtischschuladen waren ausgekippt. Vor dem Regal lag noch der Verpackungsabfall, den die Rettungsassistenten hinterlassen hatten. Er sagte zu seiner Kollegin, dass er sich die Verwüstung schlimmer vorgestellt habe. Henninger: „Dann müssen Sie sich aber das Büro ansehen."

Bauer ging wie ein Scanner den ihm bekannten Therapieraum durch; seine Gedanken oszillierten zwischen seiner Zeit vor fünf Jahren in diesem Raum und heute. Diese Erinnerungen an damals störten ihn, aber schienen auch zu helfen. Er schob den Fußhocker, der unmittelbar vor dem schwarzen Ledersessel stand, zur Seite, sein Blick fiel auf einen schwarzen Ringordner, der gut versteckt unter dem Sessel lag und hob ihn auf, dabei fiel ein flacher schwarzer Buchkalender in DIN A 5-Format heraus. Bauer erkannte ihn wieder, den Wochenplaner, darin standen die Patiententermine in Abkürzungen, meist aus drei Buchstaben. Hinter einigen Namen stand das Kürzel EI, römische oder arabische Zahlen, manchmal eine Telefonnummer oder eine Klammer. Da das Kürzel nicht mehr auftauchte, bedeutete die Klammer sicherlich das Ende des Kontakts. In so einem Buch entdeckte Bauer damals sein eigenes Kürzel KGB. Der große Ordner enthielt ein Register mit neun Kürzeln, hinter jedem sah er viele Seiten handschriftliche Notizen, die schwer zu lesen waren, jeweils mit Datum versehen. Bauer musste an dieser Stelle seine Neugierde zurückpfeifen, nahm aber den Ordner und den Kalender an sich. War er bereits zu weit gegangen, wenn er ärztliche Notizen oder gar Befunde las? Dieser selbstkritische Gedanke schob den aufkommenden Ärger zur Seite, dass der Kalender am Freitag von der SpuSi wohl übersehen wurde.

Und in der Tat, in dem kleineren dritten Zimmer zwischen Behandlungsraum und Küche, lagen Akten aufgeschlagen umher, Stromkabel und Computeranschlüsse hingen neben dem kleinen Schreibtisch herunter, ein Kartenlesegerät lag auf dem Boden, ein Drucker stand in einem Regal. Der Schreibtisch war übersät mit Papieren, Stiften, Zetteln; zwei Pfeifen und eine Tabaksdose lagen in einer Schale auf der Fensterbank. Eine PC-Maus und die Telefonanlage mit Basisstation und Mobilteil lagen zwischen Schreibtisch und Fenster auf dem Parkett, eine schwarze Tizio-Lampe war beschädigt. Ganz in der Ecke lag eine randlose Brille. Ein Aktenschrank war aufgebrochen. Bauer dachte plötzlich: Hier müssten ja auch Unterlagen über ihn archiviert sein, denn Ärzte müssen ihre Patientendokumentationen mindesten zehn Jahre aufbewahren. Er ging einige Ordner, die herumlagen, durch, fand aber nur handschriftliche Aufzeichnungen, die er schlecht entziffern konnte. Alle Mappen und Ordner waren chiffriert. Da durchzusteigen, wurde viel Zeit kosten. Bauer erinnerte sich an die Informationen zu Anfang seiner Therapie, dass die Patientendokumentation in der Praxis und auf dem Postweg mit den Kostenträgern chiffriert wurde. Offenbar suchte der Täter bestimmte Akten oder Aufzeichnungen unter einem Namen; da er diese nicht finden konnte, wühlte er wohl verärgert in den greifbaren Unterlagen herum.

Neben dem Schreibtisch stand auf dem Boden eine schwarze Aktentasche aus Leder, die auch durchwühlt schien. Unter einem Garderobenständer lag auf dem Papierkorb ein blaues Sommerjackett, zerknüllt und ohne Inhalt, kein Schlüsselbund, kein Portemonnaie, keine Brieftasche. Henninger kippte den vollen Papierkorb auf dem Flur aus und ein Handy plumpste auf das Parkett. Das würde Hofmann bestimmt sehr freuen. Henninger weniger, sie errötete, Bauer wurde blass – beide reagierten unterschiedlich auf diese Schlamperei.

Bauer versuchte, Hofmann in der Klinik anzurufen, um ihm den Fund eines schwarzen IPhon 8 mitzuteilen; er konnte es nicht in Gang bringen. Er wollte ihn fragen, ob er sonst noch etwas aus seiner Praxis brauche, seinen Buchkalender zum Beispiel oder Adressen seiner Patienten. Es wurde eine randlose Brille gefunden. Er rief Hofmann mit seinem Handy unter der Kliniknummer an, es hob aber niemand ab. Henniger durchkämmte weiter das Büro, Bauer den Behandlungsraum.

Sie hatten inzwischen genug gesehen. Jetzt müsste der Arzt selbst dieses Chaos sichten und aufräumen. Das Handy, den Ringordner, den Kalender und die Brille nahmen sie mit und schlossen alles im Auto ein. Frau Henninger drückte Bauer einen Stapel eines Infoblatts in die Hand, das sie nach der Besprechung angefertigt hatte. Die Mitbürger wurden zur Mithilfe bei der Aufklärung des Verbrechens am 14. August 2020 in der Gruberstraße 17 aufgefordert, sachdienliche Hinweise unter folgenden Telefonnummern zu nennen; das waren die Nummern von Frau Malzahn und den Backoffice-Boys Marek und Hung.

Sie begannen mit der systematischen Befragung der Nachbarn in der Gruberstraße zwischen der Eschersheimer und der Niebergallstraße, die als Einbahnstraße das ganze Dornbuschviertel nach Norden parallel zur Eschersheimer Landstraße durchzog. Der Täter hatte die Nr. 17 verlassen und war laut der Zeugin von Ysenberg in Richtung Niebergallstraße gegangen. Irgendwo muss er in ein Auto eingestiegen sein. Überall parkten Autos, freie Parkplätze sahen sie keine.

Die beiden Kommissare trafen überwiegend ältere Nachbarn, einige wenige jüngere im Homeoffice und kaum Schulkinder an; die Schule begann heute wieder. Die Informationen hielten sich sehr in Grenzen. Keiner der Befragten konnte sich an einen schwarzgekleideten Mann mit Kappe erinnern. Ein Zwölfjähriger erzählte Bauer, dass er am Freitag von einem „Rappertyp" vom Rad geschubst worden sei, als er auf dem Bürgersteig fuhr;

näheres konnte er nicht sagen. Irgendwie sagte der Junge noch sowas wie „blöder Smombi". Bauer ließ sich die Telefonnummer seiner Eltern geben.

In der Gruberstraße gab es vier Videokameras an Hauswänden. Zwei stellten sich als Attrappen aus dem Baumarkt heraus. Zwei könnten vorbeilaufende Personen unter Umständen aufnehmen, was im Grunde gesetzlich verboten war; Kameras dürfen nur bis zur Grundstücksgrenze aufzeichnen, der Bürgersteig ist öffentlicher Raum. Es wäre in diesem Falle gut, jemand hätte sich nicht an diese Vorschrift gehalten.

In der Niebergallstraße befragten die Kommissare die Nachbarn in der Nähe der Einmündung der Gruberstraße; auch hier gab es wenig Neues, sogar überhaupt nichts Neues. Immerhin fanden sich dort im Bereich von fünf Garageneinfahren Videokameras. Bauer rief Hung an und teilte ihm die Adressen mit. Hung war ein genialer IT- und Technikfachmann im K 11, war aber in seinem Auftreten und seinem IT-Outfit nicht überzeugend und durchsetzungsfähig. Er solle bitte mit den Hausbesitzern Kontakt aufnehmen, um sich die Videoaufzeichnungen anzusehen zu dürfen, falls nötig solle er POM Wondracek vom 12. Revier anfordern oder bei Problemen ihn als Chef kontaktieren. Bauer versuchte weiterhin Dr. Hofmann zu erreichen; vergeblich; er begann, sich Sorgen um ihn zu machen, hoffentlich gab es keine medizinischen Komplikationen.

22.
Caro im Präsidium

Zusammen mit Henninger verbrachte Bauer einige Stunden in der Gruberstraße. Er lud sie danach auf einen Kaffee in das Cafe Luise ein, das so gut wie leer war. Er sprach mit ihr als ihr Vorgesetzter über den Fahndungseinsatz am Freitagabend. Der Tatort sei nicht vollständig untersucht worden, die Durchsuchung der Praxis sei schlampig gelaufen, das Handy im Papierkorb und der Kalender wurden übersehen. Ihr Einsatzteam hatte am Freitag das Tatortumfeld vernachlässigt, der Tod von Frau Sandberg wäre unter Umständen zu verhindern gewesen. Bauer war verärgert und wollte die Gründe dafür deutlich machen. Henninger versuchte zu erklären, dass sie völlig auf den Überfall und die Verletzung von Dr. Hofmann und die Sicherung der Spuren in der Praxis fokussiert war. Sie sagte ihrem Chef nicht, dass sie am Wochenende nach Berlin eingeladen war und am späten Freitagabend fahren musste. Sie hatte 13 Tage ununterbrochen Dienst gehabt und brauchte dringend einen Tapetenwechsel.

Sie fuhren zum Präsidium zurück. In der Halle saß Carola von Ysenberg. Jeder, der vorbeiging, konnte den Blick von ihr nicht abwenden: Sie saß in einem hellblauen Kostüm, weißen T-Shirt, die brauen Beine elegant übereinandergeschlagen, dunkelblaue Stöckelschuhe, die feuerrote Löwenmähne besonders aufgeföhnt und das Gesicht hinter einem passenden hellblauen Mund-Nasen-Schutz verborgen. Bauer und Frau Henninger fuhren mit ihr hoch in den vierten Stock, nach Lummerland. In Bauers Abteilung nahmen sie im Konferenzraum mit Distanz Platz. Frau Malzahn bot allen Kaffee und Mineralwasser an, was sie selten tat. Die Verbindungstüren blieben offen, in der Ecke dreht sich langsam ein Standventilator. Carol fühlte sich willkommen. Nach dem Begrüßungsritual und dem Dank für ihr Erscheinen kam Bauer zur Sache. Frau von Ysenberg wollte einige Beobachtungen vom Freitag ergänzen. Caro genoss diese Aufmerksamkeit und schilderte detailliert ihr Warten vor der Tür, den Kontakt mit Frau Sandberg, ihren Gang zum Bäcker und die Beobachtungen im Rückspiegel. Der Mann sei groß, athletisch, für die Hitze auffällig warm angezogen, schwarze Lederjacke, Baseballkappe, Sonnenbrille, Mundschutz, schwarze Handschuhe, die er am Gartentor auszog und er habe eine dicke große rote Plastiktüte unter dem Arm getragen, die von REWE sein müsste. Sie kannte den Slogan: Besser leben. Da sie gleich dachte, dass da etwas faul sei, sei sie um das Karree gefahren, um sich den Mann genauer anzusehen; sie sei die Niebergallstraße bis zur Gruberstraße gefahren, dann wieder rechts rein. Der Mann war aber verschwunden, weit und breit nicht mehr zu sehen. Sie bedauere sehr, dass sie ihrer Ahnung nicht gefolgt sei und sich an die Polizei gewandt hatte, vielleicht hätte das der armen Frau Sandberg noch geholfen. Aber sie sei offenbar so verärgert gewesen, von Dr. Hofmann versetzt worden zu sein. Dabei war er ein Opfer eines Überfalls geworden, fügte sie selbstkritisch hinzu. Von ihren rivalisierenden Fantasien der Mitpatientin gegenüber erzählte sie nichts, das war ihr inzwischen ganz entfallen.

Bauer und Henninger hatten den Eindruck, dass Caro zu ihrer seelischen Entlastung vorbeigekommen war und nichts Neues beitragen konnte. Sie bedankten sich für ihr Kommen. Bauer sagte, dass er vielleicht auf sie für eine Gegenüberstellung zukommen würde. Caro fragte, ob er wisse, wann Dr. Hofmann wieder gesund sei. Bauer sagte, dass ihr Therapeut mit ihr bestimmt in den nächsten Tagen Kontakt aufnehmen werde. Er ließ es sich nicht nehmen, Caro wieder zum Ausgang zu begleiten.

Malzahn fragte Bauer, als er zurückkam: „Was war das denn für ein Feger?" Das sprach für ihren diagnostischen Blick und ihre Lebenserfahrung. Bauer dachte sich, dass Caro das heute noch immer wäre; er ertappte sich dabei, dass er ihre kleinen Inszenierungen genoss. Wenn sie wüsste, dass auch er bei ihrem Analytiker Patientin war, so bedeutete das eine besondere intime Nähe zwischen beiden. Bei diesem Gedanken kam er sich vor wie ein heimlicher Voyeur und musste sich regelrecht zurückpfeifen.

Mit Henninger besprach Bauer die Aussage der Zeugin. Neu für ihn war das Detail der REWE-Plastiktüte, in die locker ein Notebook und andere Unterlagen passten. Er rief daher Hofmann an, um zu erfahren, ob er in seiner Praxis eine große REWE-Tüte gehabt habe. Hofmann meldet sich wieder nicht. So rief er Frau Santos an; sie verneinte, ihres Wissens nach gab es in der Praxis keine rote Einkaufstüte. Vermutlich hatte sie der Täter also mitgebracht, weil er Unterlagen und Gegenstände abgreifen wollte.

Kommissarin Henninger hatte die Idee, nachzuschauen, wo in der Nähe REWE-Märkte wären. Natürlich gegenüber dem Präsidium, ein zweiter REWE-City in der Bremerstraße Ecke Hansaallee, ein dritter in der Ginnheimer Hohl. Wenn der Täter vorher in einem REWE-Markt war, dann müsste es dort Videoaufzeichnungen geben. Bauer fand diesen Gedanken hilfreich. Er hatte sowieso vor, H-Milch für die Teeküche zu kaufen. Er ging zu Fuß über die Eschersheimer Landstraße in den nahen, riesengroßen REWE-Markt und kaufte einen Kasten H-Milch. An der Kasse sah er sich nach Videokameras um, konnte keine auf die Schnelle erkennen, auch nicht vor dem Markt zur Überwachung des Parkplatzes und der Anlieferung. Zwölf H-Milchtüten hatten ihr Gewicht. Im Präsidium angekommen, ließ er sich mit dem Marktleiter verbinden.

23.
Videoüberwachung

Der Marktleiter war am Telefon nicht gerade erfreut und zunächst wenig kooperativ. Ja, es gebe einige Kameras im Kassen- und im Außenbereich. Bauer teilte ihm mit, dass in der Nachbarschaft ein Überfall und Mord passiert sei, bei dem eine große Einkaufstüte von REWE eine Rolle gespielt haben könnte. Die Mordkommission suchte nach einem großen, schwarz gekleideten Mann, der am vergangenen Freitag zwischen 13 und 17 Uhr dort eingekauft und eine große REWE-Tüte benutzt hatte. Der Filialleiter saß gerade in seinem Büro und rief die Videoaufnahmen auf. Bauer sagte, er habe vor 20 Minuten in seinem Laden eine Kiste H-Milch gekauft. Der Filialleiter bat um einen Moment Geduld und meldete sich wieder.

„Ja, da habe ich Sie, Sie waren an Kasse 4. Sie haben ein dunkles Polohemd an, im Ausschnitt hängt eine Sonnenbrille. Glatze. Schwarzer Mundschutz. Richtig?" Offenbar hat er angebissen. „Freitag ab 13 Uhr, sagten Sie? Da könnte noch etwas gespeichert sein. Die Festplatten werden nach zirka 48 Stunden überschrieben."

„Darf ich Ihnen gleich eine Kollegin vorbeischicken, um den Zeitkorridor am Freitagnachmittag durchzusehen?"

Kommissarin Henninger machte sich mit einem USB-Stick auf den Weg.

Wegen dieser Information, dass die Aufnahmen nach 48 Stunden überschrieben werden, setzte sich Bauer auch mit den Filialen in der Hansaallee und im Ginnheimer Hohl in Verbindung. Marek und Hung wurden angewiesen, sich die Aufnahmen dort anzusehen. Hung saß bereits in der Niebergallstraße bei einem Nachbarn am Computer und war offenbar fündig geworden. Zupass kam, dass die private Videoüberwachung unzulässigerweise sowohl den Bürgersteig als auch einen Teil der Straße aufzeichnete. Die Aufnahmequalität wäre suboptimal, aber der Vorgang war deutlich zu erkennen, so Hung. Dort stieg ein Mann, auf den die Beschreibung passen könnte, laut Überwachungsprogramm der Firma Bascom um 17:21 auf der Beifahrerseite in einen dunklen Mercedes mit getönten Scheiben ein. Der Mann hatte eine große dunkle Tüte dabei. Das Nummernschild war wegen des schrägen Winkels nicht zu erkennen. Er kopierte die Aufzeichnung und fuhr zum REWE nach Ginnheim; dort wartete die Filialleiterin, die bereits Feierabend hatte, freundlicherweise auf ihn.

Bauer war mit dem Verlauf der bisherigen Untersuchungen einigermaßen zufrieden. Hoffentlich konnte bald ein brauchbares Bild des Täters erstellt werden. Er fertigte eine Notiz im Fahndungsprotokoll an, damit alle Teammitglieder auf dem aktuellen Stand waren und beschloss, auf dem Nachhauseweg im Nord-West-Krankenhaus bei Dr. Hofmann vorbeizufahren.

24.
Zweiter Besuch
bei Patient Hofmann

Dr. Hofmann war erst seit einer Stunde wieder auf Station; in seinem Zimmer war er alleine. Er fragte sich, wie es dem unbekannten Mitpatienten wohl gehen mochte. Die drei verrutschten und gebrochenen Rippen waren mit Metallsplints stabilisiert worden; aus der Lungendrainage suppte etwas blutiges Exsudat.

Es klopfte und Kommissar Bauer trat ein, desinfizierte sich zunächst seine Hände und begrüßte Dr. Hofmann. Er blieb am Fußende stehen, Hofmann saß aufrecht im Bett, das rechte Auge war weiterhin zugeklebt. Nach der Begrüßung und Erkundigung nach dem Befinden übergab Bauer das Handy, das im Papierkorb der Praxis gefunden wurde, und den Buchkalender mit den Worten, er habe ihn durchgesehen, aber nichts kopiert, es seien ja doch nur Kürzel und einige Telefonnummern zu lesen; er werde bei Bedarf auf ihn zukommen. Dann zog er den Ringordner hervor. Hofmann sagte, dass dieser zu seiner Patientendokumentation gehöre; er mache sich Notizen während oder nach der Therapiestunde; die Aufzeichnungen unterlägen dem Arztgeheimnis. Bauer sagte, er habe natürlich einen Blick reingeworfen, aber so gut wie nichts entziffern können. Hoffmann lächelte, mit seinem Augenverband und unrasiert sah er ziemlich verwegen aus.

„Ich werde Ihnen - vielleicht nächste Woche – in meiner Praxis Fragen zu Patienten beantworten, die mit dem Überfall irgendwie in Verbindung stehen könnten", sagte Hofmann. Bauer wollte nachfragen, warum nicht jetzt? Hofmann: Bedingung sei aber, dass die Anonymität seiner Patienten gewahrt bleibe. Falls die Kripo vorhabe, Praxisdokumente einzusehen oder zu beschlagnahmen, ginge das nur mit einem richterlichen

Beschluss. Bauer sagte nichts dazu. Beinahe hätte er vergessen, Hofmann die Brille zu geben. „Ist das Ihre Brille?" Hofmann nahm sie aus der Plastikhülle, betrachtete sie mit einem Auge. Ja, das sei seine Gleitsichtbrille und er setze sie sich auf; mit dem Augenverband rechts, saß sie schief im Gesicht - ein Bild des Jammers.

Hofmann freute sich, endlich wieder mit der Außenwelt verbunden zu sein. Er betätigte den Fingerprint, um das Handy einzuschalten, aber dann feststellen, dass der Akku leer war. „So eine Scheiße! Zu allem Unglück kommt noch Pech hinzu", sagte er. Beide informierten sich gegenseitig über das, was sich seit dem letzten Besuch ereignet hatte.

Ein Pfleger betrat das Zimmer, stellte ein Tablett mit dem Abendbrot auf den Nachttisch und übergab Hofmann ein dickes Päckchen mit Absender Dr. Alfons Homburger, das gestern Abend auf Station angekommen sei, aber leider wegen des Pneumothorax in Vergessenheit geriet. Bauer merkte, dass Hofmann zu gerne das Päckchen sofort hätten öffnen wollen, und verabschiedete sich von ihm; es wäre wichtig, wenn sie beide telefonisch erreichbar wären. Hofmann ging davon aus, dass er noch vier Tage hier im Krankenhaus bleiben müsse. Demonstrativ benutzte Bauer den Desinfektionsspender.

Hofmann öffnete das Päckchen, es war wie Geburtstag und Weihnachten zusammen. Oben enthielt es eine Karte mit einigen Zeilen von Alfons, 100 Euro in kleinen Scheinen, die Frankfurter Allgemeine Sonntagszeitung, zwei Tafeln feine Lindt-Schokolade, das angekündigte IPad und - ein Ladegerät. Sofort probierte er aus, ob das Gerät in sein IPhon passte. Das tat es glücklicherweise; früher waren die Ladegeräte nicht kompatibel; Apple hatte seine Kunden damit sehr verärgert.

Um das Gerät an eine Steckdose anzuschließen, musste er aus dem Bett aufstehen. Dummerweise war das Kabel zu kurz, um vom Bett aus zu telefonieren. Alfons schrieb Erläuterungen zum IPad, er hatte den Aushang an der Praxis gemacht „Wegen Krankheit ist die Praxis Dr. Hofmann bis auf Weiteres geschlossen".

Gute und verlässliche Freunde zu haben, war ein wertvolles Geschenk, sagte sich Hofmann. Er beschloss, erst einmal etwas zu essen und Tee zu trinken, denn heute hatte er wegen der Operation, die in Vollnarkose stattfand, noch nichts gegessen. Es gab zwei Scheiben Graubrot, Butter, zwei Scheiben Käse, zwei Scheiben Lioner Wurst, zumindest sah sie so aus. Zwei kleine Gürkchen schienen sich auf den Teller verirrt zu haben. Der Tee schmeckte zwar nach Jugendherberge, aber nicht schlecht. Er blätterte beim Essen in der Zeitung. Mit seinem Handy und einer Tageszeitung fühlte er sich deutlich weniger Patient, sondern mehr Mensch.

Corona beherrschte die Seiten der Zeitung. Epidemiologen, wie Lauterbach, sagten im Herbst eine zweite Welle voraus und rieten zu weiteren Kontakteinschränkungen. Virologen wurden kritisiert, dass sie die heimliche Regierung Deutschlands seien, Lindner von der FDP sah die Freiheit in Gefahr, AfD-Politiker geißelten die Lügenpresse, es gebe keine Pandemie, Regierungsvertreter wie Altmaier und Scholz kündigten ein weiteres milliardenschweres Unterstützungsprogramm an, Trump sprach sich für intravenöse Verabreichung von Desinfektionsmitteln aus und lobte, dass er ein guter Arzt geworden wäre. Wieder wurde in den USA ein Schwarzer von der weißen Polizei rücklings erschossen, es gab Unruhen. Wann und wie soll die Fußballbundesliga wieder starten? Ihm rauchte regelrecht der Kopf. In Anbetracht dieser Meldungen war Hofmann mit seinen Verletzungen relativ unwichtig. Es war für ihn extrem anstrengend, die Zeitung mit einem Auge zu lesen, weil die Mitbewegungen Schmerzen in dem anderen auslösten. Er legte die FAS weg. Danach versuchte er, eine Liste seiner Patienten zusammenzustellen, die er per eMail persönlich über die Stornierung der Therapietermine informieren wollte. Im Terminkalender standen nur wenige Adressen, die meisten befanden sich in der Praxis und waren archiviert. Ungern wollte er sie direkt von seinem Privathandy anrufen; vielleicht könnte das Alfons für ihn erledigen.

Um 19 Uhr schaltete er den Fernsehapparat an, um die Nachrichten im ZDF anzusehen. Normalerweise schaute er spät abends die Tagesthemen im Ersten. Auch hier beherrschte die Pandemie die Themen. Mit dem gesunden Auge ging das über die Entfernung zum Bildschirm ganz gut.

Nach den Nachrichten zog er das Handy vom Ladegerät, um zu schauen, wer seit Freitag angerufen hatte. Es waren eine Reihe von Anrufen zu sehen, teils mit Sprachnachricht auf der Mailbox. Seine Frau hatte sich gestern gemeldet und bedauert, dass er nicht zu erreichen war; sie fragte, ob alles in Ordnung sei, bei ihr sei „die Hölle los", allerdings bei minus 40°C. Sie werde sich am 23. August wieder melden. Sein Sohn Justus, Alfons, zwei Kollegen und einige unbekannte Anrufe konnte er auf dem Display sehen, ebenso zwei von Frau Santos und drei von ihm selbst. Er fand auch zwei SMS von seiner Miles&More-Kreditkarte, dass Abbuchungen von seinem Konto verweigert worden seien, wegen eines vermuteten Betrugsversuchs sei die Kreditkarte gesperrt worden; er werde in den nächsten Tagen eine neue Karte mit neuer Nummer auf dem Postweg erhalten. Somit hatte er eine Sorge weniger.

Hofmann schickte per WhatsApp seiner Frau Constanze, die als Meeresbiologin auf der Neumayer-Station des Wegener-Instituts an einem Forschungsprojekt zur Kryosphäre in der Antarktis arbeitete, eine Textnachricht. Der Zeitunterschied betrug nur 4 Stunden. Wegen ihrer Arbeit innerhalb und außerhalb der Station war sie nicht direkt erreichbar, daher sollte sie ihn anrufen.

Per WhatsApp und auch Skype war der Kontakt möglich, aber unsicher und störanfällig.

Sie meldete sich um zwei Uhr, Hofmann blieb bis zu ihrem Anruf wach. Sie war sehr erleichtert, ihn zu sprechen. Durch Alfons hatte sie von dem schrecklichen Überfall erfahren. Er versuchte den Überfall und seine Verletzungen recht flach zu halten, um Constanze nicht allzu sehr zu beunruhigen.

Während des Gesprächs wurde ein neuer Patient im Bett mit Überwachungsgeräten, Perfusoren und Infusionsständer ins Zimmer gerollt. Zwei Pflegekräfte schlossen die Geräte an, es piepte und brummte wie auf einer Intensivstation.

Hofmann beendete sein Telefonat und bat seine Frau morgen gegen 24 Uhr deutscher Zeit wieder anzurufen. Durch das Gespräch mit Constanze fühlt er sich noch ein Stückchen besser und geborgener.

25.
Das zweite Gespräch
mit Frau R.

Nach diesem Tag war Hofmann völlig erschöpft. Erst die OP, dann Bauers Besuch und schließlich die Flut von Informationen draußen im aktuellen Leben, dem alltäglichen Wahnsinn.

Er musste immer wieder an seine Patientin Frau R. denken. Der brutale Überfall dürfte am ehesten mit ihrer Person und den Inhalten ihrer Therapie zu tun haben. Im Patientenzimmer war es dunkel, außer einigen Geräuschen der Monitore war es still. Er ließ seine Gedanken laufen und versuchte sich an das zweite Gespräch mit Frau R. zu erinnern. Es fand zwei Wochen nach dem verkürzten Erstinterview noch im Februar, aber schon unter Corona-Hygienebedingungen statt, kein Handschlag, aber Händedesinfektion und Mindestabstand.

Frau R. sah diesmal völlig anders aus: Dunkelrote hohe Schuhe mit Bleistiftabsätzen, Seidenstrümpfe, enger Rock aus Seide, passendes Jackett in Mausgrau, dunkelroter enger Rollkragenpulli, dezent geschminkt, betonte Augen, rot-glänzender Lippenstift, zurückgekämmte Frisur, goldene Ohrhänger. Eine Parfümwolke lag in der Luft. Chefsekretärin oder femme fatale, dachte Hofmann, so könnten Männer ihr zum Verhängnis werden, aber auch umgekehrt. Ihm fiel spontan die schwermütige Tippi Hedren in Hitchcock Kriminalfilm „Marnie", aber auch Portraits von Helmut Newton ein: kühl, zurückhaltend, beobachtend, wie eine Spinne, die am Rande ihres Netzes auf Beute wartet. Er betrachtete diese Szene quasi von oben, von einer Metaebene, wie die Patientin durch ihre passive erotische Ausstrahlung den Mann gegenüber, also ihn, in ihren Bann zog und wohl lähmen und kontrollieren wollte. Frau R. konnte länger so verharren und schweigen, sie schien damit Übung zu haben. Zu dieser erotischen Aura kam etwas Zweites hinzu: Ihre Traurigkeit, die bei Hofmann Mitgefühle und Helferimpulse auslöste. Im Vergleich zum Erstgespräch schien Ihr heutiges Outfit eher Programm und Panzer zugleich zu sein, um ihren Leidensdruck zuzudecken.

Hofmann sprach Frau R. auf ihr anderes Aussehen im Vergleich zum kurzen Erstgespräch vor zwei Wochen an.

„Ja, diese Seite gehört auch zu mir."

Hofmann etwas übermütig: „Ich dachte schon, Sie haben sich wegen mir so verführerisch zurecht gemacht." Er ärgerte sich über diesen blöden Satz, er hätte das denken können und besser die Klappe gehalten.

„Ja, vielleicht", sagte sie nur.

Hofmann konnte es aber nicht lassen: „Oder: Sie haben nachher noch etwas anderes vor."

„Ja, vielleicht auch das." Sie lächelte vielsagend, schlug ihre langen Beine langsam übereinander, dabei sah sie ihm fest in die Augen und wartete. Ihm kam das bewusst langsam vor, geradezu eingeübt. Sofort fiel ihm die Filmszene aus „Basic Instinct" ein, in dem Sharon Stone ihre schönen Beine übereinanderschlug und dabei tiefe Einblicke gewährte; er kam sich wie Michael Douglas oder die anderen männlichen Voyeure in diesem Film vor. Ging er der Spinne bereits ins Netz? Er spürte den bewusst verführerischen Sog der Szene als Übertragungsangebot der Patientin und musste sich dadurch daran erinnern, fast zur Räson rufen, dass er hier der Psychoanalytiker und Frau R. die Patientin war – und mehr auch nicht.

Hofmann fand seine Rolle wieder und fragte, wie es ihr nach dem letzten Gespräch ergangen sei. Sie dachte etwas nach und antwortete langsam sich vortastend, es sei ihr gar nicht so gut gegangen; ihr Mangel an Selbstsicherheit war für sie wirklich keine neue Erkenntnis, aber das jemandem gegenüber zuzugeben und noch aus dem Munde eines anderen Menschen so klar reflektiert zu bekommen, schmerzte doch sehr. Nach einer Pause: Sie habe den Eindruck, dass sie vor ihren dunklen Seiten nicht länger weglaufen könne, es sei wie ein Strudel, ein starker Sog, dem sie sich nicht länger entgegenstemmen könne. „Ich bin bald 31 und frage mich, wie mein Leben weitergehen könnte. So jedenfalls nicht. Das ist mir klar."

„Wie ist denn ihr Leben so?"

Nach einigem Überlegen: „Eigentlich spannend, aufregend, jedenfalls bisher. Ich fühlte mich sicher in dem, was ich tat. Dieses Gefühl von Sicherheit schmilzt dahin, ich habe nicht mehr die Kontrolle über mein Leben und keinen Plan für meine Zukunft. Ich fühle mich wie in einer dunklen Sackgasse und jeden Augenblick stürmen Bluthunde auf mich zu und wollen mich zerfleischen." Ihr Gesichtsausdruck wurde ernster. „Aber das Schlimmste ist, es tritt Langeweile und Unlust auf. Der Lack ist irgendwie ab. Alles ist schwerer und zu viel geworden. Mein Leben ist unbefriedigender als vorher, schal, grau, sinnlos. Hinzu kommt jetzt diese Virusinfektion, sie hat etwas Unheimliches und löst bei mir noch mehr Ängste, Unsicherheiten und Misstrauen aus."

Sie schwieg kurz. „Wie ist das denn für Sie, diese Seuche? Sie haben ja auch mit vielen Menschen Kontakt", fragte sie ihn.

Er spürte, dass sie Widerstände hatte, tiefer in ihre Gefühlswelt einzutauchen, und lieber von sich ablenken wollte.

„Ja, die Seuche, wie Sie sagen, hat auch für mich etwas Unheimliches, ich glaube für jeden Menschen, wenn er die Gefahr nicht verleugnet. Weiß ich denn, ob Sie nicht infektiös sind? Und umgekehrt?" Hofmann wollte ihr Ablenkungsmanöver nicht deuten, sondern sagte: „Die Pandemie kam für Sie später verschärfend hinzu, denn Ihre depressive Episode entstand schon im Sommer letzten Jahres." Er ließ seine Worte wirken.

„Sie beschreiben typische Symptome einer Depression wie herabgedrückte Stimmung, Unlust, das nennen wir Anhedonie, und sie deuten eine Antriebsstörung an. Ferner Schlafstörungen. Oft treten Gefühle von Lebensüberdruss, auch Todeswünsche auf." Frau R. zustimmend: „Und Sie beschreiben meinen Zustand sehr treffend." Dann ein kurzes Nachdenken. „Und ich kenne auch Selbstmordgedanken, na klar. Ehrlich gesagt, ist die Möglichkeit, mich umzubringen, für mich die allerletzte Option, die ich mir nicht nehmen lassen möchte." Kurze Pause. „Mit Siebzehn habe ich es einmal probiert, mit Tabletten."

Es entstand ein längeres Schweigen. „Ich komme mir manchmal wie eine leere Hülle vor. Dazu gehört auch diese gepflegte Verpackung." Mit beiden Handrücken glitt sie ihren Körper entlang: „Und das, was drunter ist. Ich glaube, ich bin eine einzige Mogelpackung", sagte sie mit etwas Ironie und Verbitterung in ihrer Stimme.

Nach einer längeren Pause fährt sie fort. „Mein äußeres Erscheinungsbild, mein Körper, und was ich damit mache, ist mein Kapital, sein Wert verfällt - allmählich. Es kotzt mich inzwischen alles total an und ich hasse mich dafür. Sie verzeihen bitte meine derben Worte." Längeres Schweigen, sie unterdrückt ihre Tränen.

„Heißt das, dass Sie mit Ihrem Körper in irgendeiner Weise Ihren Lebensunterhalt verdienen?" Hofmann dachte die ganze Zeit schon daran, dass sich Frau R. prostituierte, sie könnte aber auch als Fotomodell arbeiten, was ja nicht immer dasselbe wäre.

„Ich bin von Hause aus Hotelfachfrau, war auch im Ausland. Seit einigen Jahren arbeite ich als Hostess, wenn zum Beispiel Messe ist." Sie schaute ihrem Gegenüber fest in die Augen: „Und ich schlafe mit Männern - für Geld."

„Sie meinen als Prostituierte?"

„Also, Liebesdienerin oder Gesellschafterin gefällt mir besser als Prostituierte. Sexarbeiterin finde ich auch gruselig, obwohl die Arbeit manchmal mit der in einem Steinbruch vergleichbar wäre." Schweigen. „Nebenbei studiere ich Kunstgeschichte und

Romanistik; ich glaube seit elf Semestern." Sie atmete tief durch; sie wirkte erleichtert, sich offenbart zu haben und fuhr in ironischem Ton fort: „Ich bin also die klassische Studentin, die nebenbei anschaffen geht, um sich ein Leben in Luxus zu gönnen." Sie schaute ihn schweigend an.

„Verstehe ich das so, dass Sie Ihre Liebesdienste, wie Sie sagen, beenden wollen und nicht wissen, wie Sie da rauskommen?"

„Ja, genau. Ich war schon bei einer Beratungsstelle für Aussteigerinnen aus dem Puffmilieu. Ich bin aber nicht das klassische Klientel für diese Frauen von Hydra, wie eine der Beratungsstellen heißt, die meist mit einem ganz anderen Kaliber von rechtlosen Sexsklavinnen zu tun haben. Ich brauche keinen Anwalt und kein Frauenhaus. Mir wurde klar, dass es bei mir komplizierter ist. Ich muss mich verändern, innerlich. Aber als nicht ganz ungebildetes Escort-Girl zu arbeiten, machte auch manchmal Spaß und bringt Geld. Es gibt auch sehr nette Männer, so wie Sie einer sind." Nach einer Pause: „Es ist wie eine Sucht, wie eine Droge."

Hofmann ging auf diese Schmeichelei nicht ein. „Etymologisch kommt das Wort Sucht nicht von suchen, sondern von Siechtum, also zugrunde gehen."

„Ach, das habe ich nicht gewusst. Interessant. Ich muss wirklich aufpassen, dass ich nicht zugrunde gehe. Vielleicht bin ich aber schon dabei." Wie mit einem diskreten Ruck holte sie sich aus ihrer traurigen Stimmung: „Ich habe auch interessante und liebevolle Männer kennen gelernt, die mir etwas gaben und nicht nur genommen haben." Nach einer Pause: „Natürlich auch Schweine, gestörte Perverse und Männer, vor denen ich mich ekelte; da half auch kein langes Duschen und Mund- und sonstige Spülungen." Schweigen.

„Ich kann mir vorstellen, dass die sexuelle Begegnung mit unbekannten Männern auch eine gefährliche Angelegenheit ist", warf Hofmann ein.

„Ja schon, die Angst, von einem Verrückten misshandelt oder getötet zu werden, hatte ich eine Zeit lang intensiv; ganz weg ist sie nie. Es gibt auch die Angst vor dem one-wrong-fuck, um sich zum Beispiel HIV einzufangen. Kondome hin, Kondome her. Mein Risiko ist heute aber kalkulierbar. Früher war das ein richtiges Vabanquespiel oder russisches Roulette. Ich glaube, ich habe früher die gefährlichen Seiten einfach ausgeblendet, verleugnet und bin da einfach durch. Es gibt ja auch Hilfsmittel." Schweigen. Hofmann dachte an Drogen.

„Die meisten meiner Kunden kenne ich, sie sind Stammkunden. Einige wollen keine Kondome. Ich bin deren einzige Frau; das versuchte ich mir einzureden. Außerdem werden andere Kunden durch die Agenturen, für die ich arbeite, gefiltert und ausgewählt." Pause. „Neben der Gewalt und Demütigung stellen HIV, Hepatitis, Herpes und jetzt wohl diese mysteriöse Lungenerkrankung eine große Gefahr dar. Sind ja alles Viren. Es gibt auch Bakterien, Pilze und andere Organismen. Syphilis ist für uns Frauen wieder ein Problem." Schweigen. „Kurz um: Ich bin eine registrierte und medizinisch überwachte Edelhure, Mätresse, Kurtisanin, Gesellschafterin - ganz wie Sie wollen", sagte sie mit sarkastischem Unterton und schaut Hofmann ein paar Sekunden wieder fest in die Augen, so als wolle sie sein Entsetzen in seinem Gesicht sehen. Den Gefallen tat er ihr aber nicht.

Nach einer längeren Pause fragte sie ihn: „Waren Sie schon einmal bei einer Hure?" Er war über ihre Direktheit mehr als überrascht. Er beantwortete die Frage nicht und sagte nur: „Angriff ist die beste Verteidigung?" Und nach einer Weile: „Und was glauben Sie denn selbst, ob ich schon einmal bei einer Hure war?"

Sie scannte ihn von oben nach unten und wieder zurück ab, als sei das ihre Antwort. „Nun, ich vermute, Sie wissen, wovon ich rede. Männer, die zum ersten Mal vor einer Nutte sitzen, werden oft ganz zappelig und können mich nicht lange anschauen.

Eine Frau, die offen sexuell verfügbar ist, stellt für viele Männer eine große Verführung und Verunsicherung dar. Andere Männer bekommen Angst vor dieser Verführungssituation, wieder andere bekommen Angst, als könnten sie von der Frau verschlungen werden. Häufig stoßen Männer daher eine solche Frau schroff zurück, beschimpfen sie als Schlampe, Nutte, damit sie nicht mit ihrer eigenen Geilheit, Moral, Ehre - und was weiß ich alles - in Konflikt geraten."

„Das scheint mir eine interessante Analyse männlichen Verhaltens zu sein." Hofmann weiter: „Sie sehen, ich zappele nicht vor Ihnen herum, schaue nicht verlegen in die Ecke und kriege auch keine roten Ohren."

„Ältere Männer wie Sie, gut situierte mit grauen Schläfen sind eigentlich genau mein Beuteschema." Hofmann fiel die Spinne ein und schwieg. „Ich würde jetzt aber doch gerne wissen, was Sie über mich denken", sagte sie.

Nach einer Weile fragte er zurück: „Was meinen Sie selbst, was ich über Sie denken könnte oder sollte?" Das war eine typische analytische Halse, um wie beim Segeln die Kursrichtung zu ändern und nichts über sich selbst zu sagen. Er fühlte sich von ihr weiter bedrängt und getestet. Sie war die Patientin, nicht er.

Frau R.: „Kennen Sie den Witz? Ein Goy fragt seinen jüdischen Freund: ‚Sag' mal, Joshua, warum müsst ihr Juden jede Frage immer mit einer Gegenfrage beantworten?' Kennen Sie seine Antwort?"

Hofmann: „Ja, kenne ich." Sie schaute ihn fragen und auffordernd an und gab die Antwort dazu: „Joshua sagte: Na, warum nicht?'"

Beide mussten lachen und schwiegen dann eine Weile.

Frau R.: „Es ist hier sehr angenehm mit Ihnen und macht sogar Spaß. Abgesehen davon, dass Sie sich schon wieder um eine ehrliche Antwort gedrückt haben."

Nach einer Weile: „Ich denke, Sie finden mich aufregend und sexuell erregend. Gedanklich haben Sie schon durchgespielt, wie es wäre, mit mir Sex zu haben." Nach einer kurzen Pause. „Das stimmt doch, oder? Wenn nicht bewusst, dann aber unbewusst!"

„Jetzt versuchen Sie, mich mit meinen eigenen Waffen zu schlagen: Bewusst, unbewusst." Und nach einer kurzen Pause: „Natürlich haben Sie etwas sehr Verführerisches, auch auf mich. Das wissen Sie und ich. Wir sind hier aber nicht auf freier Wildbahn, sondern in einer therapeutischen Situation. Das ist etwas anderes."

Sie ließ nicht locker. „Ich weiß. Aber trotzdem, Sie werden mich schmutzig, primitiv und sonst was finden. Zumindest unbewusst. Eine gewöhnliche Nutte eben." Sie lächelte ihn an. Er hatte den Eindruck, sie wollte ihm jetzt ein Dementi entlocken. Hofmann sagte: „Ich spüre, Sie wollen mich testen, ob ich auf Ihr Verführungsangebot hereinfalle und im zweiten Zug soll ich Sie dafür verachten."

„Nun ja, wer möchte schon eine ehemalige Nutte als Freundin und Ehefrau haben. Sie vielleicht?"

Hofmann verstand sie so, dass sie unbewusst eine persönliche Beziehung zu ihm phantasierte; er ging aber nicht darauf ein, sondern fragte stattdessen:

„Wie ist denn Ihre Erfahrung damit?"

„Sie meinen, ob ich neben meinen Kunden auch feste Beziehungen habe?"

„Ja, es muss ja nicht gerade ein Zuhälter sein, für den Sie anschaffen gehen." Diese Formulierung fand er selbst recht grob.

„Puh, das ist jetzt aber gemein! Das ist wirklich ein heißes Thema." Pause. „Ich habe es versucht. Ich glaube, es geht einfach nicht. Wenn ich am Tag mehreren Männern meinen Körper vermietet habe, und das fünf bis sechs Tage die Woche, dann hatte ich oft keine Lust mehr, mit einem Freund zu schlafen. Er musste sich das schon gewaltsam von mir holen."

Hofmann: „Wahrscheinlich hat er so Ihre Wünsche nach Bestrafung befriedigt." Frau R. dachte nach.

„Das ist ein interessanter Aspekt. Ja, jetzt, wo Sie das so sagen, ja, das hat mich manchmal entlastet. Das Komische ist, dass ein Mann, der mich gut behandelt, mich liebt und begehrt und zulässt, dass ich andere Männer sexuell bediene, für mich völlig uninteressant ist."

Hofmann: „Das versuchen Sie auch mit mir hier in Szene zu setzen."

„Da kann ich Ihnen jetzt nicht ganz folgen. Egal." Und nach einer Pause: „Es gab und gibt immer wieder Kunden, die sich in mich verliebten und mich aus diesem Sumpf herausziehen wollten. Einer wollte mir sofort eine Boutique in guter Lage einrichten. Das ist der Klassiker! Der weiß doch gar nicht, wie ich wirklich bin. Abgesehen davon, kann ich mir eine Boutique auch selber kaufen. Dafür brauche ich keinen Mäzen oder Sugar Daddy."

Hofmann: „Dem Verein, der mich als Mitglied aufnehmen würde, dem würde ich nie beitreten." Sie schaute ihn fragend an. „Den Satz habe ich sinngemäß schon einmal gehört. Ich glaube, zu verstehen, was Sie damit sagen wollen. Oder vielleicht auch nicht. Egal."

„Der ist von Groucho Marx, einem amerikanischen Komiker aus den dreißiger Jahren. Mit Ironie beschreibt er das Problem, wenn jemand ein geringes Selbstwertgefühl hat wie zum Beispiel bei einer Depression"

„Aha, den Mann kenne ich nicht. Das mit dem schlechten Selbstwert passt ganz gut."

Es entstand ein Schweigen, das Hofmann unterbrach: „Haben Sie eine Idee, warum Sie überhaupt diesem Broterwerb nachgehen?" Er fand diese Warum-Frage sehr zentral, aber zugleich auch wenig sinnvoll. Was kann die Patienten zu den Gründen ihrer Prostitution schon sagen? Es wäre ungefähr so, als würde er einen Alkoholiker fragen, warum er zu viel trinke; da können nichts anderes als oberflächliche Rationalisierungen herauskommen.

Die Patientin ließ sich Zeit zum Antworten. „Naja, Broterwerb eben, wie Sie es sagen. Es geht um's Geld, das manchmal schnell verdient und manchmal genauso schnell wieder weg ist. Aber, ich habe nicht zugelassen, dass mich jemand materiell oder psychisch ausbeutet. Meistens jedenfalls. Es ging auch einige Male daneben, das muss ich schon zugeben." Sie schwieg eine Weile. „Ich lasse mich doch nicht von alten Säcken oder jungen geilen Typen ficken, damit ein andere mit meinem Maserati oder Cayenne einen auf dicke Hose macht!" Pause. „Ich kannte eine Kollegin, die für ihren Freund, der an der Nadel hing, auf den Strich ging. Nicht mit mir!" Sie war jetzt richtig in Rage geraten. Diese herben Worte passten nicht zu ihrem feinen Outfit, waren aber emotionaler Klartext und ehrlich, dachte Hofmann.

„Jetzt sind Sie über meine ordinäre Ausdrucksweise sicherlich erschrocken, oder?"

„Nein, Sie sollen hier frei und offen sprechen, dabei kann es auch etwas rustikal zugehen. Also: Nur zu. Gibt es noch einen anderen Aspekt, warum Sie mit alten Säcken ins Bett gehen, wie Sie sagen?"

Sie dachte nach: „Ja, es gibt noch etwas anderes: Das Gefühl nämlich, dass ich über einen Menschen Macht habe, ihn manipulieren und kontrollieren kann, zumindest solange er geil und unbefriedigt ist. An seinem Schwanz ziehe ich ihn durch die Manege." Sie lacht über das Bild. Nach einer Schweigepause: „Und ein weiterer Aspekt ist: Begehrt zu werden, das ist eben ein saugutes Gefühl; neben der Macht und dem Geld." Sie schwieg; die Atmosphäre war sehr intensiv. Sie tauchte daraus wieder auf: „Aber ich mache mir nichts vor, ich arbeite in einer Anstalt zur Bedürfnisbefriedigung. Und das Bedürfnis ist groß." Sie hielt etwas inne: „Ich habe in einem Buch gelesen, das eine Prostituierte verfasst hat, dass sich in Deutschland 400.000 Frauen prostituieren; das ist eine Großstadt; täglich kaufen 1,2 Millionen Männer sexuelle Dienstleistungen. Das kam mir anfangs übertrieben vor. Und die folgende Zahl hatte mich auch sehr beeindruckt: In Deutschland werden im Jahr 1,7 Millionen Liter Sperma abgespritzt, um das einmal drastisch auszudrücken. Schockiert?" Sie schaute Hofmann provozierend an.

Hofmann stöhnte: „Diese Daten sind schon erstaunlich. Ich denke, Sie wollen weiterhin, dass ich von Ihnen schockiert und angeekelt bin. Warum eigentlich?" Frau R. reagierte nicht und schaute zum Fenster heraus; es entstand ein längeres Schweigen, das Hofmann unterbrach. „Ich möchte gerne wissen, ob Sie nicht nur begehrt werden wollen, sondern auch selbst jemanden begehren können?"

Frau R. atmete tief durch. „Ich glaube, das habe ich schon lange aufgegeben. Ich denke, das könnte ein wichtiger Grund für die Angst und depressive Stimmung sein. Ich möchte jemanden lieben. Aber: Wer könnte mich denn lieben mit meiner Vorgeschichte? Da ist vorher zu viel passiert. Außerhalb von mir und in mir selbst. In meiner Branche träumen die allermeisten Kolleginnen von einem Mann, vielleicht Ehe und von Kindern, zumindest einem Haus mit Doppelgarage – also eine richtig spießige bürgerliche und oft verlogene Existenz. Sowas bleibt aber unerreichbar. Wie heißt der Komiker nochmal: Grucho Marx?"

Hofmann dachte, sie will schon wieder ablenken. „Ja. Und vermutlich ist auch lange vorher einiges in ihrem Leben passiert." Frau R. schaute ihn an und schwieg.

„Für heute müssen wir langsam Schluss machen. Ich möchte von Ihnen erfahren, wie Sie aufgewachsen sind. Das sollten wir uns in einem dritten Gespräch vornehmen."

Frau R: „Okay. Ich rufe Sie an."

„Schön. Ein weiterer Punkt wäre, was Sie von mir eigentlich erwarten; das ist mir immer noch nicht klar." Kurze Pause.

„Das weiß ich selbst nicht so genau. Ich äh, ich brauche irgendeine Hilfe, diese Veränderung einzuleiten, sonst gehe ich vor die Hunde. Allein das zuzugeben, ist für mich schon ein großer

Schritt und sehr demütigend. Ja, ich brauche therapeutische Hilfe – am liebsten von Ihnen."

Hofmann: „Ja, wir haben Zeit, in weiteren Gesprächen, vielleicht noch zwei bis drei, dies alles herauszufinden." Frau R. nickte.

„Und ich habe noch ein weiteres Anliegen: Sie haben mich letzte Stunde fürstlich bezahlt. Das dicke Trinkgeld kann ich aber nicht annehmen." Er übergab ihr einen 50-zig Euroschein und eine Quittung: 100 Euro für ein psychotherapeutisches Erstgespräch erhalten.

Frau R. grinste: „Da sind Sie aber billig!" Hofmann schaute sie fragend an. „Ich war 2016 bei einer Therapeutin; sie verlangte 150 Euro in bar. Diese Frau war jung und ziemlich verunsichert, aber nicht bei ihrem Honorar. Sie fragte mich systematisch aus und kratzte an der Oberfläche herum, weit gekommen war sie nicht. Ich glaube, sie hat selbst in mir ein Monster gesehen. Sie sprach dann am Ende von irgendeiner Schema-Therapie, die sie mir beim nächsten Mal erklären wollte, und drückte mir zwei Fragebögen in die Hand, die ich ausgefüllt mitbringen sollte. Den zweiten Termin habe ich aber abgesagt. Ich hatte einfach kein gutes Gefühl dabei. Mit Frauen komme ich sowieso nicht so gut klar."

Hofmann: „Und ich möchte als Letztes für heute verstehen, warum sie Ihre Krankenkassen außen vorlassen wollen, wie Sie sagten. Wenn Sie eine längere Therapie machen wollten, kostet Sie das eine Stange Geld."

„Mal sehen," sagte Frau R. und ging zur Garderobe. An der Tür sagte sie diesmal immerhin „Auf Wiedersehen".

26.
Dienstbesprechung am Dienstag

Die morgendliche Besprechung dauerte etwas länger als gestern. Zuerst ging der Pressespiegel herum, alle Tageszeitungen Frankfurts berichteten unter den Polizeinachrichten von einem Überfall auf eine Psychotherapeutenpraxis im Dornbusch und dem Tod einer Anwohnerin. Adresse und Namen wurden nicht genannt. Das entsprach der Pressemeldung des Präsidiums. Bild-Frankfurt brachte in der online-Ausgabe ein Foto, auf dem Bauer gerade die Reporter vom Grundstück scheuchte, mit dem Untertitel „Polizei behindert Presseberichterstattung". Werner: „Dass BILD so ein langes Wort überhaupt schreiben kann, ist erstaunlich?" Das Foto löste allgemeine Heiterkeit aus.

Es ging um drei Fälle:

1. Ein anfangs unklarer Tod eines 76-jährigen Mannes in einer Gartenhütte auf dem Lohrberg durch Erschießen; die lokalen Umstände sprachen für einen Suizid. Es gab aber keinen Abschiedsbrief, die Tatwaffe lag neben dem Toten. Der Tod müsse am Sonntagnachmittag eingetreten sein. Der Obduktionsbericht stehe noch aus. Woher kam die Pistole? KOK Werner übernahm die Untersuchung.

2. In Sachsenhausen wurde auf dem Parkplatz an der Gerbermühle ein nicht identifizierbarer Mann Anfang 30 tot in einem AUDI A3 gefunden. Die rote Julia vermutete eine Überdosis Heroin, der Mann wies körperliche Merkmale eines Drogenabhängigen auf. Der AUDI war auf eine 55-jährige Frau in Aschaffenburg zugelassen. Die bayrischen Kollegen hatten den Fall mit übernommen. Die Halterin des PKW, wahrscheinlich die Mutter, würde heute die Identifizierung des jungen Mannes vornehmen müssen, es wurden keinerlei Papiere oder eine Geldbörse

gefunden. Auch hier stand der Bericht der Gerichtsmedizin noch aus. Seifert und Kovac betreuten den Fall.

3. Bauer berichtete im Telegrammstil von der Gruberstraße 17, der Durchsuchung der Praxis mit Fund des Handys und des Terminkalenders, dem Austausch des Haustürschlosses, zwei Schlüssel hier im Sekretariat. Hung und Marek hätten eine private Videoüberwachungsanlage in der Niebergallstraße ausfindig gemacht, die den mutmaßlichen Täter zeigte, wie er nach 17 Uhr in einen schwarzen Mercedes einstieg. Das Team schaute sich die Aufnahme mehrfach an. Kommissar Werner, der 14 Tage Quarantäne zuhause abfeiern musste, sagte, dass es sich um einen „aufgemotzten AMG-Mercedes der S-Klasse" handle. „Wie blöd müssen diese Gangster sein, mit solch einem auffälligen Auto am Tatort rumzukurven? Das Kennzeichen ist leider nicht lesbar, der Benz hat keine Typenbezeichnung, aber unten rechts am Rücklicht steht das kleine AMG-Logo mit den Streifen. Wahrscheinlich hat der vorne am Kühlergrill auch so ein Logo, damit der Autofahrer im Rückspiegel sehen kann, was Sache ist." Jemand warf in die Runde, dass ein teurer schwarzer Benz in gewissen kriminellen Kreisen heute ein Must-have sei, früher waren es BMWs. War es möglich, dass Kameras der Verkehrsüberwachung den auffälligen AMG-Benz aufgenommen hatten? Hoffentlich haben die eine rote Ampel überfahren oder sonst wie ein Ticket bekommen. Marek sollte mit der Abteilung Verkehrsüberwachung D610 Kontakt aufnehmen.

Die Kameraüberwachung der drei REWE-Märkte hatte keine Person gezeigt, die zu dem ca. 185 cm großen, kompakten, schwarz gekleideten Täter passen könnte. Eine genauere Personenbeschreibung war nicht möglich. Die Plastiktüte musste er zum Überfall mitgebracht haben, sie sei nicht in der Praxis vorhanden gewesen. Kommissarin Henninger hatte die Idee, dass nicht der Täter, sondern der Fahrer vorher bei REWE einkaufen war. Hofmann erwähnte einen Mann, der seine Praxis im Juli ausgekundschaftet hatte. Vielleicht ist er der Fahrer. Hung erklärte sich sofort bereit, mit einem Spezialisten ein Phantombild zu erstellen, indem sie per Skype Dr. Hofmann befragen wollten; wenn das nicht klappen sollte, müssten sie Hofmann im Krankenhaus aufsuchen. Hung war froh, seine Arbeit im Innendienst und am Computer durch Aktivitäten außerhalb des K 11 mit etwas Abwechselung zu gestalten. Er war sich auch nicht zu schade, Kaffee, Tee, Milch oder ein paar Döner oder Pizza zu holen. Im Informatikstudium hatte er sein Leben am PC verbracht - und vorher auch schon. Jetzt brauche er Bewegung, außerdem fühlte er sich etwas zu moppelig und zu wenig attraktiv, eine Liebesbeziehung zu einer Frau hatte er nicht.

Marek bat die REWE-Marktleiter um Videoaufnahmen der Parkplätze vom Freitagnachmittag; die Aufnahmen vom Freitag waren sicherheitshalber gespeichert worden. Vielleicht war der AMG-Benz erfasst worden. Dr. Hofmann müsse sich diese Aufnahmen unbedingt ansehen.

Frau Malzahn brachte den Obduktionsbericht Sandberg. Bauer las laut vor: Prellmarke am unteren Sternum, Platzwurden links fronto-parietal, vermutlich durch einen harten Gegenstand wie Schlüsselbund, multiple Platzwunden rings um die Hutkrempe am Schädel, Schädelbasisfraktur mit Blut und Liquoraustritt aus dem rechten Gehörgang, rechtsfrontal Epiduralhämatom und eine subkapitale Humeruskopffraktur rechts.

Beurteilung: Schlag auf den Kopf und vor die Brust, Sturz über elf Betonstufen der Kellertreppe, Aufprall gegen die Brandschutztür, der vermutlich zum Schädel-Hirntrauma und dieses später zum Tod geführt habe. Als Nebenbefund fand sich ein fortgeschrittenes Ovarialkarzinom, die Frau war also sehr krank. Bauer sagte leise: „Die arme Frau." Er kannte sie von wenigen Begegnungen, das wussten die Kolleginnen und Kollegen aber nicht.

In der Praxis konnte die kriminaltechnische Untersuchung durch die Spurensicherung eine Fülle von Fingerabdrücken darstellen, sogar eine ganze rechte Hand und einen Abdruck eines Ohres an der Eingangstür, wahrscheinlich von einer Frau; kein Abdruck war in der Polizeidatei registriert. An mehreren Griffen, Möbelstücken, Kabelbindern und Kabel, das zum Knebeln verwendet worden war, wurden Spuren von Leder und Lederpflegemitteln nachgewiesen. Haare wurde keine gefunden. Auf dem Teppich, wo Hofmann gefesselt lag, wurden fremde Textilfasern gefunden. Auf einem Stuhl fand sich ein Abdruck eines rechten Schuhs in der Größe 44,5; dem Profil der Sohle nach passt er zum Red Wing Chelsea Boots. Bauer wollte Hofmann danach fragen, ob er solche Schuhe trage.

Die Aufgaben waren verteilt. Die größte Hoffnung lag darin, dass der Täter-Mercedes irgendwo gefilmt oder beobachtet wurde. Auf Grund seiner Erfahrung vermutete Bauer, dass das Kennzeichen des Benz nicht echt, sondern gestohlen war. Das waren Profis und keine Anfänger. Aber auch Profis machen Fehler. Spätestens wenn es um Geld oder Frauen ging, oder gar um beides.

Nach der Besprechung traf eine Nachricht des Polizeipräsidiums Mannheim ein, dass auf der Autobahnraststätte Hardtwald Richtung Karlsruhe in einem Abfallcontainer eine tote Frau gefunden wurde, die aus Frankfurt stamme und dort gemeldet sei.

27.
Schritt für Schritt

Dr. Hofmann meldete sich bei KHK Bauer, er habe eine SMS bekommen, dass seine Kreditkarte wegen eines Betrugsversuchs gesperrt worden sei. Bauer wollte dieser Sache nachgehen lassen, denn jetzt wurden die oder der Täter langsam leichtsinnig und geldgierig. Hofmann konnte seine Kreditkartennummer nicht aus dem Kopf nennen, nur dass die Lufthansa Miles&More-Karte über die Deutsche Kreditbank liefe.

Bauer wollte wissen, ob Hofmann Schuhe der Firma Red Wing habe, und begründete seine Frage. Ja, er besitze solche, trage sie aber so gut wie nie in der Praxis; er habe Größe 43,5.

„Über Ihren Computer haben wir noch keine Informationen. Was ist das für eine Marke?" fragte Bauer.

„In der Praxis habe ich nur ein Notebook der Firma DELL, Modell Inspiron, silbermetallic, 39 cm Bildschirm - glaube ich. Ich nehme das Notebook immer mit nach Hause, lasse es nicht in der Praxis. Die Diebe werden sehr enttäuscht sein, wenn sie die beiden Passwörter geknackt haben, werden sie nur das Praxisprogramm von PsychDat finden. Das brauche ich für die Abrechnung mit der Kassenärztlichen Vereinigung. Es finden sich also nur die Krankenkassendaten, die auf der Versichertenkarte stehen, allerdings mit Diagnosen, und einen Terminkalender, wann welcher Patienten behandelt wurde. Weiter nichts. Keine Dokumentation, Befunde, Arztbriefe. Meine Dokumentation ist quasi noch von vorgestern, handschriftlich auf Papier und unter einer Chiffre abgelegt, nichts Digitales. Arztbriefe, Rechnungen der Privatpatienten befinden sich zuhause in meinem Büro auf einem separaten passwortgeschützten PC. Die ausführlichen Anträge an die Psychotherapiegutachter und Arztbriefe sind nur auf einer separaten Festplatte gespeichert, zudem sind sie auch noch chiffriert."

„Der Einbrecher hatte wohl bestimmte Unterlagen oder Informationen gesucht. Weil er sie nicht gefunden hatte und Sie keine Auskunft gaben, hat der Typ Sie kurzerhand krankenhausreif geschlagen."

„Wenn das so abgelaufen wäre, müsste ich einige Erinnerungen daran haben. Ich glaube, dass der Dummkopf mich gleich zu Beginn bewusstlos geschlagen hatte."

„Wie dem auch sei, wir gehen davon aus, dass es sich um einen Auftragseinbruch handelt. Wenn die Auftraggeber mit den Informationen auf dem Computer nichts anfangen können, könnte es durchaus sein, dass sie es noch einmal bei Ihnen versuchen werden", sagte Bauer.

Hofmann: „Sie meinen, die Typen werden wiederkommen?"

„Ja, warum nicht?" Er berichtete weiter, dass die Kripo über eine Fachfirma veranlasst habe, die Zylinder der Haustüren in der Gruberstraße und in seinem Wohnhaus in Ginnheim auszutauschen. Er hoffe, Hofmann stimme zu. Da der Einbrecher Hofmanns Schlüsselbund mitgenommen hatte, sei das notwendig geworden. Die neuen Schlüssel seien in seinem Kommissariat verfügbar, beim nächsten Besuch werde er sie ihm mitbringen. Die Kosten müsse allerdings Hofmann tragen.

Hofmann bedankte sich für diese vorausschauende Maßnahme und berichtete, dass sein Haus in Ginnheim im Eingangs- und Terrassenbereich mit einer Videoanlage überwacht werde, nachdem sich in der Gegend die Hauseinbrüche gehäuft hätten. Die Kameras seien gut sichtbar und mit einem Hinweisschild versehen. Allein dies solle Abschreckungscharakter haben.

Bauer meinte, dass Kameras zwar einen gewissen Effekt hätten, aber richtige Profis ließen sich dadurch nicht beeindrucken, sie vermummten sich bis zur Unkenntlichkeit. Er bereute sofort diesen letzten Satz über die begrenzte Sicherheit. Er selbst hatte dagegen öfters mit dem Gedanken gespielt, sein Haus in Bad Vilbel durch eine Videoanlage besser schützen zu wollen; immer, wenn es konkret wurde, hatte er die Lust verloren.

Dabei gab es heute sehr effektive und schlaue und preiswerte Lösungen. Zum Schluss des Telefonats wurde Hofmann gebeten, bei der Anfertigung eines Phantombildes des Mannes mitzuwirken, der damals wohl seine Praxis ausgekundschaftet hatte. Kollegen würden sich heute noch bei ihm melden. Hofmann sagte seine Unterstützung gerne zu. Er sei per Mobiltelefon erreichbar. Sehr wahrscheinlich sei er am Wochenende wieder zuhause und stehe dann aktiver für die Fahndungsarbeit zur Verfügung.

Bauers kritische und negativistische Grundhaltung ging selbst ihm öfters auf die Nerven; den Satz über die wenig effektive Videoüberwachung hätte er sich sparen können, auch wenn er stimmte. Er erinnerte sich in diesem Kontext, dass ihn vor Jahren sein Sohn einmal als „misanthropischen Schulmeister" bezeichnet hatte. Das hatte Bauer sehr getroffen, weil er seinem Vater genau die gleiche oberlehrerhafte Besserwisserei vorgeworfen hatte. Bauer konnte es einfach nicht lassen, seinen Sohn sofort zu fragen, ob er denn wisse, was der Begriff „Misanthrop" überhaupt bedeute. Er wusste es. Ihm fiel zudem ein, dass sein Sohn, als er noch klein war, ihn öfters einen Spielverderber genannt hatte. Das konnte Bauer noch locker nehmen, denn nicht jedes Spiel war pädagogisch wertvoll, außerdem brauchten Kinder auch Grenzen, müssen sich reiben und Frustrationen ertragen lernen. Der Satz mit dem „misanthropischen Schulmeister" hatte ihn dagegen schon nachdenklich gestimmt.

Er murmelte vor sich hin: „Die schärfsten Kritiker der Elche, sind heute selber welche." Der Spruch von Gernhardt hieß zwar anders: „ … waren früher selber welche." Oder waren die Elche von Bernheim und nicht von Gernhardt? „Egal," sagte Bauer.

Kaum war sein früherer Therapeut wieder in sein Leben getreten, ging der innere Dialog wieder los. Ob das gut war, wollte Bauer noch nicht entscheiden. Jedenfalls war es alles andere als langweilig.

28.
Der AMB-Mercedes

Ein dunkler AMB-Benz wurde in der Tiefgarage des REWE-City-Markts in der Hansaallee Ecke Bremerstraße am Freitag, den 14. August 2020 um 15:48 h bei der Einfahrt und 21 Minuten später bei der Ausfahrt aufgezeichnet. Personen waren nicht zu erkennen, das Kennzeichen war HU – A 2191. Die Überprüfung ergab, dass dieses Nummernschild nicht registriert war. Es war nicht gestohlen, es gab es einfach nicht; es war selbst produziert, und das nicht einmal schlecht.

Hung sollte sich die Videoaufzeichnungen genaustens ansehen. Entweder der Täter oder sein Fahrer mussten doch dort etwas gekauft haben.

Bauer war etwas gefrustet, weil sich die Spur des Täters offenbar in der Niebergallstraße verloren hatte. In der sonst so gutbürgerlichen Wohngegend mit ihrem sozialen Kontrollbedürfnis müssten einige Leute das auffällige Auto gesehen haben. Wahrscheinlich lief das Zusteigen des Täters in den Benz schnell und koordiniert ab, der Wagen parkte nicht eine Stunde ums Eck, sondern wurde für den fliegenden Zustieg angefordert. Vom Tatort bis zur Stelle, wo der Benz ihn aufnahm, bräuchte man vielleicht 90 Sekunden. Der Täter müsste den Fahrer per Handy angefordert haben. Bauer erinnerte sich an ein Wort des Jungen, der von „dem Rappertyp" vom Rad geschubst worden sei, er wusste aber nicht mehr, was er noch sagte; Henninger konnte sich auch nicht mehr genau erinnern. Bauer rief also bei den Eltern an und fragte die Mutter, ob er ihren Sohn noch etwas befragen dürfte. Frederick, so hieß er, schilderte noch einmal die Begegnung vom Freitag, er nannte den Rappertyp jetzt „Proll"; der habe an seinem Handy rumfummelte, „ein richtiger Smombie eben", und ihn einfach umgestoßen, dass er mit dem Rad gegen ein parkendes Auto fiel. Bauer fragte, was das sei: „Na, ein Zombie mit Handy, ein Smombie eben. Kennen Sie den Ausdruck nicht?" fragte der Junge erstaunt. Nein, sagte Bauer, da habe er etwas dazugelernt. Darauf der Junge in verständnisvollem Ton, dass Erwachsene auch nicht alles wissen können; und er schob nach, dass „der Proll fluchte, weil ihm eine Blechschachtel runtergefallen war."

Alles klar, dachte sich Bauer und bedankte sich. Frederik fragte etwas leiser, ob es wegen des Autos, gegen das er gestoßen worden sei, noch Ärger geben könnte. „Ich weiß von nichts", sagte Bauer und bedankte sich nochmals für seine Hilfe.

Der Täter hatte offenbar sein Handy in einer Blechschachtel transportiert, damit es in der Funkzelle nicht zu orten war, aber um 17:25 musste er eingeloggt sein, weil er den Benz bestellt hatte. Der Trick mit der Blechdose zur Verhinderung der Ortung ist technischer Unsinn - so war Bauers Informationsstand dazu.

Das auffällige Auto sollte zur Fahndung ausgeschrieben werden. Sein Chef in der Kriminaldirektion war skeptisch, ob eine Fahndung nicht zu viel Aufwand für die Polizei bedeutete, tausende solcher Wagen fahren durch die Gegend. Ob Bauer nicht warten wolle, bis ein Phantombild vorläge. Bauer war innerlich geladen, sagte aber ganz ruhig: „Doch, der Aufwand lohnt sich. Haben Sie eine bessere Idee? Am Phantombild sind wir dran, dauert noch." Sein Chef hatte keine bessere Idee, er wollte sich bei der Staatsanwaltschaft verwenden, auch wenn er noch nicht überzeugt wäre. Bauer: „Irgendwo muss der AMB-Benz doch auffallen."

Also veranlasste Bauer die Fahndung nach dem schwarzen AMB-Mercedes, Baujahr 2017, mit schwarz getönten Scheiben außer der Frontscheibe, den besonderen Alufelgen wie auf dem unscharfen Foto, vielleicht mit dem Kennzeichen HU − A 2191. Mal sehen, was da herumkäme.

Etwas zufriedener verließ er die Kriminaldirektion. Welchen Bezug hatte Hanau zu diesem Auto. Aus seiner psychoanalytischen Zeit hatte er am eigenen Leib erfahren, dass nahezu alles irgendeine Bedeutung haben musste. HU – A 2191. Die Täter haben sich dieses Kennzeichen ausgedacht. Er fragte seine Kreativabteilung Hung, Marek, Malzahn.

Marek meldete sich am Nachmittag: Hanau sei wohl klar, die Täter haben vielleicht irgendwas mit Hanau zu tun; es könnte auch eine Irreführung sein; 2191 könnte 1912 bedeuten, aber warum 1912? Die Aufnahmen im REWE-Markt zeigten das Auto von vorne und hinten, der Fahrer war kleiner als der Beifahrer; mehr war nicht zu erkennen - trotz Vergrößerung. Die Plaketten waren wohl kein Fake, sondern echt, das heißt geklaut. Die nächste Hauptuntersuchung beim TÜV sei für Neuwagen nach drei, dann jeweils nach zwei Jahren fällig. Die TÜV-Plakette des Mercedes zeigte aber die von 2021 an, also nach vier Jahren. Offenbar kannten die Gangster diese Regelung in Deutschland nicht.

Die Kamera vom REWE-Kassenbereich zeigten einen Mann, der von der Gestalt zum Fahrer des Benz passen könnte. Er hatte sich aber ein Basecap ohne Schriftzug oder Symbol tief ins Gesicht gezogen; die Aufnahmen waren dadurch wenig brauchbar. Der Mann kaufte reichlich ein, einige Alkoholika, und packte alles in eine rote Plastiktüte. Er zahlte bar.

Was war mit den Red-Wing-Schuhen? In Frankfurt gab es gegenüber der Paulskirche einen solchen Schuhladen. Was sollte Bauer dort erfragen, ob ein großer Mann mit rollendem Zungen-R dort schwarze Chelsea-Boots gekauft habe? Diese Schuhe waren sehr robust und können jahrealt sein. Außerdem gab es sie auch im Internet. Die Idee, im Schuhladen nachzufragen, verwarf er. Wenn herauskäme, dass der Täter irgendwann solche Schuhe dort gekauft hätte, was könnte er dadurch wissen, was er jetzt noch nicht wusste? Eine Adresse würde der mögliche Käufer nicht hinterlassen haben, schon gar nicht mit Plastikgeld bezahlt haben.

Jetzt galt es abzuwarten und auf den Kommissar Zufall zu hoffen. Er suchte die Dienstnummer seiner Kollegin von der Mordkommission im Polizeipräsidium Süd-Osthessen in Hanau heraus, um sie auf den Fall und die konkrete Fahndung nach dem Mercedes aufmerksam zu machen. Die Kollegen dort waren immer noch mit den Nachwirkungen des Massakers in Hanau vom Februar beschäftigt. Die Einzeltätertheorie war nicht überzeugend. Der Täter war offenbar psychisch schwer krank, aber seine rechtsradikalen und hasserfüllten Ansichten passen gut zusammen, solche politischen Ansichten seinen sowie so ziemlich krank. Warum er auch seine Mutter getötet hat, blieb ein Rätsel. Er hat wohl einen erweiterten Selbstmord gemacht, wie man in der Psychiatrie sagt.

29.
Orbita

Am Mittwoch wurde Dr. Hofmann in einer speziellen Klinik am Gesichtsschädel operiert. Das Hämatom in der Augenhöhle, wurde entfernt und der eingebrochene knöcherne Boden rekonstruiert und die Verbindung zur Nasennebenhöhle verschlossen; auch am Jochbein wurden Knochenfragmente korrigiert. Die OP verlief routinemäßig ohne Komplikationen. Bei der Kontrolle waren die Doppelbilder fast verschwunden. Übrig blieb ein Verband über dem rechten Auge und dem Jochbein. Der Verband sollte nach drei Tagen entfernt werden. Die Abdeckung mit einem Antibiotikum wurde fortgesetzt.

Am späten Nachmittag war Hofmann wieder auf seiner alten Station im Nord-West-Krankenhaus. Inzwischen hatte er einen neuen Zimmerkollegen, einen jungen Mann, der einen Motorradunfall hatte und komplizierte Beinfrakturen davontrug, die eine operative Versorgung mit einem Fixateur extern, ein Gestänge außerhalb des Unterschenkels, erforderlich machte. Der Patient schilderte seinen Unfall bei einem Motorradausflug in den Taunus, das Wetter war herrlich; am Wochenende seien ihm zu viele Leute im Taunus unterwegs. Er sei von einem PKW erfasst worden, dessen Fahrerin die Vorfahrt missachtet hätte. Seine Freundin fuhr mit ihrem Bike mit Abstand hinter ihm und konnte dem Auto zwar ausweichen, stürzte aber hin und trug nur Prellungen davon. Die Lederkombis seien da schon hilfreich. Er machte sich Sorgen, ob er weiter in der Verbandsliga bei Rot-Weiß-Frankfurt Fußball spielen könne; seit der Coronapandemie sei der Spielbetrieb eingestellt worden; unklar sei, wann es wieder losgehen kann. Jürgen Klopp habe übrigens mal bei Rot-Weiß gespielt, bevor er zu Mainz 05 wechselte. Es ärgere ihn, dass die Profis kicken dürfen, wenn auch ohne Publikum, und der Breitensport am Boden liege. Das Geld mache den Sport völlig kaputt. In ihrer Liga spielten sie sowieso vor wenig Publikum.

Hofmann erfuhr weiter, dass sein Zimmerkollege gerade die Meisterprüfung zum Anlagenmechaniker für Sanitär-, Heizung- und Klimatechnik abgelegt hatte, „früher hieß das Gas-Wasser-Scheiße" und lachte ausgiebig. Sein Chef war bestimmt nicht begeistert, weil die Firma alle Hände voll zu tun hätte.

Hofmann war froh, dass der junge Mann gerne und viel von sich sprach und nur kurz fragte, warum er hier sei, ohne eine Antwort abzuwarten. Er hatte sowieso keine Lust, über seine Arbeit als Analytiker und die Praxis zu sprechen.

Die Visite bei Hofmann ergab, dass die Drainage im Brustkorb am Donnerstag entfernt werden kann; danach Röntgenkontrolle der Lunge. Der Oberarzt Dr. Schmitt war mit dem Verlauf zufrieden. Die Entlassung nach Hause wurde für Freitagvormittag geplant; am Nachmittag müsse er sich zur Kontrolle bei der Kopfklinik vorstellen, die ihn operiert hatte.

Diese Nachrichten ließen Hofmann gleich weniger als Patient fühlen. Er realisierte, dass er zwar Schuhe, Strümpfe, eine blutverschmierte und etwas urinös riechende Hose und Unterhose besaß, sonst aber nichts. Er rief bei Alfons an und sprach sein Anliegen auf die Mailbox. In einer Therapiepause meldete sich Alfons bei ihm und fragte nach der Kleidergröße. Alfons war etwas größer und breiter gebaut; er werde seinem Freund und Kollegen einen kompletten Satz Kleidung außer den Schuhen vorbeibringen lassen.

Hofmann teilte Bauer mit, dass er am Freitag aus der Klinik entlassen werde. Bauer bat ihn am Freitagnachmittag zu ihm ins Präsidium zu kommen, um die neuen Schlüssel für die Praxis und sein Wohnhaus entgegenzunehmen. Er solle ihn vorher anrufen, es komme ja immer irgendwas dazwischen. Die Praxisräume seien freigegeben. Hofmann wollte am Wochenende das Chaos aufräumen. Bauer und Hofmann vereinbarten ein Treffen in der Praxis kommenden Montag um 11 Uhr.

30.
Stagnation

Es sah so aus, als seien Bauer und sein Kommissariat heute arbeitslos. Detailliertere Nachrichten von der toten Frankfurterin bei Rastatt lagen noch nicht vor. Er fuhr bereits am Nachmittag nach Hause und nahm sich vor, im Garten, der sehr vertrocknet war, etwas zu arbeiten, darauf hatte er richtig Lust. Zuhause angekommen, machte er sich ein Sandwich, goss sich ein Weizenbier ein und schaute beim Essen in die Frankfurter Rundschau. Dort las er, dass der hessische Innenminister der Öffentlichkeit die Kriminalstatistik 2019 vorgestellt habe, die Polizei und natürlich sein Ministerium lobte, weil die Straftaten insgesamt rückläufig und die Aufklärungsquote gestiegen waren.

Seine Frau Annette kam von der Arbeit nachhause, machte zwei Kaffes und setzte sich zu ihm auf die Terrasse. Sie unterhielten sich über die Corona-Pandemie, die steigenden Zahlen von Infizierten und hunderten von Toten pro Tag, die Diskussion um einen erneuten Lock-down und vieles mehr. Sie fragte ihn, ob er nicht auch wegen der gesundheitlichen Entwicklung in Deutschland beunruhigt sei; sie möchte nicht auf einer Intensivstation landen. Die Entwicklung in Norditalien mit den von Corona-Toten war mehr als beängstigend, sie war ihr unheimlich.

Bauer stellte bei sich fest, dass er diese Ängste nicht hatte. Hielt er sich für unangreifbar, unkaputtbar? Er erinnerte sich, dass sein Therapeut vor Jahren einmal sagte, er verdränge reale und unbekannte Gefahren wie ein Öltanker das Wasser; außerdem sei der Bremswegsolch eines Tankers ziemlich lang. Er sagte nur zu seiner Frau: „Dieser Virus ist wie das organisierte Verbrechen; man weiß nie, wann es zuschlägt." Sie sprachen über die Kriminalstatistik in Hessen. Annette wollte von ihrem Mann wissen, ob er auch das Gefühl habe, dass die Verbrechen weniger würden.

Die Frage blieb unbeantwortet, Tochter Bettina kam nachhause, schnappte sich eine Bionade und pflanzte sich demonstrativ erschöpft in einen Sessel zu ihren Eltern auf die Terrasse. Sie musste erst einmal Dampf ablassen über einen „bescheuerten" Sozialarbeiter, über „einen kapitalen Vollpfosten".
„Was ist ein kapitaler Vollpfosten?" fragte Bauer seine Tochter.
„Na, sowas wie der Typ eben," und schüttelte den Kopf.
Sie erzählte mehr von der heutigen Arbeit in ihrem Sozialen Jahr, sodass die Eltern ihren Ärger etwas besser verstehen konnten.
Bettina wollte eigentlich nach dem Abitur ein Jahr in Australien „work-and-travel machen". Viele ihrer Mitschüler hatten die gleiche Idee. Bauer ärgerte sie damals mit dem Satz: „Ja, dann trefft ihr euch alle bei den Kängurus wieder." Sie wusste nicht genau, welchen beruflichen Weg sie einschlage sollte, hatte nur eine lange Negativliste, entschied sich daher für ein Freiwilliges Soziales Jahr.

„Zu deiner Frage zurück, Annette: Das ist schwer zu sagen. In der Corona-Zeit sind auf alle Fälle die Wohnungseinbrüche deutlich zurückgegangen, die Kollegen von KI 20 haben wirklich weniger zu tun. Die Leute sind mehr zuhause. Wir von den Kapitalverbrechen, die in der Kriminalstatistik unter ‚Verbrechen gegen das Leben' mit vielen anderen Delikten zusammengefasst werden, merken wenig davon. Wir haben gut zu tun, im Moment ist aber etwas Luft. Du weißt, das kann sich schnell ändern."
Unvermittelt fragte Bettina ihren Vater: „Warum heißt das eigentlich ‚Kapitalverbrechen'? Klingt wie ‚kapitaler Bock'."

„Kapitaler Bock ist nicht verkehrt. Caput, capitis heißt lateinisch Kopf. Das waren früher alles schwere Verbrechen, die den Kopf des Täters kosten konnten."

„Kopf ab und die Todesstrafe gibt es in Deutschland ja nicht mehr. Aber in der Verfassung des Landes Hessen stand sie doch immer noch bis vor kurzem drin. 70 Jahre lang. Ist das nicht echt krass?"

„Ja, sie wurde erst 2018 in einer Volksabstimmung zusammen mit der Landtagswahl gestrichen. Die Volksabstimmung beinhaltete noch viele andere Punkten."

„Warum denn erst 2018", wollte Bettina wissen.

„Interessante Frage. Es hieß, wenn die Verfassungsänderung, also die Abschaffung der Todesstrafe früher oder alleine zur Volksabstimmung gestellt würde, hätte sich wahrscheinlich die Mehrheit der Hessen für die Beibehaltung ausgesprochen. Kopf ab ist bei vielen Leuten ein Reflex auf Straftaten wie zum Beispiel beim Kindesmissbrauch oder Kindstötung."

„Mit wieviel Morden hast Du in Deiner Arbeit zu tun?" fragte Bettina weiter.

„Gottseidank mit wenigen! 2019 hatten wir in Hessen, wenn ich richtig informiert bin, 63 Morde und davon 13 in Frankfurt. Mit den meisten hatte ich zu tun."

„Krass! Du bist heute eher zuhause als ich, dann hast Du ja gar nicht so viel zu arbeiten."

„Leider haben wir jede Menge zu tun. Es geht nicht nur um Morde, das ist ja ein juristisch eng definierter Begriff; es geht auch um Totschlag, um fahrlässige Tötung, aber auch um schwere Körperverletzung ohne Todesfolge. Davon hatten wir in Hessen über 9.000. Wir von der Polizei und Kripo ermitteln die Gewaltverbrechen, wie die nun juristisch verstanden und geahndet werden, ist Sache der Gerichte."

„Du interessierst Dich in letzter Zeit für solche Fragen", stellte Frau Bauer fest.

„Ja, das stimmt. Kriminalistik, Forensik, Gerichtsmedizin finde ich eine spannende Sache. In jedem TV-Krimi taucht die Gerichtsmedizin auf. Das sind oft coole Typen." Nach einer Trinkpause: „Früher habe ich mich etwas geschämt, wenn Freunde oder Mitschüler sagten: Hey, dein Vater ist doch ein Bulle."

Bauer musste herzhaft lachen: „Dann bist Du eine Bullentochter." Das fand nun Bettina wiederum nicht so lustig.

Nach einer Pause: „Vielleicht werde ich auch irgendwann einmal eine Bullin."

Bauer und seine Frau schauten sich an und staunten.

„Nur zu. Einige meiner Kolleginnen hast Du ja auch schon früher einmal kennen gelernt. Die Polizei braucht kluge und engagierte Köpfe – auch für die Kapitalverbrechen."

Nach einer Weile fragte er seine Tochter, ob sie wisse, was ein „Smombie" sei.

„Mensch Vadder, wo lebst Du denn eigentlich! Natürlich, das ist so ein Vollpfosten, der in sein Handy glotzt und zum Beispiel gegen eine Laterne oder in ein Auto läuft." Sie rollte mit gespielter Empörung den Augen.

Bauer dachte, es gibt offenbar verschiedene Welten und Worte dafür. War das ein Indiz, dass er allmählich die Wirklichkeit nicht mehr ganz mitbekam? Ein halbes Jahrhundert hatte er schon auf dem Buckel.

31.
Zwischenbilanz

Am Freitagvormittag war KHK Bauer als Zeuge bei einem Prozess am Landgericht Frankfurt geladen, bei dem es um die Anklage wegen eines heimtückischen Mordes aus Habgier an einem Geschäftspartner ging. Dieser beschäftigte das K 11 viele Monate, die Untersuchung schien zunächst im Sande zu verlaufen, bis unerwartet neue Hinweise auftauchten; die Sache kam wieder in Fluss und der mutmaßliche Mörder konnte gefasst werden. Die Exekutive hatte ihre Arbeit gemacht, jetzt war die Judikative dran. Die Verteidiger des Angeklagten versuchten mit plumpen Tricks, den Zeugen Bauer etwas unglaubwürdig aussehen zu lassen und Widersprüche zu konstruieren, wo keine waren. Bauer war sich der Qualität seiner Arbeit und der seines gesamten Teams absolut sicher. Das Urteil dürfte erst in einigen Sitzungstagen gefällt werden. Bauer ging davon aus, dass der Angeklagte wegen Mordes mit besonderer Schwere der Schuld verurteilt werden würde; damit wäre er lange Zeit aus dem Verkehr gezogen.

Der Tote vom Lohrberg wurde im K 11 als Selbsttötung eingestuft, der Mann hatte eine Waffe, aber keinen Waffenschein. Der Drogenabhängige im AUDI der Mutter an der Gerbermühle starb an einer Überdosis Heroin; er wurde zudem auf dem Parkplatz von einer anderen Person auch noch ausgeraubt. Das waren für die Statistik: ein Suizid, ein Drogenunfall mit Todesfolge und ein Raub, vielleicht mit unterlassener Hilfeleistung.

Die Aufklärungsquote bei Gewaltverbrechen betrug 2019 in Hessen 88 Prozent, die Quote bei allen Straftaten dagegen nur 65 Prozent. Gewaltverbrecher hinterlassen freundlicherweise jede Menge Spuren und die Untersuchungsmethoden der

Kriminaltechnik wurden immer spezifischer, so konnten sie aus ein paar Hautschuppen oder einem Haar die DNA eines Menschen bestimmen. Die ganze moderne Technik nützt aber nichts, wenn Tatorte schlampig untersucht wurden.

Das Verbrechen vom Dornbusch war jetzt eine Woche alt. Bauer hatte das Gefühl, dass die Ermittlungen stagnierten, es gab keine neuen Erkenntnisse oder Fahndungserfolge. Der Spannungsbogen war erschlafft. Der Mercedes war wie vom Erdboden verschluckt. Gute kriminalistische Arbeit braucht aber auch Zeit. Bestimmt war der Benz an wichtigen Kreuzungen mit Verkehrsüberwachung gefilmt worden. Aber wer soll diese tausenden Aufnahmen auswerten? Ein Gesichtserkennungsprogramm für Autos wäre prima zumindest für die Kennzeichen. Solche Geräte gibt es zur Erfassung von Kfz-Kennzeichen zum Beispiel bei einer Schleierfahndung. Einer solchen Fahndung sind aber rechtlich enge Grenzen gesetzt.

In vielen TV-Krimis machen Vorgesetze oder Politiker Druck, um die durch die Presse heißgemachte Öffentlichkeit zu befriedigen: Das Volk will jemanden hängen sehen. Wenn sich Bauer und seine Kollegen aus populistischen oder sonstigen Gründen unter Druck gesetzt fühlten, wurde er ziemlich hartleibig, fast trotzig. Manch schnell ausgeguckter Tatverdächtiger kam vor Gericht und war dann keiner. Bauers Verhältnis zur Presse war zudem überwiegend negativ. Die Reporter standen selbst unter Dampf und bekamen Druck, Storys zu liefern nach dem Motto: ‚BILD sprach mit der Leiche‘. Die Gesellschaft sollte von dem kriminellen Übel erlöst werden.

Andererseits zeigt die Inflation von Krimis im Fernsehen die unbewusste Lust an der Gewalt und Zerstörung und zumindest den Voyeurismus bei Gewalttaten zu befriedigen. Pro TV-Abend gibt es jede Menge Tote, meist Frauen.

Bauer hatte daher im Fall Gruberstraße keine Pressekonferenz angesetzt, sondern die Medien an die Pressestelle verwiesen. Er wollte den Ball des Verbrechens in der Gruberstraße 17 flach halten. Schließlich war er dort auch einmal Patient gewesen; dieses Motiv war ihm wohl bewusst. An die Presse wandte er sich nur, wenn er sie brauchte. Aus diesem Grunde war er bei den Medien nicht sonderlich beliebt. Sein Standardspruch war: ‚Wenn du hier beliebt sein willst, hast du den falschen Beruf gewählt.‘ Als Polizist konnte er Ärger von allen Seiten bekommen.

Es gab auch Reporter, die sich an ihm persönlich abzuarbeiten versuchten. Sie warteten nur auf einen Fehler von ihm. Dieses Thema spielte auch eine untergeordnete Rolle bei Bauers Erschöpfungsdepression vor fünf Jahren. In seiner Branche braucht ein Profi ein stabiles, aber selbstreflektierendes Ego und Selbstbewusstsein. Gegner, Feinde und Neider sind unvermeidbar. Wer konfliktfrei bei allen beliebt sein will, mutiert zum Frühstücksdirektor – so Bauers Einstellung.

Bauer erkannte im Laufe seiner Berufsjahre, wie wichtig eine echte Autorität war. Autorität, die mit Macht zur Belohnung und Strafe arbeitet, funktioniere auf einen Hundetrainingsplatz, nicht in echten Teams. Durch seine Therapie fühlte er sich irgendwie gefestigt, er konnte es konkret aber nicht benennen.

Aber die Unzufriedenheit mit dem Fahndungsverlauf wurde größer. Nichts neues passierte, nichts ging voran.

32.
Hofmanns Entlassung

Hofmanns Thoraxdrainage war gezogen, die Öffnung vernäht und verbunden, die Röntgenkontrolle ergab eine gut entfaltete Lunge, aber einen kleinen Pleuraerguss, der sich noch zurückbilden würde.

Am Freitag nach dem Frühstück wurde ihm eine große Einkauftüte von Peek und Cloppenburg übergeben, in der eine Unterhose, dunkle Socken, eine bunte Boxerunterhose, eine Jeans mit Gürtel, ein T-Shirt, ein grauer Cashmere-Pulli so wie ein blau-weiß gestreiftes Sommerjackett waren; ferner ein Zettel: „Willkommen zuhause!" und unter P.S., ob er am Samstagabend zum Essen kommen wolle.
Die Klamotten passten halbwegs. Hofmann sah so aus, als müsse er die Kleidung eines älteren Bruders auftragen. Die Jeans krempelte er etwas um, das sah richtig trendy aus.
Das Abschlussgespräch mit einem ihm unbekannten Stationsarzt konnte er kaum abwarten, Dr. Schmitt war im OP.
Hofmann verabschiedete sich von seinem Zimmernachbarn, der die Tage über mit Kopfhörern abgetaucht war und in seinem Handy rumdaddelte. Hofmann hinterließ etwas in der Kaffeekasse der Station, nahm den Kurzarztbrief entgegen und fuhr in die Halle, wo der Krankentransport auf ihn wartete; ein einfaches Taxi wäre ihm lieber gewesen.

Die Kontrolluntersuchung in der Kopfklinik war zufriedenstellend. Hofmann ließ sich statt nach Hause zum Polizeipräsidium fahren. An der Pforte wurde ihm ein Couvert und eine Notiz von KHK Bauer ausgehändigt, dass er heute Nachmittag leider außer Haus sei; sie würden sich Montag um 11 Uhr in der Praxis treffen. Er wünschte ein gutes Wochenende.

Den Erhalt von acht Schlüsseln sowie der Rechnung des Schlüsseldienstes musste er quittieren. Auf der Rechnung über 518 Euro stand ein Vermerk, dass die alten Zylinder und Schlüssel in den jeweiligen Häusern lägen.

Der Polizist an der Pforte wollte Hofmanns Personalausweis oder Führerschein sehen. Beides hatte er aber gestohlen bekommen, er hatte nicht einmal mehr seinen Arztausweis, oder eine EC-Karte, auf der sein Name stand. Der Beamte musste daraufhin erst einmal telefonieren; nach zehn Minuten erklärte er etwas mürrisch, dass Hofmann seine vollständigen Personaldaten angeben, inclusive Geburtsdatum und -ort und unterschreiben müsse. Er sagte zu dem Pfortenmann hinter der dicken Glasscheibe: „Vielen Dank. Es gefällt Ihnen nicht, dass ich hier eine Extrawurst gebraten bekomme?" Der Beamte: „Das ist die Verordnung. Da kann ja jeder kommen! Die Sekretärin hat das angeordnet im Namen des Hauptkommissars. Dann also: bitte schön." Er klang etwas beleidigt.

Hofmann wurde klar, dass er ohne Papiere fast ein Nichts war; sogar die Klamotten gehörten ihm nicht einmal - außer den edlen Schuhen aus Italien. Er wirkte nicht sonderlich vertrauenswürdig in seinem leicht schrägen Aufzug und den Schrammen am Kopf: Monokelhämatom, Pflaster unter dem rechten Auge, gerupfte Stellen in seiner Frisur mit einer verkrusteten chirurgischen Naht, eine große Einkaufstüte unter dem Arm – wie ein Penner der gehobenen Mittelklasse in den Klamotten von der Caritas nach einer Schlägerei bei der Tafel.

Vom Präsidium ging Hofmann zu Fuß in seine Praxis. Das waren eineinhalb Kilometer Weg; er vermied die laute Eschersheimer und nahm ruhige Parallelstraßen. Er musste in die Praxis, um einen ersten Eindruck von dem Vandalismus zu bekommen. Als er durch das Gartentor ging, kam er sich vor wie ein geschlagener und zerlumpter Soldat, der nach einem verlorenen Krieg nachhause kam. Niemand erwartete ihn. Vielleicht erging es so seinem Vater oder seinen Großvätern, die vom Krieg versehrt und gedemütigt heimkehrten; nichts war mehr so wie vorher. Erstaunlicherweise stand sein Fahrrad noch mit dem Zahlenschloss am Pfosten angekettet auf dem überdachten Abstellplatz neben der Garage.

Er schloss mit gemischten Gefühlen die Haustür auf und warf zunächst einen Blick durch die Kellertür, wo unten auf dem Kellerboden ein Blutfleck vor der Brandschutztür zu sehen war. Hier also war Frau Sandberg gestorben.

Er ging an ihrer Wohnungstür vorbei; nie mehr wird sie herauskommen, um mit ihm etwas besprechen zu können. In den letzten Monaten fühlte sie sich nämlich nicht wohl, sie hatte es auf den heißen Sommer geschoben und sie hatte Angst vor Corona.

Hofmann stieg mit einem traurigen Gefühl das vertraute Treppenhaus mit den schönen Jugendstilfenstern hoch, das für ihn jetzt nicht mehr so war wie früher. Er riss das Siegel der Kripo ab und schloss die Tür auf. In den Praxisräumen roch es nicht gut; vielleicht waren es die verbliebenen Ausdünstungen seiner Todesangst gewesen. Überall sah er Graphitpulver an Griffen und Flächen der Türen - eine Hinterlassenschaft der Spurensicherung. Zwei Praxisräume sahen übel aus, das Behandlungszimmer und das Büro. Die Erinnerung an seine hilflose Situation und die Angst kam hoch. Er schaute sich die Stelle an, wo er gefesselt mit seinen Todesängsten kämpfte. Als erstes nahm er sich das Festnetztelefon vor, das äußerlich unbeschädigt schien; es war intakt. Der Anrufbeantworter zeigte 20 Anrufe an. Hofmann setzte sich in das Chaos, hörte sich die Anrufe an, notierte sich Tag, Uhrzeit, Name, Anlass des Anrufs und Telefonnummern, falls jemand sie aufsprach. Ein regelmäßiger Ärger war, dass Anrufer ihre Handynummer so schnell und undeutlich ansagten, obwohl sie gebeten wurden, sie langsam und deutlich aufzusprechen. Manchmal musste er die Ansagen mehrfach abhören, bis er die Nummer notieren konnte. Der Reihe nach waren es zwei Anrufe von Frau von Ysenberg, fünf Personen, die nach einem Therapieplatz oder Erstgespräch fragten, Anrufe seiner Frau, die fragte, warum er am Handy nicht erreichbar sei, ebenso bat sein Sohn um Rückruf, eine ehemalige Patientin, die ihn regelmäßig anrief, um sich zu vergewissern, dass Hofmann noch lebe, ein Hausarzt bat um Rückruf, ebenso wie seine Steuerberaterin und vier Kolleginnen des psychoanalytischen Instituts. Der letzte Anruf war von Frau Stölling in Berlin, die ebenfalls um einen Rückruf bat. Fünf Anrufer hinterließen keine Nachricht.

Er führte einige Rückrufe durch, vereinbarte Termine; der schwierigste war der mit der Tochter von Frau Sandberg. Frau Stölling weinte bitterlich. Am nächsten Donnerstag sei die Beerdigung, sie schicke ihm noch eine offizielle Traueranzeige. Sie bat ihn, der Mieterin im Dachgeschoss irgendwie einen neuen Haustürschlüssel zukommen zu lassen, weder sie noch Hofmann wussten, wann Frau McKenny zurückkommen würde. Es könnte passieren, dass sie 14 Tage in Quarantäne musste.

33.
Hofmann wieder zuhause

Gegen 20 Uhr fuhr er mit dem Rad und der dicken Papiertüte nachhause, er fühlte sich wie ein Penner auf einem geklauten Fahrrad. Er bestellte sich bei dem Italiener in der Nachbarschaft seine Lieblingspizza Vesuvio mit einer Extraportion Kapern und Knoblauch sowie einen gemischten italienischen Salat; nach sechs Tagen in der Klinik freute er sich sehr darauf. Bis die Pizza fertig war, kaufte er bei REWE ein paar Lebensmittel ein. Er musste eine rote Plastiktüte kaufen: ‚Besser leben', Hofmann starrte auf der Tüte; die Verkäuferin, die ihn und seine Frau kannte, fragte, ob bei ihm alles in Ordnung sei. Hofmann schaute sie lange an und sagte: „Danke, nein, nicht wirklich."

Außerdem hatte er sich mit dem Transport von zwei großen Tüten, einer Pizza und einem Salat auf dem Rad arg übernommen. Mit etwas Sauerei - das Salatdressing lief aus - kam er doch unfallfrei zuhause an. Er kramte den neuen Schlüssel aus der Jeans, schloss auf und ging erst einmal durch das Haus, ob auch hier Einbrecher tätig gewesen wären? Dem war nicht so, stellte er erleichtert fest. Im Haus, zum Beispiel in der Küche sah es aufgeräumt aus. Er trat auf die Terrasse hinaus und schaute in den Garten, der gar nicht so vertrocknet war, wie er befürchtet hatte; den Topfpflanzen ging es gut, nur der Rasen war gelb und kaputt – seit Wochen. Er stellte die Pizza und den Salat auf den Terrassentisch, holte ein Rotweinglas, einen großen Teller sowie eine Salatschüssel, ging in den Keller und kam mit einem fruchtigen Primitivo zurück, der etwas zu kühl war. Aus der Pappschachtel und der Plastikschüssel wollte er nicht essen und holte Geschirr und Besteck. Was stand auf der Tüte? ‚Besser leben.' „Einverstanden", sagte Hofmann leise und ließ es sich schmecken. Sein Blick schweifte durch den Garten. Frau

Santos musste sich unaufgefordert um das Haus und den Garten gekümmert haben. Ein Gefühl von Dankbarkeit stieg in ihm auf; oder war es der Primitivo, der ziemlich zielstrebig in seinem Hirn ankam; er holte sich eine Flasche Hassia-Sprudel als „Antidot". Ihm gingen die Ereignisse durch den Kopf. Es war wie in einem schlechten Film, surreal wie in einem Alptraum. Wahnsinn. Sein Gefühl zu seiner Welt war erschüttert. Das ist die traumatische Wucht von Ereignissen, sagte sich Hofmann. Dann musste er an Frau Sandberg und ihre Tochter denken. Er beschloss, sich bei Frau Santos nochmal zu bedanken; wie wäre sein Schicksal ausgegangen, wenn sie nicht an diesem Abend in die Praxis gekommen wäre?

Sein Sohn Justus rief während des Essens an, er war in Nordschweden mit zwei Freunden auf einer Trackingtour unterwegs. Das Telefonieren hier im Norden sei ein Problem; er habe gerade mit den Freunden und zwei Schwedinnen in einer Art Gasthaus lecker gegessen und sündhaft teures Bier getrunken. Er habe bereits vor Tagen angerufen, weil einer der Freunde ein medizinisches Problem hatte, es müsste wohl eine allergische Reaktion auf Mückenstiche gewesen sein. Die Mücken seinen hier gnadenlos aggressiv. Sie hätten das Problem mit Hilfe einer Krankenstation lösen wollen; die entzündete Stelle am Bein ging nicht zurück und kam wieder. Hofmann ließ sich das alles genau schildern und hatte den Eindruck, dass es sich um eine sogenannte Wanderröte, ein Erythema chronicum migrans handeln könnte. Er beschrieb Justus das wechselnde Aussehen der Rötung. So etwas könne später je nach Erreger zu einer Borreliose oder etwas anderen Krankheiten führen; sicherheitshalber sollte der Freund zwei Wochen lang täglich 100 mg des Antibiotikums Doxycyclin einnehmen, aber nicht zusammen mit Milchprodukten, da würde die Resorption reduziert werden; er solle sich auch nicht intensiv der Sonne aussetzen, seine Haut könnte Bläschen bilden. Die Frage war nur, wo er da oben in

Lappland das gängige Medikament herbekommen könnte. Hofmann hatte viele Jahre im ärztlichen Notdienst gearbeitet und dadurch seine psychoanalytische Ausbildung finanziert; allgemeinmedizinisches Basiswissen sei wie guter Werkzeugkasten im Hause. Die Axt im Hause, erspart den Zimmermann, sagte bereits Schiller.

Dann erzählte er seinem Sohn von dem Überfall in seiner Praxis und seinem Krankenhausaufenthalt, alles wohl dosiert, um ihn nicht zu sehr zu beunruhigen. Vom Tod seiner Vermieterin sagte er nichts. Justus wäre imstande, seinen Trip abzubrechen und nachhause zu fliegen. Er wolle nach seinem „Hike", wie er die Wanderung nannte, noch eine Freundin, die in einem Naturreservat in Südschweden ein Praktikum mache, besuchen. Sie sprachen noch über die Corona-Pandemie und die unterschiedlichen Verhältnisse in Schweden und Deutschland. Es könnte ihm passieren, dass er sich in eine zweiwöchige Quarantäne begeben müsste, wenn er heimkäme.

Um Mitternacht meldete sich seine Frau Constanze aus der Antarktis per Skype. Hofmann freute sich sehr, sie zu sehen und zu hören; er hatte das Gefühl, wieder in seiner Welt angekommen zu sein, auch wenn sie viele tausend Kilometer und vielleicht 50° bis 60°C trennten. Auf der Terrasse waren es noch 21° - sehr angenehm. Er blieb bis nach zwei Uhr auf, war erschöpft, der Rotwein tat sein Übriges, aber er wollte einfach nicht ins Bett gehen. Im Krankenhaus waren die Nächte furchtbar, hier hatte er seine Ruhe, vielleicht zu viel davon; er hatte vermutlich Angst vor dem Schlaf und seinen Träumen, in denen die Schrecken verarbeitet werden mussten.

Die Nacht war erwartungsgemäß unruhig, erst gegen Morgen, als die ersten Sonnenstrahlen trotz Rollladen das Schlafzimmer in ein gedämpftes Licht tauchten, schlief Hofmann erholsam ein. Vor Zehn Uhr besah er sich im Spiegel und fand sich überhaupt nicht vorzeigbar. Er ließ Wasser in die Badewanne, schaltete im Radio Deutschlandfunk ein, die Nachrichten über die Corona-Zahlen, aus USA, England, Brasilien und mit ihren narzisstisch gestörten Politclowns in der Rolle eines Präsidenten ließen ihn an der Menschheit zweifeln. Danach kam eine seiner Lieblingssendungen: Classic-pop-etc. Relaxen im warmen Wasser mit interessanten und persönlich kommentierten Musiktiteln in der Akustik eines geräumigen Badezimmers hatte für Hofmann schon eine besondere Lebensqualität. Er genoss das Alleinsein, samstagsvormittags war in der Familie meist Programm angesagt: Einkaufen, Reparatur, Garten, Ausflüge und vieles mehr. Früher mussten die Kinder und ihre Freunde zu Fußball- und Handballspielen ihrer Vereine gekarrt werden. Oder es gab berufliche Termine: Supervision, Weiterbildung.

Während er der Musik zuhörte, führten ihn seine Gedanken weg von der erlittenen Gewalt hin zu den außergewöhnlichen Monaten der Pandemie. Es gab seit Monaten keine Kinofilme, kein Schauspiel, keine Oper, keine Museumskonzert in der Alten Oper. Im Sommer hatten die kulturellen Programme ohnedies Pause; es schien aber nicht ab September wieder weiterzugehen und wenn, unter welchen Bedingungen? Gleiches galt für das wissenschaftliche Leben an seinem psychoanalytischen Institut. Keine Präsenzseminare oder Vorträge, keine wissenschaftlichen Konferenzen waren möglich. Keine Forschungskonferenzen. Webex und zoom waren die Orte einer reduzierten Begegnung; das war aber besser als nichts. Mit Kollegen organisierte Hofmann ein Symposium zur Psychosentherapie mit internationalen Referenten, das Ende September hätte stattfinden sollen. Es musste aus Gründen der Pandemie nach 2021 verschoben werden. Ängstliche Kollegen boten Therapiestunden online über zoom an. Für Hofmann ein absolutes No-go. Es fehlte ein wichtiger Teil der Interaktion, die physische und psychische Nähe. Außerdem war die Vertraulichkeit des Wortes und der Gedanken nicht garantiert. Im Wissen um diese unsicheren Bedingungen musste davon ausgegangen werden, dass eine innere Zensur und Zurückhaltung Raum griff, die der inneren Freiheit des psychoanalytischen Dialogs entgegenstand. Hofmann lehnte es daher auch schon vor Corona ab, mit Kollegen im Ausland, zum Beispiel aus China eine Art therapeutische Selbsterfahrung oder Supervision online durchzuführen. Das totalitäre chinesische Regime entwickelte sich zu einem Überwachungsstaat mit ausgefeilter Technik, die durch Gesichtserkennung den Chinesen identifizieren kann, der bei Rot über den Zebrastreifen ging. Ein irrer Kontrollwahn! Welche Angst müssten die Herrschenden vor der eigenen Bevölkerung haben? Wann begehrten die Menschen dort auf? Wahrscheinlich nie. Der konfuzianische Gehorsam gegenüber privaten und staatlichen Autoritäten wurde mit der Muttermilch eingesogen. Die Chinesen hatte zwar bereits 1911 ihre Kaiserin davongejagt; in Deutschland und Österreich führten die militaristische Monarchie die Menschen in die Schützengräben des ersten Weltkriegs; 1918 war Schluss mit den Kaisers. Aber was kam danach? Orwells 1984 oder Truffauts Fahrenheit 451 waren dagegen richtiger Kinderkram.

Hofmann empfand die gegenwärtigen gesellschaftlichen Verhältnisse vergleichbar den pathologischen Phänomenen von Depersonalisation und Derealisation beim Individuum; die Person nehme sich selbst und seine Umgebung anders als gewohnt wahr und könne so der Realität entfliehen. Es seien somit kollektive Phänomene, sie beträfen jedes Individuum und beziehungsweise Massen. Durch Verleugnung und Projektionen, durch Verschwörungsmythen und Feindbilder könnten sich Menschen alleine und besser in Gruppen und Massen die Welt zurechtbasteln; es sei wie ein kollektives Wahnsystem, in dem ihnen die Welt dann widerspruchfrei erscheine. Das Böse und Destruktive war projektiv bei den Anderen untergebracht.
Hofmann wurde langsam kalt, er ließ warmes Wasser in die Wanne nachlaufen.

34.
Ein unheimliches Wochenende

Bauer verbrachte das Wochenende zuhause in seiner Familie. Er hatte keinen Bereitschaftsdienst; im Notfall würde er aber dennoch gerufen werden. Es kam der ersehnte Regen, der die verdorrte Natur etwas erfrischte und die Luft reinigte; der Sommer schien langsam zur Neige zu gehen, die Temperaturen sanken. Zuhause im Privaten und ohne die berufliche taktgebende Routine verspürte er ein Gefühl, das er mit den Worten: unheimlich, bedrohlich, irreal umschreiben konnte.

Es war der zweite sehr trockene Sommer mit hohen Temperaturen an die 40 Grad, vertrockneter Natur, notleidender Landwirtschaft. Viel Sonne und warme Sommer waren ganz angenehm, aber in diesem Ausmaß irritierend und beängstigend. Alte Menschen kollabierten, es gab Hitzetote. Seine hochbetagten Eltern hielten sich wacker in ihrem Haus mit Garten in der Rhön, wo es nicht so heiß und erdrückend war wie im Rhein-Main-Gebiet. Seine Schwester Maria war vor Ort und unterstützte sie bei der Selbstpflege. Die Auswirkungen der Klimaveränderungen waren sinnlich erfahrbar. Das war die eine unheimliche Entwicklung.

Familie Bauer besaß eine Streuobstwiese mit alten Apfelsorten. Die Apfelbäume trugen üppig – allerdings nur jedes zweite Jahr. Bauer las einmal etwas über natürliche Mastjahre bei Obst- und Waldbäumen; es gab auch die Theorie, dass Bäume unter Stress noch einmal ihre ganze generative Potenz mobilisierten, bevor sie zugrunde gehen. Bei einem Nachbarn brach ein fast 20 Meter hoher Nussbaum in der Mitte unter der Last der Früchte und wegen der Trockenheit auseinander und zerstörte den halben Garten. Verletzt wurde zufälligerweise niemand.

Mit seiner Frau inspizierte er die Apfelbäume, die trotz der Trockenheit gut trugen, die Früchte waren etwas kleiner. Ganze Äste waren unter Last der Früchte abgebrochen. Die Bäume hatten viele Früchte abgeworfen, über die sich Insekten, Ameisen und andere Wildtiere hermachten; sie waren saftig. Die Äpfel waren früher reif als in den Vorjahren. Sie wussten noch nicht, wann sie sie ernten und zur Kelterei bringen konnte, um daraus Apfelsaft und Apfelwein herzustellen. Das Ernten und Pressen machten die Bauers in der Regel zusammen mit Freunden, wenn nicht sein Dienst dazwischenkam. Naturreinen Apfelwein herzustellen war denkbar einfach. Gespritzter Apfelwein war gerade an heißen Sommertagen sehr erfrischend, man musste ihn einfach im Keller bis zum Jahresende durchgären lassen. Viele Freunde konnten dem sauren Frankfurter Äppelwoi nichts abgewinnen. Bauer meinte, er schmecke allen erst nach dem zweiten oder dritten Glas, da muss derjenige nur hinkommen.

Im Winter war er zudem eine effektive Medizin bei Erkältungen: Heiß mit Nelke, Zimt, Zitrone und etwas Zucker. Da gingen die Schleimhäute auf.

Seine Schwester Maria hatte mit ihrem Mann Helmolt in der östlichen Rhön Richtung Meiningen vor 30 Jahren einen Bauernhof gekauft, um Landwirtschaft und Schafzucht zu betreiben. Sie betrieben auch Agrotourismus, vermieteten Ferienwohnungen und boten Ferien auf dem Bauernhof an. Wegen Corona kamen keine Touristen. Helmolt war Segelflieger, hatte auch eine viersitzige französischen Propellermaschine, mit der er Rundflüge anbot. Auch dafür blieb die Kundschaft aus. Bauer erinnerte sich, dass Helmolt ihn und seine Frau im Frühsommer auf einen Rundflug mitnahm und ihnen zeigte, wie ausgedehnt die Wälder, insbesondere die Fichten erkrankt waren und durch die Trockenheit und den Borkenkäfer ihrem Siechtum entgegen vegetierten. „Willst Du einen Wald vernichten, pflanze Fichten, Fichten, Fichten", sagte Helmolt damals. „Der Gipfel wäre jetzt ein Waldbrand. Den gab es bereits im Osten Deutschlands."

Ein Sohn hatte Forstwirtschaft studiert, die Tochter begann, Veterinärmedizin in Gießen zu studieren; der andere Sohn wurde Schreiner und ist in der lokalen Feuerwehr aktiv. Alle Kinder bretterten zwar gerne mit dem Traktor durch die Natur, aber keiner von ihnen wollte den Bauernhof im UNESCO-Biosphärenreservat übernehmen. Mal sehen – sagte der Blinde.

Die andere unheimliche Entwicklung war die internationale Viruserkrankung, die Covid-19-Pandemie, die das gewohnte Leben auch in der Rhön ins Stocken brachte. Die Zahlen der Corona-Pandemie gaben Anlass zur Sorge. Gestritten wurde um die Aussagekraft von R-Werten, 7-Tage-Inzidenz, die in Frankfurt bei 30 lag und stetig und damit beängstigend anstieg. In Geschäften und Restaurants bestand Maskenpflicht. Abstand, Händedesinfektion und Alltagsmaske (AHA) beeinflussten das öffentliche und private Leben. Dass Masken einen gewissen Sinn machten, war inzwischen trotz anfänglicher Skepsis Allgemeinwissen. Der massive Lock-down vom Frühjahr saß noch in den Knochen. Die Nachricht, dass in Mainz mit Hochtouren an der Entwicklung eines Corona-Impfstoffs gearbeitet wurde, der Ende des Jahres zugelassen werden könnte, ließ hoffen. Wissenschaftler warnten vor einer „zweiten Welle", andere demonstrierten lautstark gegen die „Corona-Diktatur" und leugneten die Pandemie. Die Welt war verrückt und nicht an ihrem alten Platz. Die blonden Selbstdarsteller und Narzissten in UK und USA ließen die Erkrankungs- und Todeszahlen in die Höhe schnellen.

Bauer war richtig froh, dass in Deutschland die unprätentiöse Bundeskanzlerin, die aber vieles wie Kohl einfach ausgesessen und nicht angepackt hatte, in der ungeliebten großen Koalition mit den Sozialdemokraten die Regierung bildete. Die SPD ließ Federn, auch weil sie sich – wie so häufig – selbst zerfleischte. Trotz des vielen Murks in der Pandemiepolitik schien das Meiste hier richtig zu laufen. Mal sehen, ob das auch für die Zukunft gilt. Furchtbar war das Misstrauen, besser gesagt die erzwungene Distanz zu anderen Menschen als Überträger eines oft gefährlichen Virus. Im Gegensatz zur Zeit der Pest im Mittelalter wüssten die Menschen heute über die Zusammenhänge Bescheid und was sie tun können. Die Ursprünge der Covid-Pandemie waren aber immer noch nicht bekannt. Waren es Fledermäuse auf einem Wildmarkt in Wuhan, von denen der Virus auf den Menschen überging? War der Virus aus einem virologischen Forschungslabor in China durch Schlamperei ausgebüxst? Zumindest schien der Virus, ähnlich anderen Vorgängern, ein effektiver Exportartikel Chinas zu sein, die Welt lahmzulegen und sich einen wirtschaftlichen Vorteil zu verschaffen. Bauer fragte sich, ob er jetzt auch zum Verschwörungsmystiker mutiert sei. Das Gefühl des Unheimlichen und Unfassbaren blieb: Die unübersehbare Klimakatastrophe durch extreme Wetterlagen mit Hitze, Trockenheit und Unwettern durch Starkregen; dann die Viruspandemie, die soziale Beziehungen lahmlegte und drittens: Das internationale organisierte Verbrechen, das unsichtbar aktiv war und bei seinen Beutezügen über Leichen ging.

So gesehen war Bauer froh, am Montag wieder Verbrecher fangen zu können, da konnte er etwas bewirken und zu fassen kriegen. Im Fall Gruber 17 hatte er aber das Gefühl, dass sich nichts bewegte und er nicht weiterkam. Die nicht fassbaren Aktivitäten des organisierten Verbrechens, die sein ehemaliger Therapeut körperlich und seelisch zu spüren bekommen hatte, waren die dritte, konkrete und unheimliche Gefahr. Gegen die Auswirkungen der Klimakatastrophe und der Pandemie war Bauer machtlos, nicht aber gegen das organisierte Verbrechen.

35.
Aufräumen

Den Samstag verbrachte Dr. Hofmann in seiner Praxis damit, die Zerstörungen so gut es ging zu beseitigen. Er konnte nicht erkennen, was der Einbrecher gesucht und mitgenommen hatte außer dem Notebook, dem Portemonnaie mit Ausweisen und seinem Schlüsselbund. Der Archivschrank war so beschädigt, dass er ihn ersetzen musste.

Diese ganze Zerstörung war zwar ein Fall für seine Versicherung, sodass zumindest der materielle Schaden ausgeglichen werden könnte. Der immaterielle Schaden aber, die schwere psychische Kränkung - neben den physischen schmerzvollen Verletzungen - konnte nicht von einer Versicherung geheilt oder gelindert werden. Hofmann erlebte die Tat, die Verletzung der privaten Sphäre, sowohl seiner eigenen, wie die seiner Patienten als tiefe Irritation; sie erzeugte in ihm einen Vertrauensverlust, ein Misstrauen in andere Menschen. Er fühlte sich traumatisiert und traurig auch darüber, dass ihm solche feindseligen Gedanken und Gefühle geradezu introjiziert, also untergejubelt wurden, die er wirklich nicht haben wollte. Von unbewussten Prozessen ganz zu schweigen; die kannte er ja nicht.

Er schaukelte auf seinem bequemen Bürostuhlklassiker von Vitra und starrte auf den demolierten Schrank, der ihm wie ein Ausbund an Barbarei vorkam. Andererseits fragte er sich, wie naiv und weltfremd er eigentlich sei, hockt hier auf seinem Stuhl und wundert sich über das Böse in der Welt. Seine Verwundbarkeit wurde ihm bewusst. In solchen Momenten bediente er sich seines theoretischen Wissens, wahrscheinlich als eine Art intellektueller Abwehr von schmerzlichen und traurigen Gefühlen. Ihm fiel beim Aufräumen ein kurzer Text in die Hände, den er vor vielen Jahren auf einer Podiumsdiskussion der Volkshochschule Frankfurt als Impulsreferat gehalten hatte; er las:

Im Gegensatz zur humanistischen Psychologie, wo der Mensch von Natur aus angeblich gut sein sollte, hat die Psychoanalyse ein anderes, eher skeptizistisches Menschenbild: Unser individuelles und gesellschaftliche Leben wird durch die dialektischen Triebkräfte von Eros und Thanatos oder anders: den Energien von Libido und Destrudo bestimmt. Es geht um die Frage nach „Nature versus nurture", biologische Natur gegenüber sozialen Erfahrungen und Erziehung oder grob: Anlage versus Umwelt.

Die psychoanalytische Theorie und Praxis konnte deutlich machen, dass liebevolle, befriedigende primäre Beziehungen in frühester Kindheit, die auch Konflikte aushalten und vielleicht auch lösen können, für spätere stabile Liebes- und Arbeitsbeziehungen eine wichtige Grundlage darstellen. Sozialisation, Erziehung, Bildung und gesellschaftliche Normen bilden den Rahmen, dass die Libido gegenüber der Destrudo quasi die Mehrheitsaktien innehat, weiter hält und vielleicht noch ausbaut. Vollständig zu kontrollieren sind die zerstörerischen Kräfte gegen Andere und gegen sich selbst aber nicht.
Mit dem Terminus Libido ist nicht nur die sexuelle Lust auf Befriedigung gemeint, sondern laut Freud all das, was wir ganz einfach mit dem Wort Liebe meinen; Empathie gehört auch dazu, die Fähigkeit zum Mitgefühl und Einfühlung in Andere.
Diese genannten Theorien beziehen sich auf das Individuum, Zweier- und Mehrpersonenbeziehungen. Als soziale Wesen bewegen wir uns aber auch in Gruppen und Massen. Wie sieht es da aus?

Bezogen auf Klein- und Großgruppen, Gesellschaft, Kultur, ja die ganze Menschheit sind Kategorien wie Respekt, Solidarität, vielleicht auch Nächstenliebe entstanden, auch die Idee des Humanismus, weil die destruktiven Kräfte in jedem Menschen

159

latent oder manifest vorhanden sind. Strukturen im Individuum wie ein reifes Gewissen sowie gesellschaftliche Werte, Normen und Gesetze helfen, in Konflikten verschiedenster Art sozialverträglich mit unserem Triebschicksal umgehen zu können.

In Gruppen und Massen sind die destruktiven Triebkräfte noch deutlich zu spüren; das Individuum, sein Ich oder Selbst verliert an Substanz, das heißt, es regrediert im Denken wie im Fühlen; das Gewissen (Über-Ich) schrumpft; aggressive und destruktive Triebregungen bekommen die Oberhand. Die Dynamik in Gruppen und Massen lassen die reifen psychischen Strukturen des Individuums in den Hintergrund treten, das heißt: sie regredieren. Gibt sich das Individuum den Massenprozessen hin, kann es von anderen Menschen und Gruppen leichter missbraucht und verführt werden - besondere in der Jugendzeit, wenn Vorbilder, Personen und Ideen gesucht werden, um sich von den Beziehungen der Familie leichter abzulösen.

Allein, was in und um ein Fußballspiel herum alles passiert, ist eine regressive Veranstaltung von Massen; da sehen erwachsene Leute oft nicht sehr erwachsen aus, gerade dann, wenn es gegen einen verhassten Gegner geht.

Hofmann erinnerte sich an die folgende Diskussion in der VHS, dass er mit seiner Spitze gegen den Fußball einigen Teilnehmern offenbar auf die Füße getreten hatte. Er hätte das Beispiel Fußball nicht erwähnen sollen. Damit hatte er seinem inhaltlichen Anliegen sehr geschadet. Dadurch wurden die Hauptaussagen über die psychische Struktur des Individuums und die Massenpsychologie nicht diskutiert. Den Ärger von damals konnte er heute noch abrufen.

Beim Anblick der Verwüstung in seinem Büro war eindeutig die Destrudo am Werke, die er auch selbst am eigenen Leib zu spüren bekommen hatte. Der Archivschrank war Schrott, er aber nicht.

36.
Bei Alfons

Die Einladung von Alfons und seiner Frau Hannelore zum Abendessen nahm Hofmann sehr gerne an. Es gab Rieslingsekt und Salat mit Shrimps zur Vorspeise, Lachs in Pfeffersauce mit Kartoffelgratin und Mangold im Hauptgang, dazu trockenen Riesling vom Mittelrhein, Käse mit Brot und Salzbutter und zum Schluss ein Parfait aus Brombeeren, schließlich einen Espresso. ‚Besser leben', Hofmann dachte an den nervigen Slogan auf der Einkaufstüte.

Am Essen nahmen auch die 17-jährige Tochter Daphne sowie Alfons 88-jährige Schwiegermutter teil; daher vermied Hofmann, über die Ereignisse der letzten Woche in der Praxis zu sprechen. Es war nämlich eine unbeschwerte Gesellschaft, als gäbe es keine Gewalt und Corona-Pandemie. Daphne erzählte von ihrem Engagement in der Friday-for-future-Bewegung, den unübersehbaren Anzeichen des globalen Klimawandels; sie wusste, dass Hofmanns Frau Constanze in der Klimaforschung unterwegs war und hatte die Idee, sie einmal in ihre Schule zu einem Vortrag einzuladen. Für MINT-Fächer (Mathe, Informatik, Naturwissenschaften, Technik) wurde gerne geworben. Die Tochter und die alte Dame verabschiedeten sich, sie hatten noch etwas vor; die eine wollte noch Freunde treffen, die andere eine Unterhaltungsshow im Fernsehen schauen.

Nach dem feinen Essen sprachen die Drei über die weniger feinen Ereignisse der letzten Woche. Hofmann bedankte sich sehr für die konkrete Hilfe von Alfons und Hannelore. Eigentlich wollte er ein Selfie machen, wie er in Alfons Klamotten aussah, hatte es aber schlicht vergessen; er sah zum Heulen und Lachen zugleich aus. Das unklare Motiv des Überfalls beschäftigte sie sehr, Ratlosigkeit machte sich breit. Der Tod der Vermieterin legte einen traurigen Schleier über alles, auch über die Schilderung, wie Alfons von der Polizei als potenzieller Einbrecher von der Hauswand heruntergeholt wurde.

Seine aktuelle medizinische Krankengeschichte wollte Hofmann nicht exhibitionistisch ausbreiten und Mitleidsbekundungen einsammeln. Alfons und Hannelore waren zudem keine Mediziner; Schilderungen dieser Art klangen für Hofmann wie Erzählungen der Vätergeneration vom Krieg. Alfons und Hofmann waren sich sicher, dass jemand Informationen über einen seiner Patienten gesucht hatte, die für diesen Jemand wichtig waren. Hofmann als Person wäre unbedeutend; da er aber Mitwisser brisanter, geheimer Informationen wäre, sei er das sehr wohl. Mitwisser leben gefährlich. Hofmann fiel aber nichts zu seinen Patienten ein, um einen solch brutalen Überfall nachvollziehen zu können. In Analysen geht es thematisch oft turbulent zu. Vielleicht wollte er ungern über den Rand seines psychoanalytischen Sandkastens, wie Alfons es nannte, einen Blick riskieren. Hofmann fand diesen Einwand „nicht sehr nett".

Es gab natürlich private und gesellschaftliche Konflikte von unterschiedlicher Dynamik insbesondere, wenn Macht über andere Menschen eine Rolle spielt. In einer Therapie geht es aber überwiegend um die inneren Konflikte und Traumen einer Person, die natürlich auch mit der äußeren Welt auf Kollisionskurs geraten können. In der Reflexion der Ereignisse blieb Hofmann allgemein, nannte keine Namen; er wollte in diesem „privaten Setting" nicht ins Detail gehen; der Abend war schließlich keine Supervision. Alfons und seine Frau hatten dafür volles Verständnis, wenngleich sie - wie bei einem Psychokrimi - doch sehr neugierig, fast sensationslüstern waren.

Hofmann versprach sich weitere Erkenntnisse, wenn er sich am Montag mit dem Kommissar weiter austauschen konnte. Er erwähnte auch den pikanten Aspekt nicht, dass der Kommissar ein ehemaliger Patient von ihm war. Schweigepflicht eben.

37.
Sonntag, Alpträume, lange Weile

Nach der angenehmen Gesellschaft kam Hofmann spät und
wohlbehalten zuhause an. Er fiel tief in den Schlaf, schreckte
aber nach einer Schlafphase aus einem Alptraum auf: Ein Bär
von Mann überwältigte ihn in einem schlichten Hotelzimmer
und versuchte, mit einem Brieföffner die Schädeldeckel aufzu-
hebeln, weil er seine Fragen nicht beantwortet hatte, Ein lä-
cherliches Bild. Dabei verstand er die Sprache, den Kauder-
welsch des Wilden, überhaupt nicht; es war ein Gegrunze und
Gebrumme, der Mann hatte aber scheinbar großen Spaß dabei.
Hofmann spürte einen stechenden Schmerz in seinen Augen,
der Wahnsinnige wollte durch die Augen an sein Frontalhirn
heran, es war wie eine Lobotomie zur Hirnverstümmelung. Hofmann schlug wie wild um sich und wachte schweißgebadet auf,
sein rechtes operiertes Auge tat ihm furchtbar weh, seine
rechte Hand auch, er musste gegen etwas geschlagen haben.
Er ging erst einmal schlaftrunken pinkeln, trank in der Küche
ein Glas Wasser, beschloss, den Schlafanzug durch ein T-Shirt
auszutauschen und weiterzuschlafen.

Hofmann schaute am Sonntagvormittag gegen 10 Uhr auf den
Wecker und genoss es, dass er alleine war, keinen Mitpatienten
im Zimmer, kein Pflegepersonal. Auf dem Kopfkissen sah er einen ordentlichen Blutfleck und im Spiegel, dass die Naht unter
seinem rechten Auge aufgeplatzt war und geblutet hatte. Er
hatte keinen Nerv, sich die Wunde wieder im Krankenhaus chi-
rurgisch versorgen zu lassen. Nach einer Reinigung mit einem
Desinfektionsmittel, platzierte er vier Steri-Strips, um die Wund-
ränder zu schließen. Wenn eine Narbe übrigbleiben sollte, so
war ihm das jetzt völlig egal, dann war es einfach so; ein An-
denken an eine schlimme Erfahrung.

Nach dem ausgiebigen Baden und Frühstück schaute Hofmann seine privaten und beruflichen eMails durch; da war nichts Neues oder Wichtiges dabei. Mit einem Glas Wasser setzte er sich auf die überdachte Terrasse. Es hatte gestern und in der Nacht gut geregnet, der Garten duftete frisch. Es schien ihm, als starre er in eine Leere, um etwas zu erkennen; die traumatische Erfahrung paralysierte ihn immer wieder.

Plötzlich verspürte er Lust, eine Pfeife anzuzünden. Seit über einer Woche hatte er keine mehr geraucht und sie interessanterweise auch nicht vermisst. Bell's Three Nuns Tobacco, ein Roll-cake-Tabak, schmeckte und roch wunderbar aromatisch. Diesen Tabak hatte er bereits vor 40 Jahren in der Schweiz entdeckt, vor einigen Monaten hatte er ihn in seinem kleinen wunderbaren Tabakladen wiedergefunden. Auf der runden Tabaksdose stand: „Rauchen ist tödlich", als Analytiker zu arbeiten aber auch, dachte sich Hofmann. Da gab es keinen Warnhinweis.

Die drei Nonnen mussten bestimmt etwas mit seiner katholischen Sozialisation zu tun haben, darüber nachzudenken, hatte er jetzt aber keine Lust; Rauchen und Tod waren kein schönes Thema; dennoch brannten die Nonnen in der Pfeife gut und schmeckten.

Ihm fiel ein, dass sein Patient, der Kommissar, eine ähnliche Sozialisation durchgemacht hatte wie er selbst, nur mit unterschiedlichen Ausgängen. Und es war schon eine Ironie des Schicksals, dass der Kommissar in seinem Fall einer seiner ehemaligen Patienten war. Ob das aber ein Vorteil wäre, dass er diese therapeutische Erfahrung ausgerechnet bei ihm gemacht hatte, war sich Hofmann nicht sicher. War Bauer nicht befangen, diese Untersuchung zu leiten, auch wenn Hofmann eindeutig Opfer nicht Täter war? Eine psychoanalytische Behandlung ist nie ganz bis zum Ende durchgearbeitet und die therapeutische Beziehung nie ganz aufgelöst, schon gar nicht nach einer kurzen, einjährigen tiefenpsychologischen Therapie, die sich primär an einer gewissen Oberfläche bewegen musste.

Rauchend drifteten Hofmanns Gedanken in Richtung Montag, wo er sich mit Kommissar Bauer in seiner Praxis treffen werde. Er versuchte, sich innerlich auf das Treffen einzustimmen, weil hier zwei völlig unterschiedliche Sichtweisen, Systeme und Interessen aufeinandertrafen. Hofmann sah darin aber keinen Gegensatz, sondern in summa eine Ergänzung.

Er begann, sich zu langweilen; es überkam ihn ein starkes Bedürfnis, sich zu bewegen wie Laufen oder Radfahren, es wurde ihm irgendwie eng. Er schaute in den Spiegel, ob seine Sonnenbrille das Hämatom am Auge ausreichen verdecken konnte, das Pflaster unter dem Auge war unübersehbar. Er zog eine Schirmkappe auf, um sich darunter zu verstecken. Mit seiner Verkleidung zufrieden fuhr er mit dem Rad an der Nidda entlang nach Höchst, trank auf dem Marktplatz einen gespritzten Apfelwein und radelte etwas aethylisch gelockert zurück. Dummerweise hatten viele Leute und ganze Familien die gleiche Idee, es wuselte von Kindern auf ihren Rädchen. Aber so war er unter Menschen; hoffentlich traf er keinen Patienten.

Den Abend verbrachte er mit verschiedenen Telefonaten. Bei Frau Santos bedankte er sich er sich nochmals herzlich für ihre Hilfe am Überfalltag und ihre umsichtige Gartenpflege in seinem Ginnheimer Domizil. Er lud sie und ihren Mann am nächsten Sonntag zum Kaffee mit Kuchen ein, dann sehe er auch etwas ziviler aus.

Er sprach per Skype mit seiner Tochter Marie, die in Kanada, in Montreal an der McGill-Universität arbeitete. Sie war begeistert von der freundlichen und weltoffenen Art der Kanadier, die selbst aus aller Welt stammten. Sie könne sich gut vorstellen, hier einmal zu leben. Eine feste Bindung habe sie zuhause auch nicht mehr. „Wie bitte?" fragte Hofmann erstaunt. „Außer meiner Familie natürlich und einen Freundeskreis", schob sie nach; viele Freunde gingen nach dem Studium in alle Welt hinaus, das war nach dem Abitur auch so. Außerdem sei sie seit einigen Monaten „unbemannt", der Zustand sei eigentlich nicht so schlecht. Die Beziehung zu ihrem langjährigen Freund habe sie vor dem Kanadaaufenthalt beendet, das sei überfällig gewesen, meinte sie. Das Ende dieser Freundschaft hatte Hofmann gar nicht richtig mitbekommen. Er würde es sehr bedauern, wenn seine Tochter so weit weg leben würde. Marie interessiert sich für das Fach Neurologie und möchte am liebsten in der Hirnforschung arbeiten. In Deutschland gebe es auch gute Adressen.

Hofmann bereitete sich einen gemischten Salat mit Tomaten aus dem Garten zu, presste drei Knoblauchzehen rein, morgen habe er ja keine Patienten und Bauer dürfte seine Ausstrahlung überleben. Dazu den feinen Primitivo wie gestern. Im Fernsehen mutete er sich den Rest einer Folge von Inspector Barnaby zu; seine Frau liebte die schöne heile Welt von verrückten Briten in ihrem Hortensien-Gartenidyll einer fiktiven Grafschaft Midsomer; er selbst konnte diesen seichten Schmalz einfach nicht mehr sehen, hatte aber heute keine Alternative. Der Austausch des alten Inspektors durch seinen gleichnamigen Cousin war ein wenig überzeugender Trick des Drehbuchs. Wahrscheinlich hatte der erste Barnaby auch die Nase voll von diesem Schwulst. Besser wäre gewesen, er wäre bei einer adligen Treibjagd aus Versehen mit einem Hirsch verwechselt worden und dadurch als Held unsterblich geworden.

Hofmann erinnerte sich, dass er als Jugendlicher zweimal in Sussex in einem Schüleraustausch war, die Atmosphäre erinnerte er so ähnlich wie die bei Barnaby. Er wohnte damals bei einer katholischen Lehrerfamilie mit sechs Kindern, sein Austauschpartner war der Älteste. Hofmann war entsetzt, was die

Jüngsten, kleine rothaarigen Brillenschlangen mit Sommersprossen, für einen Schund lasen, Kriegscomics mit breitgesichtigen, dumpfbackigen deutschen Nazisoldaten, die „Donner und Blitzen!", „Heil Hitler", „Endsieg" ausstießen. Kein Wunder, dass die jüngeren Geschwister Zeit brauchten, sich an diesen atypischen Germanen zu gewöhnen, der offenbar nicht ins Feindbild der Comics zu passen schien.

Der Vater der Gastfamilie war ein begeisterter Fußballfan. Obwohl das Folgende schon lange zurücklag, konnte sich Hofmann an den Satz genau erinnern: „The Germans can not forget: the third reich and the third goal." Natürlich war das dritte Tor in der Fußball-WM 1966 für England nicht drin gewesen, der Ball sprang vor der Torlinie auf. Damals war er noch nicht in der Schule, er glaubte aber, zusammen mit seinem Vater das Spiel irgendwo gesehen zu haben; ob das aber wirklich so war, konnte nicht sicher bestätigen. Hatte die Familie damals schon einen Fernsehapparat? Es hätte auch sein können, dass er später von diesem denkwürdigen Fußballspiel gehört und die Bilder in sein Gedächtnis nachträglich eingebaut hatte. Egal wie es war, er hatte das Bild mit dem fraglichen Tor vor seinen Augen.

Hofmann wechselte zu den Tagesthemen und dann zu „Titel-Thesen-Temperamente". Es gab außer den schrecklichen Ereignissen in seiner Praxis, den Corona-Nachrichten und der Frage, ob die Fußballbundesliga mit oder ohne Publikum spielen sollte, auch noch ganz andere wichtige Themen in der Welt: Kultur.

Um 24 Uhr meldet sich seine Frau per Skype und Hofmann hätte sich gewünscht, dass sie neben ihm auf dem Sofa säße und sie danach noch etwas anderes unternehmen könnten, was er lange hatte entbehren müssen.

38.
Ein anderes Setting

Der Kommissar rief bei Hofmann an, dass er sich leider etwas verspäten werde. Hofmann hatte seine Praxis halbwegs wieder aufgeräumt, Frau Santos würde morgen die Praxis gründlich reinigen und damit wahrscheinlich die letzten Reste, die die Spurensicherung übersehen hatte, endgültig beseitigen. Auf dem roten Perserteppich waren noch Blutflecken zu sehen, die er nur oberflächlich hatte reinigen können.

Hofmann öffnete Bauer die Praxistür, an der noch das Pulver der Spurensicherung haftete. Ansonsten war nur der beschädigte Aktenschrank der sichtbare Zeuge für das, was sich hier vor über einer Woche abgespielt hatte. Er war jetzt wieder der Hausherr und nicht der Patient im Flügelhemdchen.
Sie gaben sich nicht wie früher in Therapiezeiten die Hand wegen der Hygiene- und Distanzregeln. Bauer betrat das Behandlungszimmer fast ehrfürchtig und sagte, dass ihn die Begegnung mit Dr. Hofmann in diesem Raum irgendwie berühre; es sei, wie in zwei Welten leben. Diese Mitteilung kam für Hofmann überraschend. Letzte Woche war Bauer mit seiner Kollegin hier; die Anwesenheit Hofmanns sei aber etwas ganz anderes. Hofmann vermied, mit einer therapeutischen Attitüde zu antworten, außerdem lachte Bauer plötzlich ganz unkontrolliert heraus: „Sie haben ja noch ein ganz schönes Veilchen." Hofmann verstand diesen spontanen Ausbruch als Abwehr gegen das vorher formulierte Gefühl einer besonderen Nähe zu seinem ehemaligen Therapeuten. Von wegen Ehrfurcht, dachte Hofmann. Er sagte nach einer Pause: „Ich will abwarten, bis das blaue Veilchen grün, gelb und schließlich abgeblasst ist. Am nächsten Montag stehe ich hier wieder auf der Matte. Jeder

Patient hat bestimmt eine passende Idee zur Unterbrechung und zu meinem ramponierten Aussehen."

Er erinnerte sich, dass er, als er gestern vor dem Radausflug sein malträtiertes Auge im Spiegel genauer angesehen und sich dabei gefragt hatte, wie einzelne Patienten wohl reagieren würden, wenn sie ihn mit dem Veilchen und Pflaster unter dem Auge sähen. Einige würden das Veilchen gar nicht bemerken, andere es wahrnehmen, aber nicht darüber sprechen, vielleicht aus Taktgefühl; wieder andere würden ihr Mitgefühl äußern, einer würde glauben, dass er sich mannhaft geprügelt hätte, wieder andere hätten ihm selber gerne aufs Auge gehauen, wahrscheinlich würde eine oder einer fragen, ob er in die Faust seiner Frau gelaufen sei. Das alles wollte sich Hofmann nicht antun und wenn, wäre es therapeutisches Material und würde einiges über die Beziehung des Patienten zu ihm aussagen, die je nach Geschichte des Patienten recht unterschiedlich waren.

Bauer fragte, wie es ihm heute gehe; er habe ihn zuletzt im Krankenhaus gesehen.

„Danke der Nachfrage. Die körperlichen Schmerzen sind nicht mehr das Thema, außerdem nehme ich noch starke Schmerzmittel", antwortete Hofmann vielsagend.

Beide standen noch auf zwei Meter Distanz im Behandlungsraum und Bauer fragte, was sie heute besprechen könnten, er habe bis 13 Uhr Zeit und hoffe, dass sie nicht gestört würden, dabei schaute er auf sein Handy. Diesmal bestimmte der Ex-Patient das Setting. Hofmann fragte, ob er einen Kaffee oder Wasser anbieten könne. Bauer entschied sich für beides.

Während Hofmann in der Küche herumhantierte, schaute sich Bauer im Behandlungszimmer und im Büro etwas um; er fragte den Hausherrn, ob das in Ordnung sei, einfach herum zu schlendern. „Nur zu", antwortete Hofmann.

Einige Minuten später wollte er mit einem Tablett in das Behandlungszimmer gehen, da sah er Bauer im Büro auf dem Vitra-Chair mit starrem Blick auf den beschädigten Schrank sitzen. Hofmann fragte, ob sie den Kaffee hier im Büro trinken wollten. „Ja, fangen wir doch hier an", schlug Bauer vor. Hofmann zog einen bequemen Thonet-Freischwinger bis auf anderthalb Meter heran. Er merkte an, dass er seit Beginn der Pandemie in der Praxis eine räumliche Distanz zu seinen Patienten halte, was von allen sehr einvernehmlich akzeptiert wurde. Bauer bemerkte, dass er deutlicher höher in dem Bürostuhl saß, er fuhr leicht grinsend den Vitra-Chair herunter. „So, jetzt sind wir hier auf Augenhöhe". Sie saßen fast parallel und distanziert nebeneinander, als würden sie in dem Aktenschrank wie in einem Fernsehapparat einen interessanten Film erwarten. Die Frage war nur, welches Programm dort laufen könnte.

Beide tranken ihren Kaffee mit Milch bedächtig aus Bechern und schauten in Richtung Schrank. Nach einer Weile sagte Bauer: „Der Einbrecher hatte ja in Ihrem Büro etwas gesucht; Akten, Unterlagen, Aufzeichnungen, Befunde; wir wissen aber noch nicht, was genau." Pause. „Haben Sie inzwischen irgendwelche Ideen, um was es sich dabei handeln könnte?" Das waren wieder die umgekehrten Rollen im Vergleich zur Therapie.
„Darüber habe ich ständig nachgedacht und sogar geträumt. Witzigerweise hatte vor Monaten ein Patient davon erzählt, einen Krimibestseller schreiben zu wollen, in dem sein Analytiker von einem eifersüchtigen Ehemann einer Patientin in seiner Praxis erschlagen wurde. So ähnlich, wie es hier fast passiert wäre." Hofmann lachte herzlich, Bauer eher weniger. „Der junge Mann hatte auf diese Weise seinen ödipalen Konflikt hier mit mir in Szene gesetzt."
„Kommt es denn öfters vor, dass Patienten oder Angehörige ihren Therapeuten mit Gewalt bedrohen oder verletzen?"

„Selten, aber es sind schon Psychiater erschossen worden",
sagte Hofmann. „Ich bin selbst einmal von einem Patienten, der
auch noch ein Arzt war, bedroht worden; er habe eine Pistole
bei sich, behauptete er, er wirkte sehr gereizt, angespannt und
ziemlich verrückt. Ich sagte ihm, dass ich ihn außer Gefecht
setzen würde, noch bevor er seine Pistole auf mich richten
könne. Das sagte ich contraphobisch, also aus meiner Angst
heraus. Ich würde aber mit ihm viel lieber darüber sprechen,
was dies alles zu bedeuten habe. Zum nächsten Termin kam er
nicht und brach die Vorgespräche ab. Da war ich mehr als froh.
Man muss sich als Therapeut auch nicht alles antun." Und weiter: „Ich vermute, dass diese Aggression gegen mich nicht von
einem meiner Patienten oder ehemaligen Patienten ausging.
Ein Patient ist Mitwisser oder Geheimnisträger, womit eine andere Person beschädigt werden könnte. Durch die Therapie bin
ich auch zu einem Mitwisser zweiten Grades geworden."

„Ja, als Mitwisser sind Sie auch gefährdet. Haben Sie denn einflussreiche oder prominente Personen in Behandlung?"

Hofmann dachte nach: „Das ist schwer zu sagen, was Sie mit
prominent meinen. Ich habe ganz normale Leute in unterschiedlichen gesellschaftlichen Positionen in Behandlung; aber
keinen bedeutenden Politiker, keinen Polizeipräsidenten, keinen
Geheimdienstler, keinen Wirtschaftskapitän, keinen Top-Ban-
ker, also eher Menschen wie Sie und ich: Lehrer, Juristen, Wissenschaftler, IT-Experten, Ärzte, Psychologen, Journalisten,
Kripo- und Zollbeamte, Fernsehleute vom HR, Sozialarbeiter,
Krankenschwester, Studenten, Rentner, Deutsche und Auslän-
der, chronisch psychisch Kranke, Frührentner, Rentner und
Menschen, die in Hartz-IV abgerutscht sind."

Bauer schwieg eine Weile und schaute Hofmann nicht an. „Das
ist ja ein ganz schönes Spektrum von Menschen und Berufen.
Was ist denn zum Beispiel mit dem Juristen? Ein Richter?"

„Keine nähere Auskunft, tut mir leid. Auch nicht, ob Mann oder
Frau. Ich bleibe bei der männlichen Bezeichnung. Dieser Jurist

ist nicht so interessant, dass jemand hinter ihm her sein könnte." Hofmann wusste, dass das nicht stimmte.

„Vielleicht die Mafia? Das wäre doch eine interessante Hypothese. Hat einer Ihrer Patienten im Entferntesten mit dem organisierten Verbrechen oder analogen Strukturen wie korrupten Wirtschaftskreisen zu tun?"

Hofmann schwieg und dachte sofort an eine bestimmte Patientin, an Frau R, und sagte: „Nein, da fällt mir nichts ein."

Bauer nach einer Pause: „Aha." Pause. „Das klingt aber nicht sehr überzeugend."

„Wieso nicht sehr überzeugend?"

„Keine Ahnung, war nur so ein Einfall von mir." Bauer winkte ab und schwieg.

Hofmann dachte für sich, dass sein früherer Patient ein guter Polizist sei und in seiner Therapie etwas mitgenommen habe. In seinem Gesprächsstil baute er nach einem small talk einen stetigen inneren Druck auf, dem sich sein Gegenüber schlecht entziehen konnte. Als Verdächtiger von Bauer in die Zange genommen zu werden, war bestimmt nicht angenehm. Seine Worte waren nur die Spitze eines Eisbergs; was er dachte und unausgesprochen ließ, waren die ausgedehnten Eismassen unter Wasser, die den Verdächtigen in der Illusion wog, noch Kapitän auf der Brücke seines Schiffes zu sein. Dabei ließ er ihn auflaufen, Leck schlagen und langsam sinken lassen. Dann würde Bauer ihm wahrscheinlich ein Geständnis in Form einer Schwimmweste oder gar eines Rettungsbootes anbieten und, wenn er ablehnte, ihn dann einfach weiter absaufen lassen. Die einzige Rettung wäre dann ein Anwalt, ein Fürsprech, wie die Schweizer sagen, der seinen Mandaten dazu verdonnerte, einfach nur die Klappe zu halten und ihn, den Advokaten, machen zu lassen. Hofmann driftete gedanklich ab.

Bauer: „Also weiter. Gerne würde ich wissen, was Sie gerade gedacht haben." Hofmann war hellwach, fand Bauer jetzt geradezu übergriffig und antwortete nicht, er fühlte sich von ihm auf das Töpfchen gesetzt wie ein kleiner Junge.

„Na gut, was ist mit irgendwelchen investigativen Journalisten", setzte Bauer nach. „Wie die von WikiLeaks oder BellingCat. Die leben ja heute auch ganz schön gefährlich." Hofmann schaute Bauer fragend an, der zurückfragte: „Kennen Sie BellingCat?"

Hofmann: „Sind das nicht die jungen Leute, die durch Recherchen im Internet einigen Politikern und Politkriminellen mächtig auf die Zehen treten?"

Bauer: „Ja genau! Putin zum Beispiel wegen des Abschusses des Passagierflugzeuges MH17 über der Ukraine mit russischen BuK-Raketen."

Hofmann: „BellingCat lieferte der internationalen Untersuchungskommission wichtige Beweise; man fragt sich, warum staatliche Institution wie Geheimdienste da nicht selber darauf kommen?"

„Da haben Sie völlig recht. Behörden sind unkreative träge Öltanker mit langem Bremsweg. BellingCat liefert übrigens keine Beweise, sondern nur wichtige Hinweise, Indizien also, wenn ich das etwas schulmeisterlich anmerken darf."

Hofmann lachte: „Das dürfen Sie. Ich bitte sogar darum. Wenn wir schon dabei sind: Warum nennen sich diese Leute ‚BellingCat'?"

„Es ist eine englische Geschichte: Mäuse, die der Katze eine Glocke umhängen, um sie bloßzustellen und andere zu warnen." Hofmann fragte sich, ob Bauers Frage nach BellingCat eine unbewusste Bedeutung hier in dieser Situation haben könnte? Wer hing wem eine Glocke um? Hofmann fand diese Assoziation zu misstrauisch.

Bauer bemerkte das: „Egal, wie auch immer es sei. Um weiter zu machen: Haben Sie Patienten, die wichtige Fachleute in der IT sind? Hacker? Begabte Nerds wie die vom Chaos Computer Club?"

Hofmann musste lachen über diese Klimax. „Leider nein, nichts dergleichen." Hofmann erinnerte sich an das Spiel ‚Schiffe versenken', das er in der Schule während des Unterrichts mit seinem Nachbarn spielte: auf einem Karopapier mit einem Koordinatensystem wurden bestimmte Schiffe verdeckt eingezeichnet, die der Nachbar beschießen und versenken musste: A7: Wasser oder A9: Treffer.

„Das hier ist kein Versteckspiel oder Verhör, Herr Doktor Hofmann, sondern ein, äh, ich will mal sagen, ein gemeinsames Assoziieren. Damit verdienen Sie ja Ihr tägliches Brot." Pause. „Und ich übrigens in gewisser Weise auch meines. Nachdem Sie mich mit dieser Methode damals vertraut gemacht hatten, weiß ich sie zu schätzen."

„Das freut mich." Pause. „Ich lasse dieses Gespräch weiter auf mich wirken. Bei meinen Gedanken an einen bestimmten Patienten verspüre ich noch Widerstände, mit Ihnen darüber zu sprechen. Das Timing stimmt noch nicht. Aber der Hauptgrund ist, ich muss meine Patientin ..." und er schob schnell nach: „oder meinen Patienten und die therapeutische Beziehung schützen. Wenn ich auch nur einen Namen nenne, müssen Sie dieser Spur nachgehen. Da käme eine institutionelle Dynamik in Gang, die nicht mehr zu kontrollieren wäre."

„Das habe ich gemerkt als Sie sagten, da falle Ihnen nichts ein."

„Das stimmt wirklich, es ist nur eine Fantasie, eine Hypothese. Es wäre Spekulation, diese mit Ihnen zu kommunizieren. Ich melde mich, wenn ich mir sicherer bin. Die gewaltsamen Ereignisse hier in der Praxis wirken noch verstörend nach. Wäre das in Ordnung?"

„Ehrlich gesagt: Nein." Bauer schwieg. „Es ist also eine Patientin", machte er einfach weiter. Hofmann ärgert sich zunächst und sagte nach einer Weile anerkennend:

„Touché! Ja, ich glaube, dass diese eine Person am Ehesten in Dingen unterwegs und mit Leuten in Kontakt ist, die große Schwierigkeiten machen könnten. Aber ..."

„Also etwas mit der Mafia? Sie merken, Sie machen mich mit Ihrem Widerstand richtig neugierig."

„Das merke ich sehr wohl."

„Wollen Sie mir den Namen der Patientin nennen?"

„Nein, das kann ich nicht, lieber Herr Kommissar! Wenn ich bei Ihnen in einem Verhör wäre, hätte ich schon vorhin weitere Aussagen verweigert und nach einem Anwalt verlangt."

Bauer: „Wir sind hier aber nicht in einem Verhör." Und nach einer Pause: „Was machen wir hier? Wir versuchen eine Spur zu finden, Sie als Psychoanalytiker und ich als Kriminalkommissar." Pause. „Wir sind bereits schon ein Stückchen weiter. Oder nicht?"

„Vielleicht können Sie verstehen, dass ich Ihnen in dieser verzwickten Situation keine Namen meiner Patienten preisgeben kann, von denen ich ja nur vermute, dass sie in irgendeiner Beziehung mit dem Überfall auf mich in Verbindung stehen. Das Patientengeheimnis, zu dem ich verpflichtet bin, wäre verletzt. Ich kann Ihnen ja nicht unter dem Siegel der Verschwiegenheit verdachtsweise den Namen eines Patienten nennen. Die Person wäre damit offiziell Gegenstand der Untersuchung. Da kann ich den Namen auch gleich an die nächste Litfaßsäule kleben."

Nach einer Pause sagte Bauer: „Gut, ich habe verstanden." Und schwieg, er wirkte etwas reserviert.

Hofmann bemerkte, dass beide, Bauer und er in diesem Dialog auf den demolierten Schrank schauten und den Blick zum Gesprächspartner vermieden.

Bauer unterbrach das Schweigen: „Wir sitzen hier wie ein altes Ehepaar vor der Glotze, das sich streitet, in der Kommunikation mauert und sich dabei nicht anschauen mag." Beide schmunzelten über das Bild. Und Hofmann kommentierte:

„In der Psychotherapie kann man freier reden, wenn man dem Anderen nicht ins Gesicht sieht, die nonverbale Körpersprache könnte die freie Assoziation behindern. Wir liegen hier aber nicht relaxed auf der Couch beziehungsweise im Sessel, sondern sitzen aufrecht nebeneinander und sprechen miteinander."

„Na gut", sagte Bauer. „Dann müssen wir ein andermal so weitermachen. Ich hoffe, Dr. Hofmann, Sie arbeiten daran weiter und lassen mich in nicht allzu ferner Zeit daran teilhaben. Wir hängen mit der Fahndung in der Luft; ich hoffe, wir verschlafen oder versäumen nicht, wichtigen Spuren nachzugehen. Ich fühle mich durch Sie ausgebremst. Das muss ich schon so sagen!" Bauer klang reserviert, geradezu sauer. Er dachte sich, er könne auch anders, wenn der Herr Doktor weiter in ethischen Bedenken schwebt. Das Thema war wohl erschöpft, das Gespräch schien am Ende zu sein.

Hofmann spürte die Verhärtung in der aktuellen Situation und den Frust des Kommissars. Wie zur Versöhnung und Belebung des Dialogs machte er folgendes Angebot: „Vermutlich fragen Sie sich die ganze Zeit, ob sich Ihre Krankenakte auch in diesem Schrank befindet."

Bauer drehte sich zu Hofmann um: „Touché, das stimmt wirklich. Eins zu eins."

Hofmann: „Vorschlag: Versuchen Sie doch einmal, Ihre Akte darin zu finden."

Bauer: „Ist das Ihr Ernst?"

„Ja, nur zu. Vielleicht hatten Sie es letzte Woche probiert."

„In den Fingern hatte es mir natürlich gejuckt. Aber ich habe es nicht gemacht. Hauptgrund: Ich wollte vor meiner Kollegin nicht meine eigene Psychoakte in den Händen halten. Ich hoffte eigentlich, dass Sie sie mir heute zeigen würden." Nach einer kurzen Pause: „Ehrlich gesagt, ich weiß aber gar nicht, ob ich detailliert wissen möchte, was da drinsteht. Ich weiß ja, um was es bei mir ging, auch wenn ich mir vorstellen kann, dass es bei mir noch sehr viel mehr aus tieferen Schichten zu heben gäbe. Die Inhalte waren ja sowieso Thema meiner Therapie. Was wir damals besprachen, hat mir geholfen und es hat gereicht – so glaube ich jedenfalls. Ich hatte übrigens auch nie das Gefühl, dass Sie es anders meinten, als Sie es zu mir sagten."

„Ja, vielen Dank, so habe ich Ihre Therapie auch erlebt. Authentizität ist eine Grundvoraussetzung der analytischen Arbeit." Jetzt schauten sie sich beide erstmals wieder ins Gesicht.

„Aber um auf Ihr sportliches Angebot zurückzukommen, würde ich doch gerne versuchen, meine Akten aus den vielen hier herauszufischen", sagte Bauer.

„Einverstanden", sagte Hofmann und ging in die Küche. Er kam zurück und ergänzte: „Wenn Sie sehen, dass es nicht Ihre Akte sein kann, hängen Sie sie bitte wieder zurück, ohne tiefer hineinzuschauen. Wenn Sie nahezu alle Akten durchlesen könnten, würden Sie Ihre eigenen Unterlagen natürlich entdecken; Ihnen sind ja die Inhalte bekannt. Wenn Sie aber die Akte einer Person suchen, über die Sie inhaltlich nichts Konkretes wissen, dürfte es sehr lange dauern – wenn überhaupt. Klarnamen werden Sie jedenfalls keine finden. Deswegen ging der Einbrecher vermutlich leer aus und zog gefrustet ab. Und trat mir ins Gesicht und sonst noch wo hin."

Bauer versuchte, sich zunächst einen Überblick über hunderte Akten zu verschaffen. Alle waren chiffriert aus Ziffern und einem Großbuchstaben. Er fing vorne an, wurde nicht fündig. Der Buchstabe B müsste für seinen Namen stehen; das schien aber nicht zu stimmen. Dann machte er ein paar Stichproben – vergeblich. Nach einigen Minuten gab er auf und fragte Hofmann, ob die Chiffre eine Systematik habe. Hofmann fragte zurück, ob er denn eine erkenne.

„Da ist bestimmt eine, die erkenne ich noch nicht. Mein IT-Mitarbeiter würde das System bestimmt schnell knacken." Bauer gab nach ein paar Minuten schließlich ganz auf.

Hofmann erklärte ihm das System: „Die Akten meiner Patienten werden in drei separaten Teilen geführt. Erstens in einem Anmeldebogen auf Papier. Dieses Anmeldeformular befindet sich separat gegenüber in einem unscheinbaren Ordner. Jeder

Bogen hat eine einfache Chiffre aus Buchstaben und Geburtsdatum wie in der gesetzlichen Psychotherapierichtline. In einem anderen Verzeichnis wird dieser Chiffre eine Art TAN nach dem Zufallsprinzip zugeordnet. Das ergibt die Chiffre der Dokumentation hier im Archiv. Zweitens gibt es einen bereits chiffrierten Aktenteil, der medizinische Befunde, Anträge, Gutachten und Kassenkorrespondenz enthält. Dieser wirklich brisante Teil der Akte ist nicht hier in der Praxis, sondern bei mir zuhause, teils in Papierform, teils digital und getrennt vom PC auf einer externen Festplatte." Bauer zog erstaunt die Brauen hoch. „Der Hauptgrund ist, dass ich meine schriftlichen Arbeiten zuhause und nicht in der Praxis erledige, meist abends oder an Wochenenden. Hier im aufgebrochenen Schrank finden sich nur die handschriftliche Dokumentation der Therapiestunden als dritten Teil der Akte. Das sind die Notizen aus dem Ringordner, die Sie unter dem Sessel gefunden haben. Ein Außenstehender würde den Wald vor lauter Bäumen und Gestrüpp nicht erkennen."

„Und: Sie haben eine richtige Sauklaue, ich konnte kaum etwas lesen, als ich in den Ordner reinschaute."

„Meine Sauklaue scheint damit ein Teil des Chiffrierungssystems zu sein. Die Notizen aus dem Ringordner werden ständig chronologisch hier in der jeweiligen Akte abgeheftet. Ohne den Umweg über die TAN-Liste können die Behandlungsnotizen im Archiv nicht gefunden werden. Die Chiffren der laufenden Therapien habe ich im Kopf. Bei älteren muss ich den Umweg gehen und nachschauen."

„Ganz schön verzwickt. Und wo ist nun meine Akte?"

Hofmann griff in den Schrank und zog einen schmalen Ordner heraus. Bauer blätterte kurz die handschriftlichen Notizen durch und fragte Hofmann, warum nach den meisten Datumsangaben eine Zahl stand.

„Da habe ich zu Stundenbeginn festgehalten, wieviel Minuten Sie jeweils zu spät kamen."

Bauer musste sehr lachen, denn sein Zuspätkommen war häufig Thema in den Therapiestunden. Obwohl er als Patient erklärtermaßen auch zu spät kommen durfte, wurde das natürlich immer wieder thematisiert; die Stunde ist dann eben kürzer. Bauer erinnerte sich daran, dass Hofmann ihm mehrfach bestätigt hat, dass er pünktlich 10 Minuten zu spät käme, besonders dann, wenn die Themen sehr unangenehm waren; er wollte wohl irgendetwas lieber draußen lassen.

„Das war der von Ihnen erwähnte Widerstand gegen die Therapie. Richtig?", fragte Bauer.

„Ja, richtig, der gehört immer dazu und muss bearbeitet werden."

„Und die Chiffre? Da muss doch eine Systematik drinstecken?"
„Stimmt. Hier Ihre: 701-K71-514: 70 ist Ihr Geburtsjahr; 1 männlich, 2 wäre weiblich; K71 ist die randomisierte Ziffer aus meiner Liste; 514 bedeutet Erstgespräch Mai 2014. Eigentlich ganz einfach."

„Oh Mann!" Bauer kratzte sich am Kopf. „Erst kostet es wahnsinnig viel Arbeit, das Material, wie Sie sagen, aus den Tiefen meines Unbewussten zu heben; und dann versenken Sie es wieder fast unauffindbar in Ihrem Archiv", stöhnte Bauer.

„Es ist ja nicht weg, ich hebe es dort für Sie auf und könnte es wiederfinden. Außerdem ist das wichtigste Archiv Ihrer Therapie in meinem und insbesondere in Ihrem Kopf. Wenn ich allerdings tot umfalle, dürfte es schwierig werden, ihre Unterlagen zu finden." Pause. „Ich hatte einmal einen zwanghaften Bibliothekar in Behandlung, der war total verzweifelt, wenn ein Buch in den riesigen Beständen der Bibliothek falsch eingeordnet worden war. Es war quasi unauffindbar. Ein totes Buch. Es sei denn der Zufall kam zu Hilfe."

„Den Kommissar Zufall kennen wir ebenfalls. Vielleicht hilft er uns ja auch in Ihrem Fall, weil Sie sich noch Ihren Widerständen gegen die Mafia-Patientin hingeben müssen," sagte Bauer etwas spitz. Sowas nennt man Nachtreten, dachte Hofmann;

beim Fußball gäbe es mindestens die gelbe Karte; die rote Arschkarte wäre zu viel; Arschkarte deswegen, weil sie in der Gesäßtasche des Schiris steckt und der Spieler am Arsch war.

Die Atmosphäre war jetzt wieder etwas ernster; Hofmann hatte das Gefühl, Bauer dachte, er entzog sich dem Spiel.

Bauer ergriff das Glas mit Wasser und leerte es in fast einem Zug. „So ein Archiv macht eine trockene Kehle."

Er bedankte sich und wollte gerade die Praxis verlassen. Wie Peter Falk als Colombo blieb er vor der Tür stehen, kratzte sich an seinem Haarkranz und wollte wissen, ob und wie die alten Analytiker ihre Patienten anonymisiert hätten.

„Das ist eine interessante Frage", sagte Hofmann; er fragte, wie ausführlich er antworten sollte; Bauer machte eine einladende Handbewegung. „Also gut. Freud hatte seine Patienten, über die er in seinen Fallgeschichten berichtete, so chiffriert, dass sowohl der Vor- als auch der Nachname mit dem alphabetisch nächsten Buchstaben bezeichnet wurden. Bei Freud wären Sie HC, vielleicht Hans C., statt G.B. für Georg Bauer. Zusammen mit seinem Kollegen Josef Breuer hatte Freud eine Patientin behandelt und die schwierige, man kann sagen, die wenig erfolgreiche Hypnosebehandlung 1895 in den 'Studien über Hysterie' veröffentlicht. Sie nannten die Patientin im Text Anna O."

„Davon habe ich schon einmal gelesen, die Geschichte der O."
Beide mussten schmunzeln, da die Geschichte der O. ein Roman und später ein Softpornofilm einer sadomasochistischen Beziehung war. Anna O. war das puritanische Gegenteil.

„Diese Anna O. ist jemand anderes als die O. 60 Jahre später lüftete übrigens ein Freud-Biograph diese Systematik der Chiffrierung und gab die Identität von Anna O. preis. Sie hieß in Wirklichkeit Berta Pappenheim. Sie lebte in Wien, später hier in Frankfurt in der Feldbergstraße in der Nähe des Palmengartens; sie gründete in Neu-Isenburg ein Heim des jüdischen Frauenbundes, kämpfte gegen Mädchen-, Frauenhandel und Prostitution und starb 1936. Interessant ist auch, dass bereits 1954 -

man glaubt es eigentlich kaum! - ihr außerordentliches Engagement mit einer Wohlfahrtsmarke der Deutschen Bundespost gewürdigt wurde: ‚Helfer der Menschheit'."

Bauer war sehr erstaunt über diese historische Nähe und wollte etwas anmerken; aber sein Handy brummte in seinem Jackett, er entschuldigte sich und ging ins Behandlungszimmer zurück. Dort sagte er nur knapp, dass er in 20 Minuten zurück sei.

Im Gehen an der Praxistür fragte Bauer: „Was ich auch schon immer einmal wissen wollte: Die Diagnose ‚Hysterie' ist doch abgeschafft, oder nicht? Gibt es diese Krankheiten überhaupt heute noch?"

„Natürlich, das Krankheitsbild gibt es weiterhin und die Diagnose gibt es bei den Psychoanalytikern noch heute, warum auch nicht? Die Symptome sind vielleicht nicht mehr ganz so ausgestaltet wie vor über 100 Jahren. Bei Patienten aus anderen Kulturen als unserer können wir die klassischen hysterischen Anfälle, sogar den Arc de Circle, wo sich der Körper wie bei einem epileptischen Anfall verspannt, aufbäumt und bebt, noch erleben. Ein hysterischer Anfall sieht aus wie ein heftiger Koitus. Das gibt es nicht nur bei Frauen. In der Klassifikation der WHO, dem sogenannten ICD 10 und auch einer anderen, dem amerikanischen DSM-Manual ist die Diagnose in der Tat eliminiert worden", stimmte Hofmann Bauer zu.

„Wie schräg ist das denn? Warum das? Wie heißt dann heute die hysterische Störung?"

„Die wurden im ICD in histrionische Persönlichkeitsstörungen umgetauft, weil dem Wort Hysterie umgangssprachlich angeblich etwas Chauvinistisches und Beleidigendes anhafte. Und das Krankheitsbild der Hysterie wurde weiter zerlegt zum Beispiel in die dissoziative Störung und Konversionsstörung."

„Das ist ja so wie bei uns: Die Mordkommission wurde umgetauft in Kommissariat für Kapitaldelikte. Klingt irgendwie weniger brutal."

Bauer öffnete die Tür, behielt aber die Klinke noch in der Hand. „Ich muss jetzt wirklich gehen. Aber, ich habe leider noch viele Fragen, zum Verbrechen und darüber hinaus." Er drehte sich zu Hofmann um. „Sie wissen, dass ich auf einem humanistischen Gymnasium war mit Latein und Griechisch und so weiter." Hofmann nickte, auch er war Altsprachler, sagte das aber nicht.

„Hystera heißt doch im Altgriechischen Gebärmutter; was hat das mit der Hysterie als seelischer Störung zu tun? Das wäre doch was für die Gynäkologen. Oder?" fragte Bauer.

„Keine schlechte Idee. Die alten Griechen kannten natürlich das charakteristische Bild der hysterischen Krankheit. Wenn eine Frau verführerisch, mit erotischer Ausstrahlung und äußerst theatralisch, hoch emotional oder auch mit sogenannten dissoziativen Zuständen, wie Sinnestäuschung und Lähmungen erkrankt war, so dachten die Herren in der Antike, die Gebärmutter der Frau sause in ihrem Körper umher und verlange nach einem Kinde. Frauen durchschauen das Theater ihrer Geschlechtsgenossinnen, Männer verstehen es oft nicht und wollen der Frau entsprechend abhelfen."

„Indem sie auf die erotische Verführungssituation hereinfallen?"

„Genau. Das Verständnis der sogenannten hysterischen Störungen hat sich zudem heute sehr erweitert. Wir kennen die klassischen, relativ reifen hysterischen Störungen, aber auch solche, wo eine frühere Störung in der Kindheit zugrunde liegt im Sinne einer unzureichenden emotionalen Beziehung zwischen Mutter und Tochter. Die Tochter fühlt sich nicht ausreichend geliebt und angenommen, sie wendet sich verstärkt an den Vater und andere Männer, erfährt, dass ihr verführerisches weibliches Auftreten diese vermisste Aufmerksamkeit und Zuneigung befriedigen könnte. Es kommt zu sexuellen Handlungen und Missbrauch, das heißt Übergriffen des erwachsenen Mannes auf das Kind oder die Jugendliche. Dabei sucht das Kind oder die erwachsene Frau in diesem Mann unbewusst eine sie liebende und gute Mutter." Kurzes Schweigen. „Sie ahnen, dass das überhaupt nicht gut gehen kann; es ist ein gravierendes Missverständnis mit äußerst gravierenden Folgen."

Bauer: „Gravida heißt: Die Schwangere. Wahnsinnig interessant. Wirklich, ich muss gehen, aber das Allerletzte noch: was bedeutet histrionisch?"

„Ja, Kommissar Columbo: Es fällt Ihnen offenbar schwer, sich heute von mir zu trennen. Übrigens Sokrates hatte die Bürger Athens mit seiner Fragerei bis auf das Mark genervt."

„Ich hoffe, ich nerve Sie nicht allzu sehr. Sokrates wurde deswegen vergiftet. Nicht wahr?"

Hofmann: „Ja, keine Angst. Zum Schluss noch: Lateinisch Histrion ist der Schauspieler. Die hysterischen Patienten leben in einer Rolle und stellen ihre unbewussten Konflikte so dramatisch in Szene wie auf einer Theaterbühne."

„Ach was! Alles sehr, sehr interessant! Jetzt muss ich mich aber von Ihnen loseisen."

„Ich habe Sie nicht festgekettet! Sie sind halt neugierig und unersättlich", sagte Hofmann zu Bauer, der lachend die Treppe herunterging und den Arm zum Winken hob und von unten hoch rief: „Ja, das stimmt."

Hofmann musste diese Begegnung mit seinem ehemaligen Patienten in diesen neuen Rollen erst einmal verdauen. Dazu warf er sich in seinen Analytikersessel und legte die Beine auf den Hocker. Columbo war gegenüber seinem Patientenkommissar noch harmlos, der sich unwissend und geradezu etwas einfältig gab, mit seiner geringen Körpergröße, dem Glasauge, dem abgewetzten Trenchcoat und seinem alten Peugeot Cabrio 304; die Gangster konnten ihn nicht ernst nehmen. Das war seine Methode. Bauer schien ihm dagegen offen, direkt, wissbegierig und fordernd zu sein. Hofmann überlegte, wie Bauer ihn zum Plaudern zu verführen suchte, um dann die nötigen Informationen aus ihm heraus zu leiern. Um seine eigene Neigung wusste er, gerne kleine Vorträge zu halten, wenn ihn jemand dazu anregte. Seine Frau hatte ihm wiederholt einen „Furor docendi" attestiert, was sie etwas weniger freundlich mit „schulmeisterlicher Besessenheit" übersetzte. Sie behauptete sogar, er ginge im Freundeskreis einigen Leuten manchmal „arg auf den Wecker"; den Eindruck hatte er aber nie, im Gegenteil! Die allermeisten interessierten sich sehr für psychische Zusammenhänge und die Abgründe von uns Menschen. Hofmann spürte, dass er so eine Neugierde und einen gewissen Voyeurismus befriedigte. Vielleicht neidete ihm seine Frau die Aufmerksamkeit an seinen Ausführungen und an seiner Person.

Er konterte einmal, indem er ihr seinen Eindruck mitteilte, dass sie in ihrem Fachgebiet auch eine große Mitteilungsfreudigkeit an den Tag legen könne, die ihr Gegenüber inhaltlich platt machte; dabei vermittelten ihre hochinteressanten Darstellungen über meeresbiologische und klimatische Zusammenhänge der Person häufig das Gefühl, dumm wie ein Esel oder zumindest eine gedankenlose Umweltsau zu sein. Er habe dadurch sehr viel gelernt und verstanden trotz ihrer moralischen Keule. Öfters verteidigte er sich damit, dass er als Analytiker überwiegend zuhören müsse und nur Weniges, aber dann Wichtiges in Form einer Deutung von sich geben könne. Da sei er froh, wenn er auch einmal interessierten Menschen etwas aus seiner Branche erzählen dürfte. Kommissar Bauer war mit seiner Neugierde und wissbegierigen Haltung also ein wirklich dankbares Opfer, für beide eine win-win-Situation.

Ihm fiel mit Schrecken ein, dass er sich heute um einen Ersatz für den gestohlenen Praxiscomputer kümmern müsse. Er brauchte ein neues Notebook, die Praxissoftware und die Software für das Lesegerät, Drucker etc. Ende September musste er die Quartalsabrechnung der gesetzlich versicherten Patienten bei der Kassenärztlichen Vereinigung einreichen. Es taten sich eine Reihe von Schwierigkeiten auf, die gelösten werden mussten.

39.
Die folgenden Tage

Im Präsidium und in der Praxis ging der Alltag weiter. Nichts Neues ereignete sich im Fall Gruber 17. Im K 11 wurden weitere Kapitaldelikte abgearbeitet, soweit es ging. Die Identität der ermordeten Frau von der Autobahn wurde geklärt, es handelte sich um eine der Frankfurter Polizei bekannte Prostituierte, die als Callgirl in Sachsenhausen ihre Dienste anbot. Sie wurde offenbar bestialisch misshandelt und dann durch Genickbruch getötet. Das Verfahren blieb in Mannheim bei den dortigen Behörden.

In der Praxis Dr. Hofmann hatte Frau Santos alle Spuren des gewaltsamen Eindringens und der Spurensicherung beseitigt, so gut es ging. Einzig der demolierte Archivschrank und die Blutlache im Keller von Frau Sandberg zeugten noch von der Gewalttat. Äußerliche Spuren können beseitigt, die Taten aber nicht ungeschehen gemacht werden.

Hofmann hatte seine Patienten darüber informiert, dass die Praxis am 31. August wieder geöffnet sei; er erwähnte nichts von dem Grund der Unterbrechung. Er bat seine Patienten, ihm mitzuteilen, falls sie ihre Termine in der 36. Kalenderwoche nicht wahrnehmen wollten. Eine Patientin, eine Lehrerin, meldete sich, sie wolle ihre Therapiestunden wegen der verschärften Corona-Pandemie ganz absagen; die Diskussionen um die Rolle der Aerosole beunruhigten sie sehr. Neue Patienten fragten nach einem Gespräch oder einer Psychotherapie. Die Schulferien gingen zu Ende, was immer zu einer verstärkten Nachfrage führte. Hofmann vergab Erstgespräche in den folgenden Wochen. Er hatte in den nächsten Tagen eine Menge an Problemen zu lösen, angefangen von der Neubeantragung eines

Personalausweises und Führerscheins, über die Bestellung eines Computers, der Praxissoftware, bis hin zu Gesprächen mit der Kassenärztlichen Vereinigung. Einen neuen Archivschrank brauchte er auch. Hofmann war viel unterwegs, musste auf Ämtern herumsitzen, bescheuerte Formulare ausfüllen und warten, warten, warten.

Bauer rief am Dienstag auf der Mailbox an und fragte nach einem „Termin für die zweite Runde." Zum Beispiel am Freitag um 11 Uhr.

Am Mittwoch meldet sich Bauer per Handy: Hofmann solle sich sofort melden. Er saß bei der Kassenärztlichen Vereinigung Hessen (KV) im Europaviertel und rief wenig später zurück. Bauer schilderte, dass ein Einbruch in seiner Praxis stattgefunden habe, er müsse umgehend in die Gruberstraße kommen. Hofmann war wie vom Blitz getroffen. Was war das denn schon wieder! Ein erneuter Einbruch in seine Praxis? Diese Bedrohung war immer noch nicht vorbei! Auf dem Weg in die Praxis hätte er beinahe einen Unfall verursacht, als er bei Orange-Rot über die Ampel in der Senckenberg-Anlage fuhr. Die Haustür stand offen, sie war aufgebrochen, in der Praxis angekommen traf er Bauer und seine Leute von der Spurensicherung. Er wurde vom Kommissar mit den Worten empfangen: „Da bin ich aber froh, dass Ihnen nichts passiert ist!"

Hofmann verstand rein gar nichts und wurde darüber informiert, dass heute Vormittag ein Transporter vorgefahren sei, drei Möbelpacker mit Umzugskartons mit Aufdruck „Trinklein" in das Haus eindrangen, die Haustür aufbrachen, die Praxistür aber unbeschädigt blieb. Die Einbrecher hatten wohl einen Schlüssel, Hofmanns Schlüssel. Bauer meinte entschuldigend, dass die Einbrecher die Praxis auch aufgebrochen hätten, wenn sie mit einem neuen Schloss ausgestattet wäre. So hielte sich der Schaden etwas in Grenzen. Soweit Bauer sich ein Bild machen konnte, hatten die Einbrecher das gesamte Archiv in

Kisten gepackt und abtransportiert. Auch hatten sie den Vitra-Bürostuhl und die edle italienische Espressomaschine mitgenommen. Hofmann war wie betäubt und stand etwas neben sich und fluchte: „Schweine! Wann hat dieser Terror ein Ende?"

„Seien Sie froh, dass die Täter Sie nicht in der Praxis angetroffen haben!" Bauer habe einen Anruf aus der Nachbarschaft erhalten, dass Männer in Overalls mit Stirnkappe und Mundschutz Kisten aus der Nummer 17 in einem weißen, neutralen Lieferwagen schaffen würden. Das Kennzeichen wurde durchgegeben. Die Meldung kam übrigens von einer Nachbarin hier aus der Straße.

Hofmann sprach mit Bauer über die Therapieprotokollakten, die unterlägen der ärztlichen Schweigepflicht; bei gründlicher Durchsicht könnte die Anonymität der Patienten verletzt werden, auch wenn keine Klarnamen und Adressen zu lesen waren. Bauer dachte sich, dass damit seine eigene Anonymität als Patient aufgehoben und die Therapieinhalte durchaus identifizierbar wären. Was hatte er alles über die Arbeit, die Chefs und Kollegen gesagt, das heißt, sich ausgekotzt, aber auch heftig ausgeteilt? Welche persönlichen Informationen können in fremde Hände kommen und publik werden? Bauer fühlte sich bei diesem Gedanken bloßgestellt und bedroht.

Sein Handy klingelte, er zog sich zum Telefonieren in den Gruppenraum zurück. Nach ein paar Minuten, kam er zurück und rief: „Wir haben Sie! Der Sprinter blieb in einem Stau auf der Hanauer Landstraße stecken und wurde sichergestellt. Die Täter sind getürmt. Ich hatte umgehend nach dem Anruf aus der Nachbarschaft eine Fahndung herausgegeben. Die Gangster flüchteten zu Fuß. Wahrscheinlich war der Sprinter vorher gestohlen worden. Das Verkehrschaos in Frankfurt hat manchmal auch was Gutes." Hofmann sah Bauer fragend und ungläubig an. „Auch Ihr Vitra-Stuhl und die Kaffeemaschine wurden sichergestellt", ergänzte er grinsend.

„Und das Archiv?"

„Das offenbar auch; die Gangster haben sehr wahrscheinlich unterwegs keine Kisten ausgeladen." Hofmann hätte aus Freude über die gute Nachricht Bauer am liebsten umarmt und fest an sich gedrückt. Bauer hatte offenbar den gleichen Impuls, am meisten dachte er aber natürlich an seine Patientenakte.

„Der Sprinter wird mit der Beute in die Kriminaltechnische Untersuchung geschleppt." Das Verkehrschaos auf der Hanauer Landstraße war ohnedies durch den Stau auf der einspurigen Baustelle und die Vollsperrung durch die Polizei mit Bergung des Transporters zum Erliegen gekommen. Bei vielen Autofahrern war der Blutdruck auf 180. Der Grund der Vollsperrung und der Polizeieinsatz wurde in den Verkehrsnachricht im Radio natürlich nicht erwähnt.

40.
Das zweite Gespräch
nach dem zweiten Überfall

Bauer kam am nächsten Tag um elf Uhr mit langsamem Schritt die Treppe hoch. Sie begrüßten sich auf Distanz mit einer gespielten Verneigung. Hofmann: „Sie kommen so langsam die Treppe hoch?"

Bauer: „Ja, Ihre Praxis wird zu einem immer steileren Berg. Ich komme mir wie Sisyphus vor. Eigentlich wollte ich überlegen, wie ich Sie weiter rumkriegen kann, dass Sie mir bei meiner Untersuchung mehr helfen als bisher. Wir kommen so einfach nicht weiter. Die Burschen lassen einfach nicht locker."

„Sie brauchen mich nicht weiter rumzukriegen; wir beide arbeiten in der gleichen Sache und Richtung, nur aus einem anderen Winkel heraus." Hofmann dachte an die letzte Sitzung vor dem Archivschrank. Damit waren sie schon zur Sache gekommen ohne small talk und diplomatische Rituale.

Sie gingen ins Behandlungszimmer zu den beiden bequemen Sesseln. Bauer ließ sich wie ein Sack hineinfallen und sagte: „Ah, das tut gut", streckte beide Beine aus und verschränkte die Arme hinter dem Kopf.

Hofmann: „Mineralwasser? Kaffee kann ich nicht anbieten."

Bauer: „Bitte Wasser. Die Maschine bekommen Sie bald zurück, den Vitra-Stuhl und das Archiv auch."

Hofmann verschwand in der Küche, Bauer stand auf und schaute sich die Bücher in der Bücherwand an; gerne hätte er zugegriffen.

Hofmann kam mit Gläsern, einer Flasche Mineralwasser und Keksen zurück.

„Wollen Sie sich ein Buch ausleihen?" fragte Hofmann.

„Ja, mindesten zehn von denen. Da müssten Sie mir aber auch die Zeit dazu mitliefern. Das sind alles Fachbücher? Gibt es auch Psychokrimis von der Couch?"""

„Krimis habe ich hier in meiner Praxis keine."

„Oder vielleicht doch, zumindest einen seit einigen Tagen."

Hofmann sagte nichts dazu.

Sie setzten sich und Bauer studierte den Keksteller und griff gleich zu.

„Die Beute, die vorgestern in Ihrer Praxis gemacht wurde, wird auf Spuren untersucht und als Beweismittel inventarisiert. Ich habe veranlasst, dass alles, die Akten, die Espressomaschine und Ihr Bürostuhl, Ihnen nach der Inventarisierung schnell zurückgegeben wird. Die Typen sollten Ihre Akten klauen für einen Auftraggeber und haben den Wert des Sessels und der Maschine erkannt, um ein privates Nebengeschäft zu machen; vielleicht hat der Auftraggeber sie zu schlecht bezahlt. Die sind abgebrüht und brutal, aber auch ziemlich dumm. Das könnte unsere Chance sein."

„Vielen Dank. Ich brauche das Archiv, es ist Teil meiner Arbeit und der ärztlichen Schweigepflicht."

„Ja, so habe ich argumentiert. Ich möchte übrigens auch nicht, dass jemand meine Krankenakte liest", sagte Bauer beiläufig.

„Haben Sie eine Spur der Einbrecher? Die scheinen ja im gleichen Auftrag zu handeln wie damals."

„Ja, sie haben Ihre Schlüssel benutzt. Leider kann ich Ihnen zum Fahndungsstand nicht mehr sagen. Ach, hätte ich ganz vergessen." Er griff in sein Jackett und holte Hofmanns Schlüsselbund heraus. „Den haben wir im Sprinter gefunden. Bitte überprüfen Sie ihn auf Vollständigkeit; es wurden keine Fingerabdrücke gefunden, nur Textilfasern, Talkumpuder, Lederfarbe und anderen Dreck. Den Empfang müssen Sie mir hier quittieren." Hofmann nahm den Schlüsselbund entgegen, es fehlte nichts, er quittierte den Empfang.

Es entstand ein kurzes Schweigen, das Bauer unterbrach.

„Haben Sie auch gehört, dass die Asche von Frau Sandberg auf See bestattet wird?"

„Ja, Frau Stölling hat mir eine Trauerkarte mit persönlichen Zeilen geschickt, dass die Seebestattung ein Wunsch ihrer Mutter gewesen sei. Ihr Vater war U-Bootkommandant im Zweiten Weltkrieg, er wurde im Atlantik 1942 mit einem Torpedo abgeschossen, da war sie sechs Jahre alt. Ihren Vater hatte sie sehr wenig gesehen. Ihr Ehemann liegt hier auf dem Hauptfriedhof; die Bindung zum Vater war wohl stärker als zu ihrem Mann. Frau Stölling wollte sich bald wieder bei mir melden, wahrscheinlich wegen der Wohnung ihrer Mutter."

„Ich dachte, dass der Name Sandberg jüdische Wurzeln haben könnte. Ich verrate Ihnen hier ein kleines Dienstgeheimnis: Frau Sandberg war laut Pathologie sehr krebskrank."

„Ach, dass tut mir leid für sie. Sie klagte seit einigen Monaten über Schmerzen im Unterbauch: ich riet ihr, diese unbedingt beim Hausarzt oder Frauenarzt durch eine Ultraschalluntersuchung abklären zu lassen."

Sie schwiegen eine Minute, tranken Wasser und aßen Kekse.

„Also zur Sache!" Bauer wischte sich die Krümel vom Pulli.

„Genau. Gibt es bei Ihnen etwas Neues?" Auch Hofmann schaute erst nach Krümeln auf seinem Hemd.

„Bedaure. Bei uns gibt es nichts wirklich Neues. Ich kann Sie leider nicht über die verschiedenen anderen Fahndungsdetails informieren."

„Genauso geht es mir auch."

„Sie haben also keine neuen Ideen, Assoziationen, wie der Überfall und der aktuelle Einbruch mit Ihrer therapeutischen Arbeit zusammenhängen könnte?"

„Ich habe keine neuen Ideen, leider. Die Brutalität des Überfalls und besonders der Mord an Frau Sandberg scheint mich noch etwas zu blockieren. Nächste Woche ist die Praxis wieder geöffnet. Ich muss aufpassen, dass ich nicht in die Rolle eines Kriminalkommissars gerate. Das ist schließlich Ihre Arbeit."

„Vielleicht lege ich mich unter die Couch und höre Ihnen und Ihren Patienten zu?" Bauer fand den Witz gut.

Hofmann fand die Idee nicht so witzig. Er wurde unruhig. Ihm kam plötzlich der Gedanke, ob der Täter die Praxis verwanzt haben könnte, um Gespräche abzuhören? Auf diesen Gedanken war er bisher überhaupt nicht gekommen. Wenn der Täter vom vorletzten Freitag eine Wanze deponiert hätte, wäre noch kein großer Schaden angerichtet. Oder wurde das Gespräch über das Archiv und die Chiffrierung abgehört? Daher der zweite Einbruch? Dann könnten die Auftraggeber die Akten gezielt finden.

Was wäre, wenn der merkwürdige Patient, der die Verhältnisse in der Praxis ausbaldowern wollte, bereits im Juli ein Mikro hinterlassen hätte? Hofmann wäre am liebsten aufgestanden und hätte die Sitzgruppe und die Couch untersucht.

Bauer fragte Hofmann, was jetzt los sei, er sehe so besorgt aus. Hofmann musste über den Rollenwechsel lächeln und teilte Bauer seine Fantasien mit: Abhörwanzen, Misstrauen, gar Paranoia?

„Das ist gar nicht so blöd, wie sich das anhört. Wenn Sie einverstanden sind, schicke ich unsere Spezialisten vorbei, die Ihre Praxisräume untersuchen."

„Ich bin es zwar nicht gewohnt, Fantasien gleich Taten folgen zu lassen. Aber in diesem Fall fände ich das sehr beruhigend."

„Wir sind hier in einem Gewaltverbrechen tätig. Einem realen. Nicht in einer Therapie. Also, ich bitte Sie."

„Gut, dann überprüfen Sie bitte die Realität und veranlassen Sie die Untersuchung meiner Praxis. Dann kann ich ab Montag freier mit meinen Patienten weiterarbeiten."

„Ja genau, dann sollte die Durchsuchung noch heute erfolgen." Bauer stand auf und telefonierte. Hofmann fiel ein Satz des sogenannten Sozialistischen Patientenkollektivs in Heidelberg ein, das damals mit der RAF sympathisierte; er lautete: ‚Glaub` nur nicht, weil du paranoid bist, kannst du nicht verfolgt werden.` Diese Assoziation teilte er Bauer lieber nicht mit. Er wollte ihn nicht verwirren.

„Unsere Techniker kommen gleich vorbei, das passt ihnen gut. Nächte Woche haben Sie Praxisbetrieb, das ginge dann schlecht. Es dauert nicht lange. Dann wissen wir zu dieser Frage jedenfalls mehr.“

Das Thema Misstrauen hing wie ein übler Mief in der Luft. Bauer schnitt unvermittelt ein anderes Thema an:

„Sie sagten mir einmal, dass Sie in der Praxis keinen Internetanschluss mehr haben. Wie das?“

„Sie hören gut zu und vergessen nichts.“

„Danke für die Blumen. Leider vergesse ich mehr als mir lieb ist. Aber solange ich erinnere, dass der Alzheimer mit Vornamen Alois hieß, mache ich mir wenig Sorgen.“

„Wenn der Alois zu Ihrem Langzeitgedächtnis gehört, nützt Ihnen das nichts. Die Demenz beginnt mit dem Verlust des Kurzzeitgedächtnisses und der Orientierung, also der Frage, was haben Sie heute gefrühstückt.“ Hofmann konnte sich den belehrenden Ton nicht verkneifen.

„Ihr Ärzte seid ja gnadenlos. Okay, okay.“ Bauer hob beide Arme, als wolle er sich ergeben. „Also zur Sache zurück. Das mit dem Internet-Anschluss. Dass Sie hier keinen haben, hatte mich schon sehr gewundert. Ich wollte ohnehin nachfragen. Internet in der Arztpraxis ist doch heute Standard. In der Corona-Pandemie wird die Telemedizin immer wichtiger. Gerade in der Provinz, wo es wenig Hausärzte gibt.“

Hofmann nickte zustimmend.

Bauer: „Ich las, dass in den Arztpraxen in diesem Jahr eine Menge an Vorbereitungen getroffen wurden, die Praxen besser miteinander zu vernetzen. Neue Lesegeräte und IT-

Komponenten wurden eingerichtet, soweit ich das bei meinem Hausarzt mitbekommen habe."

„Ja, das stimmt, die Patientendaten sollen ab 2021 als elektronische Krankenakte irgendwo auf einem zentralen Server gespeichert werden, zunächst nur als Pilotprojekt, dann bundesweit. Auf den ersten Blick scheint es sinnvoll zu sein, auf frühere Befunde wie Blutwerte, Röntgenaufnahmen, Arztbriefe zurückzugreifen. Auf den zweiten Blick ist das aber aus meiner Sicht und vieler anderer Kollegen ein gefährliches Unternehmen!"

Bauer fragte sich, ob Hofmann zu den sogenannten Querdenkern, Impfgegnern und „Covidioten" und sonstigen Spinnern gehören könnte. Hofmann schien Bauer Gedanken zu erahnen: „Ich bin hoffentlich nicht so paranoid oder ein Spinner, wie sich viele in der Corona-Pandemie outen; leider gibt es auch einige ärztliche Kollegen bei den Skeptikern, Wichtigtuern und esoterischen Spinnern. Aber! Im Fall der Telematik-Infrastruktur im Gesundheitswesen, kurz TI genannt, ist es nur eine Frage der Zeit, bis Daten von Patienten gehackt und missbraucht werden. In einigen Ländern ist das schon passiert: In USA, England, Norwegen, Dänemark und auch Finnland. Vor einiger Zeit standen 13.000 Mammographiebefunde deutscher Patientinnen mit Diagnose und Namen im Internet. In Finnland wurden 2018 aus einem Zentralrechner die kompletten Akten von tausenden Psychotherapiepatienten gestohlen; die Behörden wurden erpresst und, da sie nicht zahlten, wurden komplette Krankenakten ins Internet gestellt - so ein Presseartikel in der FAZ. Ganze Krankhäuser wurden durch Erpresser lahmgelegt. Solche Skandale werden als Datenpanne oder Kinderkrankheiten abgetan."

„Davon habe ich noch gar nichts gehört."

„Die gesetzlich Versicherten wissen gar nicht, was da auf sie zukommt. Gesundheitsdaten sind das neue Öl, das neue Gold von Google und Co., aber das wäre ja noch harmlos: Sie, lieber Kommissar Bauer, bekämen dann nicht nur Viagra angeboten, wenn eine gewisse erektile Dysfunktion in einem Befund bekannt würde – das kriegen Sie heute vielleicht auch, wenn Sie im Internet entsprechend unterwegs wären. Das ist ihre private Angelegenheit durch anonyme Algorithmen. Okay. Aber: Der gläserne Patient ist etwas ganz anderes. Das wäre wie die Schufa, die ihre Bonität in finanziellen Dingen bewertet; mit Mahnbescheiden und Schulden kriegen Sie vermutlich keinen Handy-, Miet- oder Leasingvertrag mehr. Haben Sie eine Krankheit oder einen alten medizinisch kritischen Befund, dann kriegen Sie wahrscheinlich keine Versicherung oder größeren Bankkredit und werden als Risiko gehandelt. Gäbe es in Ihrer Familie Menschen zum Beispiel mit einer schweren Depression, Schizophrenie, Süchte, Diabetes mellitus, Rheuma, Hämophilie, Muskeldystrophie oder sonst einer teuren Erkrankung - sorry, dann haben Sie einfach Pech! Das klingt vielleicht etwas paranoid. Wenn aber private Versicherungen wissen, dass Sie irgendetwas in der Anamnese haben, werden Sie ausgeschlossen oder müssen ein erhöhtes Risiko bezahlen. Das ist übrigens auch heute schon gängige Praxis bei den Privaten oder auch den Beamten."

„Das klingt ja beängstigend!"

„Das ist es auch. Wenn es möglich ist, das Pentagon zu hacken oder Großkliniken oder andere hoheitsstaatliche Institutionen wie den Bundestag zu erpressen, dann werden es auch die Gesundheitsdaten der Bevölkerung auf einem Zentralrechner oder einer privaten Cloud sein. In den USA wurden Präsidentschaftskandidaten abserviert, weil publik wurde, dass sie vor Jahrzehnten wegen einer seelischen Krise von einem Psychiater Medikamente erhielten oder in Psychotherapie waren. Bei dem narzisstischen Großkotz von Trump wäre das vielleicht nicht schlecht gewesen. Okay, bei ihm brauchte es keine Krankenakten, es war der Fachöffentlichkeit klar, dass dieser Typ wirklich ein narzisstisch gestörter Mensch ist, der die Massen für seine

Pathologie manipuliert. Und die dummen Massen sind davon auch noch von ihrem Wahnsinnigen begeistert."

Bauer: „Da scheint wirklich eine gutgemeinte, aber schlecht gemachte Idee als gesellschaftliches Problem auf uns zuzukommen."

„Sie sagen es überdeutlich. Die Großrechner werden ganz sicher früher oder später gehackt. Ständig höre wir von Fällen der Cyberkriminalität. Was da in den nächsten Jahren mit der neuen Generation von sehr leistungsfähigen Quantencomputern auf uns zukommt, ist noch ungewiss. Angenommen die Zentralcomputer wären sicher, dann gäbe es aber viele Löcher, in die Patientendateien hineinzukommen, nämlich über die Praxen der Ärzte, Zahnärzte, Psychologen, Physio-, Ergo- und Logotherapeuten, Apotheken und so weiter. Momentan wird die Verantwortung für die Datensicherheit von der Gematik, die die Telematik-Infrastruktur organisiert, auf die Arztpraxen abgewälzt. Es ist absurd!" Kurze Pause zum Luftholen.

„Wie Sie in meinem Fall gesehen haben, bin ich selbst für die Wahrung des Arzt-Patient-Geheimnisses verantwortlich, dass niemand etwas über meinen Patienten erfährt. Auch Sie als Kripo nicht – tut mir sehr leid. Außerdem gilt die Schweigepflicht auch nach Ende der Therapie und sogar über den Tod des Patienten hinaus. Ich bin für die Datensicherheit mindestens über die nächsten zehn Jahre hinaus verantwortlich; danach können die Akten und Daten durch Spezialfirmen vernichtet werden. Wenn ich in einigen Jahren meine Praxis schließe, werden gemäß TI und Gematik die Daten meiner Patienten wahrscheinlich unlimitiert auf dem Zentralcomputer der Cloud liegen und sich damit meiner Verantwortung entziehen. Das Internet vergisst nichts!" Hofmann legte eine Pause ein und ließ diese Argumente etwas wirken.

„Es ist ein Milliardengeschäft, an dem viele Leute verdienen. Als Schmankerl wird in Aussicht gestellt, dass diese zentralen Daten der medizinischen Forschung dienen könnten. Das ist eine

Rationalisierung, ein Witz, um der Sache einen guten Zweck zuzuschreiben. Daten über Gesundheit und Krankheit gibt es bereits. Gab es denn vorher keine medizinische Forschung? Die Datenschützer wollten dafür sorgen, dass der Patient aktiv der Weitergabe seiner Daten an die zentrale elektronische Patientenakte widersprechen kann. Das soll aber unterbunden werden. Einige fordern eine Akte von Geburt an und keine Löschung von Daten nachträglich. Davon wissen die Patienten noch nichts. Leben wir in China oder wo?" Nach einer Pause: „Auch möchte ich nicht wissen, wer alles aus der Politik und der Gesundheitsverwaltung bei der Gematik in Lohn und Brot steht. So: Das also ist meine lange Antwort auf Ihre kurze Frage. So sieht's aus!" Und nach einer rhetorischen Pause: „Das Sein bestimmt leider immer noch das Bewusstsein." Hofmann musste ein Glas Sprudel austrinken, das Thema brachte ihn in Wallung und machte die Zunge trocken.

Bauer kannte den Satz von Marx, der verkürzt aussagt, dass das Sein, die gesellschaftliche Stellung und Rolle einer Person, sein Bewusstsein, sein Denken und Handeln beeinflusst. Ist jemand in irgendwelchen Diensten, denkt und fühlt er anders, als wenn er das nicht wäre. Ihm fielen einige Beispiele ein. Menschen mit einem reifen Wertesystem wären gegen Opportunismus und Korruption eher immun.

Hofmann: „Kurz: Ich beteilige mich nicht an diesem gefährlichen Unsinn, weil die ärztliche Schweigepflicht dadurch ausgehebelt wird. Für mich ist sie ein höheres Rechtsgut als der Zwang, bei dieser zentralen Speicherung und Verwendung von Gesundheitsdaten mitzumachen. Für Laborwerte oder Röntgenbefunde mag das vielleicht sinnvoll sein; auch, dass aktuelle Medikamente auf der Versichertenkarte stehen, auch Blutgruppe und Allergien. Sehr gut! Aber was ist alleine mit kritischen Laborbefunden für bösartige Erkrankungen, Diabetes, Rheuma, HIV, Systemerkrankung etc.? Was ist mit der Krankengeschichte und Anamnese des Patienten? Und insbesondere mit den Befunden und Diagnosen aus meinem Fachgebiet? Depressive Krisen, Psychosen, Neurosen, seelische Krisen, Traumata, psychosomatische Störungen, Suizidversuche in der Biographie, antisoziales Verhalten, sexuelle Vorlieben, Perversionen und so weiter und so weiter? Sie merken, ich könnte mich jetzt weiter mächtig aufregen." Hoffmann war wirklich geladen. Bauer nickte und hörte weiter zu.

„Wissen Sie, das führt zu einer Enteignung des Patienten, die Gesundheitsdaten eines Menschen gehören schlicht und einfach nur ihm oder ihr selbst! Das ganze Projekt, das bisher viele Milliarden verschlungen hat, wäre so einfach zu lösen gewesen: Man hätte jedem Patienten seine Krankenakte mit allen Befunden auf einem potenten Datenträger, einen USB-Stick oder Minifestplatte übergeben, die er zum Arztbesuch oder ins Krankenhaus mitbringt, die dort eingesehen und aktualisiert werden könnte. Der Patient hätte die Verantwortung für seine elektronische Krankenakte genauso wie für seine Geburtsurkunde oder Kreditkarte. Wem gehören denn die persönlichen Krankendaten? Dem Arzt, der Krankenkasse, der ‚Gesundheitswirtschaft', einem anonymen System?" Hofmann musste etwas durchatmen. „Durch die Corona-Pandemie bekommt die Digitalisierung von Gesundheitsdaten einen enormen Aufschwung. Die ärztliche Schweigepflicht wird immer stärker untergraben. Sind denn die Online-Dienste wie Zoom oder Webex sicher?"

„Das ist in der Tat sehr, sehr beunruhigend. Da werden wir von der Kripo wahrscheinlich auch noch einiges zu tun kriegen. Betrifft das denn alle Patienten?" fragte Bauer.

„Nein, zunächst nur die 90 Prozent der Bevölkerung, die in der gesetzlichen Krankenversicherung sind. Private und Beihilfeberechtigte, wie Sie, sind noch nicht davon betroffen. Ihre Befunde werden nicht auf einem Zentralrechner stehen", erläuterte Hofmann. „In meinem Archiv sind sie auch nicht so leicht zu finden, wie Sie gesehen haben."

Bauer wollte Hofmann gewinnen, noch einmal mit ihm zusammen seine Patienten unter Wahrung der Anonymität durchzugehen; dort müsse der Schlüssel zum Überfall liegen. Aber es klingelte, es waren zwei Techniker der Kripo, eine Frau und ein Mann, die die Praxis nach Abhöreinrichtungen untersuchen wollten.

„Ich glaube, wir müssen die Fortsetzung unseres Gespräches verschieben. Ihr Archiv, den Sessel und die Kaffeemaschine werden Ihnen am Dienstag oder Mittwoch zurückgegeben. Wir rufen Sie an wegen der Übergabe."

„Ja, das wäre sinnvoll. Wenn ich ab nächster Woche wieder direkt in Kontakt mit meinen Patienten bin, wird mir bestimmt mehr einfallen oder der Druck wird zunehmen. Die Lieferung der Kisten wäre in meiner Mittagspause am besten." Sie vereinbarten keinen dritten Termin. Bevor Bauer ging, wechselte er noch einige Sätze mit den Kollegen von der Technik.

Hofmann bewunderte, wie die beiden Kripotechniker die Praxis systematisch untersuchten. Teils verwendeten sie elektronische Detektoren, teils tasteten sie mit ihren behandschuhten Händen die ganze Praxis ab: Lampen, Steckdosen, Rauchmelder, Bilder, Möbel, Vorhänge, das Bücherregal, mit ihren Augen über den Masken schienen sie alles abzuscannen.

Nach vierzig Minuten kam die Technikerin zu Hofmann und sagt: „Hier haben wir zwei Wanzen gefunden" und grinste. Es waren zwei tote Schildwanzen, die sie unter dem langen rechten Vorhang gefunden hatten; die musste Frau Santos übersehen haben.

„Ihre Praxis ist sauber", fasste der Ältere die Untersuchung zusammen; die beiden verabschiedeten sich und wünschten ein schönes Wochenende.

41.
Praxisneustart

Am Sonntag vor dem neuen Praxisstart hatte Hofmann das Ehepaar Santos zum Kaffee und Kuchen eingeladen, um sich für die Hilfe von Frau Santos zu bedanken; dass sie ihn befreit und vielleicht von einem Tod bewahrt hatte, deutete er zwar an, wollte aber in seine schrecklichen Erinnerungen nicht wieder eintauchen. Er wusste, dass die Santos im Herbst vier Wochen Urlaub in ihrer Heimat machen wollten und überreichte ihnen einen Briefumschlag mit 500 Euro als Zuschuss zur Reisekasse. Frau Santos öffnete den Umschlag und war richtig beleidigt, sie lehnte energisch ab. Hofmann bat das Paar, diese Anerkennung anzunehmen, die sei ihm wichtig. Hofmann wusste, dass die Santos ihre Kinder und Enkel finanziell unterstützten, sie durch Putzen, er durch Fensterreinigung. Sie selbst kamen allerdings nicht zu kurz, Santos wohnten in einer Sozialwohnung und fuhren einen großen Mercedes Kombi. Beide waren über 70 Jahre alt.

Das Veilchen war nach über zwei Wochen fast abgeheilt, die Narbe unter dem rechten Auge natürlich noch gerötet und dick; sie wurde durch Hofmanns Ersatzbrille mit petrolfarbigem Gestell halbwegs verdeckt. Seine randlose Gleitsichtbrille wollte er nicht aufsetzen. Die Frisur sah an einer Stelle noch etwas gerupft aus.
Der erste Termin an diesem Tag war ein Supervisionstermin mit einer Kandidatin in der Psychotherapieausbildung. Jede vierte Therapiestunde musste supervidiert werden. Die junge Kollegin hatte eine Patientin mit einer depressiven Störung in Therapie, die einige schwere Enttäuschungen zu bewältigen hatte, welche an biographische frühe Verlusterfahrungen anknüpften mit der Folge, dass sie in ihrem Leben keinen Sinn mehr sah und einen

Selbsttötungsversuch mit Tabletten unternommen hatte. Hofmanns Eindruck war, dass diese junge Kollegin mit dieser älteren Patientin sehr gut arbeitete, teils stützend, teils analytisch aufdeckend. Er kannte die Patientin aus seiner Sprechstunde und empfahl eine ambulante Psychotherapie bei der Psychologin in Ausbildung. Die junge Kollegin sprach ihn am Ende auf den Überfall an und fragte, ob es ihm wieder gut gehe. Hofmann vermutete, dass inzwischen die gesamte psychoanalytische Community in Frankfurt von seinem Missgeschick wusste.

Um zehn Uhr kam sein nächster Patient; er sah ihn nur kurz an und legte sich auf die Couch. Herr CKA - so die Abkürzung seines Namens im Terminkalender – 30 Jahre alt, Student der Informatik im 17. Semester, war seit knapp einem Jahr in Therapie mit zwei Sitzungen in der Woche. Er kam zu Dr. Hofmann, weil er unter starken Prüfungsängsten und Selbstwertkrisen litt, auch zeigte er klassische Symptome eines Herzneurotikers, der glaube, immer wieder einen Herzinfarkt zu erleiden. Mehrfach musste ein Notarzt kommen, um ihm seine Angst zu nehmen oder er ging direkt ins Krankenhaus; wenn er am EKG hing, war er beruhigt; in der Klinik sprach man von einem therapeutischen EKG. Bei wichtigen Klausuren war er zweimal durchgefallen, indem er die Prüfungen nach wenigen Minuten krankheitsbedingt abbrach, was als nicht bestanden gewertet wurde, oder er ging erst gar nicht hin. Ein dritter gescheiterter Versuch hätte die Exmatrikulation bedeutet mit der Folge, dass er in Deutschland nie mehr hätte Informatik studieren können.
Herr CKA liebte Computer, hatte vor dem Studium eine Ausbildung zum Fachinformatiker mit Mühen erfolgreich abgeschlossen. In den zwischenmenschlichen Beziehungen am Arbeitsplatz hatte er große Probleme, fühlte sich schikaniert und gemobbt, sodass er ein Informatikstudium an einer Fachhochschule begann, um nicht in das Berufsleben weiter einsteigen zu müssen. Das Erwachsensein machte ihm offenbar Angst. Im

Studium wurde ihm fachlich seine Grenzen aufgezeigt, obwohl er sich für ein IT-Genie hielt. Selbst bezeichnete er sich als „Nerd". Mit seinen Fähigkeiten hätte er bestimmt auch ohne Studienabschluss gute Chancen auf dem Arbeitsmarkt, aber er komme mit Chefs, Kollegen und Menschen allgemein nicht klar. Insgesamt wirkte er wie ein großer, dicker, tapsiger, aber kluger Junge. Er erinnerte Hofmann spontan an die TV-Serie ‚der Tatortreiniger'. CKA liebte Coca-Cola, Gummibärchen und Katjes, Lakritz-Naschwerk. „Man muss ja schließlich auch ein paar Schwächen haben", war sein Kommentar. Sucht hat sehr viel mit psychischer Abhängigkeit zu tun. CKA lebte zuhause mit seiner Mutter und seinem Vater, der irgendetwas auf dem Flughafen arbeitete und dem Alkohol heftig zusprach. Die zwei Jahre ältere Schwester hatte früh die Familie verlassen und arbeitet in der Gastronomie, wechselte häufig die Hotels und Länder; gegenüber CKA kam sie viel in der Welt herum. Über Skype hatten sie Kontakt zu einander. Herr CKA meinte, sein Vater habe sich mehrmals an seiner Schwester „im Suff vergriffen" und sie häufig geschlagen. Auch ihn habe der Vater regelmäßig verprügelt und gedemütigt; seine Mutter habe nicht eingegriffen. CKA schlug im Alter von 16 Jahren heftig zurück, danach war Ruhe. Der Vater war früher ein leidenschaftlicher Amateurfunker, hatte im Keller Funkgeräte, die CKAs Interesse an Technik und Elektronik geweckt hatten. So hatte er auch etwas Gutes von seinem Vater mitbekommen, nicht nur Ablehnung und Schläge. Heute konnte er seinen Vater nicht mehr ernst nehmen.

Die Beziehung zu seiner Mutter war sehr eng, er schlief bis zum elften Lebensjahr regelmäßig im Bett der Eltern, besonders wenn der Vater Nachschicht hatte. CKA hatte nie eine intime Beziehung zu einer Frau, im Internet fand er alles, was er für seine sexuelle Befriedung zu benötigen schien. Er sei für Frauen nur dann interessant, wenn sie seine Hilfe bei Computerproblemen brauchten. Tragischerweise verliebte er sich immer wieder in Frauen, meist in ältere und unerreichbare. Über das Dating-Portal Tinder versuchte er eine Freundin zu finden und schob seinen Misserfolg auf sein Aussehen und seine Frisur. Seine Mutter schnitt ihm die Haare, verpasste ihm eine Art Topfschnitt. In den Vorgesprächen zur Therapie spielte sein Aussehen eine große Rolle. Hofmann deutete ihm, dass es nicht seine Frisur sei, die ihn weniger attraktiv wirken ließ, sondern die Beziehung zu seiner Frisöse. Von da an ging CKA zu einer Frisörin, in die er sich unglücklicherweise auch noch verlieben musste. Seine Mutter war extrem beleidigt, dass sie ihren Jungen nicht mehr beschneiden dufte. CKA blieb aber standhaft und hielt ihren Liebesentzug aus.

Im Laufe der Therapie kam sein ohnmächtiger Hass auf Frauen ins Bewusstsein, er favorisierte Gewaltpornos, in denen Frauen gedemütigt, gequält oder zumindest gefesselt wurden. Nach der sexuellen Befriedigung schämte und hasste er sich selbst, und machte das Internet für seine unglückliche Situation verantwortlich. Frauen, die seine Zuneigung nicht erwiderten, verfolgte er im Internet und in den „sozialen" Medien. Die Therapie schien zu verhindern, dass er zu einem Stalker wurde; er musste bitter erfahren, dass seine digitale Potenz und Grandiosität ihre Grenzen hatte und er Schritt für Schritt im Studium lernen musste. Hofmann: „Von nix kommt nix. Auch bei Ihnen." Durch Arbeit in der Therapie konnte er drei Modulprüfungen im letzten Versuch erfolgreich abschließen, was seinem Selbstwertgefühl guttat.

In dieser Montagstunde klagte CKA, dass Hofmann ihn „einfach so im Stich gelassen" habe; er stand vorletzten Montag vor der Praxis, las den Aushang und ärgerte sich, dass Hofmann ihm nicht Bescheid gegeben habe, schließlich gebe es Telefon und eMail. CKA kam nicht auf die Idee, dass Hofmann durch eine Krankheit oder einen Unfall verhindert sein könnte. Auch nahm er Hofmanns andere Brille und etwas lückenhafte Frisur nicht wahr; er wollte ihn bei der kurzen Begrüßung ohne Handschlag nicht anschauen. Hofmann bat CKA um Entschuldigung, dass er ihm erst einige Tage später über die vorübergehende Praxis-schließung informieren konnte und deutete, dass er in seinem Leben Zurückweisungen ohne nähere Erläuterungen zur Ge-nüge kenne. CKA bestätigte und teilte ihm seinen spontanen Gedanken von diesem Montag mit, dass er das starke Gefühl hatte, Hofmann wolle ihn loswerden.

Um elf Uhr kam Herr FML zur Krisenintervention. FML war Mitte 70, Rentner; er pflegte seine Frau, die über Jahre eine Demenz entwickelt hatte. Er konnte sich mit ihr nicht mehr unterhalten, sie erkannte ihn nicht mehr; eine Sternstunde war, wenn sie ihn wie früher anlächelte. Herr FML pflegte sie aufopfernd zu-sammen mit einem Pflegedienst, über dessen Unzuverlässigkeit er sich jedes Mal aufregen konnte, wenn ständig andere oder inkompetente Pflegekräfte erschienen. Er kam zunehmend in eine depressive Verstimmung und dachte auch an Suizid. Sein Hausarzt überwies ihn an Dr. Hofmann. Eine gewisse Unterstüt-zung hatte er durch seine Tochter, die in Bayern wohnte und an Wochenenden mit ihrem Mann vorbeikam. Durch die Corona-Pandemie waren die sozialen Kontakte von Herrn FML, der als Elektrikermeister in einem Ausbildungsbetrieb fast 50 Jahre gearbeitet hatte, völlig reduziert. Viele Freunde und Kol-legen waren bereits gestorben. Er fragte sich, was er hier auf der Welt noch solle. In der Kurzzeittherapie ging es darum, ei-nerseits die Trauer um seine Frau, die seit Jahren scheibchen-weise einen „Vergessenstod" erlitt, wie Alzheimer die Demenz bei seiner berühmten Patientin Auguste D. in Frankfurt nannte, und über seine eigene Lebenssituation zuzulassen. Andererseits ging es auch darum, dass Herr FML im Rahmen der Möglichkei-ten seinen Interessen ohne Schuldgefühle nachgehen konnte und durfte; wenn es ihm besser gehe, gehe es auch seiner Frau gut. Herr FML interessierte sich für Fußball, spielte selbst bei

Rot-Weiß-Frankfurt noch lange in der Altherrenmannschaft. Dr. Hofmann hatte just durch seinen Mitpatienten im Krankenhaus von diesem Verein gehört und sagte ganz nebenbei: „Hat da nicht früher auch der Jürgen Klopp gespielt?" Nach dieser Bemerkung waren Fußball- oder Handballspiele zunehmend Thema, was Herrn FML deutlich zu beleben schien. Sie sprachen über Eintracht Frankfurt und über Bayern München. Hofmann und FML mochten beide Vereine, die eine gemeinsame Vorgeschichte wie viele andere Clubs hatten: In den Zwanziger- und Dreißigerjahren des letzten Jahrhunderts hatten die Bayern einen jüdischen Präsidenten; bekannt war der Bayern-Präsident Landauer, der von den Nazis verjagt wurde und nach dem Krieg zurückkam. Gleiches bei der Eintracht; ein jüdischer Schuhfabrikant beschäftigte in der Wirtschaftskrise viele Eintracht-Kicker; deswegen hieß die Eintracht noch heute „die Schlappekicker".

Herr FML blühte bei solchen Themen auf; er bekam neben der Therapie auch Citalopram 10 mg, eine niedrige Dosis, das seine innere Anspannung reduzierte. Ob es die Tabletten oder die Fußballthemen waren, die Herrn FML wieder etwas Lebensfreude brachten, war Hofmann nicht klar. Jedenfalls tat ihm diese stützende Therapie gut.

Zwölf Uhr. Eine Frau kam zu einem Erstgespräch. Die 41-jährige Patientin schilderte ihre Sorge um ihren Sohn, der jetzt 16 Jahre alt sei und sich bereits vor dem Corona-Lockdown zurückgezogen habe, die Schule verweigerte und seine Zeit überwiegend mit fragwürdigen PC-Spielen verbrachte. Er schien auch mit zwei Kumpels exzessiv Cannabis zu rauchen. Sie, ihr Mann und der ältere Sohn hätten keinen Zugang mehr zu ihm, er hielt minimalistisch Kontakt zu ihnen, aß zum Beispiel nicht mit der Familie zusammen. Hofmann hatte den Eindruck, dass die Beziehungen in der Familie auf den ersten Blick nicht grob pathologisch waren. Ob es sich bei dem Sohn nur um eine

Adoleszenzkrise oder den Beginn einer tiefen psychischen Störung handelte, konnte er so nicht einschätzen. Er selbst könne den Sohn nicht in Behandlung nehmen, er sei nur für Erwachsene ab 18 Jahren zugelassen. Es gebe aber Beratungsstellen und Psychiater und Psychotherapeuten für Kinder und Jugendliche. Falls gewünscht, könnte die Patientin zusammen mit ihrem Mann und ihrem Sohn zu einem zweiten Gespräch, zu einem Familiengespräch zu ihm kommen.

Die einstündige Mittagspause ab 13 Uhr nutzte Hofmann in der Regel zu einem kleinen Imbiss, Zeitunglesen oder Telefonaten. Manchmal ging er in der Eschersheimer Landstraße in das Café Luise oder aß in einer kleinen Pizzeria einen Salat. Sich zu bewegen tat gut, als Psychotherapeut sitzt man sich kaputt.

Um vierzehn Uhr kam Herr SAL, 37 Jahre alt, zu seiner Kurzzeittherapie. Er wurde wegen Depressionen und Suizidalität von seiner Hausärztin zu Hofmann geschickt. Er hatte sich nach dem Verlust des Arbeitsplatzes im Handwerk nicht mehr unter Menschen getraut, hatte eine soziale Phobie entwickelt und lebte bei seiner Freundin, die zwei Kinder in die Beziehung mitgebracht hatte. Als Hartz-IV-Empfänger konnte er leben, da er sehr anspruchslos war. Er wurde immer mehr abhängig von ihr und begann, sie zu kontrollieren, beobachtete sie an ihrer Arbeitsstelle, kontrollierte heimlich ihr Handy, ihre Post, alles von ihr; er hatte die quälerische Fantasie, dass sie einen anderen Mann habe. Er bezeichnete selbst seine Störung als „pathologische Eifersucht" - immerhin. Herr SAL inszenierte sich im äußeren Erscheinungsbild wie ein kleiner vernachlässigter Junge mit einem ständig traurig-motzigen Gesichtsausdruck. Er war psychisch anhaltend regrediert und litt unter Verlustängsten, die er auf seine Freundin übertrug. Seine Lebensgeschichte offenbarte chronische kindliche Verlustängste, die in der Beziehung zur Freundin wiederbelebt wurden. In seiner Familie gab es eheliche Untreue der Eltern, Betrug, Eifersucht, Vorwürfe des sexuellen Missbrauchs durch den Vater. „Shame and scandal in the family", dachte Dr. Hofmann. Herr SAL versuchte vorher seinen unbewussten Konflikten „philobatisch" zu entfliehen, und keine längeren Beziehungen einzugehen, ständig den Arbeitsplatz und Wohnort zu wechseln, also die Ferne und Unabhängigkeit zu suchen, bis er in der längeren Arbeitslosigkeit landete. In der Liebesbeziehung zu seiner Freundin klappte dieses Abwehrarsenal nicht mehr; er wurde depressiv, materiell und psychisch abhängig. Er hatte eine Vorliebe für „lost places". Hofmann hatte davon nie gehört. SAL fuhr zu verlassenen Häusern, brach dort ein, ohne Schaden anzurichten; er interessierte sich, wie diese Menschen wohl gelebt hätten, er machte Fotos und Filme und stellte sie ins Internet, von wo er auch die Adressen der lost places bezog. Hofmann deutete, dass SAL selbst in einem lost place aufgewachsen sei, in dem Verlustangst und Misstrauen vorherrschte; er fragte sich, wie die Menschen in der Familie gelebt hätten und die Beziehungen wären. Herr SAL war dadurch tieftraurig bewegt. Als hätte er einen Schalter umgelegt, suchte er sich eine Arbeitsstelle, die ihm idealen Bedingungen bot und eine Wertschätzung seiner Arbeitsleistung. Er startete quasi wieder nach vorne durch, kam so aus dem regressiven Zustand der depressiven Stimmungen heraus, seine pathologische Eifersucht war für ihn kein Thema mehr; seine Beziehung zu seiner Freundin war weniger anklammernd und ängstlich. Seine Kurzzeittherapie von 25 Stunden neigte sich dem Ende, Herr SAL wäre gerne noch länger geblieben. An diesem Montag war es seine vorletzte Stunde.

Fünfzehn Uhr: Frau ARU kam nicht zur ihrer vereinbarten Therapiestunde; sie hatte auch nicht auf Hofmanns eMail-Nachricht, dass die Praxis am 31. August wieder offen war, reagiert. In ihrer letzten Therapiestunde kam nicht sie, sondern der

Einbrecher und Mörder. Hatte Hofmann weiter die Illusion, dass ARU, also Frau R. die Therapie fortsetzen würde?

Sechzehn Uhr: Herr JTR, 38 Jahre alt, Lehrer für Mathematik und Physik. Seit einem Jahr war er in analytischer Behandlung drei Mal in der Woche wegen einer Reihe von körperlichen Beschwerden, für die keine organischen Ursachen gefunden werden konnten. Er litt an einer depressiv-zwanghafte Persönlichkeitsstruktur, die immer an der Grenze zur Dekompensation lief. Eine Verhaltenstherapie brach er ab, weil er sich wie ein Schulkind behandelt fühlte. Eine medikamentöse Therapie mit verschiedenen Psychopharmaka lehnte er auch ab.

Auf Empfehlung seines Orthopäden wandte er sich an Dr. Hofmann. „Der Orthopäde meinte, ich hätte ein Problem mit meinem Kampfarm", sagte JTR. Eine interessante Formulierung, die Hofmann noch nie gehört hatte. Der Orthopäde erkannte die Somatisierung des inneren Konflikts im Sinne einer Konversionsstörung; Hofmann war darüber sehr erstaunt, weil Orthopäden meist nur in organischen Dimensionen von Krankheitsbildern denken.

Zu Beginn des Erstgesprächs machte JTR deutlich, dass er von „dem ganzen Psychoquatsch hier" nichts halte, er sei Naturwissenschaftler und glaube nur an das, was er messen und replizieren könne, die positive Wissenschaft eben. Nach dieser Breitseite deutete Hofmann sein Kontrollbedürfnis und seine Hilflosigkeit und, dass die „positive Wissenschaft" ihm in dem länger schwelenden Ehekonflikt offenbar wenig nutzte. Er erfuhr, dass seine Frau ihn verlassen hatte und bei einer Freundin einzogen war, sie bekam vom Gericht die Kinder zugesprochen. JTR brach in einen Weinkrampf aus, schlug wie wahnsinnig auf die Sessellehne ein und schrie, er habe sich nicht in seiner Frau geirrt, sie sei keine Lesbe, die Freundin habe sie verführt und: „Ich könnte sie erwürgen und totschlagen!" Es war wie eine befreiende Eruption.

Im zweiten Gespräch war der Patient weniger abweisend, eher bedürftig. Hofmann gab ihm Informationen über stationäre und ambulante Psychotherapie. Eine mehrwöchige stationäre Behandlung in einer psychosomatischen Klinik verschaffte ihm einen Zugang zu seiner inneren seelischen Struktur, seiner gehemmten Emotionalität und seiner Lebensgeschichte. Viele Fachkliniken bieten ein multimodales Therapiekonzept an, in dem neben Einzelgesprächen insbesondere Gruppentherapien stattfinden, teils psychoanalytisch, teil verhaltenstherapeutisch, aber auch nonverbale wie Kunst-, Musik-, Körpertherapie sowie Sport und Bewegung.

Für den Naturwissenschaftler JTR war das eine ihm völlig unbekannte Welt, eine Art Zauberberg von Thomas Mann oder eine Insel der Aussätzigen und Verrückten. Nichtsdestotrotz wurde sein Charakterpanzer etwas durchlässiger und er war für eine psychotherapeutische Arbeit an seinem Leiden motiviert. Die ambulante analytische Therapie bei Hofmann lief zwar arg zäh, aber nicht schlecht, wenngleich JTRs Abwehrmechanismen wie Intellektualisierung und Affektisolierung, mit denen er seine intrapsychischen Konflikte zu kontrollieren suchte, eine Daueraufgabe der Therapie wurde. Analytische Psychotherapie ist letztlich immer ein Arbeiten entlang einer Mauer des Widerstands gegen die - nicht selten unangenehmen - Erkenntnisse für den Patienten. Patienten kommen in Therapie, wehren sich aber einfallsreich gegen die Bearbeitung der zugrundeliegenden Probleme. So auch bei JTR. Doch dafür wurde Hofmann vom Patienten oder der Krankenkasse bezahlt. Bei der schwierigen und fast quälerischen Therapie dachte Hofmann manchmal an ein Schmerzensgeld, wenn er die Rechnungen für JTR schrieb.

Entsprechend war die erste Sitzung nach der erzwungenen Unterbrechung: JTR legte sich auf die Couch und schwieg einige Minuten. „Mir fällt Nichts ein", sagt er schließlich. Weiteres Schweigen. „Ich weiß nicht, worüber ich reden soll."

Hofmann: „Worüber Sie nicht reden sollen, sondern reden wollen könnten." Langes Schweigen. „Ich schlage vor, Sie reden darüber, worüber Sie mit mir am Wenigsten sprechen wollen."

Herr JTR gab erst ein ironisches „Hahaha" von sich, legte dann aber los, dass es „eine Sauerei" wäre, dass Hofmann unangekündigt zwei Wochen nicht da war. Er hätte die Stunden gut brauchen können.

„Sie hätten mich gut brauchen können?"

„Ja, meinetwegen auch das." Er schwieg zunächst. „Wenn man Sie braucht, sind Sie nicht da. Das hat mich geärgert, maßlos."

„Sie haben sich in den letzten Monaten immer mehr auf mich und die Therapie eingelassen. Und plötzlich bin nicht da. Sie müssen sich von mir im Stich gelassen gefühlt haben."

JTR schwieg. Hofmann fiel ein, dass der Vater ihn und die Mutter immer wieder wegen einer Geliebten verlassen hatte; bei einem dieser Ausbrüche aus der Ehe und Familie kam er bei einem Autounfall ums Leben. JTR sagte, er habe die Pause genutzt, über seine Therapie nachzudenken und sei zu dem Ergebnis gekommen, dass Sexualität im Leben total überbewertet werde; das seien doch alles nur hormonelle und chemische Vorgänge. Gefühle seien doch auch nur Chemie.

„Biochemie, genau genommen", konnte sich Hofmann nicht verkneifen.

„Wahrscheinlichen haben Sie sich ein paar schöne Tage gemacht", sagte JTR verbittert. Wenn Hofmann jetzt seinem Patienten gesagt hätte, dass dem nicht so wäre und er dem Tod von der Schippe gesprungen war, hätte er ihn daran gehindert, seine tiefe Enttäuschung und Wut auf ihn als väterliches Übertragungsobjekt zu spüren und zu verbalisieren.

„Ich hatte die Fantasie, dass Sie verunglückt sein könnten."

Bleiernes Schweigen. „Angst oder Wunsch, dass mir etwas passiert sein könnte?"

JTR nach einer Weile: „Ja, verdammt. Ich war richtig wütend auf Sie" Er schwieg eine Minute. „Es war der Wunsch, dass es

Ihnen etwas Schmerzhaftes passiert sein könnte." Nach einer Pause: „Und ich bekam dann eine fürchterliche Angst." Pause: „Ich schäme mich für diese fiese Art, Ihnen Unglück zu wünschen." Es entstand ein längeres Schweigen.

Beim Gehen ging JTR ohne Verabschiedung aus dem Raum und vermied den Blickkontakt zu Hofmann.

Siebzehn Uhr: Frau CVY strahlte Hofmann an und erkundigte sich, wie es ihm gehe; sie blieb lange stehen, schaute ihn von Kopf bis Fuß an, sprach ihn auf den Überfall an dem schwarzen Freitag an und wollte sich gar nicht auf die Couch legen. Sie erzählte detailliert von ihrer Enttäuschung vor der verschlossenen Tür, von der armen Frau Sandberg, ihrer Beobachtung des „schwarzen Typen", der bestimmt der Einbrecher war; auch vom Besuch des Kommissars bei ihr zuhause. Sie hoffte, dass sie wichtige Hinweise geben konnte, damit „der Kerl geschnappt" würde. Sie schilderte die Ereignisse, als seien sie beide die Hauptdarsteller in einem dramatischen Krimi. Hofmann wies mit einer einladenden Geste auf die Couch, der Frau CVY folgte und sprach dabei weiter. Sie fragte, ob denn die Patientin, die vor ihr freitags auf der Couch lag, nicht mehr da sei. „Ich rieche sie nicht mehr." Nach einigen Widerständen schilderte sie, weshalb sie sich damals am Freitag auf die Lauer gelegt hatte, um dieses „Miststück" einmal in Natura zu sehen. Sie sagte ihm nichts von ihren wüsten Fantasien wie Herzinfarkt, Sex auf der Couch und dergleichen.

Hofmann: „Sie möchten mich ganz für sich alleine haben."

CVY: „Ja, was denn sonst? Ich sehe in fast jeder Frau eine Konkurrentin. Ja, das ist einfach so. Männer, so muss ich gestehen, sind da ein bisschen einfach gestrickt; wenn denen der Schwanz steht, ist deren Verstand im Arsch. Eben schwanzgesteuert, wie man so sagt."

Hofmann konnte sich ein kurzes Lachen nicht verkneifen. „Das ist Ihre Erfahrung?"

„Ja, natürlich! Früher habe ich fast jeden rumgekriegt."

„Fast."

„Ja, fast. Wenn ich den dann hatte, dann wurde er irgendwann ziemlich schnell uninteressant und langweilig für mich."

„Warum dann uninteressant?"

„Nicht nur uninteressant. Er war dann – wie soll ich sagen, das klingt für Sie als Mann jetzt ein bisschen hart, da müssen Sie jetzt aber durch – geradezu verachtenswert, ein Hampelmann, unten zwischen den Beinen ziehen und er strampelt freudig mit Armen und Beinen. Wenn derjenige schon bei mir darauf hereinfällt, dann auch bei all den anderen Weibern."

„Also ich bin bisher noch nicht auf Sie hereingefallen."

„Ach, das ist ja das Ärgerliche. Sie sagten eben: bisher. Lässt das hoffen?" Längeres Schweigen. „Erst dachte ich, dass Sie schwul seien, wirklich. Anders konnte ich mir das nicht erklären. Dann habe ich herausgefunden, dass Sie eine Frau haben. Ich hatte mich letztes Jahr sogar vor Ihrem Haus auch auf die Lauer gelegt. Davon hatte ich Ihnen noch nichts erzählt. Oh Gott, es war mir einfach nur peinlich, Ihnen wie ein Teeny nachzuspionieren. Da habe ich sehr dran kauen müssen, dass Sie offenbar unerreichbar sind. Ihre Frau sieht nicht schlecht aus. Ist sie denn nett?" Schweigen. „Blöde Frage, die nehm' ich zurück."

„Es tut weh wahrzunehmen, dass zwei Menschen etwas miteinander haben und man selbst davon ausgeschlossen ist."

„Ja, das tut weh, sehr weh. Früher hatte ich einen Haufen Probleme mit allerlei Leuten. Die habe ich heute weniger und eigentlich gar nicht mehr, wenn ich recht bedenke. Dafür sind Sie mein Hauptproblem!"

Das war die ideale Entwicklung in einer analytischen Therapie, jetzt konnte der Feind endlich in Anwesenheit, also in der therapeutischen Beziehung erledigt werden.

Achtzehn Uhr: Herr TOB war Richter am Landgericht und machte seit drei Jahren eine Analyse bei Hofmann, vierstündig, drei- dann zweistündig pro Woche; das Therapieende war Ende 2020 geplant. Er hatte zwei traumatische Ereignisse zu verkraften: Den Tod seiner Frau und eines Enkels durch einen Verkehrsunfall vor vielen Jahren; seine Trauer ging in eine Depression über; er machte sich schwere Vorwürfe, weil er den tragischen Unfall, der sich in Frankreich während eines Urlaubs mit der Familie ereignet hatte, nicht verhindert hatte. Seine Frau bat ihn, mit zum Einkaufen zu fahren, er hatte keine Lust dazu, wollte lieber lesen. Auf einem unbeschrankten Bahnübergang wurde das Auto von einem Zug erfasst. Ein technisches Problem der Signalanlage konnte nicht nachgewiesen werden.

Ein weiteres Ereignis, das er selbst nicht als Trauma verstand, war ein tätlicher Überfall mit Körperverletzung abends nach Dienstschluss. Verdächtigt wurden Mitglieder einer türkischen Familie. Es handelte sich offenbar um einen Racheakt, weil TOB als Vorsitzender Richter den Familienvater und einen seiner Söhne wegen des Mordes an einer Tochter der Familie zu einer langjährigen Gefängnisstrafe verurteilt hatte. Eine Tochter des Verurteilten, hatte sich in einen Mann verliebt; es ging um einen sogenannten Ehrenmord. Sie machte gegen den Willen der Familie Abitur, studierte Germanistik und Orientalistik, während ihre Brüder entweder im Fitnessstudio schauliefen oder mit dicken Autos herumprotzten, die sicherlich mit Rauschgiftgeschäften finanziert waren. Der Prozess selbst und auch der Überfall ging durch die Presse. Dem Richter war nach dem Prozess Polizeischutz angeboten worden, den er abgelehnt hatte.

Durch die Therapie hatte sich TOB psychisch wieder gefangen und wollte die letzten Jahre bis zur Pensionierung intensiv nutzen. Er war als Richter von der Kammer für Gewaltdelikte in die für Wirtschaftskriminalität versetzt worden. Die Angeklagten gehörten zwar einer deutlich anderen Klientel an, die Methoden waren aber ähnlich grob. Es gab zudem eine Reihe von

Versuchen der politischen Einflussnahmen auf Zeugen, Staatsanwaltschaft und auch auf Richter. Dass Verteidiger alle prozesstechnischen Register zogen, war nicht verwunderlich, sie wurden dafür auch gut bezahlt. Dass aber einflussreiche, mächtige und kriminelle Personen der Wirtschaft von der Politik und Justiz geschützt werden sollten, entsprach nicht dem Rechtsverständnis von TOB. Immerhin wurden die vier hessischen Finanzbeamten, die von interessierten Kreisen als psychische Kranke pathologisiert wurden, bei Gericht voll rehabilitiert. Der Psychiater, der durch bestellte Gutachten die Finanzbeamten für psychisch krank erklären ließ, wurde angeklagt und verlor seine Approbation als Arzt. Immerhin! Die politischen Strippenzieher wurden aber nie zur Rechenschaft gezogen. Das spielte sich nicht in einem totalitären System ab, in dem die Psychiatrie für politische Zwecke missbraucht wurde, sonders das ereignete sich in Hessen.

Hofmann hatte erst gegen neunzehn Uhr gesehen, dass Kommissar Bauer angerufen und ihm eine Nachricht hinterlassen hatte, er möge bitte am Dienstagfrüh zurückrufen.

42.
Dienstag, 1. September - zum Ersten

Hofmann erwischte Bauer erst kurz vor zehn Uhr. Der Kommissar teilte ihm mit, dass die Polizei Süd-Osthessen eine Person festgenommen hatte, die bei dem Überfall auf ihn am 14. August beteiligt sein könnte und zu seiner Personenbeschreibung, die er damals im Krankenhaus abgab, passen könnte. Vermutlich war dieser Mann auch beim zweiten Einbruch letzte Woche beteiligt. Ob er ihm einige Fotos zuschicken könne? Leider habe er ja in der Praxis keinen Internetanschluss, er werde die Fotos daher kommentarlos auf sein Handy spielen. Er bat Hofmann um kurze Rückmeldung, ob er diese Person wiedererkenne, die damals in seiner Praxis zum Ausbaldowern war. Besser wäre es, er käme ins Präsidium.

Hofmann hatte wie gestern seit neun Uhr Patiententermine im Stundentakt. Um elf Uhr konnte er sich die Portraits auf dem Handy anschauen; es waren sechs verschiedene Männer, einer von denen war der Patient mit den fragwürdigen Ängsten, da war er sich sicher. Es war für ihn nicht einfach, die Identifizierung des Täters gedanklich aus seinem Kopf zu verbannen und sich dann ganz seinen nächsten Patienten zuzuwenden.
In seiner Mittagspause erreichte er Bauer im zweiten Versuch und teilte ihm mit, welchen Mann er erkannt hatte. „Ja, das ist der Mann, der damals vorbeikam und offenbar meine Praxisräume ausgekundschaftet hatte. Da bin ich mir sicher. Wie haben Sie den festnehmen können?"
Bauer: „Wir haben ihn leider noch nicht vernehmen können; er ist noch im Präsidium in Hanau. Sehr wahrscheinlich ist er auch der, in dessen Auto der Täter nach dem Überfall auf Sie eingestiegen war und der bei dem zweiten Einbruch Ihr Archiv ausgeräumt hatte. Mehr kann ich Ihnen nicht mitteilen." Es

klingelte. „Wahrscheinlich wird jetzt Ihr Archiv geliefert", sagte Bauer.

Hofmann: „Verstehe, dass Sie mir nicht mehr sagen dürfen."

Sie beendeten das Telefonat. Zwei Männer trugen dann neun Umzugskisten und einen Bürostuhl in die Praxis. In einer war die Espressomaschine, die Hofmann sehr vermisste.

Hofmann rief anschließend die Tochter von Frau Sandberg an, die einen Rückruf erbat und sich für sein Kondolenzschreiben bedankte. Sie sprachen über die Seebestattung, die enge Beziehung ihrer Mutter zu ihrem eigenen Vater, die offenbar stärker war als die zu ihrem Ehemann; dieser läge seit über zwanzig Jahren auf dem Hauptfriedhof in Frankfurt. Frau Stölling war Einzelkind und hatte die Ehe ihrer Eltern als unglücklich und angespannt erlebt; wenn es sie nicht gegeben hätte, wären die Eltern bestimmt nicht zusammengeblieben. Der Vater war ein Generalvertreter eines Maschinenbauunternehmens, war wenig zuhause, hatte offenbar viele Frauengeschichten. Bei seiner Beerdigung standen damals mehrere Affairen am Grab; Frau Stölling sagte mit einem sarkastischen Unterton, dass es sie nicht wundern würde, wenn bei der Testamentseröffnung noch andere Erben, das heißt uneheliche Halbgeschwister auf den Plan treten würden. Die Eltern hätten ein Berliner Testament gemacht, sodass das Erbe ihres Vaters ganz ihrer Mutter zustand; erst nach ihrem Tod käme die nächste Generation dran, also sie. „Es tut mir sehr leid, Ihnen unsere traurige Familiengeschichte zuzumuten."

„Nein, es ist völlig in Ordnung. Ihre Mutter hatte mir schon vor Jahren Andeutungen über ihre schwierige Ehe gemacht." Freimütig erzählte sie Hofmann, dass ihr Mann durch den Krieg offenbar emotional verwahrlost sei; er hatte viele Affairen mit anderen Frauen, er erzählte ihr stolz, dass er bei Vertragsverhandlungen Geschäftspartner auf Firmenkosten mit in ein Bordell ins

Bahnhofviertel genommen habe. Das sei damals nicht unüblich gewesen.

„Ihr Vater war zudem einige Jahre älter als Ihre Mutter?"

„Ja, achtzehn Jahre, er hätte glatt ihr Vater sein können. Ach, das ist alles eine so traurige Geschichte." Es entstand eine Pause, sie schien zu weinen. "Nun, ich werde in den Herbstferien eine Woche nach Frankfurt kommen. Darf ich Sie bitte, eventuelle Post an meine Mutter zu sammeln? Und wenn irgendwelche Probleme mit dem Haus und Garten auftreten sollten, mich zu informieren? Ansonsten ist die Hausverwaltung Ansprechpartner."

Schließlich informierte Hofmann Frau Stölling über den zweiten Einbruch in seine Praxis und die Beschädigung der Haustür. Er wunderte sich, dass sie darüber nicht informiert war.

„Ich hatte mir bereits vor Jahren gedacht, ob nicht eine Überwachungskamera am Haus sinnvoll wäre; viele Nachbarn haben so etwas. Meine Mutter wollte keine Videoüberwachung, sowas war ihr viel zu kompliziert." Hofmann dachte sich, er wollte so etwas eigentlich auch nicht.

„Die Mieterin Frau McKenny hat sich bei mir noch nicht gemeldet. Ich weiß nicht, wie sie den neuen Haustürschlüssel bekommen könnte."

„Ich werde mir wegen des Schlüssels etwas einfallen lassen. Ich wünsche Ihnen alles Gute. Wenn Sie im Oktober hier sind, können wir vielleicht ein längeres Gespräch führen."

Dr. Hofmann hatte heute acht Patienten in laufender Psychotherapie und in einem Erstinterview. Wie am Vortag waren die Reaktionen auf seine erzwungene Pause sehr unterschiedlich.

Eine 78-jährige Patientin erschien zum Erstgespräch in einem, nach Hofmanns Geschmack, recht gewagten Kostüm, der Rock kurz, Seidenstrümpfe, halbhohe elegante Schuhe, rotlackierte Fingernägel, Lippenstift, aufgeföhnte weiß-blonde Frisur. Hofmann dachte an einen Typ Chefsekretärin, der großen Wert auf ihr äußeres Erscheinungsbild legte. Er sagte seine initialen Standardsätze, sie hätten für das Gespräch 50 Minuten Zeit und „Was führt Sie zu mir?"

Sie betonte, dass sie durch ihren Beruf über eine große Menschenkenntnis verfüge, und sich selten getäuscht habe. Sie bat um eine Beratung, weil sie ziemlich verzweifelt sei. Sie war um vornehme Ausdrucksweise bemüht. Ihr Mann sei an Krebs erkrankt, seit Jahren schon, ihr Mann nehme Medikamente, die ihn „quasi chemisch kastriert haben, untenherum passiert da sowieso nichts mehr". Das Problem sei, dass ihr Mann offenbar von anderen Frauen, von einer Kollegin träume und „dabei im Bett eindeutige Bewegungen macht. Ich wecke ihn dann auf und frage ihn, was er da mache, an wen er dabei denke. Wir haben nachts schon Stunden darüber diskutiert; auch tagsüber." Ihr Mann würde abstreiten, dass er an andere Frauen denke und sich irgendwas mit ihnen vorstelle, an Träume mit Frauen könne er sich nicht erinnern.

Hofmann: „Sie haben die Fantasie, ihr Mann betrüge Sie nachts im Traum." Sie bestätigte dies vehement, „und er gibt es nicht zu!" Sie habe sich auch schon vorgestellt, ihn zu verlassen, weil das seit über einem Jahr gehe.

Ganz vorsichtig deutete Hofmann an, dass sie selbst vielleicht den Wunsch nach einem anderen Mann habe, schließlich könne ihr Mann seit vielen Jahren nicht mehr sexuell aktiv sein; sie sei eine attraktive Dame, die großen Wert auf ihr äußeres Erscheinungsbild lege.

Das Erste könne sie sich überhaupt nicht vorstellen, das Zweite würde schon stimmen. Sie fragte sich, was die Kollegin, die sogar etwas älter sei und „nach nix" aussehe, an sich habe, dass ihr Mann sie so interessant finde.

Hofmann: „Das ist ihre Vermutung. Vielleicht ist es aber so, wie Ihr Mann es Ihnen gesagt hat."

Patientin: „Das habe ich mir auch schon gedacht. Aber vielleicht weiß er das nicht; deshalb spielen sich diese Sachen im Schlaf ab, er träumt von ihr. Dabei stöhnt er so, hört dann zu atmen auf und stöhne dann wieder intensiv."

Hofmann wollte wissen, ob ihr Mann einmal in einem Schlaflabor gewesen sei. Die Patienten verneinte. Für Hofmann waren das Anzeichen für eine Schlafapnoe und er erläuterte die Symptome und möglichen Ursachen. Die Patientin schaute dabei lange auf Hofmanns Schuhe und schwieg, sodass er ebenfalls auf seine Schuhe herabblickte und erkennen musste, dass er zwei sehr verschieden dunkelblaue Socken anhatte. Beide lachten über diese gemeinsame Entdeckung. Und die alte Dame sagte, er hätte zuhause bestimmt noch so ein Paar.

Die nächste Therapiestunde gehörte Herrn FFR, 22 Jahre, Student mit einer narzisstischen Persönlichkeitsstörung. Er nannte Hofmann in der letzten Stunde vor der Unterbrechung einmal „Struwwelpeter-Hoffmann", weil er ihm „immer so moralisch um die Ecke" käme. Hofmann konnte sich in diesem Vergleich selbst nicht wiederfinden, eine gewisse Strenge – bezogen auf das Setting der Therapie – sei allerdings notwendig, erklärte er. Dieser Patient, Herr FFR, ein Student der Erziehungswissenschaften, arbeitete sich an allen väterlichen Autoritäten ab, so auch zwangsläufig an seinem Analytiker; er versuchte andere zu manipulieren, anzuklagen, sie ins Unrecht zu setzen und, wenn er nicht weiterwusste, sich beleidigt zurückzuziehen. Es war für Hofmann erstaunlich, dass sich der junge Mann überhaupt in Therapie begab; offenbar hatte er einen großen Leidensdruck, den er aber nicht zeigen konnte.

Hofmann konnte sich in dieser Szene seine schulmeisterliche Art nicht verkneifen und musste richtigstellen, dass sich der Autor des Struwwelpeters anders schreibe als er. Hofmann fragte ihn auch, ob er den Struwwelpeter und die Geschichte des Autors näher kenne. Herr FFR entgegnete: „Nein, das ist schwarze Pädagogik, damit beschäftige ich mich nicht." Was er unter schwarze Pädagogik verstehe, fragte Hofmann.

„Dass Kinder autoritär und repressiv erzogen werden, nicht Kind sein können, sich nur an die Erwachsenenwelt anpassen müssen. Märchen gehören auch zur schwarzen Pädagogik." Näheres könne und wolle er dazu nicht sagen, für ihn sei die Sache klar, er hätte noch ein „Punkt, Ende der Durchsage" nachschieben können.

Hofmann: „Es gibt ein interessantes Buch von Bruno Bettelheim, ein amerikanischer Kinderanalytiker österreichischer Herkunft mit dem Titel: ‚Kinder brauchen Märchen.'" FFR ging darauf nicht weiter ein und schwieg.

Hofmann sagte: „Ich habe den Eindruck, Sie möchten das Thema nicht weiter mit mir vertiefen, weil Sie die Erkenntnis fürchten, dass Ihr Wissen hierzu oberflächlich und plakativ sein könnte." Und nach einer Pause: „In Ihrem Alter darf das auch noch so sein. Da müssen Sie rebellieren."

FFR war dadurch offenbar ziemlich gekränkt, dass er den Rest der Stunde schwieg.

In der Stunde nach der zweiwöchigen Unterbrechung griff er den Disput um die Kinderliteratur und schwarze Pädagogik wieder auf. Es habe ihn „gewurmt", dass er Hofmann „argumentativ nichts entgegenzuhalten" hatte. Er habe im Internet nachgelesen und entdeckt, dass es auch eine Kritik der schwarzen Pädagogik aus psychoanalytischer Sicht gebe: „Alice Miller, kennen Sie die?" Hofmann antworte nicht dazu; er hatte vor Jahrzehnten einige Bücher der Schweizer Psychoanalytikerin zu diesem Thema gelesen, konnte aber ihre Meinung nicht teilen. „Sie haben sich inzwischen etwas besser vorbereitet, um mit mir in den Ring zu steigen?"

„Ja, ich habe mir auch den Struwwelpeter angesehen. Ist ja schon ein übles Kinderbuch, echt krass! Beißende Hunde, abgeschnittene Daumen, verkokelte oder verhungerte Kinder, abgesoffene Buben oder der, der vom Wind davongetragen wurde. Kinder sollen wohl lernen: Es wird böse enden, wenn ihr nicht brav seid."

Hofmann konnte ihm nur zustimmen, sagte das aber nicht. „Welche Geschichte hat Ihnen am besten gefallen?"

„Die, wo der Hase den Jäger erschießt."

„Naja, erschossen hat er ihn noch nicht, sondern nur auf ihn gezielt."

„Nein, stimmt nicht, er hat abgedrückt. Der Jäger rettet sich durch einen Sprung kopfüber in den Brunnen."

„Ach ja, richtig, das habe ich ganz vergessen. Es hätte ihn beinahe erwischt, man sah sogar die Kugel fliegen. Wenn ich mich recht entsinne, dann hatte sich der Hase sogar die Brille des Jägers aufgesetzt und sein Gewehr geschnappt." Und nach einer Pause: „Könnte diese Geschichte etwas mit uns beiden hier zu tun haben?"

„Äh, Sie meinen, dass ich Sie manchmal gerne über den Haufen schießen möchte?"

„Ja, zum Beispiel." Pause.

„Manchmal ja, ehrlich gesagt. Ich hoffe, da ist ein Brunnen, in den Sie reinjumpen können."

„Ja, hoffentlich." Ödipus war überall, dachte Hofmann und sagte nach einer Pause: „Wissen Sie etwas über den Autor Heinrich Hoffmann?"

„Ich habe gelesen, dass er ein Arzt im Auftrag der Stadt Frankfurt war, Leichenbeschauer, Anatom und, dass er sich um die Armen und Verrückten kümmern musste, so um 1840; außerdem war er Abgeordneter im Vorparlament der Pauskirche. Und er hat eine große moderne psychiatrische Klinik gebaut, das ‚Irrenschloss', wie die Frankfurter es nannten. Es wurde in den Zwanzigerjahren abgerissen und das IG-Farbenhaus errichtet. Heute ist die Universität da drin. Da studiere ich."

„Das stimmt, Sie haben sich gut informiert. Hoffmann war ein richtig aufmüpfiger, kritischer Geist. Er hat sich auch über seinen Berufsstand, die ärztlichen Kollegen lustig gemacht."

Hofmann erkundigte sich, welche Bücher oder Geschichten FFR aus seiner Kindheit erinnern konnte: Dinosaurier, Ritter, Räuber und He-man und andere Muskelprotze, die alles in Klump und Asche hauen konnten.

„Und dann regen Sie sich über den Struwwelpeter auf?" fragte Hofmann.

„Trotzdem ist der Struwwelpeter voller schlimmer Drohungen kleinen Kindern gegenüber, schwarze Pädagogik eben."

„Aus unserem heutigen Verständnis heraus stimmt das vielleicht. Aus meiner Sicht liest sich das Buch auch wie ein Lehrbuch der Kinder- und Jugendpsychotherapie: der böse Friederich und seine kindlich-omnipotente Zerstörungswut, der Suppenkasper, also ein Magersuchtiger, obwohl die allermeisten Magersüchtigen weiblich sind, Paulinchen und die Pyromanie, der Daumenlutscher Konrad, der Zappelphilipp, neuhochdeutsch ADHS oder Hans Guck-in-die-Luft - um die wichtigsten Geschichten zu nennen." Hofmann ersparte sich die psychoanalytischen Deutungen von Paulinchen und Konrad, wo es um Onanie und Kastrationsängste ging.

FFR sagte: „Dann sind die Kinder alle krank?"

„Zumindest sind es gravierende Störungen. Interessant ist das Kapitel, in dem es um Rassismus und Diskriminierung geht, und das bereits im Jahr 1844: Drei Buben ärgern einen schwarzen Buben. Wissen Sie, wie es weitergeht?" fragte Hofmann.

„Ich glaube, der Nikolaus bestraft sie und steckt sie in ein Tintenfass."

„Genau. *‚Nun seht einmal, wie schwarz sie sind, viel schwärzer als das Mohrenkind.'* So schreibt Hoffmann mit zwei F. im Struwwelpeter."

FFR schwieg wieder den Rest der Stunde und Hofmann fühlte sich nicht gut, weil er dem mit ihm rivalisierenden jungen Patienten wieder einmal gezeigt hatte, dass er den Längeren hatte. So ein ödipaler Konflikt gilt auch für die väterliche Rolle.

Der Dienstag sah im Polizeipräsidium etwas anders aus: Frau Malzahn nahm im K 11 am Nachmittag ein Telefonat einer Frau entgegen, das ihr von der Zentrale durchgestellt wurde; der Beamte meinte, das „riecht nach einem Gewaltverbrechen", daher das K 11.

Die Anruferin wollte keine Angaben zu ihrer Person machen; sie machte sich Sorgen um eine Kollegin, die seit Mittwoch letzter Woche verschwunden sei. Malzahn schlug vor, eine Vermisstenanzeige aufzugeben, da ihre Bekannte schon einige Tage überfällig sei; doch dazu müsse sie ihr die Personalien der Vermissten und am besten auch ihre eigenen mitteilen. Nach einer kurzen Pause sagte die Anruferin, sie werde es sich überlegen, bedankte sich und legte auf.

Die Telefonnummer der Frau war unterdrückt, das Gespräch wurde routinemäßig aufgezeichnet. Malzahn sagte: „Wie du willst, Mädsche!" und fertigte eine Telefonnotiz an. Nicht selten tauchten verschwundene Personen einfach wieder auf. Aber aufgrund ihrer jahrzehntelangen Erfahrungen hatte sie genauso wie der Kollege in der Zentrale kein gutes Gefühl bei dem Anruf. Menschen, die sich um jemanden sorgen, sind gesprächiger und suchen Hilfe oder Trost. Die Anruferin hatte etwas zu verbergen, was immer es auch war.

Die fünf Kommissariate für Gewaltdelikte hatten in den letzten Tagen einiges zu tun: Raubüberfälle, Sexualdelikte, erpresserische Geiselnahme, Totschlag, fahrlässige Tötung und eine Schießerei im Bahnhofviertel. Offenbar waren alle Verbrecher wieder aus dem Urlaub zurück. Es wurden gemeinsame Sonderkommissionen der Kommissariate für Gewaltdelikte KI 10 und für Organisierte Kriminalität und Rauschgiftdelikte KI 60 gebildet.

Am Rande des Bahnhofviertels kam es in der Nacht zum Sonntag zu einer Schießerei mit einem Toten. Die Polizei tappte noch im Dunkeln, weil nicht klar war, wer die Kontrahenten waren und, um was es dabei eigentlich ging: Rauschgift, Prostitution, Geldwäsche oder was auch immer. Vermutet wurde, dass die Szene des organisierten Verbrechens in Frankfurt durch neue Akteure und Konkurrenten aufgemischt wurde. Der Markt war in Bewegung. Der Tote war der Polizei nicht bekannt. Das sah nach recht viel Arbeit aus.

Kommissarin Siefert kommentierte das in der Lagebesprechung mit: „New kids in town?"

44.
Der zentrale Traum

In der Nacht von Dienstag auf Mittwoch wachte Hofmann durch ein lautes Geräusch auf. Es hörte sich an, als wenn sich Katzen vor seinem Schlafzimmer balgten, knurrten und fauchten. Blöde Viecher, dachte er. Er versuchte, wieder einzuschlafen und zu seinem Traum zurückzufinden, der etwas Unheimliches, aber auch Spannendes hatte. Offenbar wollte es genau wissen.

Er träumte, dass ein Mann in einer verlassenen Stadt oder in einem einfachen Dorf unterwegs war. Anfangs war die Atmosphäre angenehm wie im Urlaub: Warm und sonnig. Das Dorf schien menschenleer zu sein, die Sonne brannte vom blauen Himmel, es herrschte eine drückende Hitze, enge Gassen boten etwas Schatten und Kühle. Es war wie eine Siesta in einem friedlichen spanischen Gebirgsdorf.

Zunehmend kippte die Atmosphäre der Urlaubsidylle ins Bedrohliche um. Der Mann im Traum suchte jemanden, wahrscheinlich eine Frau, die offenbar in großer Gefahr war; er wollte sie warnen oder retten. Er irrte im Traum umher und klopfte an verschiedene Türen. Hinter einer alten Holztür raunte ihm eine hexenartige Frauenstimme zu, er solle verschwinden, wenn ihm sein Leben lieb wäre. Dann tat es neben ihm einen lauten Knall, als sei etwas explodiert; er sah im Traum, dass der Mann offenbar von einer Kugel getroffen worden war. In diesem Moment wachte er auf, musste sich kurz orientieren und war froh, dass er nur geträumt hatte.

Er dachte noch einige Minuten über diesen Alptraum nach, an die Frau und die feindselige Atmosphäre dieses mediterranen Dorfes; diese Frau war jung, sie schienen sich zu kennen. Wer war sie? Er hatte das Gefühl, dass er dieser Mann sein musste, war er erschossen worden? Mit dieser offenen Frage und Gedanken an die unbekannte Frau schlief er allmählich wieder ein.

Wie jeden Morgen nahm Hofmann ein Bad und dachte über verschiedene Themen des Tages nach; das warme Wasser war wie eine Verlängerung des Bettes und ein angenehmer sinnlicher Übergang in die Realität des neuen Tages. Während er entspannt seinen Gedanken nachging, kam ihm die Patientin in den Sinn, an die er in den letzten Tagen immer wieder denken musste. Er hatte sie in der Zeit der erzwungenen Praxisunterbrechung nicht erreichen können; auch war sie am Montag nicht zu ihrer Therapiestunde erschienen. Ein Anflug von Angst kam in ihm hoch, da ihm klar war, dass sie am Freitag des Überfalls ebenfalls nicht zur Therapiestunde kam; stattdessen kam der Eindringling, der ihn krankenhausreif geschlagen und fast umgebracht hatte. Er hatte sich den zeitlichen und vermutlich inhaltlichen Zusammenhang nicht wirklich bewusst machen wollen, das heißt, er hat ihn verdrängt; dabei lag dieser Zusammenhang auf der Hand. Offenbar war Hofmann so sehr mit seiner traumatischen Gewalterfahrung und dem Tod von Frau Sandberg beschäftigt gewesen, dass er diesen Kontext nicht wirklich ernsthaft in Erwägung zog.
Er wurde unruhig und beschloss, Bauer in seiner Mittagspause anzurufen und ein drittes Gespräch zu vereinbaren. Die nächste Therapiestunde dieser Patientin war übermorgen, am Freitag um sechzehn Uhr. Wahrscheinlich würde sie nicht erscheinen. Dann würde es ernst werden.

Sein kurzes Frühstück nahm er auf der Terrasse ein. Dort fand er einen großen Blumentopf zerbrochen auf dem Terrassenboden liegen; die kämpfenden Katzen mussten ihn heruntergeworfen haben.

45.
Bruch des Arztgeheimnisses

Hofmann hatte am Mittwoch ein volles Programm mit Patienten und am Nachmittag eine Balint-Gruppe mit psychologischen und ärztlichen Kolleginnen und Kollegen. Es fiel ihm schwer, sich ganz auf seine Patienten zu konzentrieren; wie im Bypass lief unbewusst wohl ein anderes Programm parallel mit, denn immer wieder fiel ihm seine Patientin Amalia R. ein, die sich Ama, manchmal auch Amy nannte. Sie kam aus der Nähe von Weimar; sie vermutete, dass sie ihren Vornamen wegen der Fürstin Anna Amalia bekommen hätte und fügte an, dass ihre Eltern bestimmt nichts über die Gründerin der berühmten Bibliothek in Weimar gewusst hätten. Der Name habe ihrer Mutter einfach nur gut gefallen.

In der Mittagspause erreichte Hofmann Kommissar Bauer. Er teilte ihm mit, dass sich bei ihm immer mehr ein Zusammenhang zwischen dem Überfall und einer bestimmten Patientin aufgedrängt habe. Von seinem Traum letzte Nacht erwähnte er nichts. Die Patientin erschien am Tage des Überfalls um sechzehn Uhr nicht zu ihrer Therapie, stattdessen kam der Einbrecher; das Weitere wäre ja bekannt. Er konnte sie auch einige Tage später telefonisch nicht erreichen. Am Montag nahm sie die Therapiestunde ebenfalls nicht wahr, meldete sich auch nicht. So etwas komme bei Patienten, die einer laufenden Therapie seien, extrem selten vor, bei ihr aber schon mehrfach; sie bezahlte die versäumten Therapiestunden hinterher ohne Murren immer cash. Hofmann war jetzt sehr besorgt um Frau R.

Bauer: „Das sieht ja nach einer wirklich warmen Spur aus. Ich muss Ihnen leider sagen, dass in Baden-Württemberg eine Prostituierte aus Frankfurt ermordet in einem Müllcontainer einer Raststätte gefunden wurde. Die Untersuchung wird in Mannheim geführt." Hofmann wurde sehr ernst und fragte nach der Identität dieser Frau." „Das tut mir sehr leid, diese kann ich Ihnen nicht mitteilen; Dienstgeheimnis; aber die Untersuchungen laufen zudem noch." Er schien eine rhetorische Pause einzulegen: „Ich schlage vor, sie nehmen jetzt eine Güterabwägung zwischen Ihrer ärztlichen Schweigepflicht und der Mitarbeit bei der Aufdeckung eines Verbrechens vor mit dem Ergebnis, dass Sie mir die Identität Ihrer Patientin mitteilen, die mutmaßlich mit diesem Überfall in Beziehung steht. Wahrscheinlich ist sie ein Opfer und nicht auf der Täterseite. Sie müssen mir auch keine Details ihrer Therapie erzählen, Dr. Hofmann. Gab es denn thematisch Bezüge zum organisierten Verbrechen? Zu Drogen, Prostitution, Gewalt, Geldwäsche als Beispiel?"

Hofmann war immer noch betroffen: „Ob man das gleich als Verbrecherorganisation oder Mafia bezeichnen kann, weiß ich nicht. Sie deutete an, Kontakte zu einer italienischen Familie aus ihrer Zeit in Erfurt gehabt zu haben, wo sie aufwuchs."

Bauer: „Also mit einer Mafia-Familie aus Italien. Na toll! Erfurt war seit Anfang der Neunziger ein erster Stützpunkt der kalabrischen Mafia, der Ndrangheta, in Ostdeutschland und Osteuropa. Wir kommen der Wahrheit also schon deutlich näher."

„Ihre Therapie stand ganz am Anfang, es ging primär um ihre inneren Probleme, wie Sie wissen, und weniger um das äußere reale Leben. Sie war in allem, was sie über ihr reales Leben sagte, recht allgemein, vorsichtig, unklar, ja diskret, sie schützte alle Menschen, mit denen sie tun hatte. Als Analytiker will man das Reale auch gar nicht so konkret wissen."

„Ja, das hatten Sie mir damals auch deutlich gemacht. Schön und gut! Meiner Meinung nach riecht das ganz stark nach Mafia und organisiertem Verbrechen." Pause. „Was macht denn Ihre Patientin beruflich?" Pause. „Sie machen sich große Sorgen um sie. Ist sie suizidal oder von Gewalt bedroht?"

Hofmann konnte die Frage nach dem Beruf überhören, weil Bauer weiter nach Gewalt und Suizidalität gefragt hatte.

„Als sie sich im Februar bei mir meldete, erwähnte sie Suizidgedanken; ich hatte aber nicht den Eindruck, dass sie zu Handlungen bereit wäre, sich das Leben zu nehmen. Sie deutete an, dass sie sich in den letzten Monaten zunehmend bedroht fühlte."

„Interessant, von wem?"

„Das ließ sie offen." Hofmann merkte, dass er hier nicht ehrlich war. Seine Patientin berichtete von konkurrierenden Gangstern im Rotlichtmilieu und Vorgängen im Hintergrund, in die sie wenig Einblicke hatte.

„Und was macht sie denn beruflich", fragte Bauer; längst ahnte er, um was es eigentlich ging.

„Die Patientin bezeichnete sich selbst einmal als ,Edelhure', sie arbeite bei einem Escort-Service, oder wie das heißt, und suchte einen Ausweg aus diesem Milieu."

Nach einer kurzen Pause wurde Bauer etwas ungehalten:

„Ich glaube, Ihre Patientin steckt tiefer im Schlamassel, als Sie ahnen. Ich mache Ihnen jetzt folgenden Vorschlag, Dr. Hofmann: Sie nennen mir den Namen, das Geburtsdatum und die Adresse Ihrer Patientin. Wir betrachten es als eine Vermisstenanzeige; sie ist ja bei Ihnen seit Wochen überfällig. Es wäre ein erster Schritt, wenn wir wissen, ob sie noch lebt oder nicht. Und dann sehen wir weiter. Die Angaben zum Anlass der Therapie reichen mir, mehr brauche ich nicht. Wäre das ok für Sie?"

Nach einer kurzen Weile der Abwägung nannte Hofmann die Personaldaten seiner Patientin: Anna Amalia Ruschke, geboren 30. Sept. 1989 in Weimar, die er in seinen Notizen mit ARU abkürzte. Als Adresse gab sie auf der Versichertenkarte den Sonnenring in Frankfurt-Sachsenhausen an. Mit dieser Mitteilung war die ärztliche Schweigepflicht gebrochen. Ganz gleich, wie es mit seiner Patientin weitergehen sollte, die therapeutische Beziehung war dadurch beschädigt und die Therapie damit faktisch beendet. Hofmann fühlte sich nicht gut.

„Die Adresse sagt ja auch schon einiges aus", sagte Bauer. „Kennen Sie das Haus, ach was, den Wohnkomplex?"
Hofmann hatte nicht genau zugehört, war gedanklich abgedriftet und hatte das Gefühl, einen gravierenden Fehler gemacht zu haben. Nach einer Verzögerung fragte er nach:
„Sie meinen den Sonnenring? Nein, nur vom Vorbeifahren und Hören-Sagen. Das ist der gigantische, gebogene Hochhauskomplex aus den 60-Zigern am Sachsenhäuser Berg?"
„Ja, ein Beton-Monster. Der Architekturstil wird bezeichnenderweise zum ‚Brutalismus' gezählt."
„Stimmt, da gab es vor Jahren im Architekturmuseum eine Ausstellung zum Brutalismus. Dazu zählte auch der AfE-Turm in der Senckenberg-Anlage, der ja erst vor kurzem fachgerecht zu Fall gebracht wurde."
„Ein viereckiger akademischer Phallus wurde zu Fall gebracht", sagte Bauer.
„Ich sehe, Sie sind in eine gute Schule gegangen."
„Allerdings. Ich melde mich bei Ihnen. Wir überprüfen die Adresse und den Verbleib Ihrer Patientin und, ob sie die Tote bei Mannheim ist. Ich hoffe, sie lebt noch. Ich melde mich."
Bauer wusste, dass die Tote nicht Amalia Ruschke hieß; um ihre genaue Identität gab es noch Unklarheiten; manchmal gab es zudem noch einige Überraschungen.

Hofmanns Widerstände, mit der Polizei offener über seine Patientin zu sprechen, die mit dem Überfall auf ihn und den Tod von Frau Sandberg in Verbindung stehen könnten, bezogen sich mehr auf seine ethische Haltung als auf das Motiv, den Gewalttäter ausfindig zu machen. Eigentlich müsste er ein starkes Interesse haben, den brutalen Überfall aufzuklären. Es kam ihm jetzt vor, als habe er die therapeutische Beziehung verraten und die Patientin zum Abschuss freigegeben. Bauer war nicht mehr sein Ex-Patient, sondern ein Polizist, der seine eigene berufliche Dynamik in Bewegung setzten musste. Hofmann fühlte sich wie enteignet, machtlos.

Er erinnerte sich an eine komplizierte Geschichte aus den Anfangszeiten seiner Praxistätigkeit als Psychiater und Psychotherapeut, in der er Angst um eine chronisch suizidale junge Patientin mit einer schweren Persönlichkeitsstörung hatte, die zwei Therapiesitzungen ohne Rückmeldung fernblieb. Er versuchte nach einer Woche, Kontakt zu ihr aufzunehmen, um sein ungutes Gefühl, seine Sorge zu klären. Vielleicht lag sie intoxikiert oder gar tot in ihrer Wohnung. Er wandte sich an die Polizei, die ihr übliches Programm durchzog bis hin zur Vermisstenmeldung; Familienangehörige und Freunde wurden kontaktiert. Einige Menschen machten sich ebenfalls Sorgen um sie. Ihre Wohnung wurde von der Polizei geöffnet.

Nach einer weiteren Woche kam die Patientin zurück. Sie hatte spontan einen Bekannten in Amsterdam besucht und sich mehrere Tage mit Cannabis und anderen Drogen zugedröhnt. Dieses Agieren der Patientin und das Mitagieren durch ihn als Therapeut, der Polizei, der Verwandten und Bekannten konnten mit ihr in der Therapie nicht bearbeitet und näher verstanden werden. Sie warf Dr. Hofmann vor, einen „mords Aufriss" veranstaltet zu haben; ihren eigenen Anteil wollte sie nicht erkennen. Hofmann fühlte sich benutzt, geradezu verarscht. Es kam heraus, dass die junge Frau bereits mehrfach solche Aktionen losgetreten hatte, so als wolle sie andere Menschen ihre eigene Angst und Hilflosigkeit spüren lassen. Dieses Agieren und Mitagieren hatte die therapeutische Beziehung anhaltend beschädigt, der Konflikt war nicht bearbeitbar. Die Patientin brach die Therapie nach vier weiteren Stunden folgerichtig ab. Hofmann war über den Therapieabbruch froh; das Herumagieren außerhalb der Psychotherapie war nichts für ihn; das sollten die Psychiater machen.

Hofmann hatte - wie wohl alle psychoanalytischen Therapeuten - eine Menge an inneren Konflikten, auch Hilf- und Ratlosigkeit auszuhalten; fachlich gesprochen: zu „containen". Die therapeutische Abstinenz könnte auch dazu führen, dass sich der Patient schaden möchte oder sogar umbringt. Ein Psychiater oder Hausarzt hat es, wenn Gefahr im Verzug ist, da etwas leichter, indem er für den Patienten Verantwortung übernimmt und wegen Selbst- oder Fremdgefährdung über die Polizei eine Einweisung in eine geschlossene psychiatrische Station veranlasst.

Für einen analytischen Psychotherapeuten und Psychoanalytiker war das wegen der Abstinenzregeln deutlich komplizierter gerade dann, wenn der Patient seine suizidalen Gedanken in Handlungen auszuagieren droht, statt sie in der Therapie zu bearbeiten. Über Wünsche nach Selbsttötung und Lebensüberdruss zu sprechen und diese gemeinsam zu verstehen, findet in analytischen Therapien häufig statt; das Thema Lebensmüdigkeit und Todeswünsche gehört dazu. Das bedeutet aber manchmal eine Art Gratwanderung. Über zehn Prozent der Patienten mit der Diagnose Depression begehen Suizid; gleiches gilt für die mit einer Borderline-Persönlichkeitsstörung. Die Einschätzung der realen Gefahr einer Selbsttötung ist trotz aller klinischen Erfahrungen nicht einfach. Die Vorstellung, Suizidalität objektiv erfassen zu können, war für Hofmann eine Illusion; nicht selten half dabei sein Unbewusstes, wenn er außerhalb der Therapiestunden sich große Sorgen um einen Patienten machte oder gar von ihm träumte.

46.
Die Biographie von Frau R.

Nach der Balint-Gruppe blieb Hofmann länger in seiner Praxis und wollte sich den kurzen therapeutischen Prozess von Frau R. besser ins Gedächtnis rufen. Er hatte das Gefühl, nur erste, aber wichtige Teile eines Puzzles zu kennen und beschloss, die Unterlagen aus dem Archiv mit nach Hause zu nehmen und die anderen Akten hinzuzuziehen. Außerdem hatte er Hunger; seinen Durst löschte er noch in der Praxis mit Mineralwasser.

Mit dem Rad fuhr er nach Hause, es war halb acht. Dort schaute er im Kühlschrank nach, was es zu essen gab: Joghurt, Käse, Wurst, Eier, Tomaten. Es war sehr übersichtlich. Baguette musste er auftauen. Mineralwasser, Bier, Wein gab es genug. Männer, vor allem ältere, können offenbar nicht gut für sich sorgen, dachte er. Ihm fiel die Suizidstatistik ein, dass die meisten Selbsttötungen im Rentenalter und im höheren Alter stattfanden, bei Männern viermal so häufig wie bei Frauen. Ein alleinstehender alter Mann war eben ein gewisses Suizidrisiko.
Hofmann nahm das Weißbrot, Käse, Tomaten und Rotwein mit in sein Arbeitszimmer und begann, in den Aufzeichnungen der Erstgespräche zu lesen. Ihm fiel der uralte witzige Satz des Kabarettisten Wolfgang Neuss ein: „Heute mach' ich mir kein Abendbrot, heute mach' ich mir Gedanken!" Hofmann wollte aber beides. Er versuchte, die Begegnungen mit Frau R. in sich wieder lebendig werden zu lassen und holte seine Notizen zum dritten Vorgespräch hervor:
Er hatte lange nichts vor Frau R. gehört, las er in seinen Aufzeichnungen. Nach Ostern, mehr als sechs Wochen nach dem letzten Termin, meldete sich Frau R. per Telefon und bat um einen Termin. In diesem dritten Gespräch war sie wieder die

junge Frau in Jeans mit blondem Pferdeschwanz. Sie sah aber diesmal blass und abgemagert aus.

Sie eröffnete das Gespräch, dass sie sich gerne früher gemeldet hätte, aber sie sei an einer Corona-Infektion erkrankt gewesen, hätte sogar zwei Woche im Krankenhaus gelegen. Ihre Arme sähen aus, als sei sie eine Fixerin; sie zog einen Ärmel hoch und zeigte ihre blauen Stellen. Die Wochen seien wegen der Luftnot durch die Lungenentzündung furchtbar gewesen; das Fieber habe sie geschlaucht, die Glieder schmerzten. Jetzt gehe es ihr wieder einigermaßen gut, sie sei aber noch total schlapp; riechen und schmecken könne sie noch nichts, das beunruhigte sie. Vielleicht sei das aber ganz praktisch, weil es in ihrem Job manchmal schwer erträglich sei, all diese Ausdünstungen riechen und ertragen zu müssen.

Hofmann freute sich zwar, dass Frau R. wiederkam, aber er spürte zugleich einen Ärger, weil sie Anfang März Kontakt hatten und er von ihrer Covid-Erkrankung nichts wusste. Er hätte symptomlos infiziert sein und andere Menschen anstecken und gefährden können, dachte er sich.

Sie fuhr fort, als hätte sie seine Gedanken mitgelesen: „Ich bin mit dem Gesundheitsamt die relevanten Kontaktpersonen durchgegangen. Unser letztes Gespräch fand sicher vor dem vermuteten frühsten Infektionszeitpunkt statt; ansonsten hätte sich das Gesundheitsamt bei Ihnen gemeldet, Sie in Quarantäne geschickt und wahrscheinlich Ihre Praxis geschlossen.‟

So hatte Hofmann das noch gar nicht gesehen. Er erkundigte sich nach ihrem Befinden heute.

Frau R. sagte, dass es ihr nach der Infektion mit dem Virus groteskerweise besser gehe als vorher; die Ängste wären jetzt konkret, die Depressionen durch die körperliche Schlappheit offenbar überdeckt. „Depressionsbehandlung durch eine Corona-Infektion‟, lachte sie.

Hofmann: „Die Pest durch Cholera besiegt.‟

„Es geht mir aber anders schlecht." Ihre Lebenssituation hätte sich verändert, kein Studienbetrieb an der Uni, ganz wenig Arbeit im Escort-Service. Obwohl das nicht ganz stimmte, einige treue Kunden buchten sie direkt weiterhin.

„Jetzt, wo ich Corona durchgemacht habe, bin ich für Männer, die zu den Risikogruppen gehören, keine Gefahr als Virenschleuder mehr. Meine Antikörper schützen mich und sie." Schweigen. „Antikörper – ist ein witziges Wort. Ich habe jetzt Antikörper in mir. Ganz früher dachte ich, ich sei ein einziger Antikörper. Oder Antigen? Ach, egal. Keine Ahnung, wie es richtig heißt." Sie winkte ab.

Gegenüber den beiden vorherigen Gesprächen wirkte Frau R. dynamischer und mitteilungsfreudiger; Hofmann teilte ihr seinen Eindruck mit.

„Meine Corona-Infektion hat mir ganz ordentlich zugesetzt, die Luftnot war schrecklich." Sie habe viel Zeit zum Nachdenken gehabt, auch über die beiden Gespräche bei ihm. „Ich denke, ich muss mich vor Ihnen hier nicht länger verstecken." Sie möchte eine Psychotherapie, am besten eine Analyse machen und zwar bei ihm. Wenn Hofmann keinen Platz habe, bitte sie um eine Empfehlung, möglichst bei einem männlichen Analytiker. Lange warten könne sie nicht. Vor vielen Jahren habe sie ein Buch einer Französin gelesen, die ihre eigene Analyse beschrieb; das habe sie total fasziniert.

„Hieß das Buch Schattenmund?" Frau R. stimmte zu. Jetzt, wo sie wusste, wie es hieß, wolle sie es sich erneut kaufen, wahrscheinlich gibt es das nur antiquarisch.

Hofmann spontan: „Ich glaube, ich habe es hier, wenn ich mich recht erinnere; sie können es sich ausleihen."

„Danke, Ihr Angebot nehme ich gerne an." Normalerweise verlieh Hofmann keine Bücher an Patienten; offenbar wollte er ihr etwas mitgeben und sie mehr für sich und die Analyse gewinnen. So etwas wird in der Psychoanalyse Agieren, ein Handeln in der Realität genannt. Was bedeutet dieses Handeln?

Hofmann: „Bevor wieder die Zeit herunterläuft, möchte ich gerne von Ihnen erfahren, wie und wo Sie aufgewachsen sind." Frau R. sagte, sie habe mit dieser Frage heute gerechnet: „Mein Leben ist aber nicht sehr vorzeigbar."

Hofmann: „Ganz gleich, wie es war oder ist, es gehört zu Ihnen und damit zur Therapie. Natürlich sind die Eltern und Geschwister die einzigen Menschen auf der Welt, die man sich nicht aussuchen kann."

Frau R.: „In meinem Fall wurde ich von meinen Eltern ausgesucht. Ich bin nämlich seit dem zweiten Lebensjahr in einer Pflegefamilie aufgewachsen." Schweigen.

„Und was ist mit Ihren leiblichen Eltern?"

„Das ist ein trauriges Kapitel. Ich bin 1989 in einem Kaff zwischen Gera und Weimar geboren, meine Mutter war siebzehn, mein Vater vierundzwanzig. Er Berufssoldat bei der Nationalen Volksarmee, sie Arbeiterin in der LPG. Kaum war die Grenze gefallen, haute meine Mutter 1990 in den Westen ab und ward nicht mehr gesehen. Mein Vater zog mit mir zu seiner Mutter und begann noch mehr zu trinken als bei der NVA. Meine Oma war mit alledem überfordert; ich kam in ein Säuglingsheim, da war ich noch keine acht Monate alt. An all das habe ich keine Erinnerungen." Pause, Hofmann hört weiter zu.

„1991 kam ich in eine Pflegefamilie in Erfurt. Das Paar kam aus dem Westen, aus Ostwestfalen; mein Vater, wenn ich ihn so nennen kann, war Leiter des Amtsgerichts in Erfurt. Seine Frau hatte wohl den Wechsel von Paderborn nach Erfurt nicht gut verkraftet, sie war ständig krank, hatte Depressionen, war viel in Kliniken und Sanatorien. Sie war und ist wohl heute noch eine strenge Katholikin, mein Vater gar nicht. Sie haben einen Sohn, der war zwei Jahre älter als ich. In dieser Familie bin ich also aufgewachsen bis ich achtzehn war." Schweigen.

„Hatten Sie Kontakt zu Ihrer leiblichen Mutter?"

„Nein. Als ich fünf oder sechs war, kam sie einmal vorbei, da war eine Frau vom Jugendamt dabei, und wollte mich sehen. Danach war sie wieder weg. Ab und zu meldete sie sich mal bei meiner Pflegefamilie, sie hatte mich auch einmal an der Schule abgepasst, da war ich ungefähr neun. Ich hatte keine Beziehung zu ihr, ich kannte sie überhaupt nicht. Sie kam mir damals schon vor wie ein verlorenes Kind. Ja, ich glaube, das trifft es genau. Sie selbst hatte wohl keine gute Beziehung zu ihrer Mutter. Von Großeltern mütterlicherseits hatte und habe ich nichts gehört." Pause.

„Und Ihr Vater?"

„Der hatte sich nach einigen Jahren wohl wieder gefangen und arbeitete damals bei einem Wach- und Schließdienst in Leipzig, machte Geldtransporte und anderes. Mit einer Uniform und einer Knarre fühlte er sich als Mann komplett. Er schickte mir ab und zu eine Postkarte oder ein Geschenk zu meinem Geburtstag. Ich hatte ihn auch einige Male gesehen, immer zusammen mit einer Frau vom Jugendamt. Tja, das war mein Vater."

„Das war mein Vater?"

„Ich habe seit über zehn Jahren keinen Kontakt zu ihm, weiß nicht einmal, ob er noch lebt. Gut, wenn er gestorben wäre, hätte ich bestimmt etwas von einer Behörde mitbekommen. Ich wollte ihn bestimmt nicht so gerne wiedersehen. Es zog mich jedes Mal ziemlich runter."

„Das kann ich verstehen. Sie waren also bis zum achtzehnten Lebensjahr in der Pflegefamilie in Erfurt, Sie wurden nicht adoptiert?"

„Mein leiblicher Vater gab nicht die Einwilligung zur Adoption, meiner Mutter war das vermutlich ziemlich egal. Zu meiner Oma hatte ich keinen Kontakt; die hatte auch ein Alkoholproblem; sie starb früh, ich war gerade in die Grundschule gekommen." Schweigen.

Hofmann spürte zunehmend eine Traurigkeit und Leere beim Zuhören dieser Geschichte. Frau R. dagegen war beim Erzählen relativ locker. Mit ausgebreiteten Armen sagte sie lächelnd: „Sie sehen, ich bin ein Produkt der deutsch-deutschen Wiedervereinigung. Mein leiblicher Vater schrieb mir einmal auf eine Postkarte: ‚Erst machen die die DDR kaputt, dann nehmen sie uns noch die Kinder weg!' Er meinte die Wessis." Sie schwieg. „Grotesk, nicht wahr? Die DDR war am Ende und total im Eimer. Mit mir konnten meine leiblichen Eltern sowieso nichts anfangen, egal ob im Osten oder Westen. Der Westen war in ihren Augen - wie immer - an allem schuld." Frau R. schwieg und schaute aus dem Fenster und wischte sich zwei dicke Tränen aus dem Gesicht.

Es entstand eine längere Pause, die Hofmann durchbrach: „Sie sprechen ein aktzentfreies Hochdeutsch."

„Ja, das habe ich von meinen Pflegeeltern, die ja aus Westfalen kamen. Thüringer Dialekt kann ich aber auch. Ich kann – wenn nötig - fast jeden Dialekt nachmachen. Sogar Hessisch, wie de Heinz Schenk im Blaue Bock." Sie lachte.

„Sie können sich wahrscheinlich gut in andere Menschen hineinversetzen?"

„Ja, stimmt. Das habe ich früh gelernt, wie andere Menschen drauf waren, was sie erwarten. Wahrscheinlich bin deswegen in meinem Job so erfolgreich."

Hofmann fand das beeindruckend und plausibel. „Können Sie mir etwas über die Beziehungen zu Ihren Pflegeeltern erzählen. Wie fühlten sich die beiden für Sie an?"

Sie schaute ihn lange, etwas ratlos an. „Schwierig. Sehr kompliziert. Meine Mutter war mehr mit dem Kaplan verheiratet als mit meinem Vater. Die katholische Gemeinde war ihre bessere Familie. Sie hatte den Wechsel nach Thüringen nicht verkraftet. Mein Quasi-Bruder sagte einmal, ich sei in die Familie aufgenommen worden, damit seine Mutter eine neue Aufgabe habe."

Sie machte eine Pause und ließ den Satz wirken. „Ich war für sie eine Art Beschäftigungstherapie, als Heidenkind aus dem Land des Kommunismus war ich eine Missionsaufgabe. Ein Hund hätte es vielleicht auch getan." Sie schaute etwas verbittert auf ihre Hände. „Wir hatten nur Krach; ich war ihr wohl zu frech, wild und frei und sie zu fromm und verklemmt. Wenn sie wieder einmal in eine Klinik kam, war die Atmosphäre zuhause eine ganz andere, locker, nicht so streng. Der Vater holte Pizza, Hamburger oder wir gingen häufig zu seinem Lieblingsitaliener zum Essen; wir waren zudem mit der Familie des Restaurantbesitzers befreundet. Einmal sind wir von dem Chef sogar nach Süditalien in den Urlaub eingeladen worden." Sie schwieg einen Moment, als bereute sie, das gesagt zu haben. „Wenn die Stiefmutter da war, kam ich mir vor wie in einem Kloster oder einem Sanatorium." Schweigen. „Der Junge in der Familie heißt übrigens Maximilian und war ein richtiges Ekel; er hat mich gequält und gedemütigt, wo er nur konnte, dieser fiese Sack! Ich glaube, mein Erscheinen hat die Familie etwas durcheinandergebracht. Da war er auf mich einfach nicht gut zu sprechen. Das konnte ich heute sogar nachvollziehen." Pause. „Später habe ich ihm gezeigt, wann Schicht im Schacht war."

„Was meinen Sie damit?"

„Das erzähle ich Ihnen später einmal. Ist nicht so wichtig."

„Na gut. Können Sie etwas zu Ihrer schulischen und sozialen Entwicklung sagen?"

„Ich glaube, ich war keine schlechte Schülerin und auch nicht blöd. Mit vierzehn ging ich vom Gymnasium ab auf die Realschule und von dort auf die Fachoberschule."

„Warum die Schulwechsel, wenn Sie keine schlechte Schülerin waren?"

„Mit zwölf hatte ich mich sehr zurückgezogen. Ich hatte immer das Gefühl, weder zu der Familie noch sonst irgendwohin zu gehören. In der Schule wurde ich auch nicht gemocht. Mobbing heißt das heute. Eine Klassenlehrerin war da die Ausnahme; sie

sah wohl meine Not und wandte sich an meine Pflegeeltern."
Hofmann schaute wohl etwas fragend: „Da ist nichts passiert.
Für meine Mutter war ich des Teufels, mein Vater hielt sich da
raus. Die Idee einer Beratung oder Psychotherapie lehnte er
entschieden ab."

„Gab es Freunde oder sowas wie eine beste Freundin?"

„Nein, ich hatte es aufgegeben, dazugehören zu wollen, mich
an die Anderen ranzuwanzen. Ich hatte damals viel lieber gelesen, mich hinter Büchern verkrochen, kleine Fluchten erlebt. Als
ich dreizehn war, gab es an meiner Schule diesen furchtbaren
Amoklauf. Sie erinnern sich bestimmt daran. Das war für uns
alle der totale Wahnsinn. Einige der Schüler und auch Lehrer,
die der Robert in seinem grenzenlosen Hass mit in seinen Tod
gerissen hatte, kannte ich. Ich kannte ihn aber nur vom Sehen,
auch er fühlte sich ungeliebt und ausgeschlossen, er flog ja von
der Schule ins Nichts. Daher kam vermutlich sein grenzenloser
Hass. Meine Welt hatte durch die Brutalität dieser Wahnsinnstat
einen tiefen Riss bekommen, es war nicht mehr so wie früher.
Ich war an diesem Tag interessanterweise krank zuhause geblieben. Vielleicht wäre ich sonst nicht hier."

Es entstand eine längere Schweigepause und Tränen liefen ihr
über die Wangen. „Ich wollte auch schon vor Roberts Blut-
rausch immer weg von Erfurt, weg von zuhause, ins Ausland
zum Beispiel nach Italien. Zweimal bin ich weggelaufen und von
der Polizei zurückgebracht worden." Sie nahm ein Tempo. Es
entstand eine Pause. „Ich entwickelte allmählich eine Essstö-
rung: Mit Dreizehn hatte ich eine magersüchtige Phase, später
eine Bulimie; es war echt zum Kotzen! Früh merkte ich, dass
ältere Jungs und auch Männer, insbesondere ein echt schmie-
riger Lehrer, sehr an mir interessiert waren. Ich war ziemlich
früh entwickelt und anfangs stolz darauf, wenn ich wegen meiner Tage vom Sportunterricht befreit war und die Mitschülerin-
nen mich mit Ehrfurcht anschauten, während die gleichaltrigen
pickeligen Jungs nichts kapierten. Das klingt so selbstbewusst

und abgebrüht, das war ich aber damals überhaupt nicht; ich begann, meinen Körper zu verstecken, trug weite Kleider, kaufte mir kleine BHs, um meine Brust flach zu machen. Absurd! Krank! Meine Mutter beschimpfte mich netterweise als Flittchen und Hure und ich wusste damals noch nicht, was eine Hure war. Heute weiß ich das. Ich habe ihr offenbar den Gefallen getan." Hofmann war von ihrer Fähigkeit zur Reflexion erstaunt. „Da haben Sie ja schon schwierige Zeiten durchlebt." Er fuhr zielstrebig, fast explorativ fort: „Sie erwähnten im zweiten Termin einen Suizidversuch."

„Ja, ich hatte einen älteren Freund, auch meinen ersten Sex mit ihm. Es war ein einziges Rumgemurkse. Nicht schön. Enttäuschend einfach." Sie lachte laut. "Er war einer der Söhne von Arturo, der das beste Restaurant in Erfurt führte, in dem wir öfters waren. Bruno, so hieß mein Freund, war sieben Jahre älter und hatte mich eifersüchtig bewacht. Ich hatte die Familie immer mit einer Bärenfamilie verglichen, kraftvoll und gefährlich. Arturo heißt ja Bär, Bruno übrigens auch. Bruno, der Jungbär, hatte wegen mir selbst großen Stress in seiner Familie, er sollte eigentlich mit einer entfernten Cousine aus Süditalien verkuppelt werden. Ich war weder in dieser noch in meiner Familie erwünscht. Bruno tat mir dennoch einfach nur gut." Schweigen. „Dann war er plötzlich verschwunden. Einfach weg! Er sei angeblich wegen einer Ausbildung nach Italien zu Verwandten geschickt worden. Er schrieb mir anfangs heiße und geheimnisvolle Briefe, dann brach der Kontakt aber plötzlich ab. Ich weiß nicht warum. Da war ich mit dem Leben fertig und schlucke eine Menge Tabletten meiner Mutter. Es hätte geklappt, wenn Maximilian mich nicht gefunden hätte." Schweigen.

„Ihre Mutter war plötzlich weg, Bruno war plötzlich weg, da waren Sie mit Ihrem Leben am Ende."

„Bei Bruno mag das zutreffen. Heute weiß ich, dass er wegen krimineller Aktivitäten hier aus dem Verkehr gezogen wurde. Ich weiß aber nicht einmal, ob er noch lebt. Gleiches gilt übrigens auch für meine leibliche Mutter; keine Ahnung, ob die noch lebt." Schweigen, Frau R. nahm ein Taschentuch, wischte sich die Augen und putzt sich kräftig die Nase. Beide schwiegen eine Weile.

„Nach dem Fachabi wurde ich zu einer Krankenpflegeausbildung nach Paderborn geschickt. Die Nonnen waren echt die Hölle!" Sie lachte über diesen Satz. „Nonnen und Hölle! Das ist ja paradox! Nach drei Monaten warf ich hin und entschied mich für eine Lehre im Hotelfach in München. Arturos Familie half mir bei der Stellensuche, wahrscheinlich wollten auch sie, dass ich weit weg von Erfurt war. Ich machte den kaufmännischen Abschluss und jobbte zwei Jahre in verschiedenen Hotels, in Mailand und Südfrankreich. Ich spreche Englisch, Italienisch und mäßig Französisch. Danach flog ich einige Jahre bei der Lufthansa als Flugbegleiterin, ich wohnte damals in München."
„Ein bewegtes Leben."
„Ja, schon. Äußerlich, aber ich hatte kein richtiges Zuhause, keine längere Beziehung, obwohl mir viele Männer den Hof machten. Für viele Frauen war ich offenbar ein rotes Tuch. In der Fliegerei ging es eigentlich, weil die Crews für jeden Flug neu zusammengewürfelt wurden; man sah sich selten zweimal. Es war wie bei einem one-night-stand. Aber nach vier Jahren Saftschubserei hatte ich keine Lust mehr."
„Saftschubserei?"
„Stewardessen werden auch Saftschubsen genannt." Lacht. „Ist ja nicht sehr anspruchsvoll: tea or coffee? Tomatojuice? Ich flog Mittelstrecke, meist in Südeuropa. Die ständige Anmache von Männern gefiel mir anfangs, in einem Flug bekam ich sogar fünf Visitenkarten zugesteckt. Einige standen wohl unter einer Testosteronüberdosis. Diese Nummer ging mir dann aber zunehmend auf die Nerven. Ich konnte dem Gast ja nicht sagen: Fick dich doch selber, du Wichser! Ganz nett waren einige Piloten, wenn auch nicht alle." Sie schwieg eine Weile. „Was mich aber

zunehmend gestresst hatte, war, dass ich auf den Flügen einige Geschäfte abwickeln musste, die nicht ganz ungefährlich waren. Erwarten Sie bitte nicht, dass ich Ihnen das jetzt erläutere." Pause. „Ich hatte eine depressive Episode, wie es hieß, nahm Medikamente. Ich war so naiv, das meiner Chefin zu sagen, da durfte ich wegen der Psychopharmaka nicht mehr fliegen. Egal! Ich hatte sowieso die Nase voll davon."

„Sie lebten quasi auf einer Überholspur und mussten sich dann mal zurückziehen und auftanken?"

„Ja, so ungefähr. Ich wusste und weiß eigentlich heute noch nicht, wohin ich da unterwegs war. Ich weiß heute nur, ich muss da raus. Die Coronazeit scheint ein guter Moment zu sein."

„Gut, eine Möglichkeit, dies herauszufinden, könnte eine analytische Psychotherapie sein." Ob sie wisse, wie diese abliefe?

„Ich glaube schon. Es geht um mein bisheriges Leben, unbewusste Konflikte, Träume, Sexualität, Liebe, Hass und so einen Kram. Richtig?"

„Ja, genau, das sind wichtige Themenbereiche, neben einigen anderen mehr. Unsere Zeit für heute ist wieder einmal vorbei; in einem weiteren Termin möchte ich mit Ihnen einige formale Aspekte und Spielregeln der Therapie besprechen."

Sie vereinbarten einen vierten Termin. Es dauerte etwas, bis Hofmann das Taschenbuch aus seinen vielen Hundert Büchern gefunden hatte: „Marie Cardinal Schattenmund, hier ist es" und er übergab es Frau R., die nach dem Gespräch über ihre Lebensgeschichte erschöpft wirkte und langsam aufstand. Sie bedankte sich und wünschte, den nächsten Termin gleich zu vereinbaren.

47.
Die Therapievereinbarung

Im vierten Gespräch ging es um die Therapievereinbarung. Dr. Hofmann bot Frau R. eine analytische Psychotherapie im Liegen auf der Couch mit zwei oder drei Sitzungen in der Woche an.
„Wie beim alten Freud?"
„Wie beim alten Freud."
Offen war die Frage der Bezahlung. Sie wollte die Therapie selbst bezahlen. Für ihn wäre das in der Tat einfacher, es würde ihm eine Menge an bürokratischem Aufwand ersparen. Aber: Sie sollte ernsthaft in Erwägung ziehen, die Therapie über ihr Krankenkasse laufen zu lassen, da es ja schließlich eine Krankenbehandlung sei. Eine Analyse benötige Zeit, mehrere Jahre, das maximale Kontingent ihrer Krankenkasse betrage 300 Sitzungen, das wären stolze 30.000 €. Um ihn, Hofmann, zu bezahlen, müsste sie sich vielen Männern verkaufen; sie wolle doch eigentlich aus dieser Nummer herauskommen. Frau R. meinte, das stimme, aber er kenne ihre Sätze nicht, die seien deutlich höher als seine und lachte ihn an. Der Grund war: Sie wollte auf keinen Fall, dass sehr persönliche Daten und Befunde bei der Krankenkasse landen. Hofmann erklärte, dass er das gut verstehen könne. Er beschrieb das Antrags- und Genehmigungsverfahren, in dem Daten aus den Vorgesprächen des Patienten anonymisiert an einen Gutachter gingen, der über die Kostenübernahme gemäß Richtlinien entscheiden würde. Die Krankenkasse kenne nur die Diagnose, zum Beispiel rezidivierende depressive Episode und dass sie deswegen eine Therapie beantrage. In seiner Praxis werde die Dokumentation ebenfalls chiffriert und sicher verwahrt.
Von der geplanten zentralen elektronischen Patientenakte und zentralen Speicherung im Gesundheitswesen sowie seinem persönlichen Widerstand dagegen erzählte er ihr nichts; das wäre

zu verwirrend für sie. Er fügte hinzu, dass ihre Krankenkasse aufgrund der verschiedenen medizinischen Untersuchungen, die mit der Kassenärztlichen Vereinigung abgerechnet würden, wisse, dass sie eine medizinisch überwachte Prostituierte sei.

Frau R.: „Über den ‚Bockschein‘, wie wir das nennen, mag die Kasse ja Bescheid wissen. Ich möchte aber nicht, dass nicht-medizinische Informationen irgendwo landen."

„Alles, was hier Thema ist, unterliegt der ärztlichen Schweigepflicht. Meine wenigen Notizen verlassen die Praxis nicht, sie sind bestens geschützt. Dritte haben keinen Zugang. Ich darf noch nicht einmal jemandem sagen, dass Sie Patientin bei mir sind."

Hofmann erinnerte sich heute mit Wehmut an diese Sequenz im dritten Gespräch und hatte ein elendes Gefühl, weil dieser Anspruch durch die beiden Einbrüche und die Mitteilung ihrer Personendaten an die Kripo von ihm nicht eingehalten worden war. Hatte er ihr Vertrauen, das sie in ihn und die Therapie damals setzte, inzwischen verloren und sie verraten?

Frau R. vertraute ihm und gab ihm ohne Widerspruch und Diskussionsbedarf ihre Versichertenkarte zum Einlesen in sein Praxisprogramm und Ausdrucken des Antrags auf Psychotherapie, den sie ohne Zögern unterschrieb. Diese formale Hürde zur Beantragung der Therapie war genommen.

Er gab ihr noch eine schriftliche Information über den Umgang mit nicht wahrgenommen Therapiestunden. Bei kurzfristigen Absagen müsse sie das Stundenhonorar selbst zahlen, er könne der Kassen nichterbrachte Leistungen nicht in Rechnung stellen. Er stelle ihr verbindlich seine Person, seine Professionalität, die vereinbarten Zeiten und den Praxisraum zur Verfügung. Mittelfristige Terminverlegungen seien möglich.

„Das ist ja genau wie bei mir", sagte sie schmunzelnd.

Sie kannte sich in verschiedenen Settings gut aus, dachte Hofmann.

Zum Schluss fragte er Frau R., ob sie wisse, wie solch eine analytische Therapie ablaufe. Sie dachte nach und meinte, er werde sie durch Fragen leiten und durch Worte behandeln.

„Nicht ganz so. Vielleicht stelle ich auch mal eine Frage, aber die Themen der Therapiesitzungen bestimmen Sie, wie sie ihnen in den Sinn kommen. Und: Sie behandeln sich selbst. Ich helfe nur dabei."

„Das ist ja ein Ding! Sie bekommen das Geld und ich muss arbeiten", sagte sie mit gespielter Empörung.

„Nun ja, ich arbeite auch, auf meine Weise. Die Spielregeln sind die Einhaltung des äußeren Rahmens, den nennen wir Setting. Sie kommen zu den vereinbarten Zeiten zu mir in die Praxis, egal, was draußen los ist. Ich vergleiche die Therapie manchmal mit einem Dampfer, der nach strengem Fahrplan in See sticht, egal wie das Wetter ist, ob Sonnenschein, Sturm oder Unwetter."

„Und Sie sind der verantwortliche Kapitän."

„Genau, der bin ich. Es gibt für uns zwei Arbeitsregeln: Die Grundregel für Sie ist folgende: Sie sollen frei über Ihre Gedanken und Gefühle sprechen und keinerlei Zensur ausüben. Das heißt, Sie sollen frei assoziieren. Das ist Ihre Regel."

Frau R. dachte eine Weile nach. „Das stelle ich mir aber sehr schwer vor, weil ich über bestimmte Themen mit Ihnen nicht sprechen will. Oder auch nicht sprechen kann."

„Nun, dafür gibt es bestimmt Gründe, die es zu verstehen gilt. Wenn Sie aber bestimmte Themen absolut draußen lassen, wird die Therapie nicht funktionieren können." Hofmann legte eine Pause ein, um ihre Reaktion abzuwarten. „Wenn Sie zum Frisör gehen, nehmen Sie auch Ihren Hut ab, oder machen beim Zahnarzt den Mund auf."

„Ich weiß nicht, ob ich das kann. Frisör o.k., Zahnarzt ungern."

„Wir werden sehen. Und es gibt auch von therapeutischer Seite eine Regel, nämlich die, dass nichts von mir bewertet wird, was Sie zum Thema machen. Sie werden nicht belohnt und auch nichts bestraft. Sie werden nicht für irgendetwas anderes missbraucht, sexuell, finanziell, narzisstisch. Es geht einfach darum, Sie gemeinsam zu verstehen, in verschiedenen Rollen: Sie die Patientin und ich der Analytiker."

„Klingt wie ‚Ich Tarzan, Du Jane'." Beide mussten lachen.

„Ja, gar nicht schlecht der Vergleich. Wir müssen durch einen dichten, gefährlichen, aber auch exotischen Dschungel mit verführerischen Früchten."

„Wahrscheinlich sind einige vergiftet. Ok. Ich soll ja sagen, was mir einfällt. Und es ist wirklich egal, was ich denke und sage?"

„Ja, egal im Sinne von gleich wichtig, was Sie denken und fühlen. Auch über mich." Sie schaute ihn ungläubig an. „Wenn Sie zum Beispiel mit mir böse sind oder mich sogar für einen Idioten halten, ist das unser Thema. Wenn Sie mich verführen wollen, dann ist das auch unser Thema."

„Aha, wir kommen der Sache näher. Aber glauben Sie ja nicht, dass ich mich in Sie verlieben werde", dabei schaute sie zur Couch am anderen Ende des Raumes.

„Wir nehmen es, wie es kommt. Alle Ihre Gedanken und Gefühle sind erlaubt und wichtig. Danach zu handeln, ist aber nicht möglich, das ist tabu. Eine reale Verführung findet also nicht statt. So eine Analyse ist eine sehr persönliche und intime Beziehung in völliger Abstinenz."

„Puh! Das ist hier ja eine ganz andere Welt, als ich sie kenne: Innere Freiheit, Ruhe, aber kein Handeln, keine körperliche Nähe, keine Strafe. Und jede Menge Gefühle. Irre!"

„Ja, so eine Situation und Beziehung finden Sie in Ihrem Leben draußen bestimmt nicht. Wir könnten sonst auch nicht über alles sprechen und versuchen die Hintergründe zu verstehen."

„Das kann ich mir vorstellen, das hier ist wirklich eine komische Veranstaltung" und lacht. Kurze Pause.

„Ich möchte zum Abschluss noch wissen, wieso Sie gerade auf mich gekommen sind", fragte Hofmann.

„Nun, ich wollte zu einem Mann, der älter und erfahren ist, den ich ernst nehmen kann und – wie soll ich sagen – der mir standhalten kann und nicht auf mich hereinfällt." Sie schaute ihm fest in die Augen. „Zweitens geht mir immer wieder das Buch von der Cardinal durch den Kopf. Ich habe es übrigens in zwei Zügen durchgelesen. Sehr spannend! Drittens bekam ich Ihren Namen von einem Kunden oder Klienten. Sagen Sie nicht auch Klient?"

„Nein, ich spreche von Patienten. Kommt von lateinisch ‚patientia': Leiden, erdulden."

„Andere Therapeuten sprechen aber von Klienten."

„Mag sein. Das Wort Klient kommt vom Lateinischen ‚cliens' und das ist wörtlich ein Schutzbefohlener; ich bin kein Advokat oder Steuerberater, der für seinen Klienten spricht und handelt." Hofmann schob dann nach: „Kunden sind meine Patienten auch nicht, ich mache keine Geschäfte mit ihnen, ich verkaufe ihnen auch nichts."

„Einspruch: So eine Analyse scheint mir zunehmend mit einem Puff vergleichbar zu sein, es geht auch da um ein Geschäft, um käuflichen Liebe und Zuneigung nämlich." Sie schaut ihn kämpferisch an. „Ich bezahle Sie schließlich für diese höchst intime Beziehung. Richtig? Kriege ich von Ihnen Ihre echte Zuneigung? Sympathie vielleicht, aber bestimmt keine echte Liebe? Wahrscheinlich nicht. Hier ist es eine Eins-zu-Eins-Situation wie in meinem Job." Nach einer Pause. „Immerhin kriege ich von Ihnen kein HIV, Tripper, Pilze oder Genitalherpes. Das ist ja immerhin schon einmal was."

Hofmann war über ihre Heftigkeit erstaunt. Sie hätte recht, dass eine Psychoanalyse auch eine geschäftliche Seite hat, sie sei schließlich eine Behandlung eines psychisch kranken Menschen. Sie sei aber keine käufliche Liebe oder Triebbefriedigung wie im Puff oder anderswo. Eine analytische Therapie ist in der Tat eine sehr intime Beziehung, eine therapeutische Beziehung, allerdings in höchster Abstinenz, ohne Erfüllung von Wünschen, ohne Verbote, ohne Strafen, ohne Erziehung und ohne Handeln – nur Verstehen, emotional und kognitiv.

Frau R. hörte sich das alles in Ruhe an und setzte nach: „Was machen Sie eigentlich, wenn Sie von einem Patienten oder noch besser von einer Patientin körperlich, sexuell bedrängt werden?"

Hofmann hatte den Eindruck, dass sie ihre Waffe noch einmal nachgeladen hatte. Er sagte nur: „Was meinen Sie, was dann passieren könnte?"

„Ach komm!" Sie fiel ins Du. „Nicht wieder diese Nummer! Ich bin in meinem Setting, wie Sie es nennen, auf mich gestellt und meinem Kunden in einer gewissen Weise körperlich völlig ausgeliefert. Ich vertraue, dass er die Spielregeln einhält und nicht Grenzen überschreitet oder mich quält oder gar umbringt."

„So ähnlich ist es hier auch. Wir beide müssen das Setting und die Spielregeln einhalten, sonst funktioniert die analytische Therapie nicht."

Sie dachte nach. „Was würden Sie machen, wenn ich behaupten würde, Sie hätten mich sexuell bedrängt, missbraucht oder auch anders: Sie hätten sich von mir vernaschen lassen?" Sie schaute Hofmann keck an und wartete auf seine Antwort. Er hatte den Eindruck, Frau R. versuchte alle Grenzen jetzt schon einmal auszutesten. „Sagen Sie jetzt bitte nicht, was ich dazu denken würde. Ich will es jetzt von Ihnen hören."

Hofmann lachte: „Doch, das wäre gut, wenn Sie mir dazu Ihre Einfälle mitteilen könnten!" Sie schwieg fast trotzig.

Hofmann sagte: „Also: Sie möchten mir klar machen, dass Sie nicht nur eine hilfsbedürftige Patientin sind, sondern auch eine gewisse Macht über mich haben, denn Sie könnten mich beruflich und privat ziemlich ruinieren, zumindest sehr schaden."

Jetzt dachte Frau R. etwas länger nach. „Das ist durchaus ein verlockender Gedanke!" Sie fixierte ihn mit ihren braunen Augen und ein leicht triumphales Lächeln huschte über ihr Gesicht.

Sie fuhr fort: „Nun gut. Mein Kunde war bei Ihnen Patient. Sie haben ihm ziemlich schnell seinen Fetisch genommen, ihn quasi davon befreit. Erstaunlich, muss ich sagen. Eigentlich sind Sie für mich geschäftsschädigend. Und ich werde ihnen auch nicht sagen, wie er heißt, Geschäftsgeheimnis, Schweigepflicht", und lachte.

„Sehr einverstanden. Wir müssen für heute sowieso Schluss machen." Die Sitzung war zu Ende. Hofmann sagte, er stelle den Antrag bei der Krankenkasse. Sie und er würden von der Kasse Bescheid bekommen, dann könne die Therapie beginnen. Sie sollte sich melden, wenn Sie ihn bekommen habe. Sie könne sich aber auch wegen eines oder zwei weiterer Gespräche vor dem offiziellen Therapiebeginn melden.

Für eine depressive Patientin war Frau R. heute ein bisschen sehr auf Krawall gebürstet, recht angriffslustig und sogar für ihn potenziell bedrohlich, dachte Hofmann. Für sie ist es eine narzisstische Kränkung, ihn um Hilfe zu bitten. Sie hatte verstanden, dass sie eine intensive therapeutische Beziehung eingehen und ihre Kontrolle aufgeben muss, wenn sie ihren Gedanken und Gefühlen frei nachginge. Sie müsste sich sehr tief öffnen und darauf vertrauen, dass Hofmann sie nicht verletzen, missbrauchen und enttäuschen würde. Das hatte sie genug erlebt; mit diesen Gefühlen in Kontakt zu kommen, dürfte bei ihr tiefe schmerzliche Erinnerungen auslösen. Ihr stand eine massive Trauerarbeit bevor. Daher schien es ihr wichtig zu sondieren, ob sie umgekehrt Macht über ihn haben könnte. Dass sie ihm sogar gefährlich und ihn existenziell vernichten könnte, hatte sie jetzt erst realisiert. Der Gedanke war für sie beruhigend. Hofmann war sich bewusst, dass er mit Frau R. eine Patientin in Therapie nehmen würde, die nicht nur interessant, schillernd und verführerisch wäre, sondern aufgrund ihrer psychischen Struktur auch zu einer destruktiven Dynamik im Stande sein würde, die nicht nur gegen sie selbst, sondern sich auch gegen ihn als Therapeuten richten könnte und vielleicht müsste. Dass sogar die Gefahr bestehen könnte, dass er wegen der Beziehung zu ihr von einem Dritten bedroht und in Lebensgefahr gebracht werden könnte, war für ihn damals nicht vorstellbar. Patienten, die außerhalb des therapeutischen Settings agierten, hatte er in seiner Berufspraxis genug erlebt. Nichtsdestotrotz hatte er keine Lust mehr auf dieses Theater, wenn Patienten mit einem Beziehungswahn, einer Borderline-Störung oder einer erotisierten hysterischen Störung diese in einer analytischen Therapie in Szene setzten und ihn aus seinem Setting zu hebeln versuchten. Mit fast 60 Jahren hatte er eine solide klinische Erfahrung; er war aber auf sehr komplizierte Patienten nicht mehr so erpicht wie in jungen Jahren. Junge Kollegen legten häufig einen „furor sanandi" an den Tag, also eine Tollkühnheit, alles und jeden heilen zu wollen. Mit der Berufserfahrung nahm dieser Furor ab und die therapeutischen Grenzen wurden deutlicher.

Auch wusste er, welchen Patienten Frau R. meinte. Für ihn war es in der analytischen Therapie dieses Patienten sehr erstaunlich, wie sich sein Fetisch - er war auf Frauenbeine in Nylons und High Heels fixiert - nach wenigen Monaten auflöste. Nackte Beine oder die Region oberhalb der Nylons, also der Rest des weiblichen Körpers ließen beim ihm jede erotische Lust schwinden. Das psychoanalytische Verständnis einer solchen Perversion oder Paraphilie war, dass der Patient einen in seiner Entwicklung frühen ungelösten narzisstischen Konflikt und einen zweiten in der Phase der sexuellen Identitätsbildung hatte, wobei er sich nicht als vollständiger Mann fühlte und ihm das weibliche Genitale unbewusst große Angst einflößte. Seine Mutter erlebt der Patient als streng, entwertend und ihn in seiner Männlichkeit kastrierend. In jungen Jahren hatte der Patient sogar ein lebendiges Sexualleben gehabt. All das sagte er Frau R. natürlich nicht, er schwieg zu ihren Erläuterungen.

48.
Teambesprechung am Freitag

Bauers Team arbeitete inzwischen in verschiedenen Arbeits-
gruppen und Sonderkommissionen an unterschiedlichen Verbrechen, die sich in den letzten zehn Tagen zugetragen hatten.
Das Team Gruber 17 wurde vorübergehend aufgelöst, die Kollegen wurden anderen Fahndungsbereichen, zum Beispiel mit
dem Kommissariat für Rauschgift und organisierte Kriminalität
zugeordnet. Bauer und seine Leute hatten alle Hände voll zu
tun.

Kommissarin Thea Henninger wurde beauftragt, die Wohnungs-
adresse von Anna Amalia Ruschke im Sonnenring in Frankfurt
Sachsenhausen aufzusuchen. Die junge Frau, die ermordet in
einem Müllcontainer gefunden worden war, war definitiv eine
andere Person.

Amalia Ruschke wurde im Sonnenring nicht angetroffen, ihr
Briefkasten quoll über. Nachbarn konnten keine sachdienlichen
Auskünfte geben. Der zuständige Hausmeister bot sich erfreu-
licherweise an, die Wohnung zu inspizieren; Kommissarin Henninger betrat die Wohnung nicht, sie hatte keine richterliche
Zutrittsberechtigung und wollte keinen Verfahrensfehler begehen, zumal keine unmittelbare Gefahr im Verzug war. Der Hausmeister sagte, die Mieterin sei nicht anwesend, es sehe so aus,
als sei sie einige Tage nicht hier gewesen, nicht gelüftet, Blumen verwelkt. Henninger fragte ihn, ob er im Bad nach einer
Haarbürste, Kamm oder Zahnbürste schauen könnte. Er sagte
nur „logo", verschwand in der Wohnung und kam zurück, er
habe nichts dergleichen gefunden. Sie bedankte sich bei dem
unkomplizierten Hausmeister und wollte gerade gehen, als er
sie fragte, ob sie auch das Studio der Mieterin sehen wolle.

Henninger war erstaunt, sie wusste nichts davon, sagte aber, „ja, natürlich". Sie fuhren ein Stockwerk tiefer und mussten durch einen langen Gang mit Sicherheitstüren gehen. An der Tür stand nur eine Apartmentnummer A3-27 und ein Bild einer roten Rose. Der Hausmeister klingelte mehrfach und klopfte, dann versuchte er die Tür aufzuschließen; er musste verschiedene Schlüssel ausprobieren, keiner passte, um festzustellen: „Die muss das Schloss ausgetauscht haben." Er schaute etwas umständlich in seinem Handy nach und sagte, dieses Drei-Zimmer-Apartment sei vor zwei Jahren verkauft worden, genauso die beiden links und rechts daneben. Da habe einer gleich drei Wohnungen gekauft. Ob er wisse, wer die Apartments gekauft habe, wollte Henninger wissen. Nein, das wisse er nicht. „Die Frau arbeitet im Horizontalgewerbe. Eine Nutte. Die ist aber eine nette Nutte", grinste er. Hier im Sonnenring gebe es einige von denen; er fand diese hier immer unkompliziert und großzügig, wenn sie seine Dienste brauchte. Andere seien oft zickig, eingebildet und geizig. Er kenne sie nicht einmal mit ihrem richtigen Namen. Hier müsse ja alles diskret sein, anonyme Nummern, in jeder Hinsicht. Henninger machte ein Foto der Apartmenttüren von A3-26 bis A3-28. An der Tür des Apartments A3-28 klebte ein Bild einer Kirche mit Turm.

In der Freitagsbesprechung von K 11 berichtete Kommissarin Henninger von ihren Recherchen über Frau Ruschke im Sonnenring. Sie habe die Gesuchte nicht angetroffen; es gab noch ein zweites Apartment, in dem sie offenbar der Prostitution nachging. Zwei Nachbarapartments schienen wohl dem gleichen Besitzer zu gehören. Keines der Apartments habe sie betreten.

Von dem Fahrer des AMG mit dem Hanauer Fantasienummernschild fehlte immer noch jede Spur. Der Haupttäter, der Hofmann niederschlagen hatte, war nicht identifiziert. „Vielleicht ist er auch ein new kid in town", sagte Kommissarin Siefert. Bauer fand diese Idee interessant. Diesen Satz benutzte sie auch in der Besprechung der Schießerei am Rande des Bahnhofviertels.

Das Team des K 11 war über die Ergebnislage des Falls Gruber 17 ziemlich unzufrieden. Der Täter, der bei der Strafsache wahrscheinlich nur eine untergeordnete Rolle spielte, blieb weiterhin unbekannt. Wer hatte diesen Auftragseinbrecher zweimal bestellt und warum? Eine andere Person, die Prostituierte und Patientin von dem Hofmann, war nicht auffindbar; heute hätte sie wieder Therapiestunde bei ihrem „Seelenklempner", sagte Kommissar Werner. Bauer störte diese abqualifizierende Bemerkung; er widersprach nicht, sondern meinte nur: „Sie wird nicht kommen."

Konsens war, dass Hofmann stärker in die Zange genommen werden müsste. Werner meinte, „der Psychodoc" habe den Ernst der Lage noch nicht kapiert, er behinderte die Ermittlungen. Henninger sagte, sie wolle ihn gerne stärker in die Zange nehmen. Bauer meldete rasch sein Interesse an, er habe mit Hofmann schon einige Gespräche geführt und wisse, wo es lang ginge. Iimmerhin sei er über seinen Schatten gesprungen, habe kooperiert und auch ohne richterlichen Beschluss auf Herausgabe der Patientendaten, den Namen der Patientin genannt, wegen der offenbar die Überfälle auf die Praxis passiert seien. Bauers Hauptmotiv war aber, dass nicht bekannt wurde, dass er früher bei Hofmann in Therapie war; das hätte einigen Wirbel im Präsidium ausgelöst. Bauer ein „Psychoei" würde Werner ätzen! Sein Chef müsste ihm eigentlich den Fall wegen Befangenheit entziehen, was nicht ganz falsch wäre. Henninger bot sich an, ihn zu Hofmann zu begleiten. Bauer lehnte auch das dankend ab, und bat sie vielmehr herausfinden, wer der Besitzer des Studios A3-27 und der Nachbarapartments sei.

Malzahn erzählte noch von dem Anruf einer Frau, die sich um das Verschwinden einer Freundin oder Kollegin Sorgen gemacht habe, vielleicht könnte der Anruf mit der Sache Gruberstraße oder der Toten bei Mannheim etwas zu tun haben. Sie habe da „so ein Gefühl". Werner schaute Bauer und Henninger fragend an. „Wir brauchen keine vagen Gefühle, sondern Fakten." Die Assistentin Malzahn stand mit den Worten auf: „Aaron, Du kannst mich mal mit Deinen Fakten." Werner hob nur beide Hände, als wollte er sich ergeben. Bauer verstand die Gereiztheit im K 11 nicht.

Er rief Hofmann an und lud sich zu 16 Uhr zu einem Gespräch in seiner Praxis ein, der einwandte, er habe da einen Patiententermin.

„Frau R. wird nicht kommen, das vermuten Sie doch auch; wenn sie doch erscheinen sollte, ziehe ich leise Leine. Ich bringe Kaffeestückchen mit, machen Sie mir einen starken Kaffee? Die Woche war sehr hart. Sie haben doch eine super Maschine in Ihrer Küche; sie ist ja wieder wohlbehalten zurückgekehrt. Oder?"

„Ja, ist sie, vielen Dank. Ich glaube, Sie werden recht bekommen. Dann nehmen wir ARUs Stunde für unser drittes Gespräch. Einen starken Kaffee kann ich nach dieser Woche auch gut gebrauchen."

„Arus Stunde?"

„Sie kennen doch meine Namenskürzel: Amalia Ruschke ist in meinem Kalender ARU."

„Dachte ich es mir doch. Dann bis 16 Uhr. Mit Rosinenschnecken oder, was es dann noch gibt."

49.
Drittes Gespräch Bauer-Hofmann

„Rosinenschneckchen gab's leider nicht mehr, dafür zwei Apfelstrudel. Fragen Sie mich bitte nicht, warum ich heute gerne Rosinenschnecken kaufen wollte", sagte Bauer, als er die Praxis betrat.

„Ich glaube, das wissen Sie selbst am besten. Apfelstrudel finde ich aber noch besser. Leider habe ich kein Vanilleeis oder Sahne dazu."

„Ja, das wäre optimal. Im Strudel sind übrigens viele Rosinen", Bauer brachte den Kuchen in die Küche, so als wäre er selbst hier zuhause. Ein Cappuccino stand fertig auf dem Tablett, der zweite war in Arbeit, daneben der Kakao-Streuer und zwei Teller, ferner zwei Wassergläser und Sprudel. Hofmann legte zwei Kuchengabeln dazu und trug alles zu der vertrauten Sitzgruppe. Bauer saß bereits breitbeinig da, verschränkte die Arme hinter seinem Kopf und streckte sich.

„Sie machen Dehnungsübungen?"

„Ja, aus Wohlbehagen. Bei Ihnen fühle ich mich sofort wohl, ist wie zuhause."

Sie probierten den Strudel und den Kaffee.

Bauer: „Wunderbar. Heute müssen wir einen großen Schritt weiterkommen. Ihre Patientin Frau Ruschke, alias ARU, kommt offenbar nicht. Sie war wohl lange nicht in ihrer Wohnung im Sonnenring. Ihr Erotik-Studio, oder wie ich es nennen soll, war auch verwaist."

„Erotik-Studio?" Bauer informiert Hofmann über Henningers Lokalbesuch im Sonnenring in Sachsenhausen.

„Ich vermute allerdings, dass Frau R. nicht mehr lebt. Irgendwo im Wald verscharrt wurde", sagte er trocken zwischen zwei Bissen Strudel.

Hofmann stellte seinen Kuchen weg und schaute Bauer an.

„Den AMG-Fahrer haben wir noch nicht auf dem Radar. Über die Identität des Täters, der Sie zusammengeschlagen hatte, ist uns auch noch nichts bekannt. Wir hoffen, dass wir bald den Fahrer haben, dann kriegen wir auch den Schlägertypen. Er hatte sein Handy abgeschaltet dabei und vor dem Einsteigen ins Auto wieder eingeschaltet. Vermutlich ein anonymes prepaid-Handy. Sie sehen, wir sind da nicht nennenswert weitergekommen." Pause.

„Also, was können Sie mir über ARU sagen? Ich weiß, dass Sie auch dann nichts sagen dürften, wenn sie tot wäre; die Schweigepflicht gilt über den Tod hinaus. Falls sie aber noch leben würde, könnten Ihre Angaben hilfreich und vielleicht lebensrettend sein. Aber wie gesagt, ich persönlich glaube, dass jemand sie aus dem Weg geräumt hat. Die Tote im Müllcontainer ist übrigens nicht Ihre Patientin."

Hofmann war durch diese brutalen Formulierungen etwas unangenehm berührt, aber froh, dass die Tote offenbar nicht seine Patientin war. Er überlegte, was er Bauer über ARU sagen könnte. Er entschied sich, Bauer weiter über seine Patientin und ihr Leben unter der Bedingung zu informieren, die biographischen Details seiner Patientin nirgends in den Polizeiakten zu vermerken. Bauer versprach ihm, die Details anzuhören und nichts schriftlich festzuhalten, damit keine Dritten und weitere Stellen diese Daten erfuhren. Jetzt und später nicht. Er verstand Hofmanns Wunsch, seine Patientin, nachdem er ihren Namen preisgegeben hatte, weiter zu schützen.

Bauer bedankte sich bei Hofmann für das Vertrauen in ihn. Hofmann hatte kein gutes Gefühl bei dieser Kollaboration mit der Polizei; wäre der Kommissar nicht sein ehemaliger Patient gewesen, hätte er diesen Schritt nicht gewagt. Er hoffte, dass Bauer diskret mit den Informationen umging und dadurch ihr Leben gerettet werden könnte.

„Also: Dies zu ihrer Lebensgeschichte: Sie ist in einer Pflegefamilie in Erfurt aufgewachsen, der Pflegevater kam nach der Wende aus dem Westen. Sie hatte eine Ausbildung im Hotelfach absolviert, unter anderem in Italien gearbeitet, dann mehrere Jahre als Flugbegleiterin bei der Lufthansa. Zunehmend wandte sie sich der Prostitution zu. Dazu passt offenbar das Studio im Sonnenring. Sie hat als ‚unabhängige Edelhure‘, wie sie selbst sagte, gearbeitet, auf eigene Rechnung und für einen Escort-Service, der nur unter der Hand in besseren Kreisen gehandelt wurde. Ihr Kunden waren reiche und einflussreiche Männer aus dem In- und Ausland. Ich glaube auch Kriminelle. Naja, die Übergänge sind fließend. Sie habe ihre Dienste nicht im Internet angeboten, sagte sie.“
Bauer hörte nur zu, machte sich keine Notizen.

„Sie kam im Februar zum ersten Gespräch, es kristallisierte sich heraus, dass sie aus dem Milieu aussteigen wollte. Sie war bei einer Beratungsstelle, ihr ging es seelisch sehr schlecht. Sie deutete an, dass irgendwelche Osteuropäer in die Bordellszene hier in Frankfurt stärker einsteigen wollten und sich mit etablierten Leuten der Prostitutionsszene und des Frauenhandels angelegt hätten. Frau R. sprach von einem drohenden Krieg. Ohne eine Schutzmacht, z.B. durch ihre italienischen Kontakte, fühlte sie sich bedroht. Sie hatte sich in den wenigen Sitzungen ihrer gerade erst begonnen Therapie nur vage und vieldeutig geäußert.“
Bauer: „Wir wissen, dass die Bordellszene im Rhein-Main-Gebiet von verschiedenen internationalen Akteuren beherrscht wird; die scheinen sich zu vertragen und haben ihre Claims abgesteckt. Wir vermuten aber, dass Osteuropäer, vor allem Russen, Ukrainer, Serben, Rumänen und Albaner zu einem Verdrängungswettbewerb angetreten sind inclusive einen bewaffneten Aufstand. Es geht dabei nicht nur um käuflichen Sex, Frauenhandel und Drogen, sondern vielmehr eher um Waffenhandel, Geldwäsche und

Schwarzgeld in Immobilien zu legalisieren. Es ist sehr viel Bargeld im Umlauf. Unsere Kollegen vom Zoll sind im Darknet unterwegs und werden gelegentlich fündig. Manchmal denke ich, dass unsere Behörden, Gesetze und die Justiz zu lasch sind im Vergleich zu denen zum Beispiel in Italien. Das organisierte Verbrechen fühlt sich in Deutschland wohl." Er aß von dem Kuchen und sprach weiter. „Nach Ende der DDR hat sich die Mafia aus Süditalien auch im Osten niedergelassen und Erfurt war ihr erster zentraler Stützpunkt. Es gab gerade dort sehr viele italienische Restaurants und Geschäfte; da wurde Geld gewaschen, Politiker, Richter und Polizisten standen auf ihrer Gehaltsliste oder wurden mit Aufmerksamkeiten wie Essen, Reisen und auch Nutten geschmeidig gehalten. Das ist heute Allgemeinwissen, das ging sogar durch die Presse. Was Sie ebnen sagten, passt gut zusammen."

„Das alles war mir nicht bekannt, zum Beispiel dass Erfurt ein Zentrum der Mafia war."

„Lieber Herr Dr. Hofmann, Sie leben in einer anderen Welt. Inzwischen gibt es weitere Schwerpunkte des Drogenhandels und der Geldwäsche. In Frankfurt machte neulich ein Wasserhäuschen, also ein einfacher Kiosk mit Bier, Zigaretten, Süßigkeiten und Zeitungen fast zwei Millionen Euro Umsatz; das Finanzamt nahm die Steuern gerne ein. Keiner fragte sich, wo der Umsatz herkam, vom Kaugummi und der Bild-Zeitung bestimmt nicht. Wer weiß, was da noch so verkauft wurde." Bauer nahmen einen Schluck Kaffee. „Ist Ihnen aufgefallen, dass es seit vielen Jahren überall kleine Läden für Goldankauf gibt? Das sind häufig keine Juweliere, sondern Geldwaschanlagen. Die türkische und arabische Mafia wäscht in Shisha-Bars ihr Schwarzgeld. Die OK, organisierte Kriminalität, ist nicht mein Hauptberitt, sonders erst dann, wenn jemand dabei tot umfällt oder schwer verletzt wird."

Hofmann wurde bei dieser Aufzählung etwas schwindelig. Er hatte Bauer nicht erwähnt, dass die Italia-Connection von Frau R.

unausgesprochen mafiöse Züge hatte. Sie war in ihrer Mailänder Zeit die bezahlte Geliebte eines Verwandten von Arturo. Frau R. bezeichnete sich einmal als „die blonde Hure, die von einem italienischen Familienclan adoptiert und unter verschiedenen Fratelli herumgereicht wurde". All dies teilte er Bauer nicht mit. Er sagte nur: „Frau R. hatte berufliche und persönliche Verbindungen zu Personen der italienischen Mafia, genaue Namen der Organisation oder von Personen fielen nie."

Bauer: „Okay. Ich vermute, es ist die Ndrangheta, die Mafia aus Kalabrien. Die waren in Italien auf Müllentsorgen, Giftmüll, im Sinne von Umweltverbrechen spezialisiert, stiegen in Nordeuropa in den Drogenhandel ein, besonders in den Niederlanden. Mit dem Zusammenbruch des Ostblocks ist die Ndrangheta nach Osteuropa expandiert und fing mit Erpressungen, sogenannten Schutzgeldern an, später Drogen, Prostitution, heute Geldwäsche im ganz großen Stil. Sie gründeten italienische Restaurants, in denen man sehr gut essen konnte, führten sie selbst einige Jahre, wuschen immenses Drogengeld; dann verkauften sie das Restaurant und zogen weiter. Sie legten ihr Schwarzgeld in Immobilien und auch in Firmen für Lebensmittel, Speditionen etc. an. Schätzungsweise setzt die italienische Mafia in Deutschland jährlich 50 Milliarden Schwarzgeld um, noch nicht einmal ein Prozent können staatliche Stellen konfiszieren. Finanzminister Schäuble hatte 2014 die Zuständigkeit der Bekämpfung des internationalen Verbrechens z.B. der Ndrangheta von den Landeskriminalämtern zum technisch vorsintflutlichen ausgestatteten Zoll verlegt. Das modernste Gerät war das Fax, von IT keine Spur, null, nada!"

Bauer geriet zunehmend in Rage. "Die O.K. dankte vielmals! Deutschland ist ein Paradies für das organisierte Verbrechen, das momentan massiv in die Bau- und Immobilienbranche eingestiegen ist. Aus Schwarzgeld wird Betongold." Nach einer kurzen Pause: „Auf lokaler Ebene wurden Politiker und Richter bestochen. Es gab Richter und Bürgermeister, die bei der Mafia Urlaub machten. Vielleicht auch der Pflegevater von ARU." Kurze Pause.

„Sie war Stewardess? Dann hat sie bestimmt Geld ins nichteuropäische Ausland geschafft. Als es noch die 500-Euroscheine gab, konnte man leicht im Handgepäck, in einem präparierten Buch, das bei der Durchleuchtung nicht auffiel, sehr große Summen ins Ausland bringen. Ein Buch mit 350 Seiten konnte viele 500-Euroscheine, also gut 85.000 Euro transportieren. In der Türkei, Libanon, Ägypten und Zentralafrika werden bestimmte Crews von bestochenen Zöllnern einfach durchgewunken. In China übrigens auch. Hat sie Ihnen etwas davon erzählt?"

„Nein. Jetzt, wo Sie das so knallhart äußern, ergeben diese Andeutungen hypothetisch Sinn. Es scheint so, dass der Pflegevater gute Kontakte zu einem Besitzer eines edlen italienischen Restaurants in Erfurt hatte."

„Haben Sie einen Namen?"

Hofmann verneinte, was nicht ganz stimmte, erwähnt wurde ein Arturo und Bruno. Bauer versuchte verständlicherweise mehr aus ihm herauszuholen, er ließ es aber dabei sein. Hofmann bereute es inzwischen, den Namen von ARU preisgegeben zu haben; er reichte Bauer einen Finger, dann packte er den ganzen Arm.

„Gut, wir werden sehen. Ich denke, das Bild wird immer klarer, das Puzzle füllt sich langsam. Wir wissen aber immer noch nicht genau, wie diese Geschichte Ihrer Patientin mit dem Überfall auf Sie zusammenhängen könnte. Was wollten die Einbrecher von Ihnen haben?"

Es klingelte, es war schon 17 Uhr. Beide standen auf. Bauer sagte im Gehen: „Oder es ist ganz einfach. AKU wusste zu viel. Und Sie als Ihr Therapeut wissen auch zu viel. Das meinen zumindest die Auftraggeber. Sie sind noch nicht aus der Gefahrenzone, wenn ich das einmal so sagen darf. Ich melde mich. Passen Sie gut auf sich auf, die Ndrangheta und ihre russische Konkurrenz sind überall und verstehen keinen Spaß. Corona leider auch nicht."

Hofmann war etwas durcheinander, wusste nicht, ob er zu geschwätzig war oder die Gefahrenlage verdrängt und damit falsch eingeschätzt hatte. Bauer hat Selbstbewusstsein und eine gesunde Aggressivität gezeigt. Als Patient war er ihm aber lieber.

Vor der Praxistür stand Frau von Ysenberg. „Ach, der Herr Kommissar schon wieder", sagte sie überrascht und auch etwas erfreut. Bauer trocken: „Guten Tag, Frau von Ysenberg" und ging zügig an ihr vorbei; beinahe hätte er „Caro" gesagt, weil er sie in seinen Gedanken immer so nannte. Er ging das schöne alte Treppenhaus hinunter und konnte sich vorstellen, was jetzt in der Therapiestunde von Caro Thema sein dürfte. Und Hofmann schwieg wie ein Grab, sonst könnte er vieles in der Boulevardpresse nachlesen. Überhaupt hatte er den Eindruck, dass Hofmann ihm nur das allernötigste mitgeteilt hatte. Er sollte ihn ja in die Zange nehmen, aber mehr ging heute einfach nicht; da hatte der Kommissar wohl eine Beißhemmung. Immerhin hatten der Apfelstrudel und der Cappuccino geschmeckt.

Er fuhr noch einmal ins Präsidium, machte eine Gesprächsnotiz ohne Details über Frau R. und beschloss, nach Hause zu fahren. Seine Frau hatte zu 20 Uhr Freunde zum Essen und Doppelkopf eingeladen, die er sehr mochte. Bauer ärgerte sich bei diesem Spiel immer, wenn er nicht wusste, mit wem er zusammenspielen konnte, wer beim Doppelkopf die Kreuz-Dame hatte oder nicht. Seine Frau trat ihm manchmal konspirativ unter dem Tisch ans Bein, um ihm zu zeigen, dass sie mit ihm zusammenspielen würde. Das war nicht ganz sauber, tat aber ihrer Beziehung gut.

Dummerweise hatte er an diesem Wochenende wieder Bereitschaftsdienst. Auf der Heimfahrt hörte er im HR 1 wieder seine Lieblingsmoderatorin und ziemlich gute Musik. Das Wochenende schien gut anzufangen.

50.
Gangster haben kein freies Wochenende

Die Doppelkopfrunde konnte zu Ende gespielt werden, der Abend war feuchtfröhlich mit Sekt und Riesling aus dem Rheingau, Mineralwasser aus Bad Vilbel. Bauer musste sich aber alkoholtechnisch zurückhalten. Die Vier diskutierten neben dem Spiel, bei dem es eigentlich bierernst - ähnlich einer deutschen Skatrunde – zugehen sollte und nicht gequasselt werden durfte, aktuelle Themen, insbesondere die Corona-Pandemie. Der Musterknabe Karl Lauterbach prophezeite eine neue Infektionswelle, die heftiger als die im Frühjahr ausfallen würde. Bauer sagte, der Lauterbach habe zwar die falsche Frisur, aber das, was darunter sei, wäre richtig. Die Meinungen in der Viererrunde gingen hoch her. Diskutiert wurde der Einfluss der Mediziner, Virologen und Epidemiologen und sonstiger Ethiker auf die Politik und die öffentliche Meinung. Bauer hatte damit keine Probleme. Die politische Führung schien ihm zu zaghaft. Merkel saß – wie immer – die Probleme aus. Er fragte die Runde, ob sie wüssten, dass der Virologe Drosten von der Charité, auf den die Presse seit geraumer Zeit einhackte, hier in Frankfurt studiert habe; er soll sein Studium mit Nachtwachen auf Intensivstationen finanziert haben. Alle fanden ihn vertrauenswürdig und unprätentiös. Auch fanden sie es beachtlich, dass eine kleine Mainzer Firma, die individuelle Krebstherapien entwickelte, bald einen Impfstoff gegen das Corona-Virus bereitstellen würde, genauso wie eine Firma in Tübingen, die sich der Trump unter den Nagel reißen wollte.

Beide waren messenger-RNA-Impfstoffe, ein neues Prinzip im Vergleich zu den alten Vektorimpfstoffen. Bauer hatte das Gefühl, im richtigen Land und in einer vertrauenswürdigen Gesellschaft zu leben und nicht unter den blonden Politclowns in UK und USA.

„Der nächste fremde Stich geht mit." Das hieß, Bauer hatte zwei Kreuz-Damen und suchte einen Mitspieler oder eine Mitspielerin. Sein Blatt war aber nicht so gut ausgestattet, wenige Trümpfe, ein Ass, aber eine Herz 10. Das könnte knapp werden.

Morgens vor acht Uhr klingelte sein Diensthandy. Die Darmstädter Polizei hätte den Mann festgenommen, den Bauer zur Fahndung ausgeschrieben hatte. Es war der AMG-Chauffeur. Bauer bat die Kollegen, ihn nach Frankfurt zu überstellen. Er werde um neun Uhr im Präsidium sein.
In der Tat war es der Mann, der auf den Videoaufzeichnungen des REWE-Marktes undeutlich zu sehen war und den auch Dr. Hofmann als seinen Patienten identifiziert hatte. Der Mann machte keine Aussagen, hatte keine Papiere dabei, sprach kein Wort. Na schön, dachte Bauer, ‚es geht auch ohne deine dummen Lügen'. Die Fingerdrücke wurden abgenommen und durch verschiedene Programme geschickt. Zu aller Erstaunen waren sie weder in Deutschland und noch in Europa erfasst. „Eine Jungfrau. Dass es so etwas noch gibt", sagte ein Kollege.
Der AMG-Benz wurde vom Polizeipräsidium Südhessen nach Frankfurt in die KTU gebracht. Die Darmstädter Kollegen waren froh, den Fall nach Frankfurt abgeben zu können; das sah nach viel Arbeit aus.

Bauer erfuhr, dass der Fahrer des gesuchten AMG bei Dieburg von einem Zivilfahrzeug des Polizeipräsidiums Süd-Osthessen beschattet wurde und kontrolliert werden sollte. Der Fahrer brauste aber davon und wurde nach einer Verfolgungsjagd durch den Rodgau in Groß-Umstadt festgenommen; er hatte seinen Benz in einer Kurve an eine Hauswand gesetzt. Trotz 1,6 Promille Blutalkohol und Kokain intus wirkte der Mann recht geordnet, er musste Erfahrungen damit haben. Der Benz war in Deutschland nicht zugelassen oder versichert, die Fahrgestellnummer in der Scheibe und im Motorraum sahen echt aus. Der

Halter konnte nicht festgestellt werden. Es fanden sich im Kofferraum mehrere Paare von KFZ-Kennzeichen aus Berlin, Hanau, der Ukraine und Russland. Im Auto wurde eine Waffe gefunden, eine Kalaschnikow neueren Typs, eine LebeDev PL 14, Kaliber 9x19 mit einem 15-Schuss-Magazin, die das russische Militär nutzte; eine moderne Pistole, mit der man sich eine veritable Schießerei liefern konnte. Wahrscheinlich war die Waffe auch noch jungfräulich, noch nicht aufgefallen.

In einem gut ausgestatteten Werkzeugkoffer wurde unter anderem eine Rolle schwarzes Panzertape und ein Bund langer Kabelbinder gefunden. Ferner eine elektrische Kühlbox mit 12 Dosen Beluga-Kaviar Huso-Huso à 250 Gramm auf 0 Grad gekühlt. Der diensthabende Staatsanwalt erließ einen Haftbefehl wegen des Verdachts der Beteiligung an einer schweren Straftat und unerlaubten Waffenbesitzes. Der Kaviar, sofern er echt war, hatte einen Wert von mehreren Tausend Euro, wenn nicht, kam er zum Strafregister dazu. Damit konnten die Ermittlungen ihren Lauf nehmen. Das reichte, den Chauffeur in U-Haft zu nehmen. Vielleicht bringt die kriminaltechnische Untersuchung weitere Erkenntnisse zutage; Befunde dürften erst Anfang der Woche vorliegen.

Ein Anwalt meldete sich am Sonntagfrüh im Präsidium und verlangte die Herausgabe seines Mandanten, den AMG-Fahrer, aus dem Gewahrsam. Bauer, der mit seiner Frau zusammen im Garten arbeitete, musste wieder ins Präsidium fahren. Unterwegs fragte er sich, wo dieser Anwalt so schnell herkam; irgendwer hatte ihn über die Festnahme des AMG-Fahrers informiert. Der Rechtsanwalt war ein nicht unbekannter Strafverteidiger bekannter Krimineller. Durch diesen Auftritt könnte immerhin die Identität des Mannes bekannt werden; er käme aus Weißrussland und nannte einen Namen; ob die Angaben stimmten, darüber war sich auch der Anwalt nicht sicher. Er sprach mit seinem Mandanten nur fünf Minuten unter vier Augen. Wie konnte der Anwalt nur so blöd sein, der Polizei bei der Identifizierung des Mannes zu helfen, dachte sich Bauer; er bedankte sich und fuhr wieder nachhause. Es lag nahe, dass der Anwalt den Verhafteten zur absoluten Verschwiegenheit verdonnert und vielleicht eine falsche Fährte zur Identität des Mannes gelegt haben könnte. Weißrussland, Russland, woher auch immer: Es wurde wieder spannend im Fall Gruber 17.

„Der nächste fremde Stich geht mit", sagte Bauer zu sich selbst und wusste, dass er die nächste Runde dieses Kriminalspiels gewinnen werde, sein Blatt war besser geworden. Vermutlich war der Täter, der Hofmann überfallen hatte, Opfer einer Schießerei unter russischen und italienischen Mafiosi. Manchmal dachte Bauer, die Gangsterbanden sollten sich am besten alle selbst gegenseitig dezimieren; das würde seine Arbeit stark vereinfachen. Leider taten sie ihm diesen Gefallen nur selten.

Am Abend gab es wieder einen Tatort im Ersten. Bauer setzte sich in seinen Sessel mit Fußhocker, hörte über Kopfhörer leise Jazz-Musik und las in dem Roman, ‚Der Gesang der Flusskrebse' von Delia Owens, in dem das Leben eines verlassenen, scheuen und begabten Mädchens in einer Marschlandschaft einfühlsam beschrieben wurde; der Roman war letztlich ein Krimi. Seine Frau erfreute sich am Tatort, in dem der snobistische, arrogante Gerichtsmediziner Börne mit seinem Jaguar und der bodenständige und bierselige Kommissar Thiel auf einem albernen Rädchen durch Münster unterwegs waren.
Bauer dachte an die kommende Woche; er hoffte nur, dass er in der Nacht nicht wieder ins Präsidium nach Frankfurt gerufen werden würde.

51.
Die vierte Fahndungswoche

Nach der vollgepackten Frühbesprechung am Montag, die mehrere Straftaten zum Gegenstand hatte, nahm sich Bauer zusammen mit seiner Kollegin Henninger den Weißrussen vor. Das Verhör war kurz, der Mann sagte weiterhin kein Wort, tat so, als verstehe er kein Deutsch. Beim Foto des schwer demolierten AMG zuckte er aber merklich zusammen. Noch heftiger waren seine Mimik und Pupillenreaktionen, als er das Portraitfoto des Toten der Schießerei nähe Hauptbahnhof anschaute. Sein Blick verweilte einige Sekunden zu lange darauf, als dass er diesen Mann nicht kennen würde.

Am Nachmittag kam die Nachricht der KTU, dass in einem geschickt getarnten Geheimfach in der Rückbank des Mercedes ein Paket mit gut 1.000 Gramm Kokain und ein Säckchen mit über 300 Tabletten Crystal-Meth gefunden wurden. Ferner wurden in dem Auto DNA-Spuren nachgewiesen, die zu dem Mann passten, der vor einer Woche in Frankfurt nach einer Schießerei zwischen Wiesenhüttenplatz und Mainufer tot aufgefunden worden war. In der Nähe befand sich ein Club, in dem sich das organisierte Verbrechen amüsierte. Nachts parkten dort jede Menge dicker schwarzer Schlitten mit dunkel getönten Scheiben vor einem mehrstöckigen Eckhaus mit ebenfalls dunkel getönter Fensterfassade. Der Mann war einfach am Mainuferpark liegen gelassen worden; es wurden bei ihm keine Papiere, Brieftasche, Handy oder gar eine Waffe gefunden; er sollte nach der Schießerei keine Spuren hinterlassen; er lag jetzt bei der roten Julia im Kühlfach; auch waren seine Fingerabdrücke nirgends registriert.

Bauer ärgerte sich, dass die SpuSi in der Gruberstraße so wenig Beweismittel sichergestellt hatte. Er erinnerte sich jetzt, dass er die KTU Mitte letzter Woche beauftragt hatte, die Stofffasern zu vergleichen. Die Textilfaserspuren, die die SpuSi auf dem Teppich in Hofmanns Praxis gefunden hatte, waren identisch mit den schwarzen Jeans des Toten vom Mainufer. Der Abdruck auf dem Stuhl in Hofmanns Büro passte ebenfalls zu den schwarzen Chelsea boots des Toten. Die Befunde lagen bereits seit Donnerstagabend im K 11 vor, keiner hatte sie beachtet. Jetzt musste sich Bauer auch einmal über sich selbst ärgern. Und die Kabelbinder im AMG stammten aus der gleichen Charge, die in der Gruberstraße benutzt wurden.

Mit dieser Indizienlage war für ihn der Überfall auf Dr. Hofmann mit schwerer Körperverletzung und der Totschlag oder Mord an Frau Sandberg aufgeklärt. Und das 24 Tage nach dem Verbrechen! Schneller ging es wirklich nicht.
Zusammen mit seiner Kollegin Henninger stellte er am Nachmittag die Akte Gruber 17 zusammen, schrieb einen abschließenden Bericht und legte ihn seinem Chef der Kriminaldirektion vor, der sich gerne in der Öffentlichkeit mit der erfolgreichen Arbeit seiner Kommissariate schmückte. Die unmittelbaren Täter waren bekannt, festgenommen bzw. tot. Bei den Auftraggebern aus dem organisierten Verbrechen tappt die Polizei aber noch völlig im Dunkeln.

Bauer wollte sich auch noch Zeit lassen, Hofmann darüber zu informieren, dass das Verbrechen im engeren Sinne damit aufgeklärt sei. Die Auftraggeber, die großen Fische waren noch nicht gefangen und auf Raubzügen im Ozean unterwegs. Er wusste auch nicht, wo er seine Netze noch auswerfen könnte.
Zu den Kollateralschäden gehörte seiner Meinung auch das Verschwinden von Hofmanns Patientin Amalia Ruschke. Sie war eine Schlüsselfigur in dem Verbrechen Gruberstraße 17. Hung hatte ihren PKW ausfindig gemacht: Ein Lancia Ypsilon in Dunkelblau Metallic, Baujahr 2016 mit dem kurzen Kennzeichen F -

MA 89. „Immerhin kein schwarzer Mercedes 190 SL Cabrio", womit er auf Rosemarie Nitribitt anspielte. Der Lancia war ein schicker unauffälliger Kleinwagen, den Frauen gerne fuhren, ähnlich wie den Mini. Bauer dachte, sie würde eher einen schnellen roten Alfa bevorzugen. Sie hatte anscheinend so eine Egoprothese wie viele Männer nicht nötig. Für ihre Außendiensteinsätze war ein kleines, wenig auffälliges Auto nützlich. Es wäre dem Kunden nicht recht, wenn der Escort-Service in einem Lamborghini oder Porsche vorfuhr.

Er las einmal, dass Männer zwar von schnellen auffälligen Autos träumten, aber dann doch eine Familienkutsche kaufen würden. Bauer fuhr quasi beides, einen unscheinbaren zehn Jahre alten AUDI A6 Avant Quattro Turbodiesel ohne jede Typenbezeichnung, mit einer 3-Liter-Maschine und sehr viel PS; zu vielen PS, meinte seine Frau. Kenner erkannten ihn am Auspuff; die Farbe war granatrot-seidenmetallic, Ledersitz, viel Schnick-Schnack. Das musste schon sein für einen Mann, dem seine Mid-Life-Crisis bevorstand. Den AUDI hatte sich Bauer nach seiner Psychotherapie günstig gebraucht gekauft, es war eine Selbstbelohnung und Symbol seiner wieder gewonnen psychischen Stärke. Der A6 war erstaunlich sparsam und nur eine relative Dreckschleuder.

Ihm fiel der Satz des Kabarettisten Ingo Appelt ein: „Warum lieben Männer Frauen in Leder? Sie riechen so gut nach neuen Autos." Als er diesen Gag seiner Frau erzählte, hatte sie ihm nur den Mittelfinger gezeigt. Dennoch fuhr sie gerne mit seinem Wagen, allein oder mit ihm als Fahrer; auch seine Tochter lieh sich den AUDI gerne aus, er bot viel Platz und war schnell.

‚Ja, an meinem Spielzeug herummotzen, aber es dann doch gerne nutzen', dachte sich Bauer.

52.
Intervision

Hofmann hatte am Montag und Dienstag zwei volle Praxistage. Alle zwei Wochen traf er sich um 19:30 mit zwei Kolleginnen und einem Kollegen zur Intervision für zwei Stunden. In dieser kollegialen Supervision stellten sie sich Patienten vor, bei denen sie die Hilfe der Kollegen brauchte. Erst wurde etwas geplaudert, gegessen und getrunken, dann gearbeitet. Meist würden zwei „Fälle" diskutiert. Die letzte Sitzung konnte Hofmann nicht wahrnehmen, da lag er im Krankenhaus.

Franz Hofmann hatte die Intervisionsgruppe in seine Praxis eingeladen. Die Kollegen Anna, Fredericke und Reinhold waren etwas jünger als er, sie saßen im Gruppentherapieraum auf Distanz im Kreis, ein Luftfilter lief, ein Fenster war gekippt. Der Überfall auf Hofmann dominierte natürlich die kollegiale Besprechung. Im Kollegenkreis und am psychoanalytischen Institut war der Überfall Thema, es gab in den letzten Tagen viele Anrufe, Fragen und Hilfsangebote zur Bewältigung dieser Gewalterfahrung. Einige Freunde wussten, dass Hofmann in diesem Sommer alleine zuhause war und keine Unterstützung durch seine Familie hatte. Er hatte auch einen Kreis von Freunden und Bekannten, die keine Therapeuten oder Ärzte waren. Für ihn war es interessant zu sehen, wie unterschiedlich die Kollegen und die nichtanalytischen Freunde mit diesem unfassbaren Ereignis umgingen.

Die heutige Intervision brauchte Hofmann, um die Ereignisse im Kollegenkreis zu reflektieren und zu sortieren. Was er genau suchte, war ihm nicht klar. Ohne Zweifel stand der Überfall mit dem Verschwinden seiner Patientin in kausalem Zusammenhang. Die Vorstellung, dass sie einem Gewaltverbrechen zum

Opfer gefallen sein könnte, stimmte ihn traurig und ratlos. Andererseits fühlte er sich schuldig, die Patientin an die Polizei verraten und die gemeinsame therapeutische Beziehung nicht geschützt zu haben. Es war für Hofmann ein klassisches Dilemma, ein unlösbarer Konflikt. Nicht auszudenken wäre es, wenn durch die Presse Details über seine Patientin in die Öffentlichkeit kämen, spätestens bei einem Gerichtsverfahren könnte das passieren. Nicht selten seien Voyeurismus und Sensationslust Motive, sich für Verbrechen, die Täter und auch die Opfer zu interessieren und sich selbst dann zu entrüsten. Das Böse fasziniert sowohl im Gerichtssaal, bei der Lektüre von Gerichtsreportagen, Kriminalromanen oder bei Krimiserien im Fernsehen. Das Interesse an Kriminalstorys befriedige die meist eigenen unbewussten sadistischen und perversen Neigungen eines Menschen. Mit der Verurteilung des Täters und der Strafe werden die abgewehrten eigenen Triebwünsche, sowohl die libidinösen als auch die destruktiven, in moralische, gesellschaftlich akzeptierte Bahnen gelenkt und externalisiert ...

Anna unterbrach ihren Kollegen in seinen „sozialpsychologischen Ausführungen", wie sie es nannte. Sie sehe seinen Konflikt. Falls sich seine Patientin aber wieder melden sollte, wäre klar, dass die Therapie tiefgreifend beschädigt sei und er sie nicht weiter fortsetzen könne. Falls sie wiederkäme, sollten er und seine Patientin in einigen wenigen Gesprächen die Therapie mit dem Ziel beenden, dass die Patientin ihre aktuellen Erfahrungen in einer neuen unbelasteten therapeutischen Beziehung aufarbeiten könne; mit ihm gehe das nicht mehr.

Diese Meinung fand Franz zwar richtig, sie kam aber einfach zu schnell. Er hatte die Fantasie, sie wollte ihm seine Patientin wegnehmen. Ratschläge konnten auch Schläge sein. Er warb quasi um Verständnis: Seine Patientin habe frühe Verluste und eine emotionale Vernachlässigung erfahren, die Entwicklung einer sicheren Bindung war bei ihr gestört. Ihre Mutter verschwand in den ersten Lebensmonaten, sie wurde weggegeben zur Großmutter und von dort in ein Kinderheim gesteckt, auch dies ein früher Beziehungsabbruch. Am Ende des zweiten Lebensjahres kam sie in eine Pflegefamilie, in der sie mehrfach emotional missbraucht wurde. Zunächst zur Belebung einer depressiven Pflegemutter und zweitens zur sexuellen Befriedigung eines zu kurz gekommenen Pflegevaters. Ein Pflegebruder habe sich sadistisch an ihr abgearbeitet.

Jetzt passierte durch die aktuellen Ereignisse eine Art Wiederholung der traumatischen Erfahrungen der Patientin; die Entwicklung einer guten vertrauensvollen Beziehung wurde durch den Überfall zerstört. Er stimmte zu, dass ihm diese Konsequenz bewusst sei, er und sie könnten therapeutisch nicht so weitermachen, als sei das alles nicht geschehen. Durch die Patientin sei er selbst in eine lebensgefährliche Situation gebracht worden. Dritte fühlten sich offenbar von der therapeutischen Zweierbeziehung ausgeschlossen, möchten sie kontrollieren und Mitwisser zum Schweigen bringen. „Das ist uns Analytikern ein wohlbekanntes ödipales Spiel der Kindheit. Hier ist es aber eine ernste, reale Bedrohung der physischen und psychischen Existenz von Leben oder Tod. Die Kripo meint, dass sie nicht mehr lebt. Ich hoffe, die Kripo irrt sich." Diese beiden Möglichkeiten: Tod oder am Leben störe jede Fantasie zur Patientin und zur therapeutischen Beziehung.

Franz und die drei Kollegen schwiegen eine Weile. Die Ohnmacht, die Ratlosigkeit, die reale Brutalität waren so mächtig und erdrückend, dass die gewohnten psychischen Mechanismen nicht mehr zur Verfügung standen. Es fand eine Überflutung durch Gefühle und Gedanken statt, die die Sicherheit und das Vertrauen in die Welt und die Menschen zutiefst erschütterte. Es war wie bei einem die psychische Struktur eines Menschen überwältigenden traumatischen Ereignis, das die gewohnten psychischen Mechanismen überrennt, manchmal verbunden mit einer Art Weltuntergangsgefühl. Franz Hofmann hatte selbst aktuell eine überwältigenden Gewalterfahrung gemacht, die das Vertrauen in die Menschen und in ihn selbst erschütterte. Ob das aber ein Trauma wäre, war er sich nicht sicher; das würde sich noch zeigen, wenn flash-backs aufträten.

Reinhard fragte, ob Franz mehr über seine Patientin und seine Gefühle sprechen möchte. Hofmann dachte eine Weile darüber nach und sagte: „Nein, ich glaube nicht. Die Realität ist noch zu erschlagend." Der wahre Grund war, dass er seine Kollegen zu forsch und wenig hilfreich empfand.

Anna meinte, dass Franz Hofmann vielleicht etwas in seiner Irritation verleugne oder verdränge, dass er selbst in einer Lebensgefahr schwebe. Jemand habe ihn überfallen, wollte Informationen oder Unterlagen über das, was in der Therapie Thema war. Beim zweiten Einbruch wurde gleich das ganze Patientenarchiv gestohlen. Diese Infos müssten für denjenigen von hohem Wert sein oder könnten nach wie vor für ihn sehr gefährlich werden.

Franz: „Ich fühle mich durch die Polizei auf der realen Eben geschützt, zumindest unterstützt. Der verantwortliche Kommissar ist da sehr einfühlend."

„Kann er Dich vor einem dritten Angriff bewahren? Der Täter war bestimmt ein tumber Auftragstäter und vielleicht auch potenzieller Auftragsmörder, der von anderen Männern dafür bezahlt wurde. Und, er hatte auch noch Deinen Praxiscomputer mitgenommen. Es sind vielleicht auch Deine anderen Patienten in Gefahr." Anna sah ihn besorgt an.

„Die Gangster werden ganz schön enttäuscht sein, sie finden nichts in meinem Notebook außer Patientenadressen, Terminkalender und Krankenkassendaten, allerdings mit Diagnosen. Dadurch wären unter Umständen auch andere Patienten gefährdet. Das bedrückt mich zusätzlich. Ihr kennt meine kritische Haltung zur Digitalisierung und elektronischen Patientenakte.

Und jetzt passiert mir das! Die Auftraggeber der Tat müssten zwei Passwörter knacken, einmal um in das Betriebssystem und zweitens in die Praxissoftware hineinzukommen. Fachleute dürften sowas hinkriegen. Außer Adressen, Diagnosen sowie einem Terminkalender werden sie inhaltlich aber nichts finden: Keine Arztbriefe, Anträge oder Therapieprotokolle."

Fredericke: „Deswegen haben sie im zweiten Versuch gleich das ganze Archiv geklaut. Die Gefahr bleibt meines Erachtens weiter bestehen; die Suche nach bestimmten Informationen; die Schlägertypen sind austauschbar. Ich jedenfalls könnte unter solch einer Bedrohung nicht in meiner Praxis weiterarbeiten."

„Ja, das ist für mich sehr belastend, ich bin innerlich nicht frei, mich unvoreingenommen meinen Patienten zuzuwenden, besonders wenn ein neuer Patient zur Diagnostik oder Krisenintervention kommt", musste Franz einräumen.

Anna: „Mir scheint, Du verleugnest die Gefahr, in die Du selbst durch Deine Patienten gekommen bist."

„Männer neigen zu pragmatischen Lösungen. Was wäre, wenn Du den Eingangsbereich der Praxis oder des Hauses durch eine Videokamera überwachen lässt", meinte Reinhard.

Fredericke und Anna lachten: "Typisch Mann!" Und nach einer Pause: „Vielleicht ist diese Idee aber gar nicht so blöde. Einer meiner Supervisoren in der analytischen Ausbildung hatte in seiner Praxis im Westend schon vor dreißig Jahren eine kameraüberwachte Türsprechanlage, die hatte mich überhaupt nicht gestört."

„Wir sind jetzt wieder bei einer Realität des Misstrauens angekommen. Diese ist in der Tat nicht zu verleugnen, da habt ihr leider völlig recht. So eine kameraüberwachte Sprechanlage wäre natürlich ein gewisses Beruhigungsmittel für mich mit Abschreckungseffekt für irgendwelche Eindringlinge. Interessant, wozu eine Intervision alles gut sein kann", sagte Hofmann.

„Wir drehen uns weiter im Kreis. Es entzieht sich unserem Verständnis, warum Du zusammengeschlagen wurdest, warum

Deine Patientin der Therapie fernbleibt und was der Gangster eigentlich von Dir wollte. Es ist wie die Suche nach einer schwarzen Katze in einem total dunklen Raum, wo nicht klar ist, ob da überhaupt eine Katze drin ist", fasste Anna die Situation zusammen.

Reinhardt: „Dieses Metapher von der Suche nach einer schwarzen Katze ist ganz nett. Natürlich ist da eine Katze und zwar eine gefährliche. Wir kennen sie noch nicht."

Anna stimmte Reinhard zu, es ginge viel mehr um Leben und Tod, eher wie bei ‚Schrödinger's Katze' aus der Theorie der Quantenphysik. „Sie kann in einer geschlossenen Kiste zu je 50 Prozent tot oder lebendig sein. Solange wir das nicht wirklich wissen, ist sie paradoxer Weise beides: tot und lebendig. Machen wir die Kiste auf, sehen wir die Wahrheit zu 100 Prozent."

„Na super! Die Katze ist also meine Patientin; noch ist sie beides: lebendig und tot", sagte Franz. Die Frage war nur, wann der Deckel der Kiste geöffnet werden kann, um die Wahrheit zu sehen. Galt das auch für ihn selbst?

Die Besprechung endete in einer bedrückenden Atmosphäre. Die Zeit war um, aber keiner wollte sogleich aufstehen und gehen, offenbar gab es noch einiges zu sagen. Stattdessen wurde noch einmal etwas getrunken.

„Ich werde es schon noch überleben", sagte Franz, es sollte aber nicht wie ein Witz klingen.

Franz Hofmann war von der Intervisionssitzung im Grunde enttäuscht, sie war für ihn nicht hilfreich. Wahr war allerdings, dass die Therapie mit ARU nicht einfach so weitergehen könnte, falls sie zurückkäme; da waren zu viele Retraumatisierungen passiert. Er musste sie aufgeben sowohl, wenn sie tot wäre, als auch wenn sie wiederkäme. Es schmeckte ihm auch die Deutung nicht, dass er die existenziellen Gefahren um sich selbst verleugnen würde.

53.
Amalia's Psychodynamik

Franz Hofmann fuhr nach der Intervision mit dem Rad nach Hause. Dort angekommen machte er sich ein Sandwich, öffnete ein Weizenbier, Wein hatte er schon genug gehabt. Er holte die anderen Unterlagen von ARU aus seinem Arbeitszimmer und ließ sich in einen Sessel fallen, in dem er zunächst einige Minuten bewegungslos und mit einem nach Innen gerichteten Blick sitzen blieb. Er fühlte sich traurig, schlecht und beschädigt. Warum eigentlich, fragte er sich? Wenn er früher an seine Patientin dachte, verspürte er sowohl die erotische, verführerische als auch die Seite von Traurigkeit, Missbrauch und Gewalt. Die erotische Aura war weg, es blieb die andere, die traumatische. Er hatte das dringende Bedürfnis, in Ruhe über diese schrecklichen Zusammenhänge nachzudenken, seine Gefühle und Gedanken zu sortieren. Sie drehten sich aber im Kreis, so als müsse er immer wieder von vorne anfangen, um nach einigen Umdrehungen irgendwo eine Ausfahrt aus dem Kreisverkehr zu finden, die es hoffentlich gab.

In den wenigen Therapiestunden hatte Frau R. ihre Psychodynamik, das heißt, wie sich ihre heutige seelische Verfassung entlang ihrer Lebensgeschichte herausgebildet hat, sehr präzise beschrieben. Die individuelle lebensgeschichtliche Psychodynamik eines Patienten überträgt sich auch in die therapeutische Beziehung. Dadurch bekommt der Therapeut ein Gefühl dafür, wie die Beziehungen des Patienten auch in frühester Kindheit gewesen sein könnten. Konkrete Erinnerungen fallen bei jedem Menschen der „infantilen Amnesie" anheim, d.h. als Erwachsene hat er wenige Erinnerungen an die frühe Kindheit, wenngleich jede Stunde des Lebens im Gehirn abgespeichert ist.

Amalia`s Identität bildete sich über vielfältige Erfahrungen heraus, gebraucht und auch missbraucht zu werden. Beides liegt oft nahe beieinander.

Hofmann rekapitulierte ihre Missbrauchserfahrung im Leben anhand seiner Notizen. Die ersten zwei Lebensjahre waren gekennzeichnet von einer emotionalen Vernachlässigung und Beziehungsabbrüchen. Ab dem zweiten Lebensjahr sollte sie die depressive Stiefmutter auf bessere Gedanken bringen, ihr eine Aufgabe geben. Der Stiefvater suchte die körperliche Nähe und sexuelle Befriedigung bei der zehnjährigen Pflegetochter, die selbst einen Hunger nach Liebe, Nähe und Zuneigung verspürte. Sie genoss seine Aufmerksamkeit und das gemeinsame Duschen und Einseifen ihres Körpers durch ihn, sie selbst fand das erregend. Seine Erektionen erschreckten sie anfangs, machten sie aber auch zunehmend neugierig; sie erfuhr, dass sie für ihn wichtig war und er sie begehrte. Sie kam sich wichtig und wertgeschätzt vor. Und sie fühlte sich ihrer für sie schrecklichen Stiefmutter überlegen. Immerhin versuchte der Stiefvater nicht, in sie körperlich einzudringen: vaginal, oral oder anal. Aber psychisch drang er in sie ein und beging an ihr durch diesen Tabubruch und Inzest, auch wenn sie nicht biologisch verwandt waren, einen Seelenmord, wie Shengold, ein amerikanischer Analytiker, es nannte. Er verhinderte durch diesen Missbrauch ihre eigene sexuelle Entwicklung und Erkundung ihres Körpers. Sie machte die Erfahrung, dass sie durch ihre körperlichen Reize Männer auf sich aufmerksam machen und sie manipulieren konnte – im wahrsten Sinne des Wortes. Ihre eigene Befriedigung und ihren intimen Raum konnte sie dabei nicht entdecken und befriedigend ausleben.

Mit zwölf Jahre befriedigte sie ihren Stiefbruder Maxi mehrmals. Wahrscheinlich hatte er mitbekommen, was zwischen ihr und dem Vater im Badezimmer los war. Sie genoss es, ihn, der sie jahrelang gedemütigt und gequält hatte, auf diese Weise zu beherrschen; sie hatte ihn dadurch völlig in der Hand, nicht nur seinen Schwanz.

Ein Jahr später begann sie einen psychischen, sozialen und auch körperlichen Rückzug, mied soziale Kontakte, schwänzte die Schule, versteckte sich hinter Büchern, die sie in eine andere, meist harmonische Welt eintauchen ließen. An ihrer Schule ereignete sich der Amoklauf, der sehr viele Menschen traumatisierte. Sie wurde schleichend anorektisch, konnte sogar ihren Körper zu einer biologischen Regression veranlassen, ihre Monatsblutung blieb aus, die sie damals schmerzhaft und demütigend erlebte. Ihre weiblichen Formen reduzierten sich; sie verspürte jedoch nach zwei Jahren Magersucht plötzlich den Drang, etwas zu bekommen, in sich oral gierig einzuverleiben, das sie dann wenig später als schlecht und bedrohlich unter Mühen herauskotzen musste, weil es eine Bedrohung für ihr psychisches und physischen Selbst war. Die Bulimie beschäftigte sie einige Jahre. In dieser Krise lernte sie Bruno kennen, der sie zunächst so haben wollte, wie sie war - also bedingungslos. Bruno war nach einem knappen Jahr plötzlich nicht mehr da. Wieder war ein wichtiger Mensch aus ihrem Leben verschwunden. Ihre Trauer über den unerklärlich plötzlichen Verlust von Bruno stürzte sie in eine depressive Krise. Sie konnte in ihrem Leben keinen Sinn mehr erkennen, fühlte sich so minderwertig, weil sie die liebevolle Beziehung zu Bruno nicht halten konnte; sie hätte alles dafür gegeben, ihn wieder zu bekommen. Sie wollte nur noch tot sein und nahm an einem Wochenende alle Tabletten ihrer Pflegemutter, derer sie habhaft werden konnte, mit viel Alkohol ein, um ihrem Leben ein Ende zu setzen. Es hätte geklappt, wenn Maxi, ihr Pflegebruder, sie nicht für seine Geilheit gesucht und in ihrem Zimmer gefunden hätte. Der kleine Sadist rette ihr das Leben.

Diese Krise warf sie sehr zurück. Ihre Klassenlehrerin schlug eine stationäre Psychotherapie vor. Ihr Stiefvater verhinderte dies, da er den sexuellen Missbrauch an ihr geheim halten wollte; von den sexuellen Kontakten der Kinder untereinander wusste er nichts. Seine Karriere als Gerichtspräsident wäre am Ende und er könnte des Missbrauchs Schutzbefohlener angeklagt werden und in den Knast wandern.

Hofmann las weiter in seinen Gesprächsprotokollen. ARU bezeichnete sich als „Papakind" und hatte viel Spaß mit ihm, wenn die Mutter nicht zuhause war. Er hatte sich notiert: „Meine Pflegemutter war psychisch krank, völlig instabil. Ich hatte mit den Jahren verstanden, dass ich für sie da sein sollte und sie nur für mich da war, wenn es ihr passte. Ich fühlte mich wichtig und gebraucht. Den Missbrauch durch meinen Vater habe ich erst verstanden, als ich fast erwachsen war. Da war der Spaß mit ihm vorbei. Ich fühlte mich völlig verstört."
Drei Jahre lang führt sie einen Kampf gegen ihre Weiblichkeit. Sie hasste ihren Körper und ekelte sich vor sich selbst. Die sexuellen Übergriffe des Pflegevaters habe sie erst später emotional verstanden, als die Beziehung zu Bruno begann. Sie konnte sich nicht empören und das Unrecht erkennen. Wie eine Depressive war sie mit ihrem Aggressor identifiziert, konnte sich nicht verteidigen und machte sich Selbstvorwürfe. Frau R. spürte ganz deutlich ihr fragiles Selbstwertgefühl, ihren Mangel an gesundem Narzissmus im Sinne von Eigenliebe und Selbstwertschätzung. Hofmann sagte ihr in einer Sitzung sinngemäß: In der Depression ist das Selbstwertgefühl schwach, man mag sich selbst nicht, hält sich nicht für liebenswert, ja, klagt sich an und beginnt, sich zu hassen. Manchmal möchte man sogar lieber tot sein. Sie konnte das alles emotional verstehen.

Mit achtzehn Jahren verließ Frau R. ihre Pflegefamilie und wechselte quasi mit der Hotelausbildung in die italienische Familie von Bruno. Vorher gab es den kurzen Schlenker über die Krankenpflegeausbildung an einer katholischen Klinik auf Anraten der Pflegemutter. Auch dort spürte sie eine tiefe Ablehnung bei den Frauen und Begehren der männlichen Personen, Pflegeschülern und Ärzten. Sie wurde in der Zeit der Hotellehre die Geliebte eines Onkels von Bruno. Carlo war verheiratet und hatte Kinder. Auch er verschwand irgendwann, niemand sprach mit ihr darüber. Später erfuhr sie, dass er mit seiner Familie nach Marseille ging, um dort die Filiale des Familienclans zu leiten. Zuletzt saß er im Knast wegen Drogenhandels. Ein weiterer Verwandter stand bei ihr auf der Matte und machte ihr den Hof. Diese Beziehung musste geheim bleiben, was eine Illusion war. Mateo, so hieß er, bezeichnet sie damals als die „puttana della famiglia". Sie wurde quasi in diesem Mafia-Clan herumgereicht, bekam dadurch viele materielle Vorteile wie Wohnung, Auto und Studio und gehörte am Rande doch irgendwie zur Familie. Mateo schickte ihr sogar einen seiner Söhne vorbei; sie sollte ihn in die Sexualität einführen. „Vater und Sohn vögelten dieselbe Frau. Krass", sagte sie. Der Junge war aber schwul, ein sensibler, netter Kerl. Sie unterhielten sich über das Leben, seine Interessen und seine Sehnsüchte. Sie kam sich vor wie eine Mutter, die seine Not erkannte. Für ein Coming-out als Schwuler hatte er nicht den Mut. Er befürchtete, sein Vater würde ihn totschlagen, zumindest verachten und verstoßen.

Dr. Hofmann griff in einer Therapiestunde das Thema Kinder auf. „Nein, Kinder kann ich mir nicht vorstellen, ich wäre eine schlechte Mutter; ich hatte ja auch kein gutes Vorbild." Dies sagte sie kurz und knapp. Außerdem hatte sie mehrere Schwangerschaften abgetrieben; trotz Pille, Spirale oder Kondome kam es zu Schwangerschaften. „Wie auch immer," sagte sie fast naiv. Nach ihren Berechnungen habe sie in den letzten zehn Jahren mit fast 10.000 Männern Sex gehabt, „da konnte schon mal einiges daneben gehen". Ihre Monatsblutungen waren immer schon schmerzhaft und demütigend. Sie wandte sich vor Jahren an einen Gynäkologen, um sich sterilisieren und die Gebärmutter entfernen zu lassen; der aber habe das abgelehnt und sie an einen Psychiater verwiesen. Sie nahm sich Ruhetage, wenn sie ihre Mensis hatte, bis sie an zwei Dauerkunden kam, die besonders dann Sex bei ihr einkauften. „Denen konnte es nicht blutig genug sein. Wahrscheinlich brauchten sie eine blutende Frau für ihr Ego." „Ja, damit sie erfahren, dass bei ihnen alles dran ist", sagte Hofmann damals und dachte an die unbewussten Kastrationsängste von Männern. Frau R. fand diesen Gedanken nicht uninteressant und war amüsiert.

Seit den engen Familienbanden in Erfurt genoss sie ein begrenztes Vertrauen des Clans, sie gehörte dazu und wurde kontrolliert. Für die großzügigen Geschenke, und Vergünstigungen erwartete die Familie Gefälligkeiten bei der Geldwäsche oder als Drogenkurierin, wo ihre Arbeit als Flugbegleiterin zupasskam. In den letzten Jahren wurde sie in Frankfurt als eine Art „Luxusweib" in eine spezielle Escort-Agentur aufgenommen, die sie gegen eine sehr gute Bezahlung mit wichtigen Männern aus Wirtschaft und Politik zusammenbrachte. Sie musste nicht nur bei der körpernahen Dienstleistung Exotisches bieten, sondern auch beim exklusiven Candlelight-Dinner oder in einer Gesellschaft eine erotisch stimulierende Aura ausstrahlen, gut zuhören können, kluge Konversation und Tischmanieren vorweisen. Sie sollte die Männer niveauvoll eskortieren, meistens und nicht immer endete das kulinarische Vorspiel im Bett. Einige ihrer Kolleginnen zeigten sich bei dem Escortpart des Jobs oft unsicherer als im Bett; sie stocherten dann in dem feinen Essen herum oder waren zu schnell beschwipst. ARU: „Ich habe Niveau, Manieren, verstehe etwas vom Essen und gutem Wein, bin nicht ungebildet und kann an der Oberfläche zu vielen Themen etwas sagen. Was will der Mann mehr? Wenn er dann im Bett einen Herzanfall bekäme, kann ich ihm sogar Erste Hilfe leiste. Das kam sogar mehr als einmal vor."
Ihr hoch ambivalentes Verhältnis zu ihren Kunden beschäftigte sie in den folgenden Therapiesitzungen. So habe ihr ein

Manager der Deutschen Bank, der sie gleich für ein ganzes Wochenende gebucht hatte, gesagt, sie sei ein „typisches trophy wife", mit dem sich reiche Männer gerne schmückten. Umgekehrt angelten sich nicht selten solche Trophy women aus der Escort-Szene einen fetten Fisch, das heißt, einen reichen Mann. Sie bissen die Ehefrau weg und machten dem meist deutlich älteren Mann das Leben zur Hölle; nicht sofort, sondern wenn alles juristisch in trockenen Tüchern war. Dann arbeiteten sie an seinem baldigen Ableben, im Bett, auf dem Golfplatz oder sonst wo, oder an seinem sozialen Tod. Jedenfalls wurde dieser arme Kerl ausgenommen wie eine Weihnachtsgans.

Hofmann las in seinen Notizen: „Eine russische Kollegin war so eine: Blond, lange Beine bis zum Hals; einerseits ‚eine russische Seele von Mensch', andererseits erschreckend kalt und berechnend. Sie hatte Mathematik studiert; rechnen konnte sie jedenfalls. Inzwischen arbeitet sie als erfolgreiche Immobilienmaklerin in Berlin und kann dabei ihr Russisch gut einsetzen." Sie habe einiges über das Leben dieser Frau, die sie Ewa nannte, mitbekommen: Sie wuchs hinter Moskau auf dem Land auf; der gewalttätige Vater erschlug ihre Mutter im Vollrausch, als sie fünf Jahre alt war; er kam ungestraft davon, was in Russland nicht selten wäre. Als sie elf war, kam der Vater ums Leben, als er eine Pumpe in einer Wasserzisterne reparierte. Sie, die Tochter, habe versehentlich einen Schalter umgelegt, er starb an einem Stromschlag; auch das war scheinbar normal. Sie wuchs dann bei einer Tante auf, begann nach der Schulzeit ein Studium der Mathematik und wechselte nach Deutschland, begann sich zu prostituieren, bekam ein Kind, Vater unbekannt, das sie bei der Tochter der Tante abgab und dafür Unterhalt zahlte. „Ewa hat den Ausstieg geschafft, aber um welchen Preis", sagte Frau R., „ich glaubte immer, sie führte einen Privatkrieg gegen die Männer; der Prototyp war ihr Vater, ein richtiges Schwein."

Frau R. fühlte sich nicht als oberflächlich schillernde Trophäe, sondern sie sei nicht ungebildet - manchmal mehr als ihr Gegenüber, deren Horizont beim Wirtschaftsteil der FAZ anfängt und dort aufhört. Sie verstehe sich als eine Gesellschafterin. Ihre Belesenheit in Politik, Literatur und Kunstgeschichte verstand sie, diskret in Szene setzen, weil die meisten Männer es schlecht vertrügen, wenn Frau mehr wusste als sie selbst. Außerdem sprach sie drei Fremdsprachen. Je nach Niveau ihres Gegenübers konnte sie sich ausdrücken in etwa wie: „Dumm fickt gut" oder aber „prodesse et delectare" und fügte die Übersetzung gleich hinzu: „nützen und erfreuen". Hofmann las später nach, dass dies ein Motto der Literaturwissenschaft des 19. Jahrhundert war und auf Horaz zurückging. So verstand Amalia ihre umfassenden Dienste an den sie bezahlenden Männern.

Sich selbstbestimmt an Männer zu vermieten, gefiel ihr viele Jahre lang - allerdings mit gewissen Schwankungen. Ihre Arbeit war für sie jetzt aber nicht mehr stimmig. Seit gut einem Jahr passte ihr die Rolle der „puttana della famiglia" nicht mehr; sie wurde von der famiglia immer mehr auf ausgewählte Männer, vor allem Politiker und Wirtschaftsbosse angesetzt, was sie anfangs nicht mitbekommen hatte. Sie wurde als „Arma segreta", Geheimwaffe bezeichnet und fühlte sie sich als Instrument zur Erpressung anderer Menschen durch Hintermänner der Mafia missbraucht. Sie wurde zu einer Spionin und bekam gezielte Aufträge, über die sie in der Therapie nicht sprechen konnte. Es waren gefährliche Betriebsgeheimnisse.

Eine Ella aus der Mafiafamilie führte eine exklusive „Premium Escort-Agentur"; Frau R. kannte nur die Chefin und einen ihrer Assistenten, der bei ihren Einsätzen als Beschützer im Hintergrund blieb. Auch wenn sie sich vor speziellen Jobs mit Koks stimulierte, konnte sie ihre Ängste nicht mehr einfach wegschieben. Eine gefährliche Situation unbeschadet zu überstehen, brachte schon einen besonderen Kick. „Ich fühlte mich wie Mata

Hari, habe aber keine Lust, das gleiche Schicksal zu erleiden. Sie wurde unschuldig hingerichtet, sie war keine Spionin, sie war ein politisches Opfer", sagte Frau R. in einer Sitzung.

Hofmann verstand in den Stunden, dass es darum gehe, Prominente und politische Entscheidungsträger auszuhorchen, sie für politischen Einflussnahme zu gewinnen oder einfach nur um Geld zu bekommen. Sie vermied das Wort Erpressung. Von einer Kollegin wusste sie, dass so eine Rolle einem Todeskommando gleichkommen könne. Frau R. hatte die Fantasie, dass sie selbst dabei früher oder später verheizt werden würde, sie sei dann nur eine Art Kollateralschaden.

Und ihre Lage wurde komplizierter. „Es gab auch Versuche, dass eine andere Agentur mich abwerben wollte, zunächst mit freundlichen Angeboten, dann mit Drohungen. In der Börsensprache nennt man das eine feindliche Übernahme. Einer der Frauenhändler versuchte es mit der Lover-boy-Nummer - plump und lächerlich", kommentierte sie. Er drohte dann, ihr Gesicht zu verätzen. Niemand in der Szene wusste genau, wer die neuen brutalen Konkurrenten auf dem Markt waren, nur, dass sie aus Osteuropa kamen. „Ich muss unbedingt aus dieser Welt ausbrechen, ansonsten bleibt sie mein Schicksal. Die Famiglia bietet einer Frau aus dem Clan oder befreundeten Familie Schutz, Wohlstand, einen Platz mit Mann und Kindern um den Preis: Sie müssen sich absolut unterwerfen, die Klappe halten; sie waren Leibeigene." Ginge sie, wäre sie früher oder später tot, nicht, weil man wie aus einer totalitären Partei nicht austreten könne, sondern weil die lückenlose Kontrolle über die Geheimnisse der Familie und die Geschäfte gefährdet wären.

„Männer in diesem Kosmos hätten es nur scheinbar besser, sie dürfen fast alles im Rahmen der Spielregeln; zum Beispiel sich beim Sex mit anderen Frauen austoben, aber bitte nur mit den von den Familienchefs lizensierten und getesteten. Gewalt und

Mord geht nur, wenn die Chefs diese beschlossen haben. Eigene Geschäfte nebenbei zu machen, könnte tödlich enden. Auch ist Imponiergehabe nach außen z.B. durch teure Luxusschlitten, Rolex etc. verpönt; die Famiglia gibt sich bescheiden und unauffällig, sie fährt keine Maserati. Männer werden wie Schachfiguren auf dem internationalen Brett hin und her geschoben, wenn sie nicht zeitweise von der Justiz eines Landes aus dem Spiel genommen würden. Der Knast bietet aber keine Sicherheit, im Gegenteil. Verräter sterben auch im Knast. Ein totales, geschlossenes System ohne Ausweg. Auch für Männer. Wahnsinn!"

In den letzten beiden Therapiestunden stand das Thema Flucht im Zentrum. Frau R. überlegte, eine längere Zeit einfach abzutauchen, ins Ausland zu gehen; sie bräuchte mittelfristig eine andere Identität. Sie sei dummerweise keine Unbekannte in dieser Szene; sowohl die Famiglia als auch die Konkurrenz seien überall gut vernetzt. „Ich habe in den wenigen Sitzungen meiner Therapie bei Ihnen erfahren, dass es keinen Neuanfang, keinen Resetknopf geben kann. Ich nehme alles aus meinem Leben mit, was ich erfahren und auch nicht erfahren habe: Fehlende Liebe, die verschiedensten Missbräuche, die vergebliche Suche nach einer guten und befriedigenden Beziehung."

„Sie nehmen aber auch Ihre Stärken mit", sagte Hofmann damals.

„Ach ja, stimmt. Die vergesse ich immer wieder. Könnten Sie mir meine Stärken bitte noch einmal aufsagen? Ich höre sie so gerne aus Ihrem Munde."

„Leider ist unsere Sitzung für heute zu Ende, wir haben schon etwas überzogen. Fortsetzung folgt am Freitag?"

Sie verabschiedeten sich ohne Handschlag. Das war Hofmanns letzte Begegnung mit Frau R., am Freitag, den 14. August kam sie nicht mehr zur Analyse, sondern jemand anderes.

54.
Constanze auf dem Eis

Es war bereits Mitternacht. Hofmanns Ehefrau Constanze meldete sich wie vereinbart von der Forschungsstation in der Antarktis. Sie nannte ihn mit seinem zweiten Vornamen Xaver, sprach ihn französisch aus: „Xavier". Seinen Rufnamen „Franz" mochte sie nicht, ein früherer Freund von ihr hieß Franz. Pech.

Xavier freute sich sehr, Constanze wieder zu hören und zu sehen, wenn auch die Übertragung instabil und verzerrt war. Es war schon toll, mit seiner Frau in der Antarktis zu telefonieren. Sie berichtete von aufregenden, wichtigen, aber auch erschreckenden Befunden in der Meeres- und Klimaforschung; sie könne leider nicht ins Detail gehen. Betriebsgeheimnisse, sagte sie lachend. Fassungslos sei sie über den verrückten Brasilianer, der den Regenwald abholzen lässt. Sie sitze mit einer kleinen Crew von Wissenschaftlern im Eis und wolle verstehen, wie das Klima die Meere verändere; während sie hier in die Mikroskope schauten, fackele ein Irrer die Welt ab und ein Virus nehme sich die Menschheit vor. Das Imperium schlage zurück. Das sei der helle Wahnsinn, sagte sie.

„Etwas witziges ist passiert. Ein Forschungsassistent vom Mainzer Max-Planck-Institut erzählte mir nebenbei, dass er vor Jahren bei Dir Patient war", sagt Constanze. „Warum war er bei Dir?" „Auch Betriebsgeheimnis", sagte Xavier und grinste. Er wunderte sich, wie seine Frau derartige Informationen über einen ihrer Kollegen erwarten konnte.

Ursprünglich hatten die Hofmanns in den Herbstferien eine Rundreise in Sizilien geplant. Auslandsreisen waren aber wegen Corona nicht zu empfehlen, in Deutschland wird es zu einem neuen Lock-down kommen. Constanze, die seit April in der Antarktis auf der Forschungsstation arbeitete, verließ Deutschland im Lock-down und würde im neuen Lock-down nach Hause zurückkehren. Den relativ ruhigen und entschleunigten Sommer in der Stadt hatte sie nicht mitbekommen. Hofmann hatte keinen Sommerurlaub in der Praxis gemacht; alleine in Urlaub zu fahren, machte ihm keinen Spaß. Dann lieber etwas ausgedünnt arbeiten, viel lesen und an einer Publikation arbeiten. Er hatte in der Praxis wider Erwarten viel zu tun; wegen der Pandemie verreisten wenige seiner Patienten und neue Patienten meldeten sich gerade deswegen mit verschiedensten Beschwerden bei ihm.

Er schlug vor, in den Herbstferien innerhalb Deutschlands Urlaub zu machen. Sie protestierte, sie wolle nach sechs Monaten Antarktis ihr Zuhause genießen: „Nicht schon wieder weg!"

Er dagegen bräuchte auch einen kleinen Tapetenwechsel gerade wegen der Pandemie, zum Beispiel einen kleinen Urlaub an der Ostsee im Oktober. Constanze dachte eine Weile nach. Sie musste nach der Rückkehr ohnedies einige Tage in Kiel am Institut anwesend sein. „Vielleicht können wir beides miteinander verbinden. Ich habe da eine Idee."

55.
Halali – Ende der Jagd?

Bauer beantragte am Mittwochmorgen bei der Staatsanwalt-schaft einen Durchsuchungsbeschluss für das Apartment A3-27 im Sonnenring in Sachsenhausen, in dem vermutlich Frau R. als Prostituierte arbeitete und als vermisst gemeldet worden war. Sie könnte Opfer einer Straftat sein. Ferner beantragte er einen Beschluss für das Nachbarapartment Nr. A3-28 mit dem Bild eines Kirchturms an der Tür. Beide Wohnungen gehörten wohl zusammen.

Der zuständige Staatsanwalt hat die Ausstellung des Beschlus-ses abgelehnt wegen Unverhältnismäßigkeit. Bauer war dar-über sprachlos. Er versuchte sofort seinen Chef einzuschalten, der bei der Staatsanwaltschaft intervenieren solle. Sein Chef rief wenig später an und teilte mit, der Beschluss zur Durchsuchung beider Apartments sei sogar vom Oberstaatsanwalt abgelehnt worden. Das Nein kam wohl „von ganz oben". „Das hört sich gar nicht gut an", sagte Bauer; sein Chef schwieg vielsagend. Offenbar sollte irgendetwas nicht ans Tageslicht gezerrt wer-den.

Hung hatte den Eigentümer des Apartments A3-27 beim Katas-teramt in Erfahrung gebracht, eine unbekannte Immobilien-firma namens „Campanile", Sitz in Mailand, Geschäftsführerin Eleonora d'Aquino. Sie besaß auch die Apartments 26 und 28 seit April 2018. Der Name sei im Kontext Ndrangheta mehrfach gefallen. Das Bild rundete sich ab.
Bauer beriet sich mit seinem Kollegen KOK Werner, der gute Kontakte zum Kommissariat K 62 für Rauschgift und Organi-sierte Kriminalität hatte. „Die Kollegen der KI 60-Kommissariate sind in ihren Fahndungsmethoden eben etwas kreativer als wir,

aber auch rustikaler und juristisch grenzwertiger. Deren Kundschaft färbt wohl auf sie ab", meinte Werner zu Bauer. Da war so mancher Verdächtige bei der Verhaftung eben in die Faust gelaufen und hatte sich dabei wehgetan. Bauer dachte bei sich, die Kollegen sind in der Wahl ihrer Methoden manchmal sehr übermotiviert und wenig reflektiert, wodurch sie schon Fahndungserfolge und Gerichtsverfahren gefährdet hatten. Vor Jahren gab es zwei Kommissare aus der K 61, die mit ihren grobmotorischen Rambo-Methoden Gerichtsverhandlungen platzen ließen, weil Beweismittel und Verhörprotokolle bei Gericht nicht verwendet werden konnten. Heraus kam später, dass beide Kollegen auf der Gehaltsliste einer kriminellen Organisation standen und diese Verstöße und Verfahrensfehler mit dem Ziel der Unverwertbarkeit provoziert hätten. Gelegenheit macht bekanntlich immer wieder Diebe. Ein Kollege in der Asservatenkammer fuhr ein zu dickes Auto, was nicht zu seinen Beamtenbezügen passen konnte. Warum dort Kokain und ein paar Waffen irgendwann bei einer Inventur fehlten, ließ sich dann nicht mehr rekonstruieren. Leider war es so, dass bei der Polizei nicht automatisch nur die Guten, wer immer das auch sei, arbeiteten.

KHK Busch vom Kommissariat für Rauschgiftdelikte und Organisierte Kriminalität hörte sich das Anliegen seines Kollegen von der Mordkommission in Ruhe an und schlug vor, einen unbürokratischen Weg zu gehen: Werner sollte sich mit einem Kollegen von der Hundestaffel, die auf Rauschgiftrazzien spezialisiert war, im Sonnenring etwas umsehen. „Mal schauen, was der Alex dazu sagt." Alex war ein auf Drogen konditionierter Schäferhund.

So kam es. Alex sagte vor der Tür des Apartment A3-28 einiges. Es wurde wegen Gefahr im Verzug geöffnet; es fanden sich in einem Regal ein offener Karton mit zahlreichen Tütchen Kokain und über 100 lachs- und rosafarbene Tabletten mit verschiedener Prägung, vermutlich Ecstasy, also MDMA; ferner kleine

Fläschchen mit Pipetten, wahrscheinlich flüssiges MDMA oder K.O.-Tropfen. Aber viel interessanter war das Equipment eines kleinen, feinen Aufnahme- und Kopierstudios mit Computern und diversen Smartphones. Die KTU entdeckte, dass das Nebenapartment A3-27 mit sehr raffiniert versteckten kleinsten Kameras und Mikros verdrahtet war. Es gab auch eine Sammlung moderner Abhörgeräte in Miniaturformat, wohl für mobile Einsätze außer Haus.

Die Kollegen des K 62 hatten jetzt wieder eine neue Großbaustelle und einen Fuß im organisierten Verbrechen und Rauschgifthandel. Die Spurensicherung zog ihr Programm in den drei Apartments durch; die KTU beschlagnahmte die Drogen und die gesamte technische Ausrüstung, was Zeit und Ressourcen an Personal beanspruchte.

Das Studio der vermissten Ruschke bestand aus drei Räumen: Einer kleinen Küche, einem luxuriösen Badezimmer mit breitem Whirlpool, einer Art kleinem Büro mit Notebook und Schränken, einem Raum, der mit sehr bequemem Designermobiliar, Teppichen, Pflanzen und einer Bar ausgestattet war und als Hauptarbeitsplatz ein überbreites Doppelbett mit Baldachin und Spiegeln an einer Wand und der Decke aufwies. Es hingen zwei großformatige weibliche Akte von Modigliani an den Wänden; in den Räumen waren Tisch- und Stehlampen verteilt, die die Räume in ein warmes Licht tauchten, schwere Vorhänge vor den Fenstern und dem Balkon schirmten Blicke von draußen ab. Also alles sehr stilvoll und hochwertig. In einem abgeschlossenen Schrank befanden sich Arbeitsartikeln für diverse sexuelle Präferenzen, Schuhe und Kleidungsstücke unterschiedlicher Konfektionsgrößen, die offenbar verschiedenen Frauen gehören mussten.

Das Nachbarapartment Nr. 26 dagegen war eingerichtet wie ein einfaches Hotelzimmer ohne jede persönliche Note.

Mitten in dieser Arbeit vor Ort tauchte der zuständige Oberstaatsanwalt auf, der den Beschluss verweigert hatte. Er schaute sich in allen Wohnungen um, fragte nach der Technik und besonders nach den Datenträgern und verschwand verärgert, ohne ein Wort zu sagen. Eine Kommissarin des K 62 sagte trocken: „So hab' ich den am liebsten, ohne Worte und von hinten."

Ein Kollege von der Kriminaltechnik frotzelte: „Arbeitest Du auch hier?"

Ihre Antwort: „Du mich auch," und zeigte den Mittelfinger.

Ein anderer Polizist meinte: „Es kam mir vor, als kenne der sich hier aus. Mal sehen, wen wir alles auf den Datenträgern finden werden." Er schaute in eine der Videodateien und pfiff durch die Zähne. „Da könnte ich richtig neidisch werden."

56.
Gewaltenteilung

Bauer erhielt von seinem Chef der Kriminaldirektion einen Anruf, dass das Landeskriminalamt die in dem Studio im Sonnenring sichergestellte elektronische Ausrüstung beschlagnahmen
werde; Kollegen seien auf dem Weg sie sicherzustellen; er
fragte ihn, wo das Material zurzeit sei. Bauer wusste es nicht.
Und ohne eine schriftliche Dienstanweisung werde er, Bauer,
überhaupt nichts herausgeben, das sei eben Vorschrift. Außerdem müsse das sichergestellte Material, die PCs, Handys, Festplatten von seiner Abteilung K 11 oder K 61 erst inventarisiert
werden, bevor es einer anderen Stelle übergeben werde. Es
wäre zudem nicht das erste Mal, dass Beweismitteln Dienststellen entzogen oder sogar vernichtet würden.
Sein Chef geriet am Telefon regelrecht in Wut und brüllte, dass
so etwas eine üble Unterstellung sei, Bauer mit massiven
Schwierigkeiten zu rechnen habe, wenn er die Herausgabe des
offenbar politisch brisanten Materials ans LKA verzögere. Bauer
schwieg einen Moment. „Chef, Sie wollen mich also nötigen, die
Dienstvorschriften zu missachten? Die Anweisung, dass ich gegen die Dienstvorschriften verstoßen soll, hätte ich gerne
schriftlich von Ihnen und zwar sofort! Mit Ihrer Unterschrift. In
dreifacher Ausfertigung!" Dann drückte er das Gespräch weg,
um den Kollegen Busch von der K 61, der mit Bauers Kollegen
des K 11 den Einsatz in Sachsenhausen durchführte, über die
interessanten Begehrlichkeiten des LKA zu informieren. Es wäre
im Dienste der Sicherung der Wahrheitsfindung sinnvoll, eine
Kopie der wichtigsten Datenträger zu haben, das dürfte aber
einige Zeit beanspruchen. Bauer und Busch vermuteten, dass
Personen aus Politik, Wirtschaft und auch aus der Justiz selbst
Opfer einer Erpressung durch organisierte Verbrecher sein

könnten. Vielleicht wären sie aber nicht nur arme Opfer; da wollten sich beide keinen Spekulationen hingeben.

„Einen Oberstaatsanwalt oder Richter auf einem Video mit einer Professionellen in Aktion zu sehen, wäre schon sehr speziell", sagte Busch. Was sie in ihrer Freizeit machten, wäre ihre Sache. „Aber solche sportlichen Aktivitäten riechen nach Korruption und Erpressung."

„Ich hoffe, wir finden niemanden aus unserem Stall. Er wäre ekelhaft und verstörend, sich so eine Nummer ansehen zu müssen", meinte Bauer.

Wenn die Exekutive ihre Arbeit nicht machen kann und verschiedene Personen sie zu behindern versuchen, bekam Bauer tiefe Zweifel am Funktionieren der Rechtstaatlichkeit. In solchen Situationen reicht die Gewaltenteilung in Legislative, Exekutive und Judikative nicht aus, da hilft nur die vierte Macht: Die freie Presse, um dem Staatsversagen entgegenzuwirken. „Durchstechen" wäre das Fachwort.

Die Geheimdienste und der Verfassungsschutz führten ein politisch unkontrolliertes Eigenleben, bewegen sich nicht selten am Rande der Legalität. Warum werden kriminell verdächtige Staatsschutzmitarbeitern bei politischen und rassistischen Verbrechen und Morden geschützt? V-Leute der rechten oder anderer Szenen werden großzügig finanziert und entzögen sich der Kontrolle. Es sah manchmal so aus, aus finanziere der Staat seine Kriminellen. Warum sollten Akten hundert Jahre der Öffentlichkeit vorenthalten und als geheime Verschlusssache in der Versenkung verschwinden? Gerade in Hessen liefen unvorstellbare Prozesse ab; der Staatsschutz und die Justiz schienen sich in erster Linie selbst zu schützen, anstatt den Staat und die Verfassung. Ohne kritischen Journalismus und Whistleblower aus den eigenen Reihen käme die Wahrheit noch weniger ans Licht. Unter diesem Aspekt sah Bauer die Presse und sonstigen Medien absolut positiv, wichtig und nicht nur lästig.

57.
Blinder Ödipus

In der Mittagspause rief Hofmann seinen Kollegen Alfons, alias Anatol, an und fragte, ob er Zeit habe, mit ihm heute oder morgen über die Ereignisse der letzten Wochen zu sprechen. Er brauchte beim Denken ein kritisches Gegenüber. Mit Alfons hatte er bereits zweimal kurz über seine Patientin gesprochen, aber nicht über die tiefere Dynamik zwischen ihm und ihr. Die Intervisionsgruppe gestern empfand er als nicht hilfreich, sie sorgte sich einerseits um ihn als Opfer, andererseits kam sich dabei vor, als säße er vor einem Tribunal. Es wäre ihm nicht recht, in ein Lokal zu gehen, da könnten sie nicht so frei sprechen wegen der Gäste und des Personals; wegen der Corona-Hygiene- und Abstandsregeln sei das alles ein einziger Krampf.

„Also, ich soll etwas für uns kochen?" Alfons war ein Superkoch.

„Das wäre fein. Aber ein anderes Mal sehr gerne. Können wir uns bei mir treffen? Ich würde etwas organisieren. Du magst doch auch Thailändisch."

„Na klar. Wann?"

„Du magst Ente?"

„Immer. Wann?"

„20 Uhr 30 wäre gut mit Ente."

„Gut, dann bis heute Abend 20 Uhr 30 mit Ente."

„Passt Dir das überhaupt so kurzfristig?"

„Ja natürlich. Wenn nicht, hätte ich es Dir gesagt. Sorry, ich bin auf dem Sprung, daher so kurz angebunden."

Das schätzte Franz Hofmann an seinem Freund und Kollegen. Wenn er ihn brauchte, war er zur Stelle und hatte ein Ohr, auch wenn er unangenehme Aspekte anschneiden konnte. Er war nach dem Telefonat innerlich etwas freier, sich seinen Nachtmittagspatienten zuzuwenden.

Alfons klingelte um Punkt 20 Uhr 30 und stand mit einer Flasche Wein noch im Flur, als es wieder klingelte und das Essen geliefert wurde. Es gab zweimal Thai-Suppe mit Shrimps oder Hühnchen, einmal Ente und einmal Rindfleisch, jeweils mit grünem Curry, Basilikum, Auberginen und Zucchini; beides scharf und natürlich mit Reis. Franz stellte alles in die Mitte, sodass jeder von jedem essen konnte.

„Es tut mir leid, die Auswahl ist nicht sehr einfallsreich. Und dann der ganze Verpackungsmüll."

„Hör auf, Dich zu entschuldigen, es sieht sehr gut aus und duftet verlockend. Gut, dass Constanze den Müll nicht sieht."

„Wahrscheinlich kämpfe ich mit Schuldgefühlen."

„Gut, dann sind wir wohl schon beim Thema." Alfons schenkte die zweite Runde Tempranillo aus Kastilien-Leon ein.

Während sie aßen, fasste Franz den Therapieverlauf mit Frau R. von den Erstgesprächen bis zur Therapiestunde vor dem Überfall zusammen. Alfons hörte zu, er kannte viele Aspekte schon von früheren Gesprächen. Franz erzählte Material aus dem Leben der Patientin und weniger von dem, was in der kurzen Therapie zwischen seiner Patientin und ihm gelaufen war.

„Bei all dem Material ist mir nicht deutlich geworden, wie es Dir selbst mit Deiner Patientin erging und heute geht. Sie ist Dir offenbar früh verbal an die Wäsche gegangen und hat Dich unter Druck gesetzt. Wie hast Du ihre Übertragung auf Dich und Deine Gegenübertragung auf sie erlebt? Du sitzt jetzt hier und fühlst Dich schlecht; das zumindest habe ich verstanden; da war aber einiges vorher gelaufen."

Sie nahmen die Gläser und die Weinflasche und wechselten vom Esstisch zur gemütlichen Sitzgruppe. Alfons nahm im Sessel und Franz auf dem Sofa Platz; beide legten die Beine auf den Couchtisch, es war ihre Arbeitshaltung als Psychoanalytiker. Es hätte noch gefehlt, dass Franz sich wie ein Patient auf das bequeme Sofa legte.

„Gut, dass uns Constanze so nicht sieht", sagte Franz erneut.

„Was soll sie nicht sehen?", fragte Alfons.

Franz lachte kurz. „Ja, nicht schlecht Deine Frage. Ich glaube, sie soll nicht sehen, wie sehr mir die Begegnung mit meiner Patientin nahegeht."

„Unsere Patienten kommen uns in der Regel oft sehr, manchmal so nahe, dass es uns überhaupt nicht recht ist. Wie das bei Deiner Frau R. war, musst Du mir erklären. Außerdem verdankst Du Deiner Patientin die Begegnung mit einem Schläger und Mörder, der Dir großes Leid zugefügt hat."

„Ja, ich weiß", Franz winkte ab. Und nach einer Pause: „Ich nenne sie hier mit ihrem Vornamen, Amalia. Sie ist trotz ihrer schrecklichen Vorgeschichte von Vernachlässigung und Missbrauch eine bewundernswerte Frau, scheinbar selbstbewusst und verführerisch. Sie führte aber ein Leben auf einer Rasierklinge oder immer am Abgrund entlang."

„Ist sie denn tot?" fragte Alfons erstaunt.

„Ich weiß es nicht. Die Polizei meint, sie sei inzwischen bestimmt ermordet worden; es gibt aber noch keine Gewissheit, dass dem so sei." Pause. „Sie ist auf der einen Seite ein geschundenes Kind und auf der anderen Seite eine verführerische, erwachsene Frau, die es versteht, nicht nur wegen ihrer körperlichen Reize, sondern auch durch ihre kluge und pfiffige Art anderen Menschen emotional sehr nahezukommen." Nach einem Schluck aus dem Glas: „Mir natürlich auch."

„Wie nahe seid ihr euch denn gekommen?" Weil Franz nicht gleich antwortete, schob Alfons nach: „Seid ihr euch auch körperlich sehr nahegekommen?"

„Nein, nicht körperlich. Wir haben uns nicht berührt, es gab keinen körperlichen Kontakt. Nicht einmal einen Handschlag wegen der Corona-Distanzregelung. Emotional sind wir uns aber sehr nahegekommen."

„Das ist so in unserem psychoanalytischen Alltag. Der Umgang mit der Abstinenz ist aber manchmal auch nicht so einfach."

„Das ist mir durchaus bekannt."

„Du sagtest, ihr seid euch emotional nahegekommen. Ich frage mich dabei, ob Du Dir in der Fantasie vorgestellt hast, wie es wäre, mit ihr Sex zu haben. Ich hoffe, Du nimmst mir diese direkte Frage nicht übel."

„Das war natürlich Thema in mehreren Stunden mit ihr, sie wollte inquisitorisch aus mir herausholen, dass ich mir vorstellte, Sex mit ihr zu haben."

„Und?"

„Ja, ich hatte außerhalb der Stunden, wenn ich an sie dachte, durchaus die Fantasie, wie es wäre, mit ihr Sex zu haben."

„Ihr wart beide körperlich abstinent, das ist ja ein Teil des Inzesttabus zwischen einem analytischen Vater und seiner Patientochter. Richtig? In Sensu, gedanklich, emotional muss es eine sehr erotisch aufgeladenen Verführungssituation gewesen sein. Wie war das für Dich?"

„Gut. Danke der Nachfrage", sagte Franz etwas gequält.

„Gut? Hast Du Dir in Deinen Fantasien vorgestellt, mit ihr zu vögeln? Zum Beispiel in Deinen Onaniefantasien?"

„Alfons, Du bist gnadenlos."

„Einverstanden. Hast Du oder hast Du nicht."

„Ja, das habe ich."

„Und, war es schön?"

„Anfangs ja, nachher fühlte ich mich beschissen und beschmutzt." Pause.

„Nun, das hat die Masturbation – wie wir wissen – so an sich: Erst die unwiderstehliche Begierde, hinterher Schuldgefühle," sagte Alfons. Pause. „Eigentlich ist es gut, dass Du diese menschliche Schwäche zeigtest und dabei als Therapeut mit ihr abstinent geblieben bist. Du hättest auch die Verführung verleugnen und sie und Deine Patientin exorzistisch bekämpfen können. Deine Patientin wusste um die Macht ihrer erotischen Ausstrahlung." Schweigen. „Constanze ist ja für ein halbes Jahr weit weg und Du bist hier alleine. Eine Ersatzgeliebte hast Du ja nicht. Oder?"

„Alfons, Du kennst mich: Nein, natürlich nicht. Zu Prostituierten gehe ich auch nicht. Auch schleppe ich keine Patientinnen, keine Kolleginnen oder andere Frauen ab."

„Natürlich nicht, natürlich nicht! Obwohl, einige Kolleginnen aus dem Institut hätten bestimmt nichts dagegen. Glaub es mir."

„Du bist wirklich gnadenlos, Alfons."

„Das sagtest Du schon." Und weiter: „Was willst Du denn mit der Gnade? Welche Gnade? Gnade ist in der christlichen Tradition sowas wie Mitleid mit dem Besiegten."

Beide schwiegen eine Weile, dachten nach und nippten an ihrem Weinglas. Franz: „Mir fällt der Pflegevater der Patienten ein, der in Abwesenheit seiner kranken Frau begann, sich an der verführerischen Pflegetochter sexuell zu vergreifen. Und ihr hatte das zunächst gefallen, weil er sie triebhaft begehrte, sie für ihn wichtig war und eine intensive Beziehung erlebte. Nebenbei triumphierte sie über ihre bigotte, verklemmte Pflegemutter aus Ostwestfalen. Zu Beginn der Pubertät wurde sie allerdings anorektisch und kämpfte gegen ihre Weiblichkeit an. Unbewusst begann sie, den Inzest emotional zu verstehen, zog sich in Depressionen und Magersucht zurück, bis ihr mit ca. 15 Jahren durch die Liebesbeziehung zu ihrem ersten Freund der Quasi-Inzest bewusst wurde; sie war durch den sexuellen Missbrauch durch den Pflegevater in ihrer eigenen Sexualität nicht erlebnisfähig; sie kannte keinen Orgasmus. Ihre Befriedigung reduzierte sie auf das Gefühl, von einem Mann begehrt zu werden. Dabei ging sie natürlich leer aus. Immer nur einen auszugeben, ohne eine tiefe Befriedigung zu erfahren, nährt auf die Dauer nicht. Sie hasste sich dafür. Das passte alles zu ihrer depressiven und autoaggressiven Struktur; ihr Selbstwertgefühl ist letztlich nur Fassade. In ihrem inneren psychischen Kern ist sie unerreichbar, emotional gepanzert, aber autonom, um den

Preis einer tiefen Einsamkeit. Sie wehrt diese heftigen Gefühle massiv ab, sonst würde sie zusammenbrechen. Sie projiziert ihren Selbsthass nach außen auf andere, zum Beispiel auch auf mich: Ich solle sie verachten und zurückstoßen, nur in einer verachtenden Beziehung kann sie sich etwas öffnen. Sexualität kann sie nur als Strafe zulassen." Es entstand eine längere Pause.

Alfons: „Das ist ganz schön heftig! Das bedeutet, dass sich eine unbewusste Übertragung und Gegenübertragung zwischen Dir und Deiner Amalia in Szene gesetzt hat: Eine inzestuöse Fantasie auf beiden Seiten mit destruktivem Potenzial. Deine Patientin spürt die Ausweglosigkeit aus ihrem psychischen Konflikt."

„Das ist zutreffend." Schweigen. „Wenn mir zwischen den Stunden Amalia einfällt, muss ich manchmal an meine Tochter Marie denken."

„Das liegt nahe. Es gibt nebenbei erwähnt viele Amalias. Vielleicht erinnerst Du Dich an die tragische Amalia in Schillers Räuber. Einer der Brüder hieß übrigens Franz."

„Du meinst Franz, die Kanaille?"

„Genau den. Amalia wird vom Räuberbruder Karl umgebracht und Franz ist der tragische Depp, aber nicht ganz schuldlos."

„Au Mann, langsam reicht es."

„Wie wäre es damit: Freuds Mutter hieß auch Amalia." Franz schwieg. Und nach einer Pause: „Mein Lieber: Unbewusst scheinst Du gefühlsmäßig wie der König Ödipus inzestuös gefangen gewesen zu sein, allerdings nicht vom Sohn zur Mutter, sondern vom Vater zur Tochter." Franz schwieg und schaute seinen Freund an. „Wie war das mit dem Ödipus noch einmal?"

Alfons legt nach dieser Aufforderung los: „Beim Ödipus-Mythos folgte der Inzest auf den Vatermord. Ödipus erschlug nichtwissend seinen Vater, heiratete dann seine Mutter und zeugte vier Kinder mit ihr; so die griechische Mythologie. Er kam vorher als Held nach Theben, weil er die Stadt von dem Ungeheuer der

Sphinx befreit hatte, indem er ihr Rätsel löste. Sie fragte ihn: Was ist das? Morgens auf vier, mittags auf zwei und abends auf drei Beinen. ‚Der Mensch‘, antwortete Ödipus und die Sphinx stürzte sich in den Abgrund. Nach dem Vatermord nun der Triumph über die Sphinx, dafür bekam der Held die Königswitwe als Belohnung; es folgte der Inzest mit seiner Mutter. Die kollektive Strafe der Götter ließ nicht lange auf sich warten. Das volle Programm."

Franz unterbrach ihn etwas genervt: „Das ist ja hinreichend bekannt. Besonders unter uns Analytikern. Wie ging es denn noch einmal mit dem traurigen Helden bei Sophokles weiter? Das ist mir gerade nicht präsent."

„Ödipus stach sich bekanntermaßen seine Augen aus, nachdem der Inzest durch den blinden Seher Theresias bekannt wurde; durch den Inzest wütete in Theben die Pest als Strafe. Iokaste, seine Mutter und Ehefrau, brachte sich aus Scham um. Ihr Bruder Kreon übernahm Theben. Der blinde König Ödipus irrte danach begleitet von seiner Tochter Antigone durch den Landstrich Kolonos bei Athen, wo er von König Theseus aufgenommen werden und schließlich in Ruhe sterben wollte. Ich glaube, Du warst die letzte Zeit ziemlich blind vor Scham und Schuld." Beide schwiegen eine Weile.

„Verdammte Tat! Die Sexualität und mörderische Wut sind echt ein Fluch. Die Kirche hat doch recht!" sagte Franz lachend.

„Mörderische Wut und Inzest sind in der Tat verfluchte Taten. Die Sexualität per se ist aber eine feine Sache. Jedenfalls nicht in der katholischen Kirche und anderen Religionen. Du warst doch katholisch?" fragte Alfons fest.

„Ja, und wie. Sieben Jahre Ministrant bis die Pubertät dazwischen kam. Mit 18 bin aus der Kirche ausgetreten."

„Das hattest Du mir schon einmal erzählt. Aber: Einmal Katholik, immer Katholik."

„Was? Schließlich habe ich acht Jahre viermal die Woche auf der Couch gelegen."

„Ich weiß. Bei mir war es übrigens auch nicht viel anders. Zurück zu Ödipus, zu seinem Totschlag am Vater Laios und dem Inzest mit der Mutter Iokaste. Und das Tragische ist: In der griechischen Mythologie geschah das für alle Beteiligten im Zustand der Unwissenheit, der Unschuld! Das Bekanntwerden und Bewusstwerden der Taten erzeugten erst die Schuld und die Schuldgefühle, mit denen schwer zu leben war."

„Es war ja noch krasser: Vorausgegangen war der vergebliche Mordversuch des Königs Laios an seinem eigenen Sohn Ödipus als Säugling. Das Orakel hatte ihm prophezeit, dass er von seinem eigenen Sohn getötet werden würde. So kam es dann auch. Da nahm das Schicksal seinen Lauf. Und das Drama hatte noch eine weitere Vorgeschichte: König Laios, Ödipus Vater also, hatte den Sohn des Königs Pelops entführt und sexuell missbraucht. Daher das verhängnisvolle Orakel, dass ein Sohn ihn später töten werde." Beide schwiegen.

„In der griechischen Mythologie kann der Mensch seinem Schicksal nicht entrinnen. Wir als aufgeklärte Wesen dagegen schon – zumindest meinen wir das."

„Das Drama ging über mehrere Generationen. Ich glaube, ich muss noch einmal die drei Dramen von Sophokles lesen: König Ödipus, Ödipus auf Kolonos und Antigone." Franz weiter: „Als Jüngster musste ich nicht nur die Klamotten meiner beiden älteren Brüder auftragen. Ich musste auch ihre Schulbücher übernehmen. Ich erinnere: Auf dem gelben Reclam-Heftchen des Dramas Antigone war auf dem Umschlag der Autor Sophokles durchgestrichen und durch ‚Sofaklecks' ersetzt."

Alfons verschluckte sich am Wein und hustete: „Womit wir wieder beim Thema Selbstbefriedigung wären."

„Jetzt reicht's aber!" Franz schenkte Mineralwasser aus.

„Nein, es reicht nicht! Schauen wir uns doch die Geschichte mit Deiner Patientin weiter an."

„Diese unbewussten inzestuösen Übertragungs- und Gegenübertragungsphänomene waren bereits in der Zeit der Vorgespräche und zu Therapiebeginn sehr intensiv zugange. Es war eine erotisch aufgeladene Beziehung – teils bewusst, teils unbewusst. Im Laufe der kurzen Therapie kippten meine Stimmungen und Gefühle. Amalia war nicht mehr die verführerische reife Frau oder gar die kleine Lolita, sondern ein Kind, das sich großen Gefahren aussetzte, nicht nur seelisch und körperlich missbraucht zu werden und jetzt sogar gefahrlief, ermordet zu werden. Das ist mehr als ein Seelenmord."

„Du hast vorhin gesagt, dass Du für sie anfangs ein ödipales väterliches Objekt warst, dann mehr zu einem mütterlichen und fürsorgenden Übertragungsobjekt wurdest."

„Das trifft die unbewusste Dynamik in der Therapie. Aber auch Väter können mütterliche Qualitäten haben. Ich fühlte mich ihr gegenüber zunehmend hilflos, sie nicht vor einer realen, unheimlichen Gefahr beschützen und retten zu können."

„Kannst Du genauer werden?" fragte Alfons.

„Nun ja, sie ist als Edelprostituierte zwischen die Fronten von um Geld und Macht kämpfenden Männerbünden und Mafiaclans des organisierten Verbrechens geraten."

„Das ist natürlich ein dickes Ding! Gegenüber einer solch brutalen äußeren Realität ist die psychoanalytische Beschäftigung mit der inneren Welt des Patienten wie ein Sandkastenspiel. Es wäre so ähnlich, als würden sich die Menschen auf der Titanic Gedanken darüber machen, was das Bordorchester spielen könnte, während um sie herum die Welt absäuft und sie sterben."

„Eine analytische Therapie kann aber auch ein Rettungsboot aus einer scheinbar ausweglosen Situation sein, Alfons."

„Deine Worte in Freuds Ohr. Es ist immer wieder erstaunlich, wie sich das Schicksal unserer Patienten in der therapeutischen Situation unbewusst inszeniert und wiederholt. Wir müssen oft ein Stückchen bei dieser Dynamik mitspielen. Bekanntermaßen sagt Paula Heimann vor gut 70 Jahren, dass das Unbewusste des Patienten mit dem Unbewussten des Analytikers in Verbindung zu stehen scheine. Durch ein Mitagieren kann uns deutlich werden, um was es dabei geht. Aber die Abstinenz darf nicht verletzt werden." Sie schwiegen und tranken nur noch Wasser. „Die Sache ist für mich noch nicht ganz rund", sagte Franz.

"Und wo oder wie?"

„Uns ist klar, dass sich die Psychodynamik unserer Patienten, die ihre Ursache in ihrer Lebensgeschichte mit den unerledigten psychischen Konflikten und traumatischen Erfahrungen hat, bestenfalls in der therapeutischen Beziehung wieder reinszeniert. In diesem Fall von Amalia zu mir."

„Die Neurose oder das Trauma muss sich in der Therapie reinszenieren, wie Du sagst. Das ist der Zwang zur Wiederholung."

„Genau, der Wiederholungszwang. Ich glaube, dass meine Patientin durch ihren Beziehungsabbruch unbewusst mich ihre eigene Verlusterfahrung spüren lassen möchte. Als erstes hatte sie ihre Mutter, dann die Großmutter, dann den Vater, dann Erzieherinnen im Kinderheim, die Pflegeeltern und später Männer der italienischen Mafiafamilie verloren, sie wurde immer wieder verlassen. Die Pflegemutter hatte eine gute Beziehung verweigert, der Pflegevater sie missbraucht." Und nach einer Pause. „Amalia ist weg und ich fühle mich traurig und schuldig, sie nicht ausreichend geschützt zu haben. In meiner Sorge und Angst habe ich sie sogar an die Polizei verraten."

„Wie bitte? Verraten? Das finde ich nicht so. Es sind Gefühle einer guten fürsorglichen Mutter und vielleicht auch eines guten Vaters, die sie selbst nicht erfahren hatte."

„Das tut gut, dass Du das so siehst. Ich bin aber nicht davon überzeugt. Ich hoffe nur, dass die Kripo hat unrecht und sie lebt noch."

„Die Hoffnung stirbt bekanntlich zuletzt. Wir werden sehen." Und:" Ich muss langsam einmal nach Hause", sagte Alfons.

58.
Semifinale

„Lieber Doktor Hofmann, ich möchte mit Ihnen wieder einen Cappuccino trinken. Wann würde es Ihnen passen? Es gibt Neuigkeiten. Ich bitte um Ihren Rückruf." Kommissar Bauer hinterließ diese Nachricht an Donnerstagmittag auf Hofmanns Praxismailbox. Hofmann bekam einen Schreck, so als wollte Bauer eine schlechte Nachricht überbringen, und rief zwischen zwei Therapiestunden sofort zurück. Kommissar Bauer war aber nicht erreichbar. Hofmann bot ihm morgen, Freitag um 16 Uhr an, und bat um Nachricht auf der Mailbox. Hofmann hatte die Therapiestunden von Frau R. noch nicht vergeben. Hoffte er immer noch, dass sie wieder kommen würde? Ein Belegen der Stunde bedeutete die Anerkennung der Realität, dass sie nicht wiederkäme.

Bauer erschien um 16 Uhr mit sechs kleinen Rosinenschneckchen, Hoffmann hatte Kaffee und Wasser bereitgestellt.
„Ich wollte Ihnen persönlich mitteilen, dass für uns von der Kripo der Fall erledigt ist. Die Akte ist geschlossen. Der gewalttätige Einbrecher, der Sie schwer misshandelt und fast umgebracht und mutmaßlich Frau Sandberg getötet hatte, ist jetzt selber tot. Erschossen von der Konkurrenz. Wir kennen seine Mörder nicht oder besser: noch nicht. Wir haben seine wenigen Spuren, die er in ihrer Praxis hinterließ, mit dem Toten einer Schießerei im Bahnhofsviertel abgeglichen. Er war es. Da sind wir uns sicher. Er war auch dabei, als ihre Praxis letzte Woche ausgeräumt wurde. Wir haben DNA-Spuren in dem Transporter gefunden."
Hofmann hörte auf zu essen: „Vielen Dank für die Nachricht. Das finde ich beruhigend."

„Der Patient übrigens, der im Sommer in Ihrer Praxis war und den Sie auf den Videoaufnahmen wiedererkannt hatten, Stichwort ‚Bosnier', ist in unsere Netze gegangen. Er hatte unabhängig von seiner Mithilfe beim Überfall am 14. August Dinge dabei, die ihn in den Knast wandern lassen. Wie lange, ist aber ungewiss. Er kommt übrigens nicht aus Bosnien, sondern aus Osteuropa, wir wissen noch nicht genau aus welchem Land: Weißrussland, Ukraine oder Russland. Keine Ahnung.

Bei der Festnahme kam unser Kommissar Zufall zu Hilfe. Bei Hanau fiel einem Rentner, der mit seinem Hund täglich die gleiche Runde drehte, der AMG-Mercedes auf, der bei Ihrem Überfall mit im Einsatz war. Der gute Mann war einst KFZ-Meister und hatte ein Auge für besondere Autos. Ihm fiel auf, dass derselbe Benz diesmal mit einem anderen Nummernschild auf der Straße parkte. Er schilderte seine Beobachtung dem Polizeirevier, das die Beobachtung an die Kripo für Diebstahlsdelikte am Präsidium Süd-Osthessen weiterleitete. Die Kollegen dachten, es seien die üblichen Autodiebe und beschatteten den Benz. Es kam nachts zu einer rasanten Verfolgungsjagd quer durch den Rodgau mit dem Ergebnis, dass eine Mauer dem Benz im Wege stand, die ihn zerlegt hat." Bauer konnte seine Freude nicht verbergen.

„Die beiden waren doch sicher nur Auftragstäter. Wissen Sie etwas über die Auftragsgeber, die Hintergründe und vor allem die Motive?" fragte Hofmann.

„Leider nein. Die beiden gehörten bestimmt nur zu einer Putztruppe, die den Dreck von anderen wegmachen sollte." Bauer merkte, dass seine Formulierung wenig empathisch war, so als wäre Hofmann für andere Hintermänner nur Dreck.

„Wir wissen immer noch nicht, warum der Täter Sie aufgesucht hatte. Er sollte etwas finden oder aus Ihnen herausprügeln, was sein Auftraggeber wissen wollte. Weil das nicht funktionierte und sie wahrscheinlich nichts in dem Praxisnotebook gefunden hatten, kamen sie mit einer anderen frechen Nummer und stahlen Ihr gesamtes Patientenarchiv. Die waren richtig dreist und hat keinen Menschen verletzt." Bauer merkte, dass Hofmann die Stirn runzelte, und schob nach: „Zumindest körperlich nicht. Dank ihrer Nachbarin und der Baustelle auf der Hanauer Landstraße kamen die Diebe aber nicht weit. Wir müssen doch auch einmal Glück haben! Finden Sie nicht auch?" Bauer schaute Hofmann erwartungsvoll an. Da keine Reaktion kam, biß er in sein Rosinenschneckchen. Kurze Pause.

„Und das Ganze muss etwas mit Ihrer Patientin Ruschke zu tun haben. Die Zusammenhänge können also nur Sie wissen, wenn überhaupt." Pause. „Nach wie vor ist ihre Patientin, deren Therapiestunde wir hier nutzen, der Schlüssel zum Verständnis des Verbrechens."

„Wissen Sie inzwischen etwas über ihr Schicksal?" fragte Hofmann endlich.

„Leider wenig. Wir wissen inzwischen, dass sie eine Art Lockvogel der Ndrangheta war. Im Sonnenring und privat wurden Prominente aus Wirtschaft, Politik und anderen kriminellen Organisationen in intimen Situationen gefilmt, abgehört und anschließend erpresst. Die Unterschiede zwischen diesen Gruppen sind bekanntlich fließend. Da waren auch Personen aus der Justiz dabei. Wir glauben - und das bitte ich Sie, in Ihre Rubrik Schweigepflicht aufzunehmen, wie alles, was ich hier sage -, dass eine russisch-ukrainische Mafia in einige Wirtschaftszweige der Ndrangheta eindringen wollte und umgekehrt die Süditaliener den Russen schwer schaden wollten, indem sie deren Netz von Korruption auskundschafteten. Die russische und ukrainische Mafia versteht da absolut keinen Spaß. Leute, die ihnen im Wege stehen, einfach umzulegen, hat bei denen Tradition." Bauer trank seinen Kaffee.

„Sie müssten sich mal mit der Geschichte der Ukraine befassen, da wird Ihnen schlecht. Abgesehen von dem versuchten Genozid Stalins und dem Morden der deutschen Wehrmacht und SS, dem Millionen von Ukrainern zum Opfer gefallen sind, gehören in den letzten Jahrzehnten Korruption und Morde zum Alltag in der Ukraine. Alleine, was unter dem Präsidenten Kutschma vor zwanzig Jahren alles passiert ist, lässt uns die Haare zu Berge stehen. Die Kleptokraten und Oligarchen gingen und gehen über Leichen. Die Ukraine befindet sich heute in einem tendenziell demokratischen Prozess mit einem Komiker als Präsident. Die Grenzen zwischen brutaler Mafiapolitik und Rechtsstaatlichkeit sind sehr fließend. Die Kleptokraten nutzen Gesetze, sind heute Milliardäre und arbeiten nicht mehr so grobmotorisch wie früher. Es gibt da zum Beispiel eine „Bruderschaft Diebe im Gesetz", die bereichern sich schamlos und semilegal." Bauer trank vom Cappuccino und biss in sein Schneckchen. „Ich muss aufhören, sonst könnte ich platzen. Aber noch einen Aspekt: Der erwähnte AMG-Mercedes ist übrigens kein geklauter, der nach Osteuropa geschafft wurde, er wurde von einer Firma in Donezk, das von den Russen annektiert wurde, beim Daimler in Stuttgart regulär gekauft. Schau an! Diese Kriminellen sind heute staatstragend und international hoffähige Leute geworden, wie zum Beispiel bei der FIFA und anderen Organisationen. Der BKA-Chef Münch hatte 2016 ausführlich darüber berichtet. Das können Sie alles im Internet in seriösen Quellen nachlesen. In diese Maschinerie ist ihre Patientin hineingeraten und wurde offenbar zermalmt. Tut mir leid, Ihnen das so knallhart zu sagen." Beide schwiegen einen Moment.

„Gibt es Hinweise, dass sie tot ist?"

„Nein. Es könnte sein, dass sie sich noch in Sicherheit gebracht hat. Wir haben keine Leiche gefunden, die etwas mit ihr zu tun haben könnte, zumindest nicht in Deutschland. Es wurde aber eine Leiche einer jungen Frau bei Mannheim gefunden, die in Frankfurt wohnte und in dem gleichen Studio als Prostituierte arbeitet, in dem Ihre Patientin Prominente bediente. Sie wurde brutal getötet und in einen Müllcontainer eines Autobahnrastplatzes geworfen, vorher mehrfach missbraucht und dann einfach weggeschmissen. Die haben reichlich DNA hinterlassen, diese Dummköpfe. Das passt zur osteuropäischen Mafia. Die italienische Mafia hätte dasselbe zwar etwas stilvoller und symbolischer gemacht, ihr z.b. die Zunge rausgeschnitten und irgendwo reingesteckt. Aber tot ist tot." Bauer erzählte das alles routinemäßig. Hofmann war sprachlos.

„Übrigens, zwei Kolleginnen aus meinem Kommissariat vertreten die Hypothese, dass Ihre Patientin aus ihrem Apartment Hals über Kopf ausgezogen sei. Sie ist wohl auf der Flucht vor den sich bekämpfenden Mafiaorganisationen."

„Wie das?"

„Die Kolleginnen sagten, die Bewohnerin habe alles Persönliche, was eine Frau so braucht, mitgenommen: Kosmetikartikel, Wäsche, Kleidung, offenbar alle wichtigen Dokumente, Bilder aus zwei Bilderrahmen zum Beispiel. Ihr Auto, ein kleiner Lancia ist auch nicht auffindbar. Das Erotikstudio hat sie übrigens mit anderen Kolleginnen im Auftrag der Ndrangheta genutzt. Leider kann ich Ihnen wegen des Dienstgeheimnisses nicht weitere delikate Informationen mitteilen. Nur so viel: Es gibt eine Reihe von Leuten, die keinerlei Interesse daran haben, aufzuklären, was in dem Studio alles passiert ist. Aber das mit dem Geheimnis kennen Sie ja." Er sah auf die Uhr. „So, ich muss mich langsam auf den Weg machen."

„Das heißt also, die beiden Täter, die für den Mord an Frau Sandberg und den Überfall auf mich verantwortlich gemacht werden, sind identifiziert: Der eine ist tot und der andere ist festgenommen. Der Fall ist für Sie damit abgeschlossen."

„Ja," Bauer nickte.

„Ich frage mich im Nachhinein, ob es für diesen Fahndungserfolg unbedingt notwendig war, dass ich die Identität meiner Patientin, die seit dem 14. August verschwunden ist, der Polizei preisgegeben habe", fragte Hofmann insistierend.

„Das sehe ich anders. Denn ohne die von Ihnen ausgelöste Vermisstenanzeige und die Nennung des Namens und der Adresse ihrer Patientin wären wir nicht auf die Spur der groß angelegten

Erpressungen von Prominenten und den Mord an der jungen Frau gestoßen. Aber Sie haben recht, viele Zusammenhänge sind noch unklar." Bauer machte eine Pause. „Wenn Sie die Identität Ihrer Patientin nicht preisgegeben hätten, hätte ich sie mir über einen richterlichen Beschluss beschaffen müssen. Das wäre mir persönlich sehr unangenehm gewesen. Es ging ja nur um die Personalien und nicht um die Therapieinhalte. Über die Identifizierung ihrer Patientin kamen wir der Wahrheit über das Verbrechen ein großes Stückchen näher; es ging darum, Ihre Patientin vor einer weiteren Gewalttat zu schützen."

„Das ist Ihnen ja offenbar nicht gelungen."

„Vielleicht doch! Außerdem kamen durch sie andere schwerwiegende Verbrechen ans Licht, die uns beschäftigen werden."

„Genauer betrachtet bin ich für die Auftraggeber des Überfalls - wer das immer auch sein mag - nach wie vor ein gefährlicher Mitwisser von etwas, was ich selbst nicht weiß."

„Das ist meiner Meinung nach nur hypothetisch richtig, aber sehr unwahrscheinlich. Die Sache ist ziemlich verzwickt. Ihre Patientin arbeitete für die Ndrangheta und besorgte Material, Prominente zu erpressen. In der Therapie redete sie darüber und machte Sie zum Mitwisser. Sie wollte aussteigen, was der Mafia nicht gefiel. Das würde die Mafia intern regeln – was Ihre Patientin beträfe. Vielleicht weiß die Mafia sogar, dass Ärzte einer Schweigepflicht unterliegen und ihr Wissen mit ins Grab nehmen. Ihre Patientin hat aber zwei Mafiaorganisationen am Hals."

„Meine Patientin hat übrigens nur vage über ihre kriminelle Arbeit für Mafia in der Therapie gesprochen. Sie war sehr diskret und befolgte die Grundregel der freien Assoziation meist nicht", sagte Hofmann.

„Das System der kalabrischen Mafia kam unserer Meinung nach in die Krise, als osteuropäische Mafiaorganisationen versuchten, in die Geschäftsbereiche ihrer italienischen Kollegen einzudringen. Die Ndrangheta expandierte immer dreister nach

Osteuropa, was den russischen Mafiosi überhaupt nicht gefallen konnte. Kurzum: Die Russenmafia startete einen Gegenangriff, der auch in Frankfurt Wellen schlug und schlägt. So einfach ist das meiner Meinung nach."

Es entstand eine längere Gesprächspause. Hofmann nickte zustimmend. Aus seiner Perspektive gab es nichts hinzuzufügen. „Tja, so einfach ist das wohl." Und schwieg. Nach einer weiteren Pause sagte er: „Das ist sehr schade, Herr Bauer, dass sich unsere Wege hier offenbar trennen. Herr Kommissar, ich danke Ihnen und Ihren Kolleginnen und Kollegen von der Kripo sehr für Ihre Arbeit und Einblicke in die fürchterliche Realität von uns Menschen und ihre Abgründe. Ich hoffe, dass Amalia Ruschke noch lebt. Und wenn, dass sie einen sicheren Lebensweg finden kann."

„Das Erste hoffe ich natürlich auch, aber beim Zweiten bin ich eher skeptisch." Pause. „Wie heißt es bei Thomas Hobbes? ‚Homo homini lupus'. Der Mensch ist dem Mensch ein Wolf. Das stimmt leider. Die Korruption und das organisierte Verbrechen sind wie maligne Krebsgeschwüre aller Gesellschaften und Staatssysteme. Wir stehen in einem ständigen Kampf dagegen; wenn wir nicht dagegenhalten, wird es übel ausgehen – das ist meine Meinung." Bauer trank etwas Wasser. „Die Corona-Pandemie dürfte für uns alle noch eine bedrohlichere Dimension bekommen, die uns als Gesellschaft in dieser Gefahr einen könnte; vor dem Virus sind wir alle gleich. Aber die Mafia ist schon dabei, mit Schutzmasken, Desinfektionsmitteln und demnächst Impfstoffen ihr Portfolio, wie es so schön heißt, zu erweitern. Am Flughafen wurden gerade ein paar Paletten mit drei Millionen FFP2-Masken aus China geklaut, wahrscheinlich von einer Türkenmafia", sagte Bauer ziemlich resigniert.

„Damit wären wir bei einer psychologischen und auch staatsphilosophischen Diskussion angekommen. Als Psychoanalytiker bin ich nicht so optimistisch wie die Humanisten. Wir Menschen sind leider auch untereinander Raubtiere, wenn wir nicht gute Erfahrungen machen. Der englische Staatstheoretiker Hobbes übrigens, den Sie eben zitiert haben, hatte eine ähnlich skeptische Meinung über den Menschen und den Staat im Gegensatz zu den Humanisten wie Rousseau und anderen Philosophen der Aufklärung. Dabei soll er den Satz mit den Wölfen ziemlich entstellt wiedergegeben haben."

„Ach was? Wie heißt denn dieser Satz genau?" wollte Bauer wissen und setzte noch eines drauf: "Apropos Rousseau: Wussten Sie, dass der feine Humanist Rousseau alle seine fünf Kinder ins Waisenhaus gesteckte hatte, weil sie ihm beim Nachdenken und Schreiben auf die Nerven gingen?"

„Ja, leider. Das stimmt offenbar. Er war ein Theoretiker und voller Widersprüche und Störungen. In krassem Widerspruch steht dazu sein berühmtes pädagogisches Traktat über die Erziehung des Zöglings Emile. Haben Sie noch einen Moment?"

„Für Sie immer. Ihre Zeit ist begrenzter als meine", sagte Bauer. „Soweit ich weiß, hatte Hobbes diesen kritischen Satz, dass der Mensch dem Menschen ein Wolf sei, falsch oder verkürzt wiedergegeben", sagte Hofmann

„Das haben mir meine Lehrer am Gymnasium in Fulda aber nicht gesagt."

„Meine übrigens auch nicht. Hobbes hatte den Satz aus einer römischen Komödie, die den sinnigen Titel ‚Asinaria', zu Deutsch ‚Eseleien' trägt, nicht richtig wiedergegeben."

Bauer wiederholte: „Auch noch Eseleien!"

Hofmann dachte nach. „Den Namen des römischen Autors habe ich vergessen. Im Original heißt es dort nämlich sinngemäß, dass der Mensch dem Menschen ein Wolf und kein Mensch sei - und jetzt kommt's -, solange sich die Menschen nicht kennen gelernt haben." Hofmann machte eine rhetorische wirksame Pause.

Bauer nickte. „Das ist nun etwas ganz anderes; Hobbes hätte den Nachsatz auch lesen sollen."

Es klingelte in der Praxis und Hofmann drückte den Türöffner der Sprechanlage. Bauer ging mit Hofmann zur Praxistür, stand wieder nachdenklich da wie Peter Falk als Columbo. „Das ist ja sehr interessant und klingt schon ein bisschen anders als bei Hobbes. Das wusste ich wirklich nicht. Wir Menschen müssen uns also kennen lernen, damit wir unsere Wolfsnatur, unsere Gefährlichkeit verlieren? Ob das funktioniert?"

„Nun ja. Das versucht die Psychoanalyse auch, unsere eigene Destruktivität zu verstehen und durch die Libido zu überwinden. Ah, jetzt fällt's mir ein: Der römische Komödienschreiber ist Plautus – oder so ähnlich?"

„Lieber Dr. Hofmann. Warum mussten Sie zusammengeschlagen werden und die arme Frau Sandberg sterben, damit wir uns so gut von Mensch zu Mensch und ohne den Wolf in uns kennenlernen konnten?"

„Ja, das ist wirklich eine Tragik! Manchmal sind Eseleien eben ganz hilfreich. Ich hoffe, wir sehen uns einmal wieder, ohne Mord und Totschlag. Machen Sie es gut und passen Sie gut auf sich auf." Sie gaben sich kräftig die Hand – Corona zum Trotz.

„Ja, danke, Sie auch, besonders in der Corona-Pandemie und wegen anderer Wölfe, die den Satz von Hobbes Satz nur verkürzt kennen und vom wahren Zusammenhang nichts wissen."

Vor der Praxistür stand Frau von Ysenberg. Sie musste etwas warten, wirkte erstaunt und sagte etwas spitz zu Bauer: „Ah, Sie schon wieder!" Bauer nickte ihr sehr freundlich mit einem angedeuteten Diener zu und ging wortlos an Caro oder Carol vorbei. Noch auf dem Weg zum Behandlungszimmer fragte CVY Dr. Hofmann: „Was haben Sie denn mit dem gemacht?" Hofmann lächelte sie nur an und deutete auf die Tür zum Behandlungszimmer mit der Couch.

59.
Zweites Semifinale

Es war Freitag, der 18. September 2020, nach 18 Uhr. Frau CVY war gegangen und hatte eine dynamische Therapiestunde hingelegt; anders konnte es Hofmann nicht beschreiben. Sie war – wie so oft – etwas angefressen, dass hier Dinge vorgingen, ohne dass sie darüber informiert war.

Es klingelte. Hofmann bekam einen heftigen Schreck; jetzt hätte er eine Sprechanlage mit Kamera gebrauchen können. Nach der Intervision hatte er mit Frau Stölling in Berlin telefoniert und ihr mitgeteilt, dass er doch gerne eine Gegensprechanlage mit Kamera und Monitor hätte, um sich nach den Ereignissen Mitte August etwas sicherer fühlen zu können. Sie stimmte ihm unerwartet sofort zu, sie werde der Hausverwaltung schreiben, dass sie die Siedle-Sprechanlage entsprechend aufrüsten sollte. Ob Hofmann die Auswahl der Technik übernehmen und den Einbau veranlassen könne, sie kenne sich damit überhaupt nicht aus. Hofmann hatte aber in den letzten Tagen vergessen, sich darum zu kümmern.

Es klingelte noch ein zweites Mal und Hofmann fragte etwas unsicher an der Sprechanlage „Ja, bitte?". „Hier ist McKenny, Ihre Nachbarin. Ich kann mit meinem Schlüssel die Haustür nicht öffnen." Hofmann war erleichtert, drückte den Summer, kam ihr auf der Treppe entgegen und nahm ihr die beiden großen Koffer ab. Er bat sie in die Praxis hinein und sagte, er müsse ihr einiges mitteilen. Frau McKenny saß in dem Sessel, in dem kurz vorher Kommissar Bauer gesessen hatte, hörte Hofmanns Schilderung der Ereignisse zu, trank langsam schluckweise aus dem Glas Mineralwasser; ihr liefen die Tränen über die Wangen, als sie vom gewaltsamen Tod ihrer Vermieterin erfuhr. Sie sprachen noch viele Minuten über Frau Sandberg und die Umstände ihres Todes. Das Ausmaß seiner eigenen Gefährdung hielt Hofmann sehr flach. Er ging in den Garten und holte die neuen Hausschlüssel, die er gut versteckt in einem Blumentopf hinter der Garage deponiert hatte; er gab ihr auch seine private Handynummer, falls sie am Wochenende weitere Fragen hätte. Damals hatte er ihr einen Zettel in den Briefkasten geworfen, dass sie bei ihm klingeln oder sich per Handy melden solle, da das Haustürschloss ausgetauscht werden musste. Dabei hatte er nicht bedacht, dass sie bei ihrer Reise wohl keinen Briefkastenschlüssel mitgenommen hatte. Ihr Briefkasten quoll verdächtig über, obwohl sie ihre Tageszeitung abbestellt hatte. Hofmann schleppte ihr die beiden Koffer in den zweiten Stock und verabschiedete sich.

Er saß noch eine Weile in seiner Praxis und musste die aktuelle Situation Revue passieren lassen. Der Abschied von Kommissar Bauer beschäftigte ihn am meisten. Hofmann war erleichtert, dass das Verbrechen wohl halbwegs aufgeklärt war. Auch, dass Frau McKenny wieder im Hause war, brachte ein Stück Normalität in sein Leben. Aber der Fahndungserfolg war nur ein vordergründiger, quasi ein symptomatischer und kein kausaler. Denn, wer hatte den Einbrecher und Schläger geschickt? Ist damit der Auftraggeber zufrieden? Mit dem gestohlenen Praxisnotebook wird er wenig anfangen können. Glauben die Gangster, Hofmann habe Informationen, die für andere von Interesse oder gefährlich wären? Ist er denn aus der Gefahrenzone raus? Was ist mit Amalia, die ihn als Patientin erst in diese lebensgefährliche Situation gebracht hatte? Lebte sie noch? Oder wurde sie von kämpfenden Mafiosi aus Süd oder Ost gefangen, gefoltert und ermordet? Bauer hatte ihm die Brutalität dieser Leute drastisch vor Augen geführt. Wer hätte einen Nutzen von ihrem Tod? Wer von ihrem Wissen?

Dann fiel Hofmann die Sache mit der Katze aus der Intervision ein. Wann geht der Deckel auf, wann wird das Licht eingeschaltet? Wann ist klar, dass die Katze lebt oder tot war? Er wusste es einfach nicht, noch nicht. Das Warten und die Ungewissheit über das Schicksal seiner Patientin waren schwer auszuhalten, sein Kopf rauchte, das waren zu viele Fragen am Freitagabend. Er fuhr nach Hause; er hatte an diesem Wochenende nichts vor. Eigentlich müssten im September nach der Sommerpause die kulturellen Aktivitäten wieder starten. Wegen der Pandemie war das kulturelle Leben in Frankfurt und Deutschland so gut wie tot, kein Kino, kein Konzert, keine Oper, kein Schauspiel, nichts. Er wollte sich auch ungern bei Freunden oder Verwandten, die sowieso weit weg wohnten, anmelden, einladen und aufdrängen. Seine Frau Constanze kam erst Anfang Oktober zurück, seine Kinder waren noch unterwegs; hoffentlich passten sie wegen Corona gut auf sich auf. Seine Brüder lebten in Süddeutschland und in der Schweiz, seine Eltern waren tot. Also beschloss er, im Garten und am Schreibtisch zu arbeiten. Er radelte etwas verhalten nach Hause Richtung Ginnheim; was erwartete ihn dort? Sein Haus war leer und unlebendig.

Seine Nachbarin, Frau McKenny klingelte um 19 Uhr 30 noch einmal an der Praxistür, sie hatte zwei Briefe in ihrem Briefkasten gefunden, die an ihn adressiert waren: Einen ohne Absender und einen von einer Krankenkasse. Niemand öffnete. Sie warf sie unten in Hofmanns Briefkasten und ging los, sich einige Lebensmittel einzukaufen, der Supermarkt hatte bis 22 Uhr geöffnet. Sie hatte nichts zuhause, der Kühlschrank war absolut leer. Außer Parmesankäse, Squid Fischsoße, Worchester-Soße, Senf, Mayonnaise und einer Flasche Gin war nichts Essbares da. Großen Durst auf Bier hatte sie auch.
Sie hätte sich gerne mit Hofmann weiter unterhalten, obwohl eigentlich alles gesagt war. Es wirkte so irreal, was in diesem Hause in ihrer Abwesenheit passiert war. Auch hatte sie viele Fragen zur Corona-Pandemie an Hofmann als Arzt. Sie wagte aber nicht, ihn am Wochenende privat anzurufen.

60.
Finale mit drei Postkarten

Hofmann verbrachte das Wochenende zuhause alleine mit Schlafen, Lesen, Schreiben, Musik hören, viel Telefonieren, teilweise per Skype, und ein wenig Arbeiten im Garten. Er wartete sein Fahrrad und das seiner Frau, es wurde ständig gefahren und wenig gepflegt. Aus Verlegenheit putzte er sogar alle seine Schuhe, während er in ARTE einen Film über eine veritable Beziehungstragödie anschaute. Auf den Tatort im Ersten - mit welchen Kommissaren auch immer - hatte er keine Lust.

Er freute sich nach diesem scheinbar leeren Wochenende der Einsamkeit und voller Verlegenheitstätigkeiten auf die Arbeit am Montag in der Praxis mit seinen Patienten. Sie standen in ihrem prallen Leben, machten sich aber durch ihre Neurosen, psychosomatischen und tiefergehenden seelischen Störungen ihr Leben ganz schön kompliziert. Wenngleich viele Konflikte und Beschwerden der Patienten sehr ernst, bedrohlich und dramatisch waren, so hatten viele seelische Konflikte nicht selten auch eine gewisse Komik und offenbarten, wozu Menschen in der Lage waren, das Leben für sich und andere zur Hölle zu machen. Hofmann sagte manchmal, dass ihm das Material seines Patienten oder seiner Patientin wie eine unterhaltsame Familiensoap vorkäme; dummerweise spielten er oder sie eine Hauptrolle in der Serie. Die meisten Patienten konnten sich in der Formulierung wiedererkennen. Einige wenige fanden den Vergleich aber überhaupt nicht komisch. Jedem das Seine.

Am Montagfrüh holte Hofmann die wenige Post vom Samstag aus seinem Briefkasten. Ein Brief war ohne Absender; den Briefmarken nach kam er aus Belgien. Die beiden 75 Cent-Briefmarken zeigten ein kleines Mädchen und einen Jungen wohl auf der

Flucht: „*Suske und Wiske*" stand drauf. Hofmann kannte diese Comicfiguren nicht, er dachte, der Junge sah dem von Tim und Struppi sehr ähnlich. Er schlitze den Brief auf; er enthielt drei Postkarten, drei Bilder von René Magritte und Geld.

Das Bild mit dem Titeln „*Der Schlüssel der Träume*" zeigte einen weiblichen abgestuften Torso ohne Kopf und Arme mit einem großen Unterleib vor einem Himmel, daneben ein Kerzenleuchter. Auf der Rückseite stand in Blockschrift „*prodesse et delectare*", also „nützen und erfreuen"; mehr nicht. Die Karten waren eindeutig von seiner Patientin Amalia R. Das war ihr berufliches Motto. Hofmann freute sich, das zu lesen und war erleichtert, dass sie offenbar noch lebte.

Das zweite Motiv von René Magritte war *„Der Geist der Geometrie"*. Es zeigte einen fast kahlköpfigen Jungen, der eine kleine Frau, wohl seine Mutter in den Armen hielt. Es war eine paradoxe Pieta; normalerweise hielt die Jungfrau Maria das nackte Jesuskind auf ihrem Schoß, hier war es umgekehrt. Hofmann erinnerte sich an Ausstellungen in Basel und Frankfurt zu Magrittes surrealistischen Werken, dass seine Mutter seelisch schwer krank war. Kinder seelisch kranker Eltern hatten oft keine eigene Kindheit mit allen kindgerechten Entwicklungsphasen, sondern mussten früh Rollen von Erwachsenen übernehmen, besonders dann, wenn sie keine Unterstützung bekamen. Auf der Rückseite der Karte las er:

Freudvoll und leidvoll, gedankenvoll sein
hangen und bangen in schwebender Pein
himmelhoch jauchzend, zu Tode betrübt
glücklich allein ist die Seele die liebt.
Tränen ach fließen auf Erden so viel
Kummer belastet so manches Gefühl
Schwermut macht Herzen zum Tode betrübt
glücklich allein ist die Seele die liebt.
J.-W. v. Goethe, 1788,
Klärchens Lied in Trauerspiel Egmont, 3. Aufzug

Die dritte Postkarte zeigte *„Die Liebenden"*: Ein Paar, das sich küsst, wobei beide Köpfe mit weißen Tüchern verhüllt waren. Magrittes Mutter hatte sich in einem Fluss ertränkt, als Renè zwölf Jahre alt war. Sie sei tot aus dem Wasser gezogen worden, dabei wäre ihr Nachthemd über den Kopf gerutscht gewesen. Aus diesem Grunde soll Magritte mehre Bilder mit verhüllten Köpfen gemalt haben.

Hinter dieser Karte waren zwei 50-Euro-Scheine mit einer Büroklammer geklemmt, auf ihr stand „für den 14. August". Und: „Ich melde mich irgendwann bei Ihnen. Vielleicht. Oder auch nicht." Das Geld roch nach ihrem Parfüm.

Hofmann war sehr berührt von Amalias Botschaft. Sie zeigte, dass sie eine breite Bildung in Kunst und Literatur besaß.

Der Brief war wohl einige Tage im falschen Briefkasten gelandet. Neben *Suske und Wiske* war der Poststempel mit Mühe erkennbar: 19. August 2020, fünf Tage nach dem Überfall. Missverstehen ist wirklich das Normale, Verstehen die Ausnahme. Darin hatte Gerhard Roth, der Hirnforscher aus Bremen, recht, besonders dann, wenn die Botschaft den Adressaten nur knapp verfehlte.

Über diesen Umstand stieg in Hofmann eine heftige Wut hoch: Hätte ihn die Botschaft Amalias erreicht, als er noch im Krankenhaus war, müsste er sich nicht so vielen Sorgen um sie machen und sich quälen wegen der Verletzung der ärztlichen Schweigepflicht. Hätte er gewusst, dass sie lebte, hätte er ihre Identität nicht der Polizei mitgeteilt. Dann wären allerdings die weiteren Verbrechen nicht ans Licht gekommen.

In seiner Fantasie sah er sich, wie er bei nächster Gelegenheit den Briefträger rund machte und ihm am liebsten ein blaues Auge geschlagen hätte, vielleicht inclusive Orbitabodenfraktur. Warum nicht? So ein Vollpfosten! So ein Arsch!

Auf der anderen Seite wären die teilweise äußerst erquicklichen Treffen und Debatten mit Kommissar Bauer, seinem Ex-Patienten nicht zustande gekommen. Also doch kein Arsch.

Seine Patientin war wohl in Sicherheit, die Frage wäre nur wie lange. Und: Wie sah es aber mit ihm selbst in der Zukunft aus? Gaben die Mafiosi Ruhe? Verschwand die Corona-Pandemie? Die Klimakatastrophe? Die zumindest wird uns wohl noch lange erhalten bleiben.

Nachwort zur dritten Auflage und Danksagung

Nach dem Erscheinen des Romans im September 2021 erreichten mich über Umwegen Rückmeldungen, die den Krimi „originell", „unterhaltsam", „lehrreich" etc. fanden; er sei auch eine gelungene Einführung in die Theorie und Praxis der Psychoanalyse. Und das ziemlich unblutig. Es gab auch kritische Wort wie: „da passiert ja nix auf den ersten 50 Seiten", „more beef, more blood", „zuwenig Tote!", „mehr Perverses", „sehr schulmeisterlich"„ … und das Ende? Wer war es denn?" Ferner hagelte es Hinweise auf eine Reihe von Fehlern in der Orthographie.

Ich bitte nachträglich um Entschuldigung für diese unverzeihliche Schlamperei! Ein Autor kennt seinen Text inhaltlich zu gut und hat daher für die formalen Fehler kein Auge mehr. Drei Leserinnen und Leser übernahmen daraufhin das redaktionelle Korrekturlesen. Ich danke U.G.-E., U.K.-T. und R.S. ganz herzlich für diese Arbeit und Mühe.
Leser und Leserinnen der zweiten Auflage von 2022 fanden aber weitere orthographische Peinlichkeiten. Danken möchte ich daher besonders S.V., die sich an der vielen Verwendung des Semikolons störte und weitere Schreibfehler identifizierte.
Eine Methode ist, dass Bananen in der Regel erst beim Kunden reifen. In der industriellen Welt sind es manchmal Autos, Software oder gar Medikamente. Bücher sollten aber vor dem Kauf zum Genuss ausgereift sein.
Ich bitte daher nachträglich und zukünftig um Ihre Verzeihung.
So kam es zur dritten, korrigierten und leicht ergänzten Auflage des Psychokrimis *Freud & Leid*.
2024 wird es eine Fortsetzung von Dr. Hofmann und Kommissar Bauer geben. Mal sehen, ob es dann besser läuft.

    Im November 2023   *Sigg Battenberger*